U0921994

天歌

包依灵 著

南方出版传媒
花城出版社
中国·广州

图书在版编目（C I P）数据

天歌 / 包依灵著. -- 广州 ：花城出版社，2015.1
ISBN 978-7-5360-7355-5

Ⅰ. ①天… Ⅱ. ①包… Ⅲ. ①长篇小说－中国－当代
Ⅳ. ①I247.5

中国版本图书馆CIP数据核字(2014)第289404号

出 版 人：詹秀敏
策划编辑：田　瑛
责任编辑：张　懿　李珊珊
技术编辑：薛伟民　陈诗泳
封面设计：刘红刚
封面绘画：罗寒蕾

书　　名　天歌
　　　　　TIANGE
出版发行　花城出版社
　　　　　（广州市环市东路水荫路 11 号）
经　　销　全国新华书店
印　　刷　佛山市浩文彩色印刷有限公司
　　　　　（广东省佛山市南海区狮山科技工业园 A 区）
开　　本　880 毫米×1230 毫米　32 开
印　　张　11.25　　2 插页
字　　数　250,000 字
版　　次　2015 年 1 月第 1 版　2015 年 1 月第 1 次印刷
定　　价　28.00 元

如发现印装质量问题，请直接与印刷厂联系调换。
购书热线：020－37604658　37602954
花城出版社网站：http://www.fcph.com.cn

水已远走他乡
只有沙漠留下
是谁
用动人歌声
将清泉留下

目录 Contents

序 幕

在汤谷的一座小木屋里，有一个擅长占卜的女人。

她的笑诡异而美丽。

她曾将自己真实的年龄，藏在一个紫檀木做的小木匣子里，然后，将木匣子投入火中烧毁。

从此，汤谷的居民，便无从知晓她的真实年龄。

紫檀木生长在热带雨林。作为一种贵重木材，它的每一寸高度，都需要一百年的光阴，每一立方尺的重量，高达五十二斤，历经千年漫长的日月穿梭，最后方能成材。

这个用千年紫檀木精制而成的匣子，因她悄悄将檀香的年龄藏在了其中，便有了汤谷流传了千年的、有关不老青春的传说。

被她烧毁的盒子是她祖上传下来的。

她的母亲喜欢各种各样的、可以制作香料的木材，因此，为她取名为檀香。

一次山中采药，她的母亲死于毒蛇咬伤。这时，檀香才知道，原来自己有父亲。母亲临终将一串红石头项链交给她时，讲了一个已经成为过去的故事：

年轻时，母亲爱上了一个浪子，后来他居然出家了。但是，母亲还是从已入佛门的男人那儿，偷来了一个孩子——檀香。

这可怜的女人，对自己的早逝耿耿于怀。她认为，这是上苍对她的惩罚。因为眷恋女儿，她常常会从冥府跋涉到檀香的梦里，向她讲述有关她父亲的故事。如果活着，她是不会对女儿说这些的。

小木屋的窗子开着，汤谷正下着雨。

这是个漫长的雨季。

悠悠的远山像画上去的一样，被连日的雨水打湿后，可以看见绿色的颜料从画布上滴下来；一条温暖的河流，蜿蜒地从狭长的山谷中流过，起搏着这片神秘红土地的心跳。

汤谷，坐落在遥远的边塞，是一块水草丰美的神秘绿洲。在这儿，没有什么是不可能发生的，就像风，从不怀疑自己的脚步会停下来不能起飞。每一个出生在汤谷的人，每一个埋在汤谷六尺厚土之下的灵魂，都能得到神的护佑，就如同汤谷本身，就是沙漠奇迹一样：这儿碧水云天，草木苍郁，四季花果飘香，与外界漫天黄沙形成截然对比。

这是个神圣而奇诡的地方。她所具有的独特地理环境，仅仅用人的眼睛是很难找得到的。因为，她是神在人间钦定的居所。正因为如此，生活在这里的人们，几乎都相信奇迹的发生，就像人人都知道，雪白的绵羊，绝不会生下短尾巴兔子一样。

这座独特的城池，以她瑰丽、奇异的思维，使自己具有与世隔绝的美。

檀香，在这个贸易繁荣的古城，经营一家专卖香料的店铺。她生活的年代，可以在发黄、脆弱的旧书页中找到。

后来，她有了一个女儿，名叫天歌。据说，这个奇特的女孩，是带着灵异歌声降临的。

就是在那个漫长雨季的下午，檀香第一次给自己的命运占卜。

她用代表宇宙的紫蓝色颜料（海里一种贝壳磨碎而成），在圆形桃木桌面上，画下一颗象征世界六方结界的六角星图案。

被风摇开的木窗外，湿润的雨幕，就像情人急切的眼泪。或许是这带着情绪的雨水，使占卜中的她，感应灵力的心颤抖了——那一刻，掌中的红石头随之落了下来。整座小木屋，仿如置身在愤怒的大海上，檀香用双手紧紧握住桌角。冰冷的风雨，从眼前的画面中跳起，狂暴地舔着她披在肩头的长发。她的沉静，宛如一位孤胆女船长，在苍穹中驾驶一叶扁舟，忽而沉没在波涛中，忽而又显现在山脊一样凸起的苍茫海面上。六角星汇聚起大自然四方能量，使卦象呈现出凶险的迷离景象。

檀香凝视着卦象。那碎片一样闪耀的光影，如同漆黑、空寂宇宙中瞬息划过的伤痕——这么说……爱情命定的终点，早在一开始就埋下了悲伤的伏笔?

那时，天歌还未出世。她仿佛感受到了天地不公似的，在母腹中剧烈地躁动。似乎，这颗爱情的种子，已预知了人世间的悲哀，正以自己的不满和顽强抵抗，向命运女神的大门叩问。

此刻的檀香，仅能将凄切的眼神，投向窗外倾盆而下的大雨中。她在卦象中看到的情景是：一把黄金打造的弓箭，射穿了一只白狐的心脏。从雪白兽毛下渗出的鲜红色血液，像数条光滑的红丝带，以包装礼品盒的方式，漂亮地系在白狐的脖子下方。令檀香触动的是，白狐临死时竟发出婴儿般的啼哭。

一个人，若是永远也不知道自己未来的命运，就会像蒲公英一样，期待风把他带去冒险、远行。这种单纯而执着的探索，就算未知的生活使他上了当，也会因曾经的努力而不后悔。

若是，人一旦如檀香，天生具备与自然界灵气沟通的能力，人生对于她就像在看一本小说。只消赶紧往后翻看几页，便已穿越时间的局限，预知了别人故事中命运的结局。然而，同样的情形，也会出现在翻看自己的“小说”时。

金泰——檀香所爱的男人，在这个雨季离开了她。

死因是，骑马坠悬崖意外身亡。

他们的女儿天歌，就在那同一时刻诞生了。

檀香从震动的圆桌旁移开双手，几绺汗湿的发丝被掠向耳际。随着身体的移动，她的注意力，转向被好奇风雨擅自拉开的门窗外。

门外的草地上，立着一枪五月里绽放的剑兰。

一个手持绿色长剑的诗人？

她的眼睛模糊了……与此同时，一缕薄雾般神秘的微笑，浮现在她的脸颊上。

是笑吗？这分明是比悲伤还心痛的旋律，缭绕在她纯净的面庞上。在这以后的无数岁月，谁也不曾读懂过她真正的表情。

那支插在白狐胸前的利箭，尾部镶嵌着用雕的羽毛制成的羽翼。早在占卜结果显现的那一刻，檀香就从这一细节上，辨别出了箭的主人——天歌的父亲金泰。

难道是白狐的诅咒？

她虽然预见了未来的结局，却不做任何改变故事结尾的努力。

事实上，她可以提前阻止金泰猎杀那只灵异的白狐。可是，她什么也没做。在迷惘时，她像任何一个普通人，仅仅想了解“下一步，命运该往哪里走？”然而，过于坚信自己的预言，使她丧失了逆转命运的胆气和心力。

“命运这本书，是由神写的。”后来，她对处于恋爱年纪的天歌说，“爱，不可遏制地爆发在我和你父亲之间，哪怕我提前看见了悲哀的结局，却依然要爱下去……”

“既然事先知道，为什么不去改变，努力避免失去自己所爱的人?!如果是我，我要给自己的‘小说’写结尾。”

相对檀香悲剧般的爱情观，天歌一开始就表现出与母亲截然不同的恋爱态度。吃惊地凝视着眼前忽然长大的孩子，檀香蓦然发觉，时光已吞掉了十七个年头。

1. 青春宝匣

檀香与金泰的恋爱，盛开在十七年前，那个流淌着光和影的夏季。

城中最繁华、热闹的铁匠大街，是他们初次见面的地点。

檀香的店铺对面，开着一家制作各种乐器的作坊。夏日午后，金泰常会骑马到此，携带着一把焦尾琴，走进这家整日里都传出断断续续琴声的店铺，逗留半个时辰后，方骑马离去。

每当他翻身下马时，街对面的一扇窗户，必定会同时推开。而他从未回过头去看一眼街对面的窗户。他不知道有一双动人的大眼睛，正向他投来渴慕的目光。

每日午饭后，经过一小会儿歇息，少女就会准时来到窗前，等待着熟悉的马蹄声，踏着她心坎上的甜蜜而来。据她观察，这个英俊少年，是来向琴行主人学琴的。从店家唯唯诺诺的态度判断，此人身份一定异常显贵。

“铮——铮——”每次，少女都怪时间在音符中跳跃得太快，她甚至来不及编造如何“不经意”结识这位少年，店主就把对方送到了门口。然而，这一次，金泰携琴走出店门时，并没有像往常一样，径直朝自己的马儿走去，而是无意识地举目四望了一下。

有那么一刹那，他的目光，与一直在窗口翘望的少女双眸，交织在一起了。四目相遇，那喷薄而出的惊喜眼神，瞬间擦出了爱的火花——这种心灵相通的纽带，后来，金泰的母亲多花儿，用无情的剪刀，怎么样剪都剪不断。

当晚，皎洁的明月刚爬上这座古城的墙头时，就有人推开了檀香家虚掩的房门。

檀香听见凳子被撞倒的声响，接着，是摸索的脚步声。

她马上吹熄掌中的烛火，霎时，那个莽撞的响声停在原地，一动也不动了。

借着月光，檀香悄悄靠近这个闯入者。

忽然，她在黑暗中撞见了那双热切的眼睛。白天，在街对面，四目相视时，便注定了她永生无法忘记的明澈双眸。

是他！

檀香在心底暗暗叫了起来。这时，他们贴得很近，檀香可以感到对方鼻翼下，那急促的呼吸吹到自己的脸上。

"我还以为自己走错了。"对方不好意思地说道。

"你不会走错的。"檀香伸出一根手指，压住他的嘴唇，说，"我猜你今晚会来。为了等你，我特意没将大门闩上，它只是虚掩着而已。"

她和金泰的爱情，就是从那一晚开始的。

此后，他们像两个有预谋的爱情惯犯，常常为在月亮下的约会，制造出诸多的浪漫借口。

未来的某一天，即使檀香成了职业妓女，面对从她眼前匆匆而来、又无情离去的男人们，她也始终无法忘记，金泰身上令她销魂的味道。

第一个夜晚，两个年轻人从对方汗津津的手掌中，感应到了彼此的紧张与激动。

屋里点着一盏灯。

然后，他们坐下来聊天。说着说着，两人开始接吻，虽然不知道这一切是怎么开始的。他的吻很笨拙，并且要檀香先闭上眼睛。

最后的情形是，檀香睁开了眼睛，并迷惑地问他："刚才你吻我了吗？"

金泰有些不满地说，她闭上眼睛的样子太严肃。

檀香不禁哈哈大笑。她的笑声，碰碎了夜空中闪闪的星星，星星"扑梭梭"地从天上掉下来。

她的笑声还在小木屋里回荡时，金泰的脖子突然被檀香搂抱住了。她把十指没入他浓密的头发里，将他的头固定着，然后，檀香温润的嘴唇，贪婪地亲吻起他的眼睛、脸庞、嘴唇、下巴……

童年，一段被人强暴的记忆，檀香打算一辈子都不告诉金泰。因为她爱他，她怕失去他。在她后来的妓女生涯中，再也没有一个男人，能唤起她如此疯狂的激情。

时间过得很快。

夜来香的花骨朵儿，正在暗夜里恣意地绽放；浓郁的花香，从敞开的窗外游进屋内，在这对恋人的周围徜徉。

每当檀香的手指碰到金泰裤子上那条金腰带时，金泰就会立刻喊停。然后，他向檀香要了一杯凉开水，他说自己口很渴。

喝完了水，两人又开始接吻。谁知，一到关键时刻，金泰就会喊停。

"你还是第一次吧？"檀香把床头的水杯，递给他时问道。

"才不是呢……"金泰一口将水灌进肚里，结果，因逞强而被水呛了嗓子。他的脸憋得通红。

我得慢慢来，急不得。

檀香心想。

然后，她像大姐姐一样照顾他，轻轻拍打着他的背，因为，他正被水呛得不停地咳嗽。

第一晚的故事，就这样在两人玩闹的笑声中结束。

在汤谷，金泰的家族是最显赫的望族。他的母亲多花儿，如今已是一个令人尊敬的一城之主了，而当年，她只是一个种玫瑰花人家的女儿，因嫁给了富有的老城主，才得到今天炫目的财富和尊贵的身份。

汤谷人称“金秤砣”，它是古贸易之路上重要的中转地。白天和黑夜，往来域外的所有珍稀物品，都会通过正当或非正当手段在此进行交易。如今，所有的贸易活动都由多花儿掌管，财富就像钻开的油井，涓涓往外流淌。然而，她仍然不开心，因为她一直被肥胖症困扰，丰盛的餐桌，对她来说，既是每日必须面对的敌人，又是须臾不可分离的朋友。

有一天，金泰对母亲的超级胃口发表感慨：“妈妈，你已经拥有了巨大的财富和权力，还有什么不满足的吗？”

多花儿已经猜到，儿子对她胃口的评论，并不与今天餐桌上的饭菜有关。她顺势说道：“可我却没有美貌了。”

近来，她略有耳闻，儿子与城中一个卖香料的女子，正在进行秘密热恋。她估计儿子会向她摊牌一些东西。

我倒要看看，他想说些什么。

她不喜欢檀香。她认为，像檀香这样美丽却出身低微的女子，只会靠狐媚子来捕获男人。她，多花儿，是不会让任何一个懂得爱情法术的女人，来转晕她儿子的头的。因为，她的独子金泰，是汤谷城主的唯一继承人。

近来，多花儿还观察到，儿子坐在餐桌边吃饭时不仅哈欠连天，而且毫无食欲。他盯着一只金黄香脆的烤全羊，竟双眼呆滞，完全失去了往日里，因好胃口而放出的光彩。

面对儿子这种古怪的萎靡神情，多花儿生气了：“你的黑眼圈是怎么搞的？”

金泰平淡地回了一句：“没睡好吧。”

多花儿当即放下筷子，命人把桌上的十八盘菜肴全都撤下去。金泰认为这样挺好。他一点儿也不愿意坐在桌旁，陪母亲把一顿午餐吃上一个时辰。

当他拉开椅子，站起身打算离开时，突然，多花儿发话道：“你给我坐下。”

金泰诧异地望着板起脸孔的母亲，只好立在原地。

多花儿接着说：“我有事要问你。这些天，你每个晚上都去哪儿了？”

时间，在他们母子间轻轻地停顿了一下。沉迷在爱情中的少年，立刻敏感地觉察到，他的秘密恋情有暴露的危险。

为了避免母亲的怀疑，等到她房间里最后一盏灯熄灭时，他才偷偷从马厩里牵出马，从后花园的小门悄悄溜出去。

此时，他已错过与檀香约定的时间，因而，他快马加鞭地奔驰在沉睡的大街上。

“这种爱情是没有好下场的——”

金泰耳边刮过的夜风，似乎不断传来母亲的警告声。

而在铁匠大街往右拐的第五间店铺里，檀香不时地来到门口，在月光下张望。

他迟到了。

今晚他来不来呢？

她不安地靠在门板上猜想。

今晚，他们约定在香料铺会面。约会的时间是，上弦月正好落在祈愿峰的山尖上时。可是现在，弯弯的月亮已越过山峰的头顶，开始往西边沉去，寂静的街道上还是没有他的身影。

终于，大街尽头响起了熟悉的马蹄声。檀香掩饰不住喜悦，朝

他驰骋而来的方向喊道："还以为你今晚不来了呢！"

"但我还是来了，对吧？"金泰故作轻松地朝她眨眨眼睛。

他一跳下马，檀香就跑过去搂着他，甜蜜地说着悄悄话："我有一个好消息要告诉你。"

金泰解开斗篷，跟她走进屋去。

然后，他直视着檀香的眼睛，郑重地对她说："其实……我也有话想跟你说。"

那天，金泰起了个早床，来到厨房，将一些木材丢进炉子里，想煮点新鲜牛奶给母亲做早餐。可是，他怎么也点不着火。

半个小时后，多花儿裹着毛毯出现在清晨厨房的门口。她惊讶地对儿子说："你这是干什么？如果你想对我表示点什么，大可不必做这些下人的活，只要你半夜少溜出去贪玩就行了。"

一个管理厨房事务的女仆，专门派人跑到多花儿床边，通告少爷今早不寻常的举动。因此，多花儿来到了这个还残留着隔夜烟火味的厨房。

金泰原本希望，在和母亲谈判接纳檀香为家族成员这个棘手问题前，能用自己亲手做的早餐哄哄母亲，以缓和每次遇到这个话题时就出现的僵硬气氛。

其实，在那个上弦月的夜晚，金泰是打算跟檀香分手的。

然而，他还没来得及将母亲的警告告诉檀香，就从她那儿得到了一个不知是好，还是糟糕的消息。

"你知道吗，"檀香依偎在他怀里，羞涩地说，"你快要做爸爸了，我怀了你的孩子。"

金泰躺在潮热的床上，在一段激情过后的间歇，突然听到这个意想不到的结局。

那一刻，他对这个结果的反应似乎并不强烈。他只觉得，自己疲惫的身子，在不断地放大，然后，一种叫作虚空的东西，从心里飘了出来。就好像一片无根的落叶，被风吹散在秋日的小径上，紧接着，不停地打转、打转，找不到停下来的办法。

之后，就在那天晚上，金泰改变了原先的想法。

他最终没将分手的话说出口。

喝着儿子亲手煮的热牛奶，多花儿以闲谈的语气说道："你有没有听说过一个用紫檀木制作的匣子？那可是个神奇的好东西。"

她停顿了片刻。

接着，她上身前倾，神秘地对面前的儿子说道："一个人只要将年龄藏在匣子里，再将匣子烧掉，这个人从此便可拥有不老青春。你把那宝匣子买下来，送给妈妈做礼物吧。"

"在哪儿有这种匣子卖？"金泰喝了一口热奶，问道。

"在铁匠大街叮咚巷里，向右拐的第五间店铺，一个叫檀香的独身女子，就拥有这种匣子。"

多花儿说完，低下头，一口气将杯子里剩下的牛奶喝光。她还吩咐厨房的女仆，再做两个羊肉馅饼、三个煎鸡蛋，外加一杯绿洲产的水果多蜜榨成的果汁。

金泰明白了，母亲是想将宝匣子，当作接纳檀香的条件。

他差一点儿就将手中的高脚水晶杯给捏碎了。

水晶杯是域外富商巨贾送给多花儿的众多礼品之一。这一整套餐具，据说产自绿洲之外的一个奇异古国。

然而，金泰还是克制住了自己的激动。他说："好吧，如果不贵的话，我就把它买下来。"

他说话时，眼睛并没有直视母亲，而是游移在桌角狮子扑象的动物图案上。

金泰向檀香提起了这件事，同时也给了檀香一个承诺：如果将

宝匣子送给他母亲，他就可以正式迎娶她了。在金泰看来，这个承诺的价值，是远远高出匣子本身的。

可是，檀香却向他提议：“金泰，我们不如私奔吧。”

做一个逃兵，这不是金泰的理想。

“再给我一次机会吧。”

他在檀香额头上，印了一个温柔的吻：“我再试试。或许，把你怀了孩子的事，给我母亲讲讲，她会看在小孙孙的分上，接纳你呢。”

之后发生的事，彻底粉碎了金泰的想法。

他的母亲刚在餐桌边坐下，就立刻打断了金泰想说出口的话：“昨天下午，我专门在城外请来一个巫师，他查看了天上的星象，预言‘檀香将会生下一个有狐狸尾巴的孩子’。”

“难道你信吗？”金泰几乎以蔑视的语气，反问母亲。

“我当然相信啦。”多花儿声音响亮地说。

金泰没有想到母亲会这样回答。因此，金泰再次将嘴边的话咽了回去。谈话又一次在默默的吃饭声中，草草结束。

蛇年，旧历八月中旬的一天，是他们决定私奔的日子。

他们事先将马车藏在龙池寺以南，被大火烧毁的正殿的废墟里。那儿荒草齐天，凌乱的断垣残壁布满了青苔。整个废墟似乎被悠悠时光掩盖了，即便从它身旁经过，去山里砍柴的樵夫们，也常常忽略了它的存在。

一个叫须云的老和尚，住在侧面的僧房里，时常打扫着还算完好的侧殿。闲时，他还会修葺一下破败的寺庙屋顶，以维持这座古寺延续了千年的香火。

城外，一只野狼，对着头顶的满月，仰天长啸。

不一会儿，从四面八方逐渐传来群狼此起彼伏的回应。

檀香收拾好了两个包袱，里面装着各种珍贵的香料，还有母亲留给她的祖传紫檀木宝匣子。此时，她斜靠在马车衡轭上，侧耳倾听城外荒漠里的狼嗥，双眼不禁湿润了。

她开始遐想，一会儿后，她将和自己爱的人，乘着这辆马车，向未知的远方驶去，去穿越那既陌生又危险的沙漠……

她从来没有离开过这座古城。

由于天上的雨水独独眷顾这块绿洲，因此人们坚信，这里一定是被神护佑的地方。已经住在此地的人，哪儿也不想去；从遥远的地方来到这儿的人，都再也不想离开。

趁着今日的好天气，老和尚来到城中大街，化缘了数尾金色和红色的鲤鱼，他打算将它们养在寺庙的鱼池里。好奇的人们，总在进香之余，不忘向他询问：“龙池寺，之所以叫这个名字，是不是传说中这里出现过鱼龙？”

他很难解释这个问题。为了给香客们的想象添几分遐想空间，老和尚在庭院那棵千年古松下，掘了一个鱼池。

然而，在街角，他遇见了几个虔诚的信徒，硬是把他拉进茶馆的净室中谈佛。一直到店家打烊，信徒才放开起身告辞的老和尚。出了门，他举目望向天空，澄黄的满月已上中天，他随即加快了往回赶的脚步。就在经过荒凉的正殿废墟时，他突然停下了脚步。

他立在原地足足有十秒钟，才看清明净的月光下，一个纤细的人影，正徘徊在野艾、芦苇摇摆的乱草丛中。

他放轻脚步，悄悄靠近人影，直到檀香美丽、忧伤的脸庞被全部看清时，老和尚才惊诧地问了一句：“请问施主，为何半夜还独自在此徘徊？”

突然出现陌生人的声音，檀香着实吓了一跳。

“须云大师——”她脱口喊出。

见是老和尚，檀香把满腹的怀疑和焦虑都倒了出来——她把今夜打算与金泰私奔、准备好马车的事都说了出来。可是，相约的时间已经过去，还迟迟不见金泰的身影。她担心对方将她抛弃。

手里还提着一桶鲤鱼的须云和尚，此时，尽量用宽慰的语气劝解檀香："要来的，终会来；不来的，也别再等。"

他指着天上的明月感叹道："你瞧瞧，月亮从不怀疑自己能将黑暗照亮。她今晚多美啊——"

满月融化的光辉，流淌在八月丰熟的夜色中。

这是个金桂飘香的月夜。

檀香在朦胧的月光下，又看见了自己第一晚的爱情，看见了金泰那双既腼腆又慌张的眼眸。

我以后该怎么办?

我怀了他的孩子，约定一起去浪迹天涯海角，现在却又这样被他抛弃?

以后……有谁来爱我?

有谁?

还有谁?……

"看来，只有一死，才能惩罚背叛爱情的那个人……"

檀香仰望头顶的满月，呢喃着。

与此同时，须云和尚赫然发现，檀香已从自己的袖口里，抽出一把月牙状弯刀。

霍地，她将刀尖朝天举起。

就在她打算刺向自己胸口时，须云和尚扑了上去，双手夺下那把锋利的弯刀。檀香摔在了瓦砾堆上，装满鲤鱼的木桶被撞翻，失水的鱼儿躺在地上，垂死地挣扎着。

檀香绝望地瘫坐在地上，以空洞的目光凝视着它们。她仿佛听见虚弱的鱼儿，在大声叫喊，请求赶走噬咬它们的虫子。

檀香痛苦地大笑起来，涌出来的泪水，打湿了她冰凉的脸颊。

见此情景，须云和尚只能垂手站立在夜风飘絮的芦苇丛中，仰天长叹。

然而，满月似乎给了他启迪。

老和尚关心地问檀香："是否因为今天是中秋节，所以，你的心上人才没有来赴约？"

八月十五？八月……十五……

中秋节。

檀香反复推算着这个私奔的日期，旧历的八月，八月十五。的确是八月十五。

她忽然发觉，人世间的事竟如此荒谬、可笑。她的心上人，此时一定被他的母亲拴在饭桌边了。在这个中秋夜，他选择了和自己母亲团聚。他遗忘了她。

此刻，城外的狼群正聚集在隆起的沙丘上，对着一轮硕大的满月，一遍又一遍，悲哀地长啸。

来年五月的一天，多花儿专程来到檀香店中，据说是来采购一些香料。然而，檀香却当着多花儿的面，以决绝的姿态，将紫檀木制成的宝匣子，投入到熊熊大火之中。这等于烧毁了多花儿的希望。

那天，多花儿一进门就发现，檀香挺着即将分娩的大肚子，坐在柜台后面。

这是她们第一次见面。

"就你一个人住在这里？"多花儿挑剔地打量着店铺。

檀香没有立即回答她。

这种漠然的态度，令对方有点震惊。毕竟，她是以城主的尊贵身份，站在小店里跟她说话的。

檀香端出一只果盘，放在多花儿面前，回答道："并不是我一

个人。我还有一个父亲，我母亲临终时告诉我的。”

“那，那你有他的线索吗？”

说话时，她用指甲掐了掐果盘里红透的李子，却故意皱着眉头说道：“这李子看起来红透了，其实啊，生涩得很。我最讨厌吃这种骗人的东西。”

没等檀香辩解，她便把李子丢回盘中。

然后，她从羊皮手提袋里掏出一张药单来，对檀香说：“今天，我是想在你这里抓一服药，并在你这里把药煎出来。”

檀香接过药单，脸色立刻像打了霜的花朵，萎靡下来。

这是一服堕胎药。

檀香心里倒抽一口凉气。她犹豫的眼神越过药单时，正好撞见多花儿审视的目光。

“你还没成亲，为何怀了孩子？”

多花儿仰起脸，以蔑视的眼神，打量着檀香。

檀香轻轻低下头去，依然用沉默来回答她。

作为拥有尊贵身份的城主，她极不情愿看到金泰娶一个身份低微的女子为妻。况且，这个女子还怀着孩子。谁知道她怀的是谁的野种？多花儿心里嘀咕着。

“你肚里的孩子是谁的？”多花儿问道，“我再问最后一遍，这孩子的父亲是谁？”

檀香别过脸去。

她的沉默，像洪水过后留下的一块顽石。

“好吧，我不会再过问此事了。”多花儿停顿了一下，继而，用更加生硬的语气刺激檀香，“我听说，你是个妓女。”

檀香咬着牙沉默。

多花儿在心里暗暗告诉自己：假如金泰娶了这个妓女，生下来历不明的孩子，那简直就是家族的耻辱！

她要尽可能避免这种事情发生！

多花儿站起身，抖了抖衣服，似乎整间屋子，都不适合她尊贵的身躯。

檀香背对着她，镇静地从柜台后的货架上，取出一盒盒晒干的香料和药材。她开始配制这服药。

从金泰失约的那个夜晚开始，檀香就关上了为他虚掩的房门。

许多时候，她都能平静地听着，他前来推门的声音。

紧接着是敲门的声音。

再是呼喊。

最后，她的心上人，冒着被邻居嘲笑的危险，放下尊贵的身份，在她窗下抚琴，歌唱他心中的爱情和痛苦，并哀求她，为一个可怜的人把门打开吧。

在金泰不来诉说相思之苦的夜晚，她一个人在灯下，为新生儿缝制衣服。

她在街上买来粉红色和天蓝色两种料子，因为她不知道，会是男孩还是女孩。但她隐约感受到一个新的生命，在她体内微微颤动。

就在金泰前来敲门的次数逐渐减少时，她依然没有站起身来给他开门。她不是不原谅金泰，而是不原谅自己——自己的软弱。

一个夜晚，一个醉汉摇摇晃晃走在路人稀少的大街上。

檀香正坐在屋里，突然听见有人摔倒在她的门口。接着，那人在门外发出难过的叹息，甚至是呕吐。

一直侧耳倾听屋外动静的檀香，突然跳了起来，针差点扎到手指。她猜想，这么晚了，一定是金泰倒在她的门口。他可能为上次失约事件烦恼，才跑到酒馆里喝得烂醉。

“我再也不能不管了。”

说着，她提起灯，打开铜锁，卸下门闩上发出冰凉回响的铰链。门一拉开，一股扑鼻的酒气，和一个陌生醉汉突然袭击的拥抱，几乎使她晕倒。

檀香厌恶地喊叫起来。

醉汉竟嬉皮笑脸地说："别装傻了，谁不知道你是个婊子。我身上带着钱呐。"

那人掀开上衣下摆，抖了抖腰间，一个哗啦啦响的钱袋。

檀香发疯似的关上门，扣上锁头，缠上铰链，还在门后加了一把椅子，以抵挡这个无赖在门外粗鲁的撞击。

在害怕的泪水流下来之前，她赶紧扑在桌上，给金泰写了一封急信。信的内容只有简短的一行话：

"我需要你。我要立刻见到你。快点过来吧，我的金泰。"

心痛，是一首悲伤的旋律。

檀香仿佛听见，自己的泪水，像一条悲伤的小河，流过秋天的田野。那些扎根在土地上的美好东西，永远都不属于流浪的小河。

当她心中模糊地意识到这种情感时，她又默默将信撕掉了。

那个胡闹的醉汉离开后，她把这封没有寄出的信，连同自己的脆弱，一起揉成一团，丢进了燃烧的火炉里。

为了谋生，檀香很小就跟着母亲，学会了用红石头给人占卜未来。就在今天早上，她已通过红石头显示的卦象，预料到多花儿此次来的目的。她是为那个神秘的祖传宝匣子而来。

檀香准备升炉火煎药。

因肥胖而动作迟缓的多花儿，不停地用手绢擦拭着额上的汗珠。她极不情愿坐在狭小的座椅上，因此，她离开屋子，到外面透气去了。

炉火偏偏点不着。

手拿蒲扇，往炉口扇风时，檀香假装不经意地问：“这药是给谁喝的？”

那个身材瘦高、笔挺的男管家，从屋外走进来，并以一种宣布的口吻说道：“按照汤谷的法律，是不允许未婚先孕的女子，在此城居住的。除非，你立刻离开此地……”

原来，并不是想伤害我的孩子，只是想赶我走。檀香告诉自己。

炉火依然点不着。檀香提出，让她重新拿些柴火来，多花儿同意了。

檀香回到卧室，从床底密封的箱子里，取出那只紫檀木做的匣子。

从房间里出来后，檀香把匣子藏在身后。

“我想再见金泰一面。”

她抱着一线希望，恳求地对多花儿说。

“他不会见你的。”

多花儿断然打消檀香的念头。

接着，她用抱歉的口吻说道：“其实，我也不想这么做。”随后，她转换成另一种似乎无奈的语气：“只是，城里的人最近都在议论，你会生下一个拖着狐狸尾巴的孩子。”

实际上，多花儿的打算是，檀香若能将宝匣子送给她，她还是愿意接纳这个可怜女子的。但是，她不知道，自己用了先打压她，再慢慢补偿的错误方式。

檀香等不到补偿的那天。

她当场就把青春宝匣给烧了——当着多花儿的面。她真的这么做了。

将祖传的青春宝匣丢进火炉前，檀香还是将嘴对着匣子，吐露了一个女人的真实年龄，以及永远留住青春的愿望。

“二十岁。我想永远停留在，现在的二十岁。”

虽然，她也不知道，这个匣子是否真的具有神奇效果，但她报复多花儿的目的达到了。

炉火熊熊地燃烧起来。

多花儿几乎要扑到火里，将匣子给抢下来。那一瞬间，她在开裂炸响的火中，看见的是自己被无情烧毁的希望。

她本打算拿最犀利的言语，来攻击站在她面前娇小的檀香。可是，最终，她痴痴地盯着炉火，一句话也说不出来。

药煎好时，檀香平静地告诉她，那是用千年紫檀木生的火。

果真如此！

檀香大胆的举动，极大地触动了多花儿心头的隐痛——只要檀香将年龄藏在宝匣中，她就会获得不老的青春。

多花儿咬住内心的愤怒，思考着：如果金泰现在还要娶她，这就意味着，自己积攒下来的巨额财富，最后都会落到这个女人手里。

多花儿气得浑身发抖，却依然高傲地仰着头。最后，她抬起手臂，用代表绝对权威的手指，指向大门的方向，对檀香冷冷地说道："你、马、上、给、我、滚！"

多花儿在返回途中，经过一座拱桥时，听见了身后逼近的马蹄声。儿子金泰骑着马追上了她。他身穿白色狩猎服，肩挎弓箭，手挥皮鞭，急切地跳下马，径直冲到母亲面前，焦急地询问道：

"檀香呢？她去哪儿了？"

"我怎么知道。"多花儿不愿回答。

她漠不关心地看着桥下的水流，水中倒映着天上的浮云。

金泰仍坚持问道："你刚才去过她的香料铺。我随后赶到那儿，店门大开，炉火烧得正旺，可她却已不在了。你对她说了什么？"

"她不想嫁给你，她还把匣子烧了。"

多花儿简单地将过程叙述了一番。

“我这就去找她。”金泰说话时，已跨上马背，“她从哪条路走的？”

在多花儿的示意下，一个仆人，随意朝北城门方向指了指。

金泰不知道，这条路与檀香走的正好相反。

汤谷地处遥远的边塞古城，周边游荡的土匪、盗贼，像饿狼一样觊觎城南的古刹。据说，这座千年古刹中藏有稀世珍宝。

不止一次，汤谷遭受盗贼的血洗。这座古老寺庙的大殿，正是那些盗宝贼，用一把大火烧毁的。

关于那场大火，须云和尚至今记忆犹新。

每日清晨，从仍保留完好的僧舍走出来，面对荒芜的大殿废墟时，他都会心痛万分。那片瓦砾堆，已成野猫跳踔的乐园和飞鸟的栖息地。

今早似乎不同于往常。

他特意将一间别舍收拾了出来，并将摇晃的门框，用锤子钉了钉。“今日可能有客人来。”他自言自语道。

在他修修补补间，他发觉，有一个人已来到寺庙大门。

须云和尚直起腰，眯着眼望过去，这才发现自己确实老了。若在二十年前，他四十来岁时，修理房子这样的事，是不至于让他腰酸的。而如今，眼睛也模糊了。

待那人走近，须云和尚才看清楚，并高兴地说：“啊，原来是檀香施主。怪不得，今日一早，就有一只喜鹊飞到窗口鸣叫。我就知道准有客人要来。”

他接纳了檀香，并立刻去街上找了一个接生婆。

檀香就要生孩子了。

一片孤城外。

金泰纵马奔驰在城外的荒郊野地里，并不时停下来，呼唤檀香的名字。可是，却丝毫不见她的踪影。

是他的马跑得太快，还是檀香根本就没出城？

金泰心中的眼睛，像被人用手蒙住，他看不见命运之手，要带他去哪里。

这时，一只兔子从马前跃过，被惊的爱马，仰起前蹄，骇异地嘶鸣。金泰一时烦躁不安，举起弓箭，对准兔子钻进的乱草丛，放出一箭。

没想到，当他拨开高齐马头的杂草时，却发现他的箭，竟射中了一只美丽的白狐。

就在同一刹那，空中砸下一串惊雷。

檀香怀的孩子出生了。

“多漂亮的动物啊……”金泰赞美地伸出手去，触摸白狐光洁的皮毛。他还看见，这只奇异的动物，有一双仿如少女般，美丽、忧伤的眼睛。

惊雷震撼了金泰的心。他意识到，即将到来的罕见大雨，会把他困在郊外，他必须立刻返回。他甚至来不及将猎物带走，便掉转马头，快马加鞭地赶往城中。

多花儿焦急地在城堡中等待。

“少爷回来了没有？”她问伺候在身后的高个儿管家。

“城主，你已经问过三遍了。少爷他还没有回来。”管家回答。

“那你派人去找了吗？”

“在桥上和少爷分手后，遵循您的旨意，就派人跟着他去了。”

听了管家的话后，多花儿开始后悔，自己让金泰朝相反的方向追檀香。但她却故作风趣地对管家说：“你说说，一个贵族公子，和一个怀孕女人，在一个大雨天，他们能去哪儿？”

这时，有人前来禀报：“城主，我们发现了少爷捕获的猎物。这上面有少爷的箭。”

此人呈上一只已死的白狐，狐的胸口，有一支带血的箭。

多花儿接着问道：“那少爷呢？我儿子他现在在哪儿？”

来人浑身上下被雨水淋湿，支吾着说出了一个惊人的真相：“少爷……他……他骑马坠下了悬崖。”此人抢在多花儿哭出前，放声痛哭起来，并恳求多花儿原谅。

随后，他说出了事情经过。

……雨越下越大，他和几个随从，发现少爷正骑着马，在一处危险的悬崖边徘徊。他们努力呼喊，少爷却像听不见似的，他的马依然焦急地在崖边踱步。

“我们以为风雨太大，少爷听不见。后来，我们靠近悬崖边，希望将他拉过来，谁知，他的马突然一跃，翻身摔下悬崖，我们都吓傻了。”

2. 雪夜弃婴

须云和尚正在禅房坐禅。

突然，一声婴儿清亮的哭声，从对面的居室里传出。

老和尚猛然睁开双眼。在此前的冥想中，他看见一池高雅、硕大的粉色荷花，霎时怦然开放。

天歌来到这个人世了。

苍穹传来风雨的呼唤。推开房门，老和尚站在空寂的长廊上，任猎猎风雨刮起他的僧袍。

他仰起头，放声长问苍天："是谁？"

一道金色盘龙状闪电，由空中厉声劈下。

是谁？是谁？余音在风中回荡。

另一边，哭声持续地，从一个小小的、却执着的生命里来。

金色闪电，在古寺年久失修的侧殿屋脊上炸响。顿时，暴雨横扫天地。

刚才那句谁也不懂的话，难道是老和尚在傲问苍穹的禅机？此时，在他长眉下，那双蕴含睿智的眼睛里，似乎已找到了答案。

那个"谁"，已经来到这个世上了……长廊上，他独自哈哈大笑起来，风雨从他身边呼啸而过。

潮热的房中，檀香虚弱地躺在床上。她隐约听见接生婆兴奋、惊异的声音在说："是个女娃儿！我从没见过这么漂亮的娃娃。你听听她的哭声，这副好嗓子，像是含着金铃铛出生的。"

孩子的哭闹牵动着檀香，最终将她从虚无渺茫的梦幻中拉回来。

刚才，她独自徘徊在大河滔滔的沙滩上。她好像听见金泰嗒嗒的马蹄声，正沿着河对岸的沙滩奔跑。

隔着茫茫大水，她一遍又一遍，大声地呼喊着他。可他伏在马背上，专注地向前奔驰，一点儿也听不到。

"把她抱给我看看。"檀香双眼湿润，声音轻柔地说。

接生婆赶忙将孩子放在她的枕边。

"多像一个人啊……"她握着婴儿的小手，自言自语道。

随后，檀香打开裹着新生儿的包裹，仔细将孩子全身检查了一遍，直到确认婴儿臀部，并没有长出毛茸茸的狐狸尾巴时，她才放下心来。

似乎因为下雨，天黑得比往常早。

老和尚心里总惦记着一件事，他不时来到门边，往外张望，并自言自语道："今天不来了吗？"

他似乎在等待某人归来。

在他第三次走出门，站在长廊上观望时，接生婆抱来了孩子。他接过这个一出生，便伴随着天地异兆的婴儿，并决定给这个不平凡的孩子，取名为——天歌。

"因为你天籁般的声音，带来了大地久旱之后渴望的雨水。"老和尚说，"雨是天空的歌声，你就叫天歌吧。"

檀香始终过意不去。她将老和尚端来的糖水推到一边，取下自己手上的玉镯子，打算捐给寺庙。

须云和尚劝她收回，并说："你迫不得已在寺里生下孩子，这也是一种佛缘啊。"

檀香谢过老和尚后，又好奇地问："大师是否在等什么人？我看见你频频向窗外张望。"

"啊，"老和尚笑着说道，"我在等一只白狐。她是一只有灵性的动物，每晚，我都会在禅房外准备一些果子。它常会来寺中玩耍，并在我坐禅时，卧在我的脚边，似乎念佛一般。"

"今晚它没来吗？"

"没来……或许，是因为下雨吧。"

入夜，老和尚的目光，越过雨雾走得很远很远；手中笃笃的木鱼，仿佛敲打在禅房外，那一片断垣残壁的废墟上。

翌日，多花儿亲自来到寺庙，请求须云和尚，为她儿子金泰，做一个超度亡魂的道场。

须云和尚表达了哀悼心情后，趁机向她提起重建大殿一事。重建被大火烧毁的正殿，一直是须云和尚的愿望。

"若没有一个正殿，少爷的道场，只能屈尊在侧殿里进行了。"

此次，多花儿还专程将白狐的尸体带来了，她并不知道白狐与老和尚的关系。只是，狐非千年不白，她害怕狐狸作怪，而且金泰的死，的确离奇异常。她希望须云和尚帮忙消灾。

多花儿离去后，老和尚带上铲子，在后山一处避风的山坳里，将白狐埋葬了。奇怪的是，从此以后，当冬季白雪覆盖山林时，人们经过野狐冢，却见坟上青草丛生，不落丝毫雪花。

檀香，就是在这个黄昏，得知金泰死讯的。

当天中午时分，她就发觉有异常多的蚂蚱，不知从哪里而来，进入到她的房间。

这些青色的小虫子，让她有种不祥的预感。

帮她带孩子的接生婆，问她拿毛巾干什么，她说："我在赶走这些蚂蚱。我怕它们给我带来坏消息。”

薄暝时分，她在为新生儿斗篷缝上最后一枚纽扣时，耳边忽然响起金泰清晰的呼唤声：“檀香——檀香——”

一阵撕心裂肺的疼痛，撞击着檀香的胸口。她立刻猜测到，有不幸的事情正在发生。

远处，浩浩荡荡的送葬队伍，正抬着金泰的棺木，向寺庙的方向移来。

多花儿走在人群前，哭天抢地，成为第一个，向檀香传递不幸消息的人。

随后是抬棺人杂乱的脚步声，经过她借住的别舍，最后，棺木停在了对面的侧殿里。不停传来的哭声，被人群踩烂的鲜花气息，以及回荡在侧殿内空洞洞的招魂声……让檀香陷入了绝望。

为抑制极度的痛苦，她一次次用指甲死命掐自己，直到疼痛陷进骨头里，她才从被泪水淹没的沼泽里爬出来。

接生婆跑回来，隔着门，向檀香报告侧殿那边发生的最新消息。

“你出来瞧瞧吧！那些蚂蚱啊，果然是灵魂的使者。”

浑身散发活力的接生婆，一边说，还一边推着檀香的房门。

然而，她每次都推不开。但这并不影响她站在门外，津津乐道地讲述：“那些被你赶走的小青虫啊，不知道从哪儿又冒了出来，竟全部跳到侧殿里去了。

“你没看见，城主多花儿趴在棺材盖上，紧紧保护金泰遗体的举动，那真叫人心疼。她还大声指挥众人，‘快赶走这些到处乱蹦的昆虫！别让它们碰我的儿子！’

“我和抬棺材的几个人，刚才还在议论这件怪事，他们都说，那是金泰的灵魂变化出来的。就在前来寺庙的路上，抬棺人走走停停，不时将沉重的棺木放下来。一个人感叹道：‘这是灵魂不想走啊，我从没抬过这么重的棺材。’其他的人也有同样的感受。

“你听见我说话了吗？檀香——你难道就不想出来看看？”

好奇的接生婆说完后，小心地将耳朵贴在门上偷听。

结果，房间内没有任何动静。

泪痕已干的檀香，此时正跪坐在地上，怀里紧紧拽着刚才还在缝制的那件婴儿斗篷。

寺庙的塔楼上，传来昏暮中一声又一声沉重的钟声。

她放下斗篷，面对墙上垂挂的“禅”字卷轴，渐渐安静下来。她的脸上，呈现出空净冰冷的神情。

当门外接生婆那一声无奈的叹息消失后，檀香抽出别在发上的簪子，如绸缎般光滑的长发，从头上滑落下来。

她凝视着眼前的“禅”字，举起剪刀，朝自己的头发剪去。

忽然，一声婴儿的啼哭，把她从虚无中唤醒。

是天歌！

她放下剪刀，披着被剪刀伤害过的凌乱头发，冲到门边。

她在哭。

檀香心里想着孩子。

直到过了金泰七七四十九天祭日后，檀香才脱掉一身素色衣裙。

每当想起自己打算落发为尼的那天，她便庆幸，若不是天歌的哭声，自己是无法从装满死亡和孤独的硬壳中突破出来的。

当时，她来到侧殿，碰见了被众人搀扶起来的多花儿。

两人默默对视了片刻。

“她是谁，你们认得吗？”

多花儿指着檀香，故意装作糊涂地转过头，问搀扶她的下人。

众人眼前的檀香，体态修长，神情悲伤；美丽的长发上，露着被绞过的痕迹。

檀香打破众人低头不语的沉默，说：“我是来与死者告别的。”

她抱着坚定的信念来见金泰。她要再亲吻一遍，他已闭上的双眼，哪怕多花儿将她卖给城外的强盗。

然而，这次她估计错了。

多花儿并没有在死人面前阻拦她，而是借口头晕，让人扶她去休息，但她仍暗暗吩咐下人：

“看紧檀香！不许她触碰我儿子的遗体。”

在须云和尚为金泰做道场的那一个星期，青色蚂蚱随处可见。特别是黄昏时分，在人们不经意间，从屋里各个角落里冒出来——屋梁上、桌子上、佛像上、人的身上。

白天，檀香将自己隐藏在哀悼的人群中，并寻机靠近停放在侧殿中央的棺木。

深夜，她在婴儿摇篮边，悲伤地轻轻吟唱。她那没有歌词的曲调，每夜都飘荡在古老的寺庙里，辽远得像雪山上吹过的风，冰冷而纯净。

这凄美的歌声，几乎夜夜唤醒金泰在冥府里不安的灵魂，并牵引着他思念的脚步，匆匆赶往人间。他抓住歌声的尾巴，跟着它跨过断魂桥，渡过忘忧河，穿过死亡峡谷，来到阴阳关时，却被守在那儿的看关人，一把给推了回来。

他被重重摔倒在出发时的原点——一口黑洞洞的木箱子里。

法事进行的最后一天，遗体准备送出寺庙埋葬时，趁着混乱，檀香突然奔到金泰身边。她清楚地看到，金泰的容颜，依然与生前一样，与她夜夜在梦中见到的一样。

没错，他的灵魂一直与她在一起。

这回，檀香终于避开了多花儿监督的视线。

当日黄昏时分，巨大落日笼罩下的寺庙静悄悄的，一个青虫也

没出现。它们似乎突然间，自动消失得干干净净。

自从独子金泰出了意外后，多花儿忽然瘦了下来。坐在餐桌前，一想到万贯家财没人继承，再美的佳肴都提不起她的食欲。最后，她干脆把工作搬到餐桌上，让工作的疲惫，忘掉悲伤的空虚。从此，餐厅里每到就餐时，就会响起算盘珠子飞快的起落声。

多花儿问伫立在身后的男管家："檀香现在住哪儿？"

管家回答："还寄住在龙池寺。"

"她的店铺查封了吗？"

"暂时还没有证据证明她是个妓女，还没有人亲眼看见她在店中接待男人留宿，所以……"

"她肚子里的孩子，就是证据！"

多花儿停下敲打算盘的双手，不容分辩地说。

管家接着说道："听说，她生下了一个女孩。"同时，又小心翼翼补充一句，"那孩子没有狐狸尾巴。"

多花儿重新埋头在账本上，嘟囔着："她是个妓女。谁知道那是和哪个男人生的野娃子！"

她瞥了一眼挂在餐厅墙壁上的焦尾琴。

"铁匠大街上，现在有哪间店铺打算盘出去？"多花儿问管家。

"街尾，石子巷里，有一个皮匠，在破风堡驿站收购皮子时，被土匪杀了。他的妻儿打算把店卖了。"

"叮咚巷里有没有呢？大街往右拐的第五间，不是檀香的香料铺吗？在她的街对面，那家制作乐器的作坊，有没有什么动静？"

管家迷惑地望着多花儿，他不明白，为何专要找这家。

多花儿合上手中的账本，说道："我要在那个女人的香料铺对面，也开一家香料铺。这样，不但可以挤垮她的生意，还能查到她到底是不是在干妓女勾当。"

这是一个下雪的夜晚。

禅房朝南的窗户里，须云和尚拨亮一盏孤灯，借着雪夜的宁静，伏案抄写经文。

这时，他忽然听到雪地里，由远及近地，传来一阵阵细微的铃声。

似乎有人朝禅房方向走来。

须云和尚停下笔，伸手将桌上浅盘里的一管灯芯，拨得更亮一些。当他留心倾听时，铃声似乎又停止了。只有窗外簌簌的雪花，从树枝上扑扑落下的声音，除此之外，别无其他声响。

老和尚重新提起笔，在纸上抄写着《般若波罗蜜多心经》第三段：“舍利子　色不异空　空不异色……受想行识　亦复如是”。

然而，就在“是”字落笔时，一声响亮的哭声，突然划破静谧的夜空，似乎连桌上的灯芯，都为之颤动起来。

老和尚心中一惊。

他疑惑地搁下笔，起身支起窗户。窗外，如湖水般幽蓝的月光，忽地倾泻进房中。

雪地上传来的婴儿哭声，响亮而坚决，在这寒冷的夜里，着实令人牵挂。

须云和尚匆匆披上僧衣，打开僧房，看到皎洁的月光下，闪亮的白雪，蓬松松的，如同刚发好的年糕。

“多美的月色啊……”老和尚感叹道。他举目望着月色下悠然的屋舍、树木，忍不住深深吸了一口气，寒冷的空气留在舌尖上，清凉、甜润。

然而，就在屋外的柴门旁，他惊异地发现地上搁着两个孩子。

稍远处的雪地上，留下一串脚印。

老和尚凝视着这串来去匆匆的脚印，迷惑道：“大雪天里，谁会把孩子送到这里来呢？”他抬头四处张望，却没见任何人的影

子。只有那串离去的脚印，消失在远处的林子里。

幽静的月光下，须云和尚仔细地端详着这两个孩子，他们约摸一岁光景，两人的小脸蛋，已被寒冷的天气冻得通红。老和尚赶紧把孩子抱进暖和的屋内，塞进自己的暖被窝里。

随后，须云和尚取出一个用莎草纸装订的本子，一一记下他们的出生年月。他们的生辰，被人写在两张缝在胸前的布片上。

自从须云和尚收留了这对可怜的孪生子后，檀香就把天歌也抱了过来。她将三个孩子放在一张特大的摇篮里，每晚哼着催眠曲，看着他们入睡。

一次，为两个孩子洗澡，檀香打趣地说："如果天歌长大了，我就把她嫁给你们其中的一个。"

她朝玄一和帝隐两兄弟眨眨眼睛。

帝隐似乎听不懂檀香的话，他正跟天歌抢玩具。

而玄一，则流露出似懂非懂的神情。他紧紧抓住檀香的头发，直到把她抓疼才松手，似乎想让檀香记住她曾说过的话。

天歌出生后，接生婆向檀香多要了几串钱。

她的理由是："人家都说，你家孩子是后山野狐冢里那只白狐投胎而来。给这种事接生，不吉利。"

的确，天歌的出生带来了许多异象。

之前，干旱持续笼罩汤谷达半年之久，而天歌刚一坠地，天地间便雷雨大作，后来，这雨一直持续下了三个星期。

那是五月的雨。

天歌出生在五月，那也是个恋爱的季节。香料铺所在大街上的白玉兰树，正是开花时节，她的金泰，曾在白玉兰树下，给她弹奏焦尾琴，诉说相思之苦。

她想给孩子取名"玉兰"，或"兰香玉"什么的，可老和尚说，“天歌”这个名字，是从天上来的，带着天赋的吉祥。

关于白狐的故事，继续在铁匠大街上流传。

起初，一个常给寺庙送柴的樵夫说，他每次到寺中去，都见到那只狐狸，在大殿的废墟上玩耍。听说被老和尚养了一阵子后，便不再吃肉食了。樵夫想戏弄一下这只狐狸，是否如人们所说的那般神秘。那天他上山砍柴，正好打了一只野鸡，见到白狐后，便放下肩上的柴禾，把野鸡在它面前晃来晃去，想引诱它扑过来夺食。谁知这只狐狸一点儿也不领情，任樵夫把诱饵甩来甩去，丝毫不动心，依然自顾自地在荒草丛中穿梭。

后来，一个偶尔在寺中借宿的人听了此事后，也起了好奇心。他故意将一些煮熟的肉食，塞进老和尚给狐狸准备的果子里。此人后来回到街上，对热心听他故事的人们绘声绘色地描述，说他亲眼看见白狐当场就将食物全部呕了出来，并恶狠狠地瞪着他。

时值初春，龙池寺大殿废墟上还留有残雪。

傍晚时分，须云和尚正在坐禅，忽然听见来人的敲门声。开门后，他意外看见了城主多花儿。她是为两个弃婴而来。

关于寺庙里收养了两个男婴的消息，是一个云游四方的萨满，通过守城门的卫兵、服侍城主的女仆、男管家，最后辗转传到多花儿耳朵里来的。

她的男管家，暗中和一个女仆相好。而女仆的丈夫，是看守北城门的小官。那天，金泰沿着相反方向追寻檀香时，此人正在北门值勤。当时，金泰停下来问他有没有见到一个即将分娩的女子。由于事先被城主吩咐过，所以他说了谎。

谁知，从那一刻起，他成了最后一个和金泰少爷说话的人。

罕见的暴雨冲刷天地，这个卫兵不断期盼，希望能在雨中看见少爷返回城中的身影。然而，站在城楼下的他，等来的却是少爷随从们惊恐地返回。他看见他们马上悬挂着一只白狐的尸体，插在胸口上的箭，他认出是少爷的。

为此，在金泰出殡的路上，他在人群中哭得极为凄切，并将自己害怕的原因，告诉了妻子——那个女仆。他说，若当时自己没撒谎，少爷就不会出城，也就不会发生意外。

他妻子骂他傻：这有什么好怕的！又不是你的错。

此人诚恳老实地说，他从前是铁匠，曾给少爷做过打猎的弓箭。因他做的箭锋利无比，速度极快，而深受少爷喜爱。后来，少爷提拔了他，让他做了守城的小官。那天，他第一眼就瞥见，射在白狐身上的箭，是出自自己之手。他不无惊慌地对妻子说，传说狐狸非千年不白，它又是养在须云和尚庙里的。

他的妻子也紧张起来。他们害怕，接下来灵狐会寻找制造箭的主人复仇。唯一的办法，就是去找一个法术高强的萨满，来驱除灵狐可能下的诅咒。

正是这个原因，傍晚时分，多花儿独自踏雪来到寺庙。她默默走进屋里，第一眼，就被两个小家伙吸引住了。

她靠近火炉，爱怜地瞅着两个困倦的孩子。那个守城门的卫兵，请萨满驱邪的办法是管用的。她心中暗暗称奇，这个萨满，看来是个法力高深之人——虽然没见过她，却能猜透她的心思。

萨满给那个求助的卫兵，开了这样一服“药方”——让你的主人，到龙池寺去，祈求神明赐给她一个继承人吧。

多花儿从摇篮里抱起的那个孩子是帝隐，他和玄一玩耍了一整天，此时正昏昏欲睡，眼睛皮都沾到一块了，突然被一个陌生老太太抱住，他立刻大声哭闹起来。

帝隐在多花儿怀里，又是挥手又是踢腿，极力地反抗着。最后，老太太发现，一股热乎乎的水流，打湿了她的手臂。

“他竟在我身上拉尿呐。”

她满心欢喜地，抱着孩子亲了一口：“我就要这个啦。”

此时，坐在被卧里的玄一，用安静的大眼睛，观察着这个身穿貂皮大衣的陌生女人。

须云和尚忧心地说：“还是请城主将他们两兄弟一起收养吧。别让他们分开的好。”

多花儿正色道：“可是，财产只能有一个继承人。”

既然知道未来伤心是注定的，老和尚也就不再多说了。

从此，玄一便留在寺中做了和尚，帝隐则在多花儿的城堡里，被确立为家族财富唯一的继承人。多花儿将他视为亲孙子，甚至愿意为他摘天上的星星。

3. 她在等情人吗？

寒来暑往，几个冬夏过去了。汤谷街市上依然熙熙攘攘，所不同的是，铁匠大街向右拐的胡同里，时常会传来令人惊叹的美妙歌声。

那是天歌的歌声。

就在刚才，她在母亲做的一顿丰盛晚餐里，度过了她的第八个生日。下个星期天，她要去逛庙会了，为此，天歌兴奋得在床上打滚。檀香将她搂在怀中，好不容易才将她哄入梦乡。

接着，檀香换下了自己白日里穿的素洁服饰，套上光艳的丝质罗纱裙，最后放下漆黑油亮的长发。

她离开小木屋，来到自己位于大街上的店铺前，慵懒地靠在门边。

这是一个美妙的夜晚，过往的路人，可以隐约闻见从她身上飘出来的花朵馨香。

她在等情人吗？

就是在这样的等待中，檀香常常会透过眼前的迷雾，看见当年金泰偷偷和她约会时的慌张。

今夜，直到月上山冈时，她才听见一辆马车辚辚驶近的声音。檀香用涂红的指甲，在门框上做下记号。

“这个月的第七个。”

她自言自语之间，马车已停在她店铺的门前。

从车上下来一个男子。从衣着上看，此人尽量使自己显得不起眼，可他那贵族的发型，檀香一眼就能看出。那是刚刚经过理发师精心修剪的。

“说好的，二十个银币。”

檀香伸出手，接过男子从指缝间漏下的数个闪亮银币。

她已是一个高级妓女了。

今夜，不过是做了一笔出售美丽的交易罢了。

她不再需要维持自己的清高，以及脆弱的担惊受怕。至此，檀香出售的，不仅有调配好的香精、香水和药草，只要价钱合适，也可以买到她的美貌。

然而，她的标准却是奇怪的。对前来寻欢的客人，在相貌上有很特别的要求：黑眼睛，一米七八以上的身高，宽肩细腰，头发要用香水喷过。

最后，皮靴还要擦得锃亮。

这些都是金泰暗夜里和她偷偷约会时的形象。

檀香不仅擅长占卜，而且心地善良。她往往会在一些熟客临走时，给他们一些忠告。

“小心你的笔！别在纸片上乱签自己的名字。”

这是她给一个珠宝商的警告。三天后，此人在一份合同上，匆忙签下了自己的名字，进货时才发现，有七枚价值连城的钻戒，竟是假的。他被讹去一千五百两黄金，破产的他几乎要自杀。

夜里，每当一个陌生男人睡在她身旁，她就会不由自主地想起母亲。

母亲会经常回家，坐在靠窗的摇椅里。

母亲的容貌很清晰，就像活着时一样，只是瘦削的脸上，布满了衰老的皱纹。或许是老人在冥府呆的时间长了，在她灵魂的头上，已长出茂盛的杂草，还开出一两朵路边常见的黄色小花。

一旦看见母亲左眼下方泪囊上的痣，檀香就希望，母亲能告诉她父亲的一些情况。

“我恨他。”檀香在梦中向母亲诉苦，“为什么他要抛弃我们母女，一个人离去？我父亲到底是谁？”

老人从檀香颈上，取下她送给女儿的红石头项链，并以占卜惯用的手法，告诉檀香想知道的事情。

“让我来看看，你恨的父亲，现在在哪儿？”

梦中的背景，就发生在母亲留给她的小木屋里。如今，天歌正安静地睡在檀香儿时躺过的床上。梦中的母亲，如往常一样，坐在靠窗的摇椅里。她用红石头占卜，然后告诉檀香答案。

“原来，他的头发已经掉光了。还有，他的牙齿也开始松动了呢。”

“我在哪儿能找到他？他叫什么名字？”

“他很快会来找你。”

“什么时候？”

“说不准。但是，在未来十天内，总有一天，他会来敲门的。”

这也是母亲生前经常给苦闷的人占卜时用的态度。她的预言会在第二天实现，也有可能在二十年后才实现。总之，每个来找她预知未来的人，都等不及真相的到来，就将身边一件貌似有关联的琐事，硬是给拉进来，以证实她给的预言成真了。

檀香在得知父亲会来找她时，却突然改变了主意。

“还是让他别来了。”

她紧张地低下头，十指紧扣，拿不定主意地说道。

“我……我不知道该怎么面对他……”

“这可由不得我，”母亲说，“就连人，都无法阻止将要发生的事，我一个灵魂能干什么呢？！何况，我现在也老了。”

说完，老人开始不停地咳嗽。她把年轻时的哮喘，也带到了冥府，在那里，依然没有办法治好。

檀香母女离开寺庙时，德高望重的须云和尚，曾郑重地将一把银钥匙送给了天歌。檀香理解为此物能辟邪。为此，一直小心地看守着天歌，不让孩子把钥匙胡乱摘下来。

然而，天歌八岁生日后的第二天，她给天歌洗完澡，拖着疲惫身子准备上床睡觉时，却突然发现，天歌脖子上的银钥匙不见了。

檀香惊呼起来：“你的银钥匙去哪儿了？”

天歌懵懂地看着母亲，被她惊恐的神情吓坏了。

檀香以为是刚才洗澡时，自己将银钥匙搁在椅子上，后来给天歌穿衣服时，就忘在澡房里了。

已是半夜时分，她独自提着灯，找遍澡房里所有阴暗、潮湿的角落，凳子下、门后边、水桶里，甚至拨开炉子里的灰烬，但没有见着一丁点儿钥匙的影子。

她焦急地回到房间，天歌依然平平安安地抱着布娃娃，坐在床上等她。有一瞬间，她对老和尚曾经给她的警告，产生了怀疑。但很快，这种自我安慰的想法，就被金泰因射杀白狐，而意外身亡的事件给冲散了。

一想到龙池寺后山，到了冬天，坟头仍不落丝毫雪花的野狐冢，人类对自然界神秘事物的害怕，便占据了檀香的心头。

她回忆起寄住在龙池寺的日子。

那是初春的一个早上，她抱着孩子，前来向须云和尚辞行。

“我们母女平安，多亏有大师的收留。打扰贵寺已有多时，如今，我准备回到自己的香料铺去，今特来向大师辞行。”

须云和尚极力挽留，檀香却执意要走。“你再等等。”说完，老和尚打开了一个盒子。盒子明黄色的绸绢上，躺着一把精巧的银钥匙。“这是什么？”檀香问道。老和尚站起身，将敞开的窗户和侧殿大门关上，然后虔诚地点了三支沉香，跪在佛祖像前祷告了一番。

之后，须云和尚才对檀香说：“现在，我要把一件珍贵的护身符，作为礼物送给天歌。”

檀香不好意思接受。

“这也是缘分。”老和尚说时，已把钥匙挂在婴儿的脖子上了，“从她一出生起，就注定了拥有此物。它，能锁住天歌心中的魔性。”

“什么？”檀香惊讶地凝视着老和尚。

“天歌出生时，正巧感应到一股天地间强大的灵力。”

“灵力?!”

须云和尚向她解释：“这股灵力，会借助外界的邪气。比如说，古城里的人都在流传，‘白狐的诅咒’……”

“为了避免它借此侵扰天歌，我把这个储藏着强大控制力的银钥匙，送给你的孩子。”

“太可怕了……这不可能。”

檀香抱紧自己的孩子，脸上流露出一个母亲的担忧。

老和尚凝视着她怀中熟睡的天歌，说：“她长大后，还有许多事情等着她去完成呢。”他的目光柔和下来，继续对檀香说道，“这是个天赋异禀的孩子，在她体内同时具有神性和魔性。”

檀香静静地听着，并小心地触碰了一下在孩子胸口上起伏的银钥匙。

“以后都不能摘下来吗？”她问道。

“记住，永远都不要摘下来。”

“……”檀香沉默不语。

老和尚再次郑重地给她以忠告。

“银钥匙若是丢失的话，那将是很危险的。”

“很危险？”

“对。”

老和尚严肃的目光，再次落在那把闪闪发亮的银钥匙上。

“很危险……”

寂静的庭院里，突然，一尾红色鲤鱼“啪嗒”一声，甩着尾巴跳了起来，在月光下的空中，打了一个优美的弧线后，重新落进池子里。

“昨天，在寺里跟玄一玩‘过家家’时，我把钥匙给他了。”第二天吃晚饭时，天歌跟母亲说了实话，“玄一做爸爸，我做妈妈，他做生意赚了很多钱，但他回家时没有钥匙，我就把自己戴的那个钥匙，给他拿去开门啦。”

一直为找不到银钥匙而焦急、恐惧的檀香，听女儿如此一说，便拉着她，准备立刻去寺中找回护身符。

然而，当她们走在飘着饭菜香味的大街上时，檀香又为自己的敏感而感到可笑。从昨天丢失银钥匙到今天傍晚，天歌一切都很正常，就连平时爱闹的肚子疼都没有出现。因此，她决定过几天再去。

结果，三天后，天歌被鞭炮炸伤了手。一想起那晚，没及时去寺中找回银钥匙，檀香就懊悔不已。

事实上，那天玩“过家家”游戏后，玄一就有意要将银钥匙留下。

玄一隐约记得，之前，自己生过一场重病，很重，快要死了。

老和尚非常担忧。

对于老和尚来说，抚养一个孩子长大，成了念经之外的一项重要功课。

与强壮的帝隐不同，玄一天生柔弱，并拥有一双敏感灵动的黑

眼睛。那女孩儿一样长的眼睫毛，让寺中烧香的人们，误把他当成小姑娘，每每给他带来一些玩具娃娃或者花裙子。

然而，最令须云和尚揪心的，还是玄一多病的身体。

每年三月的花粉，六月的暑湿，九月的秋燥，腊月间的咳嗽，偏偏都让玄一染上了。雪梨膏、银耳羹、蜜枣粥……老和尚跟天下当娘的一样，换着季节给玄一炖各种调养补品。在生病的晚上，他还不放心地守在玄一身边，看着孩子入睡。有时困意来袭时，他索性和衣倒在孩子身边，像爷孙俩一样，相互陪伴到天明鸡叫时分。

那场大病，须云和尚向高烧中的玄一，絮絮叨叨地讲述了银钥匙能打开一个宝藏的故事。那一次，绝望的老和尚以为，玄一是会带着他讲的秘密，到另一个世界里去的。

然而，心思聪慧缜密的玄一，竟在那场大病中活了过来。

他甚至记住了老和尚讲的秘密。

玄一拿到天歌的银钥匙后，将它丢进鱼池里藏了起来。

三天后，天歌哭着来找他："妈妈说，如果银钥匙丢了，我就再也不能唱歌了。玄一哥哥，你帮我把银钥匙找回来吧。"

天歌爱唱歌，就像鸟儿天生爱鸣叫，春天花儿要开一样。

为了把银钥匙从池子里摸上来，玄一跳进清寒的鱼池里，足足在水底找了一个下午。第二天，他大病了一场。

为了避免银钥匙再丢失，回到家后，檀香故意吓唬女儿道："要是再把护身符弄丢了，你的嗓子就会哑的，再也不能唱歌了哦。而且，还会受到其他的伤害，喏，就像你的手！"

天歌的小手，就是在银钥匙丢失的时候，被鞭炮炸伤的。

檀香店铺对面的乐器作坊，是金泰当年学琴的地方。这家琴行的老板，如今去世了，他的儿子以一百二十两银子，将铺面盘给了城主多花儿。

当天，多花儿亲自来为新店开张剪彩。为了这次收购，她已策划多时，只要能和檀香竞争的，她都会去尝试。

为了庆祝新店开张，多花儿叫人在门口准备了鞭炮。

帝隐从马车上跳下来，抢着要点第一串鞭炮，最后却被众人连吓带求地拖回到多花儿身边，因为下人们知道，多花儿有多疼爱这孩子。她把他当作儿时的金泰来抚养，若帝隐有一丁点儿损伤，他们拿命也赔不起。

当帝隐在多花儿怀中打滚，一遍又一遍“奶奶，我的好奶奶”撒娇时，住在街对面的天歌，跑过来看热闹了。

在没人注意她的情况下，她好奇地捡起被帝隐丢在地上的香。

一串从门楣上悬挂下来的大红鞭炮，吸引了天歌。她手持这根燃烧的香，点在鞭炮的引子上。

后来，天歌出事了，鞭炮炸伤了她的小手。

檀香哭丧一般冲到对面街上，堵在这家新开的店铺门口，把世间所有的愤怒，都倾倒在他们的钱柜上。

在被邻里劝回家前，她还故意打碎了对方柜台上的招财猫。

幸好当时多花儿不在场，要不，多花儿会把日后店铺亏损的原因，归罪于檀香，因为她打碎了招财猫。

自从母亲在梦中卜卦，替檀香预测父亲开始，已经一个星期过去了。这期间，她特别留意前来光顾的客人，希望能见到那个未曾谋面的父亲。因为母亲向她预言过：他会来敲你的门。

为此，檀香对敲门声变得异常敏感。

在来访的男人中，有三个人引起了她的怀疑。

第一天的敲门声，是住在另一条街上的老单身汉。他是来给自己顽固的脱发买药的（因为卦象上说，她父亲的头发已经掉光了）。

第四天，有个人敲错了门，他说要找的人是在隔壁。

等到第七天夜里，檀香接待了一个从大漠里来的异乡人。他留着长发，披着侠客的斗篷，却穿着僧侣的僧袍。

此人说，他是一个云游四方的萨满。

从对方四十来岁的年龄推断，檀香以为这就是自己的父亲了。为此，她不能留他在店中过夜，当下毅然地将他关在了门外。

“我不习惯和陌生人睡觉。”她立场坚定地说。

当晚，檀香又梦见了母亲。她问母亲：“刚才那个人，是不是我的父亲？”

那个衰老的灵魂，没有回答她的问题，而是埋怨檀香，为何将自己赚到的钱，都捐给寺里。

“你一个女人，带着孩子，捐那么多钱给寺里干吗？！”母亲不满地说。

每隔一段时间，檀香就把自己从男人那儿赚来的钱，统统捐到寺里去。须云和尚并不介意檀香的妓女身份，热情地接纳她的馈赠。

“须云大师在我最困难的时候接纳了我，天歌又是在寺里出生的，现在，他为了寺庙大殿的重建，正四处找人募捐呢。”

“你还是关心一下天歌吧。明天庙会上，她又要闯祸了。”

“别吓唬我。她有须云大师送的护身符保佑呢。”

“那个老秃驴啊——我看不上他的虚伪！”母亲轻蔑地说。

檀香惊讶地看着母亲：“你怎么可以这么说？！”她接着追问道：“难道你认识他？”

然而，梦总是在关键时刻醒来。

多花儿收养帝隐后，当即给他请了三个奶妈、六个随从。即使是这样，多花儿还是不放心。她常常亲自给孩子洗澡，亲自试水温，既不能太烫，也不能太凉。

只有参加每星期一早上举行的重要商会，她才会离开帝隐一会儿。

在旁人眼里，他们比亲祖孙俩还亲密。多花儿相信，只要自己付出了真爱，孩子长大了就不会背叛自己。

由于商场上太多的欺诈，多花儿才想亲自把帝隐培养成和她一样的人。要知道，边城贸易的繁华，少不了她卓然的远见和精明的盘算。这次庙会，她还是第一次将帝隐交给管家带出去玩。在千叮万嘱后，她才放心离去。城内各大商贾，正等着她来主持会议。这个会议总在紧急时才召开。

此时，帝隐骑在木马上，挥舞着镶金把手的木箭，口中“嘿嘿”地叫喊着。四个男仆将木马扛在肩上，带着他们的少爷逛庙会。

集市上花花绿绿的玩意儿，让帝隐兴奋不已。他神情专注地打量着形形色色的路人，越过仆人的肩头，他看见了耍猴的人。猴子被打扮成小女孩的模样，或跳到悠闲吃草的骆驼背上，或向行人点头鞠躬，讨几个小钱。后来，帝隐不想坐在木马上了，他被一种歌声吸引……

如果有一种音乐，可以比百灵鸟的歌唱还美，

如果有一种旋律，可以让失恋的人伤口愈合，

如果有一种歌声，能让人心灵净化，那就是天籁之音了。

帝隐听到的正是这种声音。

正是这种歌声——从天歌嗓中飘出的天籁之音，勾起了帝隐对祖母世俗态度的怀疑。

天歌第一次献唱，是在一家新开的酒店外。为招揽顾客，酒店特意请来了一个会跳胡旋舞的歌伎组合。这种既新奇又刺激的旋转舞步，深深吸引了天歌。天歌马上就能跟随着快速的节拍，在大街上，边旋转边唱了起来。虽然她不懂歌词的意思，但她陶醉在音乐

中的喜悦之情，为她赢来了赞美的掌声。

然而，庙会上，天气燥热，人群拥挤，并不比天歌想象中的更有趣。她牵着母亲的手，往月影桥的方向走去。突然，天歌被一股穿破人潮的琴声，给紧紧抓住了。

她甩开母亲的手，向前搜寻琴声传来的方向。终于，在月影桥旁的凤凰树下，她找到了抚琴人——那个曾被檀香拒绝留宿的萨满。

“这孩子，一定是带着天籁般的歌声出生的。”

当天歌跳上舞台，和着此人的琴声，准确地发出清亮的声音时，这个留着长发，身披斗篷，一脸沧桑的男子，心中不禁迟疑了片刻。

难道她会唱“呼麦”？!

“呼麦”，一种流传在草原民族中的神奇歌唱技艺。它的唱法，由模仿自然界的声响而来。不过天歌的唱腔，只是接近古老的演唱技艺罢了，并不是萨满认为的真正的“呼麦”。

对古城的居民来说，他显然是一个从遥远他乡来的陌生人。他的身上，有被风沙打磨的痕迹。然而，正因为他可疑的身份和不为人知的过去，他弹奏出的音乐，才如此神秘、美丽，留住了人们围观的视线。

为了考验天歌，他的琴声随着情绪陡转，变换成快速、高昂的调子，有如万马奔腾。谁知，天歌居然能踩着琴声的拍子，从嗓子里发出四种不同音高的声音。

这嗓子，果然不同凡响。就在萨满疑虑时，寻找女儿的檀香来到舞台下。

天歌听到母亲的叫唤，便扭头望去。

这时，萨满猛然瞥见，挂在她脖子上，那枚闪闪发亮的银钥匙。

“铮——”，他的琴弦绷断了。

原来，她是那个妓女的女儿?!

琴弦猝然绷断后，他起身离去。临行前，他对天歌说：“小姑娘，我们会再见面的。”

一个月后，这个萨满，带着一盒异域出产的宝石，专程送到檀香店铺里。他希望檀香同意他当天歌的声乐老师。

“这些珠宝嘛，仅仅是一点见面礼而已。”

他说话时，仔细观察檀香收受这些礼物的满意程度。

虽然惊讶，但檀香还是收下了礼物。她之所以接受，并不是因为高兴送天歌去学声乐，而是萨满神秘的身份使她好奇。尤其是他那异域的男性魅力，吸引了檀香。

正是天歌的歌声，让帝隐从仆人们的眼皮底下，偷偷溜了出来。

他费力地挤进人群中，在敞亮的舞台中央，他看见那儿站着一个漂亮的小女孩。

与此同时，天歌也注意到，这个比她个子高一头的男孩。玄一哥哥跟他比起来，像个女孩子一样。天歌心想。

为了更清楚地看到天歌，帝隐丢掉手中所有的玩具，索性爬到舞台边缘的柱子上。此时的他，像一个成年人，专心地倾听音乐，并试图理解这优美动听的歌声中流露的情感。

弹琴的异乡人离去后，檀香虽然为天歌的表演感到自豪，但一想起母亲在梦中的警告，她就打算把天歌从舞台上叫下来。

可天歌依然执拗地站在舞台上唱歌。所有人的目光，都集中在她一个人身上，仿佛她是一只从森林里飞来的百灵鸟。

眼看要下雨，檀香慌忙赶回家取伞。也就在这个时候，天空下起了迷蒙细雨，集市上拥挤的人潮逐渐散去。

空荡荡的舞台上，只留下天歌和帝隐。

他们相互对视着，似乎有说不完的话。即使不开口，彼此也知道对方想说什么。

帝隐跨坐在舞台栏杆上，兴奋地对天歌说：

“你唱的歌真好听。”他率真地表示，“我喜欢你。”

“妈妈说，喜欢一个人，要埋藏在心里，不能说出来。”天歌认认真真地跟他讲道理。

雨点打湿了两个孩子的头发。

“我要回家了。”说完，天歌转身跑开，沿着阶梯来到舞台下面。

“可我还是喜欢你——”

帝隐一下子就跃上了栏杆，站在高处往下喊。

谁知，就在天歌离开舞台，回过头去看他的瞬间，整个临时搭建的舞台，突然轰然倒塌了。帝隐从舞台上重重摔下来，他的双腿，压在了一块大木板下。他昏迷了过去。

空荡荡的大街上，没有人可以求助，只有雨水将他们笼罩。似乎是护身符给了她力量，天歌独自将帝隐从木板下拖了出来。帝隐睁开眼睛，静静地望着她，四肢却无法动弹。

后来，檀香打着雨伞，跑过大街，在废墟里找到了他们。

檀香立刻将帝隐送到了龙池寺。

此时，多花儿正和城中各路商人，在会议室讨论刚刚发生的大事——汤谷四周盘踞的土匪，近来，时常在路上劫掠进出古城的商旅。

“是啊，城主，这次庙会表面的热闹下，已有十二个前来汤谷的商人，在城外遭到土匪打劫。四个人已死，价值三百两黄金的货物，也被贼人劫去。”

“还有消息称，有个法术高强的盗贼，现已混入汤谷城内，暂时还未发现他的踪迹。”

“唉……这样一来，必定会影响汤谷与各地的贸易来往。城主，这究竟如何是好啊？”

在大家纷纷发表意见的紧张气氛中，一个仆人匆匆前来报告多花儿：“在最拥挤的街道上，少爷借口撒尿，趁人不注意，自个儿跑丢了。”

多花儿立刻中止会议，派人四下寻找帝隐。

“如果不找到我孙子，你们就立刻给我钻到狮子笼里，喂那头母狮子去！”多花儿向下人发布命令。

域外的使者，曾给多花儿送来一只小狮子作礼物，她却把它放在院子里，当小狗一样饲养。直到有一天，一个女仆被狮子咬死，她才把它关进笼子里。多花儿每每借此吓唬那些懒散或心术不正的下人。

当天晚些时候，须云和尚撑着一把雨伞，敲开了城主家的大门。

他让管家马上转告多花儿：“帝隐已经找到，现正在寺中疗伤。”

在老和尚到来之前，多花儿已经晕过去两次了。出去寻找帝隐的下人们，每次给她带来的都是失望的消息，尤其是这天空的雨，愈发使多花儿犯愁。“那天，也是这样一场大雨呵……”每当想起金泰骑马离去的背影，她便会发出悲伤的喟叹。

豪华的卧室里，须云和尚见到了靠在褥子上的多花儿，她面前站立着七个仆人。老和尚浏览了一遍，他们每人手中端的，竟是各种各样的药材补品。

“这些珍贵的天麻和龙眼，根本无法帮助你睡眠。”老和尚挑剔地说。

“自从金泰离开以后啊，现在，每天晚上，失眠就准时到我身边报到啦。”多花儿说话时，努力将脸上的苦笑掩藏起来。

须云和尚则直接揭露她的谎言。

“你睡不好的原因，还不仅如此吧。”

“……”

多花儿眯着眼睛，打量着他。

“还有一件事，是你担心的。”老和尚示意她让仆人们回避。

多花儿一挥手，众人都退下了。

屋里只剩他们两人，屋外的雨声，反而更清晰了。

“帝隐这孩子的腿骨折了，但这并不难治。然而，令我不解的是，他的身体……”

没等老和尚说完，多花儿就打断他的话：“须云啊，我们是老朋友了，有些事，我是不会对朋友隐瞒的。”

“……”须云和尚静待她的坦白。

“帝隐的身体有缺陷，”多花儿镇定地说道，“他超常发育了。”

这个秘密，是在多花儿从小给帝隐洗澡时，惊讶地发现的。

“他五岁半开始发育，七岁时，他的男性特征已和成年人一样了。”

多花儿将自己失眠的真正原因，告诉了须云和尚。

听完多花儿关于帝隐病症的举例，老和尚将一个更大的麻烦抛给了她。

“这些我在给他检查身体时，都已经清楚了。只是……”

“只是什么？”

“他说，他现在立刻要娶一个小姑娘。如果你不同意他结婚的话，他就住在寺庙里，从此不回家。”

“……”

窗外的雨声，不知不觉地融进两人久久的沉默和长长的思索中。

最后，须云和尚劝说多花儿，还是慎重考虑这件事：“帝隐才八岁，便要娶亲，这有些不妥。”

“这有什么不妥？”多花儿倒是反问了他一句。

“……”

须云和尚无言以对。他只能理解为，溺爱孙子使多花儿昏了头。

“那个小姑娘是谁？”多花儿好奇地问。

“她，就是檀香的女儿天歌。”须云和尚回答道。

理智，抑或说，是对檀香极端怨恨的情绪，使多花儿陡然冷静下来。

“难道，她就是帝隐看上的姑娘？”多花儿诧异地问道，并在“她”字上，刻意加重了语气。

“没错。”

“……”她不再提问了。

须云和尚没有打搅她此刻的沉思。他了解多花儿，毕竟如她所说，“我们是老朋友了，有些事，是不会对朋友隐瞒的”。

须云和尚已看出，有一个大胆想法，此刻，正在这个极具权力欲的女人心中酝酿。为此，他默默离去。

一个星期后，多花儿向全城宣布了帝隐的婚礼。

天歌依然跑到寺庙里，找玄一玩耍。她全然不知街上颠簸的红轿子里发生了什么事。她更不理解，坐在轿子里哭泣的十二岁小女孩，为何要嫁给帝隐。

这个小姑娘，是一个贵族养女，她继承了养父母的尊贵身份，却得不到继承遗产的权利。

多花儿手里提着两只活大雁，亲自去他们家为孙子提亲。小姑娘的养父母居住在富人区，与多花儿是邻居。

关于城主这个特异孙子，他们曾经在背后热烈地议论过，都说她家养的是一个怪物，除了短暂睡眠外，只要醒着就会动个不停，一秒钟也不肯安静下来。帝隐曾经闯进他们家的马厩，把用来拉车的四匹马的尾巴，统统剪了下来。有时，他还会与附近的大男孩打群架。近来更奇，他一见女孩竟怪话连篇，让成年人听了都脸红。

如今，这个“怪物”要来娶他们家的女儿，而新郎再怎么像大人，也只有八岁啊。不过，他们最后还是应承下了这门婚事。

在城主将会留下巨额遗产的诱惑下，他们亲手把小姑娘送上了花轿。

面对成人世界的诡计，帝隐依然还是个孩子。

在入洞房之前，他还不知道，祖母已将他的新娘调包了。

望着坐在床边，垂着红盖头的女孩，帝隐生气地问道：“你是谁？”

“我叫小红豆。”女孩羞怯地回答。

“你不是天歌！”帝隐脾气暴躁地喊道。

他咚咚咚地用拳头敲打床板，然后跳到地上，绕着桌子跑了几圈，表现出极端的愤怒和焦虑。

“你不是天歌！”

他在小红豆面前停下来时，再次朝她喊道。

帝隐感到自己上当受骗了。

最后，他干脆胡乱拔掉女孩头上的钗环，扯疼她的头发，然后一把将她推倒，并踢掉她脚上的鞋子。

小姑娘吓得大哭。

无法解决眼前困境的帝隐，当晚悄悄逃跑了。

他敲开了檀香家的门。

“我找天歌。”

他站在门口，睁着大眼睛，真诚地请求对方接纳。

作为一个出售美丽的女人，檀香发出令所有男人为之倾倒的笑声：“你今晚不是娶了个小新娘吗？怎么还跑到这儿来了？”

“我一点也不喜欢她。”帝隐直率地说，“我喜欢天歌。”

随后，檀香把他牵进屋里。天歌此时已经睡着了。

她将两个孩子塞进同一个被卧里。

帝隐忽然变得异常安静。他只是小心地牵着天歌露在被子外面的手。很快，他就沉入到梦乡中了。

4. 召唤青春术

瑟瑟秋风，“呼啦啦——呼啦啦——”扫过龙池寺后山衰败的荒野。

一个白色人影，在月下的树梢上滑行。他像一只雪白的大鸟，张开双翅，静悄悄降落在寺庙侧殿的屋脊上。

夜风，贴着地面，从敞开的侧殿大门里，无声地潜行进来。

大佛脚下点着两盏孤灯，火光只能照亮室内一小部分。须云和尚盘着腿，面对莲花座上的佛像敲打木鱼。

他必须完成这件每天必做的晚修。

然而此时，他却被晚来的困乏征服了，身子松弛，脑袋向下耷拉，似在打盹。带着丝丝寒意的晚风，摸索着，从他后背爬上那光秃秃的后脑勺。须云和尚打了个激灵，猛地醒了过来。

一片枯黄的落叶，跟着秋风溜了进来，在殿内的地板上旋转。

须云和尚想起陪在身边念经的玄一。他侧过头去，发现这孩子早就摊开四肢，仰面朝天地躺在冰凉的地板上呼呼大睡。

一地经书散乱。

须云和尚在心底暗暗笑话自己：看来，我们师徒俩，今晚都熬不住了。

他抱起玄一，走出门去。

当老和尚途经大殿废墟时，瞧见一个白色人影，蜻蜓点水般地立在废墟中的石柱上，仰望头顶一轮清月。

谁？

他心中涌起疑问，但并未贸然叫唤这个陌生的来访者。

近来，从多花儿城堡里流传出一个消息，成为街头人人挂在嘴边议论的话题：有一个从大漠溜进汤谷来的怪盗，正潜伏在暗夜某处，准备对任何一个可能藏宝的地点，随时动手。尤其是龙池寺。

多年前，龙池寺大殿曾被一伙寻宝匪徒用大火烧毁。那都是因为传说中，此处藏着一件千年宝贝。

但是，细看此人气质，却又不像盗贼啊。须云和尚独自斟酌道。

此人高束黑色长发，体态轻盈地伫立在废墟高处，临风望月。这个白衣飘飘人的背影，倒是勾起了老和尚对往事的依稀忆念。

他想悄悄放下熟睡的玄一，上前和此人过过招。

然而，玄一刚一触碰到冰凉的瓦砾，就立刻醒了过来。“师傅，这是哪儿啊？”他揉揉眼睛，环顾四周。

谁知，玄一的响声，惊动了身着白衣的蒙面人，对方极为敏感地掉头回望。银白色的苇海，在蒙面人脚下翻滚，他像优雅的白鹭，横越过以月亮为舞台背景的夜空。

霎时，须云和尚瞥见了，他露在面罩外的一双眼睛。

“你是谁？”

他厉声询问此人姓名。

他想逃？！

须云和尚发觉，对方行踪诡异，打算飘过院墙逃走。

一片凋零的落叶，被风从枝头上吹下，叶片经过须云和尚眼前时，他突然伸出并拢的食指和中指，夹紧这片发黄的落叶。只见他将内力运送到两指间，随即挟紧叶片，把它像飞镖一样，用力地甩了出去。

“嗖”的一声，此人面罩上的一角，被锋利的叶片削了下来。

一道类似刀片划过的血痕，印在他轮廓刚毅的腮帮上。

一个闲适的午后，在葡萄架下，多花儿接待了须云和尚。

“上次庙会上发生的意外，使帝隐双腿骨折，按常理，是无法在一个星期内治好的。可是，你却办到了。”多花儿以肯定的眼神，看着须云和尚，“今天，我要奖赏你。”

须云和尚含笑摇摇头。秋日的阳光，懒洋洋地从葡萄架上洒下来。

“你可别推辞。”多花儿说道，“若不是你用内功，将帝隐双腿的经脉打通，修复损伤的骨骼，他现在是无法成亲的。作为报酬，我让工匠打造了一尊三米高的镀金佛像，就当庆祝我孙儿的婚事，捐给寺庙。”

穿透葡萄架的光影，随风在他们之间的桌上跳跃。

她饮了一口玻璃杯中的葡萄汁，继续说道：“其实，最让我揪心的，还是这孩子超常发育的怪病。”

此时，须云和尚盘算的却是另一件事——重建大殿的宏愿。

若多花儿能以城主的号召力，发动她身边的贵族和富翁们捐款，那么大殿重建所需的巨额资金，就有着落了。然而，他没有说出口，他要等待合适的机会，因为多花儿是个很难左右的人。

“可是，帝隐最棘手的问题，还不是超常发育。”须云和尚说道，“这孩子的脑部结构，可能在发育的过程中，发生了异常病变。若不及时治疗，会导致发育迟缓，最后，很可能停止生长而成为侏儒。”

须云和尚把帝隐疾病的真正隐情，适时地陈述给了多花儿。这无异于在多花儿心上，放了一枚重磅炸弹。

在多花儿强烈要求下，须云和尚答应为帝隐治疗试试。

他不打算告诉多花儿，玄一超凡的内功，其实已经纠正了帝隐生长的偏差。

在须云和尚为帝隐治疗期间，帝隐和玄一建立起了奇妙的友谊。

那是他们在澡房里，打了一架后开始的。

当时，玄一为双腿还不能行走的帝隐烧热水洗澡。个头高大的帝隐，脱得精光，坐在大木桶里，以贵族少爷的姿态等着人来伺候。

旁边的凳子上，这时，总是放着两套衣服。上面一套，是绣着金红、明黄各式花纹，系着七彩缎带的华服；下面一套，是玄一简洁的棉布僧衣。

外表纤细如女孩的玄一，心里却压抑着一个巨大梦想，一个与他现实身份截然相反的愿望——他想做一个自由的，可实现、满足各种欲望的人。

若把衣服调换一下，会怎样呢？

玄一这个念头，每每被帝隐尊贵的身份，或激励，或刺伤。按老和尚的看法，玄一这个叛逆的“梦”，就是一个住在他心里的“魔鬼”。

往木桶里注入热水的玄一，惊讶地注视着帝隐的下半身。

“你真是个怪物。”

感到面红耳赤的玄一，嘟囔着，并对帝隐那霸道的、异于常人的男性特征，皱起了眉头。

为了这句话，帝隐揪起他的领口，要和他打架。

“谁输了，谁就要听从另一个人的指挥。”这是玄一提出的条件。

帝隐当即同意。

跟老和尚练了多年内功的玄一，按照事先和师傅的约定，一掌击碎搁在两人间盛满滚烫热水的水壶。幸好，帝隐迅速跳开了，躲

避了溅起的水花将其烫伤的可能。

在帝隐大发脾气之前，玄一冷静地提醒他："先看看你的腿，再说吧。"

帝隐低头看时，才发现，自己竟能独自站立起来！他的双腿完全恢复了机能。"你真厉害！教我刚才那一招吧。"事后，帝隐央求玄一。

"其实没什么。"玄一说的是实话，可帝隐偏偏不信。

须云和尚听见澡房里传来动静，就跑过来察看。结果，他看见两兄弟互换了各自的衣服，正在混乱的澡房里玩变装游戏。

玄一瘦小的身体，钻进帝隐宽大、华丽的长袍子里，并端坐在烧水的灶台上，模仿平日老和尚说话时的语气，以师傅的身份，装模作样地收帝隐为徒。

帝隐套着玄一窄小的僧袍，衣服的袖口够不着手腕，下摆才刚及他的膝盖，整个装扮，像个打鱼人在夏季穿的短装。

"我想留下来，跟玄一小师傅学功夫。"帝隐对老和尚说。

"他所做的，不过是激发了你自身潜藏的能量罢了。"须云和尚一边清理澡房积水，一边向帝隐解释内力原理，"你和玄一一样，都具有天赋的异禀。"

不管帝隐此时听不听得懂这些，但须云和尚清楚，就在刚才，他进屋时，拨开眼前热腾腾的水蒸气，找到正为新建的友谊击掌盟誓的两兄弟时，便有一个阔别已久的苍老声音，在他心中嘀咕：看吧，看吧……谁也无法预测，这两兄弟体内，究竟蕴藏着多大能量……虽然他们并不知道彼此真实的血缘身份，然而有一张透明蛛网，却在冥冥中将他们丝丝笼罩。

一直被肥胖症困扰的多花儿，虽然还不老，但人们却愿意称呼她为"老太太"。这主要是出于对她的尊敬，尽管她对这个称呼，表现出模棱两可的态度。他希望人们把她称呼得更年轻一些，但年轻的称呼里，却又显不出权势的重量。于是，她就在不情愿中，默认了这个称呼。

年轻时，她匆忙嫁给了一个衰老的丈夫——统治汤谷的老城主。老城主除了将一个富裕的古城留给她外，没有给她留下一丁点儿所谓的爱情。

随着日月的流转，肥胖的多花儿变得衰弱起来。她最为害怕的，是容颜被时光吞噬，剩下一堆可怕的衰老。在檀香故意将青春宝匣烧毁后，她就更加希望通过服食丹药来减轻体重，以达到恢复青春活力的目的。

老和尚知道，日夜为衰老担忧的多花儿，除了在意自己的青春外，其余的事都无法让她大惊小怪。因此，老和尚特意为多花儿准备了一样礼物。此刻，他向多花儿献上独创的九制“玉冰膏”。

“这是用沉香木体内百年才孕育出一颗的‘香胆’，经特殊炼制而成的养颜秘方。”须云和尚一边介绍，一边将“玉冰膏”递到她眼前。

多花儿边打开盖子，边与须云和尚聊起她孙子婚后引人注目的私生活。这件荒唐的婚事，在不知内情的外人眼里，本来就是极有趣的。

“那个小红豆，是个很好的女孩，但帝隐现在仍然非跟我睡不可，理都不理那个可怜的姑娘。”

一股沁心的花香，从膏体里弥散开来。

满心欢喜的多花儿，收下了这份礼物，并命人立刻将晚餐送到葡萄架下。

尽管须云和尚偶尔会在季节的尾巴上，将一些晒干的草药和香料拿到街上去卖，但这显然不能为一个古刹的重兴起到决定性作用。为此，他常常为筹集资金，而愿意花费时间和耐心，坐在多花

儿的餐桌边，品尝“美味”的肉边菜。

须云和尚突然想起一件事。

“这些天，巡逻的官兵有没有在城内发现什么可疑的人？”

“这是什么意思？”

多花儿放下筷子，好奇地打量着他。

须云和尚从袖口掏出一片小白布条。

“这是前些天的一个晚上，从那神秘人的面罩上削下来的一角布料。”

他把此物递给多花儿。

马上恢复工作状态的她，用鼻子认真嗅了嗅这片丝麻合成的白布条。

“这气味，是从大漠深处而来……”几秒钟后，多花儿下结论道。

“我也这么认为。”坐在她身旁的须云和尚，神情凝重地盯着此物。

“你的意思是，又有人开始打龙池寺里那件千年宝物的主意了？”她问。

“……”须云和尚沉默不语。

他无法控制自己不去猜测，站在大殿废墟上沉思的那个神秘背影，到底有何目的。

那个惊险的夜晚，“受伤的大鸟”由龙池寺逃出后，在黑夜中跌跌撞撞前行。最后，他停在倒扣在河滩上的一条废弃破船上。

河水涌上岸来，淹没了前半段船身。

蒙面人往后甩开白袍，在船上蹲了下来。他扯下脸上的面罩，坚毅的下巴上，露出一道干脆的血痕。

他伸手从河里掬起一捧水，送进嘴中。

幽暗的夜色，遮挡了他的面容，朦胧的月光将他疲惫的剪影，切割在沙滩上。

“总有一天……”此人轻启干裂的双唇，用沉郁的嗓音自言自语道，“我所失去的一切，总有一天，会让你加倍偿还……”

冒着泡沫的浪花，拍打着他脚下破败的渔船，一条宽阔平缓的大河，从他眼前流过。

由于沙漠化的影响，河水多是淤积的流沙。当血红的夕阳，将自己的辉煌，融化在这条浩荡的大河里时，观者便留下赤红色河水的印象，因此，它被称为赤水河。

他凝视着月下的大河，用面罩蘸了一点冰凉的河水，默默擦洗着下巴，那儿，有一道仍在流血的伤痕。

“我会让你加倍偿还的……”

一股暗流潜进倒扣的船身，这句话仿佛被咕噜的水流，重复了一遍，又像这条丢弃在水边的渔船，在喃喃说着自己的梦话。

“你看出点什么了？”须云和尚问多花儿。

她正专心地在这一角布料上，寻找容易被人忽略的蛛丝马迹。

“从这上面残留的气味中，我可以推测：此人半个月前，在城外的一个驿站逗留过。那个地方，是离咱们汤谷最近的破风堡。”

多花儿继续说道：“那是唯一一个，既连接绿洲，又通往外界的沙漠驿站。此堡垒，是一面为汤谷抵挡大漠风沙的高墙。”

这片携带着风沙气味的布条儿，似乎暴露了神秘人的行踪。

拨开眼前一连串迷雾，须云和尚仿佛看见这样的景象——大漠孤烟下血红的夕阳；野狼在深夜的嗥叫；黎明前的冷月及茫茫沙海里，那一路被丢弃的白骨……

忽然间，他湿润了双眼。

那个被放逐的灵魂，是否还在苍茫的大漠上流浪？

须云和尚以哀伤的眼神，注视着多花儿，说道："他让我想起，一个我们共同亏欠的人——一个真诚的朋友。"

"千万不要提起，我和他之间那段隐秘情感！"

多花儿激动地拒绝须云和尚，她害怕陷入回忆的迷宫："我会在里面迷路的。被困在无路返回的往事迷宫里，可不是什么好滋味。"

须云和尚以前有一个师弟，名叫幻觉。

男人有美，本无可厚非，但是，一个和尚拥有惊人的美丽，就被认为是过分的事了。

二十多年前，正值壮年的须云和尚，和他的师弟一同在龙池寺这座古刹中修行。比起自小就生活在梵音缭绕中的幻觉，须云和尚只能算是半路出家。他四十三岁剃度为僧。

多花儿曾以打趣的语言形容他——须云和尚在人生的半路上，忽然萌生改变职业的想法，于是，将偶尔捡到的一件袈裟，披在了身上，从此告别了以往半辈子的荒唐岁月。

而她多花儿，在没有嫁给那位富有的丈夫前，把自己少女时代奔放热烈的情感，曾一股脑儿地倾倒给了幻觉和尚。

她并不想触犯禁忌。只是人类的本能告诉她，世间一切美丽事物都是可爱的。应该去爱的。幻觉是个极漂亮的男人，她毫无顾忌地爱上了他。

龙池寺虽不大，却有一个延续了千年的神圣仪式——"召唤青春"术。

这种古老的"召唤青春"祈福术，是专门为女人们驱除内心"稗草"，以获取年轻感觉而设置的。

"稗草"存在于每个人体内。它所依附的土壤，是由人类胸中长期堆积的仇恨、嫉妒、贪婪、淫欲等衰败念头，经时光发酵混合而成。

“衰老的人心，就像一间废弃的大屋。”

这是幻觉和尚惯用的比喻。

在荒芜的大屋中，不断蔓延的杂草，阴暗屋角的蛛网，屋脊上肆虐的蝼蚁，都会侵袭它，直到风雨飘摇的某天，大屋被彻底吞噬，淹没在死亡带来的无尽黑暗中。若是将这些颓废、消亡的情绪——“稗草”，清除出去，新鲜生命，就会随着梵音吹进人们心中，人也就获得年轻了。

当年仅二十岁的幻觉和尚出现在大殿里时，须云和尚注意到，人群中一个身材丰满的少女，好似向日葵举着自己的脸盘，跟着她所崇拜的太阳转动。从她仰视幻觉的热切、期盼的眼神里，须云和尚明白了一切。

由各地赶来参加这一仪式的女人们，并不是因为祈福术的灵验，而是为了见到，一个能使她们产生青春渴望的人——幻觉和尚。

香汤沐浴后的幻觉，身披飘逸的紫云滚边拖地长袍，手持垂挂露珠的鲜花，轻启朱唇，唱着缭绕动听的梵音。

他正为匍匐在他脚下的女人们，举行三年一次的“召唤青春”仪式。

诚然，连须云和尚，也常被师弟那份高雅尊贵的气质打动。龙池寺藏经阁的东墙上，一直悬挂着一幅水墨人物画。古旧的画纸上，一个英姿飘逸的美男子，身披白袍，携琴起舞。

在老和尚的批准下，玄一第一次打开藏经阁，就注意到了此画。

起初，他还以为，这是三千佛界里，某个善歌舞的神仙（因为画上的人物，毕竟剃了光头）。但画中人怀里，轻抚的那把焦尾琴，让玄一觉得眼熟。

帝隐那愣小子家里，也有这么一把琴。

后来，玄一爱在纸上描绘天歌的胴体，就是从藏经阁里这幅美丽的人物画上得到启发的。

那天，送亲的船只，停泊在古码头的港湾。

在新娘的船舱里，坐着准备踏进自己爱情坟墓里的多花儿——当晚午夜时分，她的枕边，会躺着一个衰老、垂死的丈夫。

她不爱他。

但是，她必须在自己的单相思变成疾病前，嫁给老城主。因为多花儿的家人，不愿意看到一桩能改变家族命运的好事，被一个和尚给搅了。

大婚那天，龙池寺的全体僧侣，都被邀请参加了这场婚礼。几乎全城的人，都从家里跑出来，目睹即将踏进昂贵棺木的老城主，人生中最后一次浪漫盛况。

当多花儿出现在欢快如火的人群中时，静静等候在赤水河边的幻觉，拨响了腋下的焦尾琴，并以古码头为背景，舞动自己的脚步。

他动情地为多花儿弹奏了一曲《伤离别》。那悲伤优美的旋律，仿佛将多花儿一辈子的泪水都掏空了。

后来，须云和尚找来一张黄旧画纸，以制作古画赝品的方式，行话叫“做旧”，将幻觉这段秘密恋情，用画笔藏在了纸上。

开始，他用灶烟，将脆薄的画纸，熏了个三天两夜，然后，把此画封在长了虫的面粉袋里，让虫子们享用了一个月的美味。直到画纸上出现虫眼，他才把画收好，存放在无人问津的藏经阁里。

他没有在画上题词，也没有落款，甚至没有日期。

当后人看到这幅画作时，都一致认为，这是一幅年代久远的古画。没有人会猜到，须云和尚将作画的时间，向前推进五十年或一百年，只是为了掩盖事实的真相。

夏季的古码头，是他们三人常碰面的地点。

那时节，赤水河畔的老柿子树，还是一片亲切的碧绿，枝头上垂满了青涩的果实。

寺里的和尚，只有幻觉水性最好。他常下河游泳嬉戏，还爱与城里的男子们比赛，看谁能一口气潜泳到对岸。

往往在幻觉赢了后，就有渔民会说，他前世，肯定是住在赤水河里的一尾大鱼。

大他约摸一倍年纪的须云和尚，只是安静地坐在岸上绘画。石桥、小船、洗衣妇、古码头、流水、远山……都是他入画的素材。

似乎没有成文的条例规定，和尚是不许下河游泳的。可是，当幻觉脱去外衣，赤裸着上身，穿一条宽脚短裤下水时，他那俊俏的脸蛋，古铜色的脊背，还是使老一辈的人聚在一旁犯嘀咕："真作孽啊——"

后来，真正感到罪孽深重的人是多花儿。

她趁人不注意，将幻觉放在岸边的衣服偷了过来，神经质地在河里反复搓洗，直到衣面上搓起了白毛。疯狂的迷恋，使她忘乎所以地做着这件蠢事，以至于幻觉上岸后，发现衣服不翼而飞了。

激动与羞怯中的少女，将幻觉的衣服，藏在自己浣洗的被单下面，自己则偷偷躲在柿子树后，观看这个漂亮和尚那份尴尬狼狈的神情。

有一个秘密，多花儿至今都深深地埋藏在心里。

那天，当她以饿猫般的眼神，直勾勾盯着幻觉这条光鲜大鱼时，真恨不得将这条鱼揽入自己体内，以解决浑身上下充斥着的难熬渴望。

当天黄昏时分，幻觉胸前挂着一幅画，低头匆匆走过铁匠大街。那是须云和尚在河边作的风景画。

画虽能些许遮体，可这非常之举，越发在人头攒动的大街上引

起骚动。幻觉和尚不仅拥有超乎寻常的漂亮模样，还拥有高大奇伟的身躯。这些不仅令城里的女人们生出渴念，甚至还引起城里丈夫们的嫉妒。

就在当晚，准有不顾廉耻的女人，会将自家男人，想象成幻觉的模样，在床上折腾一整夜，都不肯消停。

痴情的多花儿，将河边偷来的衣服，放在后山林子里悄悄晒干后，又暗地里送了回来。当她弯腰穿过寺庙后门的小门洞，就要离开时，被须云和尚逮了个正着。

她的爱情暴露了。

然而，须云和尚似乎没有责备她，而是将她带到寺庙朝南的药园子里。

“日落时分，他会来园子里浇水。”

一本正经的须云和尚，话语里分明在暗示多花儿，让她在药园子里等待幻觉。

少女时的多花儿，在药园子里等待爱情的那个下午，怀里揣着的是一颗忐忑不安的心。她不知道，等待她的是什么样的命运。

寺庙朝南的一块药草园，是幻觉亲手开辟的。为了寺中传承了千年的“召唤青春”术不至于失传，在这片看似杂乱的草木中，有幻觉为众生寻求青春愿望，而精心栽种的药草。

桔梗、没药、桑葚子、益母草、肉桂、何首乌……

紫红、雪白的芍药花，正旺盛地从园子中心，向四角的篱笆外铺张开去。盘旋在花朵儿上的蜜蜂，被花儿张扬散发着不可遏制的爱情气息所迷惑。

在多花儿眼里，这些硕大、艳丽的花儿，越是把自己开放得热烈，离枯萎和腐烂就越近。她忽然感到阵阵花香里，有一抹悲哀的气息，灌进自己的心扉。

在前来寺庙的路上，她故意避开人多的铁匠大街，而是转道赤水河码头附近的荒僻小路，悄悄而来。

在路经一株枯死的大树下时，光秃秃的仿佛刺入天空的枝丫上，停落着几只身披黑衣的乌鸦，并不时地对她鬼鬼祟祟地探头探脑。

多花儿捡起地上的石块，朝它们砸去，惊飞了一树的黑翅膀。

她认为，这些枝丫上停落的黑翅膀，都是城里那些对她说三道四者的坏脑袋，应该砸下来。

我才不会让他们看我的笑话。

她这样想着，把原本走半个时辰的路程，硬是绕了整整一个上午。

当中午的日头开始偏西时，她才猫着腰，钻进寺庙后门的小门洞里。

天边的晚霞，从龙池寺后山喷薄而出时，幻觉准时来到园子里浇水。

他丝毫没注意到蹲在茂密枝叶下的多花儿。

幻觉提起从深井里打来的水，朝植物上泼去。沁凉的井水，从多花儿头上淋下来，一直流进她心窝窝里去。此时，她像一株鲜艳的芍药花，跟周围的同伴一起，闷声不响地吸食着甘甜的水分。

她的目光专注于脚下的泥土。那儿，有几条拱出地面的蚯蚓——仿佛这些蠕动的虫子，正在噬咬她饱含爱情养料的内心。

“阿弥陀佛……”

当幻觉在一丛嫣红的芍药花下，终于发现了多花儿时，他惊讶万分地呼喊出至高无上的佛祖，以表达自己不知所措的心情。

“我只是……偶尔路过……”多花儿垂下浓密的眼睫毛，如同含羞草，轻轻一触碰，就合闭上了叶片。

然而话一出口，她就意识到，自己关上了最后一扇可以窥视芬芳爱情的窗户。从此，她注定在黑白梦境中度过。

冰凉的深井之水，浇灭了她刚才还在燃烧的爱火，也掩盖住了她脸上因激动而流下的泪水。

她可以冷静地站起来，向人解释自己如此非理性的疯狂行为了。

但是，她无法向对方诉说，自己胸口上那朵沉甸甸的爱情之花，此刻，正一个劲地往下坠，往深渊里坠……接着，她丢下谎言的面纱，从他面前迅速地逃离开去。

她胸中的花蕊，已经开始招引吸食腐烂汁液的飞虫。一个月后，她会像一份躺在冰冷祭台上的祭品，在婚礼当晚的午夜时分，将自己的处女之身献给垂死的老城主。

谁也无法预料，夕阳下，为无望爱情挣扎的多花儿，从花圃里逃离的背影，却在幻觉那片从未开垦的心上，插上了一朵终生无法忘却的芍药花。

5. 歌声招来大洪水

那个云游四方的萨满，自从在庙会上发现天歌惊人的音乐天赋后，便伺机成为她的声乐老师。但檀香将天歌拜师学艺的事，却往后拖了五年。这都是因为，她送天歌去上第一堂课时，对方给她留下了极恶劣的印象。

五年后，一起意外的死亡事件，改变了檀香的想法。因为满城飞舞着人们如雨的传言，都说天歌的歌声，会给别人带来致命灾难。

流言，像夏日雷雨持续了三个月，打湿了檀香家的屋檐。

她没做任何回应，只是在等待，等天一放晴，她就推开小木屋的房门，打开四面窗子，让杀虫剂一样的阳光，驱逐房子里潮湿的霉味。

然后，她托人四处寻找，那个曾预言了天歌音乐天赋的萨满。

当年，第一次上课，萨满和她约定见面的地点，是在城郊，一个叫上津的地方。

在天歌的眼里，那儿既奇妙又肮脏。

那里的男人和女人，都穿着色彩俗丽的花衣裳。男人们一长出胡子，就开始在街上打架，或在桥头下赌钱、吆喝；天黑以后，就去阴暗的巷子里，找廉价的女人解决旺盛的精力。

这里是汤谷夜生活的交易中心，一个与多花儿的上流社会截然

相反的世界。

但是，却没人敢得罪暂住在此的一个萨满。他是半个月前搬来的，就在举行庙会之后的一个多云的下午。他跟房东说，他是汤谷的隔壁——破风堡驿站的人。他有一门变魔术的手艺，打算来汤谷混口饭吃。

女房东见他身披斗篷，一顶黑色宽边大帽罩在头顶，嗓音里透出破风堡人独有的口音——类似专门磨碎风沙的搅拌机声音。那低沉的嗡鸣声，从他干燥的肺腔里传出来，几乎要将覆盖在家具上的灰尘给震动起来。

约定上课的那天，檀香带着女儿来到上津。打听到这人暂时租来的住处后，母女俩在他家门口开始等待。可是左等右等，就是看不见他的身影。

檀香开始怀疑，自己是否因那几串珠宝而上了对方的当。同时，她狠狠责备自己，为何竟被一个异乡人的魅力迷住。

尽管她千方百计盯紧天歌，不让她跑远，但充满无限好奇的天歌，还是被门口的卖蛇人吸引。卖蛇人将一条巨蟒缠在脖子上，还得意地拍拍蛇的头，对围观的众人说："它是我老婆，昨晚喝多了，现在还醒不过来呢。"

在众人一片哗笑声中，巨蟒仍然安静地挂在卖蛇人身上，只是偶尔吐一下鲜红的信子。

"谁肯出大价钱，我就把老婆卖给谁。"卖蛇人向人群展示滑腻的蛇身。

"用蛇来泡酒，包治百病啊——"此人一边在围观者形成的圈子里踱步，一边大声吆喝。

人越来越多，天歌踮起脚尖也看不见卖蛇人了。母亲将她看得太紧，她不能挤进人群中去。然而，在人群的外围，却放着卖蛇人装巨蟒的铁笼子。天歌发现笼子里面，好像有一条红色小蛇在游动。她没见过赤链蛇，但她非常乐意和这条小爬行动物相互认识一下。

天歌在门口捡了一根树枝，借口到外面撒尿，经檀香同意后，满心欢喜地跑了过去。她蹲在笼子跟前，举着枝条，仔细研究这条不足一尺长的小蛇。

当晚，一阵敲门声响起。

在门口，檀香看见了白天失约的萨满。他摘下扣在头上的宽边黑帽，露出一双阴郁、迷人的眼睛。

此时，他像一只沉默的苍鹰，悄无声息地出现在暗夜空寂的大街上。

“如果他知道天歌差点被赤链蛇咬伤，如果他现在才来为白天的失约道歉，或者找别的借口，我就可以狠狠给他一耳光。”

檀香站在门口的台阶上，从高处盯着这张邪魅的脸。

檀香痛恨不遵守诺言的人。这缘于当年金泰的失约，在她心中留下了深深的伤痕。

“我不是来向你道歉的，只是……我找到了你们家天歌丢失的银钥匙。”

萨满说话时，把手举到檀香眼前。在他握紧的手心里，垂下一把闪亮的小钥匙。

“别跟我开玩笑了，钥匙一定是你偷去的。”檀香瞪了他一眼。

早上，天歌看过赤链蛇后，就丢失了自己的护身符。之后，她一度昏迷了过去。檀香为此在上津那个鬼地方，找了整整半天。当她拖着疲惫的身子回家时，看见天歌依然昏迷着，作为一个母亲，她流出了绝望的眼泪。

她找了古城里最为著名的两个医生。他们在处方单上，写下的却是同样的结论：不清楚她女儿为何昏迷，因为天歌没有被蛇咬伤的痕迹，也没有任何疾病。

正在家中坐立不安的檀香，突然听到了这个意外的敲门声，不过，在见到萨满前，她还是将自己紧张的心情，很好地掩盖了过去。

“你真有意思，偷了别人的东西，还给送回来！”

就在檀香说话时，眼快的萨满，一把抓住了她的手。因为那是准备朝他脸上刮耳光的手臂。

“东西是我偷的。”萨满承认道，“可是，我现在又送回来了。怎么，没见过这样的贼吧？”他嘴角翘起狡黠的笑。

既气愤又沮丧的檀香，和他僵持在门口。

三秒钟后，檀香一把夺下银钥匙，抽回被他擒住的右手，然后“砰”的一声关上大门，将这个危险的人拒之门外。

一想到白天那骇异的情景，檀香就后悔，自己为何要招惹这个神秘、可怕的家伙。

其实，银钥匙是被赤链蛇咬下来的。

当时，天歌蹲在笼子边，小蛇从宽大的孔眼中，探出头来，打量面前这个小女孩。银钥匙闪烁的光芒，仿佛诱惑了世间一切灵性之物。

赤链蛇不时吐出红色的信子，缓缓从笼子里钻出来，靠近天歌。突然，小蛇“嗖”地平地竖起，对准天歌的脖子张开了毒牙，向前猛地一窜，咬住了天歌脖子上摇晃的银钥匙。

就在这恐怖瞬间，檀香冲上前来，毫不犹豫地抓住蛇的尾巴，一把将它扯下来，用力甩进附近的深草丛中。

由于蛇牙紧扣在钥匙孔中，因此护身符也被她一起丢进了足有一人深的乱草丛里。当时，檀香根本无暇顾及这一细节。

之后，她找到卖蛇人，愤怒地斥责对方怎么不看管好自己的危险动物。而卖蛇人一脸无辜地声辩道：“那条蛇不是我的。”

当蛇被檀香丢入草丛后，一直藏在深草丛中观察天歌母女的萨满，小心地捡起小红蛇，然后，从蛇的口里拔出还沾有黏稠唾液的银钥匙。那条火红的赤链蛇，在他掌中，立时变成一根柔软弯曲的红柳枝条。

檀香从门外神秘人手中夺回银钥匙，就在她关上门，转身进屋时，却惊讶地发现，那个萨满，正悠闲地坐在她客厅里的火炉旁。

檀香尖叫了出来："你是怎么进来的？！"

那个神秘男子，将一根红柳枝条扔进火中，头也不抬地喃喃道："你开门时，我就进来了。跟你在门口说话的那个人，是我制造出的假象。"

"什么意思？"

"就像那条攻击天歌的赤链蛇，也是一个假象。"

他侧着头看了檀香一眼。

这一眼，像一股强大电流，把檀香牢牢固定在原地。

在上津，住在萨满出租屋隔壁的皮匠，曾亲眼看见，他将街上一个经常偷窃、打架的小混混，变成一头粉红色小猪。

只因为那个小混混在背后嘲笑他从不找女人，也不参加那些放纵青春的游戏。像他这样不会玩耍的男人，肯定是只没用的"大乌龟"。

似乎被爱伤害过的萨满，在当时，只说了这么一句话：

"爱，是世界上最骗人的把戏。"

然后，他耍了一个令人费解的戏法，就将那个多嘴的年轻人，变成了一头嗷嗷叫唤的小猪崽。听说，那头小猪跑走后，被住在东街上，对此事毫不知情的屠夫王二，给拉去市场上宰了。

此刻，萨满用火钳拨动着火，刚才他丢进火中的那根红柳枝条，已烧成了焦黑的灰烬。

“我之所以把偷到手的东西送回来，是因为单靠这把银钥匙，我还是无法拿到我想要的东西。”

“那你想干什么？”檀香说着，走过去，坐在他对面，“这把银钥匙，究竟对你有什么用？”她说话时，紧盯着萨满手中的火钳。

为了弄清这个不速之客的目的，檀香告诉自己，要容忍对方如此自然地使用她家的物品。

然而，这个神秘男人的口中，却突然冒出一句奇怪的话。

“须云那家伙，是一个彻底的大骗子。”

他继续说道：“他送给你女儿的，并不是什么护身符，而是一把能打开千年宝藏的钥匙。”

“我不管什么宝藏传闻，我只在乎我女儿的生命。”

檀香默默凝视着他们两人中间，那一盆升腾的火焰。

“可他已经把你的女儿推向了危险境地！”

萨满突然来了脾气，他已失去耐性的眼睛里，冒出了火星。

他提高嗓门对檀香嚷道：“所有相信这个传说的人，都会对天歌的银钥匙产生邪念，无形中，天歌会成为那些夺宝人的牺牲品。”

“那你为什么还把钥匙送回来？”

警觉的檀香，立刻与他针锋相对起来。

比起上次庙会上的见面，此人左脸的腮帮上，多了一块止血的纱布。后来，他向檀香解释，那是因为腮腺炎，他才贴上这片丑陋纱布的。

次日清晨，檀香打算揭开这个强行睡在自己身边的人的神秘面纱。她认为这块纱布下，一定藏着什么秘密。因此，她小心翼翼地将纱布掀开一角。那是一道残留着新鲜血痕的干脆刀疤。

隐秘被暴露，对方从沉睡中猛然惊醒。这个阴郁的男人，失望地盯着枕边这个发现了他秘密的美丽女人。

一言不发的他，暴怒地摔门离去。

自从他在那个下着露水的黎明消失后，日月匆匆追赶，已经过去了整整五年。当他再次出现在檀香门口时，他准备说出了当初送还银钥匙的原因。

这个男子一边从怀里掏出酒囊，一边用低沉沙哑的嗓音说道：“你听，我的声音，已被大漠的风沙彻底毁坏了。这一切，都是因为一个好朋友的背叛。”

“这与我有什么关系？”檀香不解地问道。

他一仰头，猛地喝下一口烈酒，然后注视着天花板：“只有唱出天籁之音的歌喉，才能启动机关，打开宝藏。这也就是当初我将银钥匙还回来的动机。”他将视线从天花板上缓缓地放下来，落在檀香脸上。

五年前的那天，在他敲响檀香家的大门之前，曾因这把钥匙终于失而复得，而欣喜若狂。他启动歌喉，一度兴奋地，以震颤的嗓音，歌唱自己的喜悦。

在荒漠上流浪多年的他，一直忍受着记忆里曾被灼伤的情感痛苦。多年来，还一直忍受着沙漠上恶劣环境的折磨。而这一切，都是为了有朝一日，能完成师傅临终时的重托——“银钥匙与世间最美妙的音乐产生共鸣后，才能打开那个沉睡千年的神圣之物。”

这是二十多年前，将银钥匙放在他手心里的人，临终时对他说的话。

“你拥有非凡的嗓音，这也是神选中你的结果。像生命一样去守护这个宝物吧。”将此物托付于他的住持，说完这句话便闭上了眼睛。

然而，萨满悲哀地发现，当自己有能力拿回银钥匙时，却失去了美妙的歌喉——破损的嗓音犹如一把即将散架的胡琴，在四处漏风的窟窿里，回荡着空洞、悲凉的沙沙声。

“在天歌长大之前，我不会再打银钥匙的主意。”

从回忆中返回到眼前的小木屋时，他的眼角隐含着一滴不易发觉的泪。他眼神笔直地注视着檀香，郑重地提出一个建议：

“但是，我要教天歌唱歌，唱出上古传说里大禹之妻涂山氏——美丽的九尾狐变成的女人——那绝世歌喉唱出的‘侯人猗’。”

“我不会把女儿送给你这种怪人去教的。”檀香抱着决绝的态度，企图打消他的念头。

“那好吧……”他带着痞气地，将酒囊往凳子上一甩，“既然你不许我做好人，保护天歌并教她唱歌，那我只好叫大漠上的弟兄们，一起进城来抢掠。掘地三尺，我也会把宝藏挖出来，但是……”

他一把将檀香从火炉对面拽过来，按在自己胸前，并将脸颊贴在檀香的耳根上，以略带威胁的语气，暧昧地低语道：“只是，到那时，我就无法保证天歌的安全了……”

“浑蛋！我真该杀了你。”檀香在他怀中挣扎，大声地骂道。

“你刚才就该跑到大街上，去叫巡逻的官兵，把我抓起来。”他伸手解开檀香裙子背后的纽扣，“可是，你认为，他们会在乎你，一个高级妓女，说半夜里有个陌生男人，闯入她房间这样的事吗？”

他说话时，迷人的笑容还留在嘴角。

就在檀香再次被这个笑容迷惑时，这个神秘男子已将她按倒在大床上了。

正是天歌显露出的异于常人的特质，让檀香提前看到了日后的结局——天歌的歌声有毒引起全城恐慌前，死于她歌声的人，是帝隐八岁时娶的妻子小红豆。

谣言是这样流传开的：天歌五岁的时候，她的歌声，可以使花盆里的种子发芽；七岁时，水中的鱼儿听到了她的歌声，会自己跳到岸上来；十二岁时，一个老人，因听了她的歌声突然去世。

然而，这最后一条，每次都被檀香坚决否认。她的理由是，那个老人患有严重的心脏病，长期在她的香料铺抓药。他的死与天歌的歌声无关。

由于檀香越来越靠占卜留住给她送大钱的客人，因此她对梦境显现出的兆象，也就越来越留意。多年来，她一直希望弄清自己怀孕时，于梦中出现的一些异兆。

梦中，青钢色的河水在涨潮，原本草木稀疏的两岸，此时，却是绵延千里的青翠林木。一条龙，从浪涛里送出声音，说要和她结婚。坐在大水上一只竹筏里的檀香，疑惑地想：要是跟龙结婚，生下的孩子会是怎样的呢？

然后，她醒了。

在檀香的忧虑中，天歌迎来了自己十三岁的生日。

这天，她收到了一份特殊礼物：十三只雪白的鸽子。它们是一只跟着一只，飞到她窗台上的。

那日清晨，她隐约听见有人在窗下低语。窗台上种着忘忧草，那些种子，是从老和尚的药园子里拿来的，在她精心照料下，这是第一次开花。天歌怕她的花儿被人偷了去，便立刻从床上翻身爬起，推开木窗。

一群雪白鸽子，“扑拉拉”迎面飞进屋子里来，仿佛满屋洁白的天使，在围绕她飞翔。天歌恍然大悟，刚才的低语声，原来是这些鸽子。是它们在窗台上，咕咕地啁啾。

每只鸽子红色的小脚爪上，都绑着一卷小纸条，上面写着只有

初恋时，男孩才对女孩说的蠢话。

“你想我吗？”

“小坏蛋……”

“你乌黑的长头发上，有草莓的香味。”

“生日快乐。”

“……我心爱的天鸽（天歌）。”

…………

这些满纸蠢话的小纸条，总共十三张。

天歌读着、笑着，仰躺在床上，望着窗外悠悠的白云和湛蓝的天空，不自觉地哼起跟百灵鸟学来的一支曲调。

檀香一早就在厨房里忙碌，揉面粉，熬鸡汤，做糕点，为女儿晚上的生日宴会做着准备。当她看见一群漂亮的鸽子飞进女儿卧室后，自己也跟了进来。

“谁送你的鸽子？”

“帝隐送的。”

在屋子的各个角落，檀香都能看见一团团雪球一样的鸽子，或飞或立，或啄食天歌从陶罐里拿出的黄豆。

“你邀请小红豆了吗？”

“……”天歌抚摸着安静卧在掌上的鸽子，没有回答。

谁料，天歌当晚的生日宴会上，帝隐竟没有出现！往年，他都是第一个坐在天歌身旁，和她一起吹灭生日蜡烛。而这次，他失约了，甚至连一个抱歉的借口，都没让人捎来。

她向邀请来参加宴会的十一个朋友宣布：只要帝隐不来，她就不吹蜡烛。

在天歌失望的眼里，眼前的蜡烛，正一点点融化成红色的烛泪。

檀香一面为女儿的倔强感到尴尬，一面不停地替她换下燃尽的蜡烛。

天歌的小伙伴里，有一个是宝轩斋老板的女儿。这个骨瘦如柴的小女孩，在气氛凌乱、散漫的生日宴会过后，悄悄把天歌拉进房间，并掩上房门。

她神情慌张地向天歌透露了一个惊人的秘密。

之后，那晚的月亮，就在天歌的眼里沉下去了。

天将要亮的时候，在朦胧的光线中，天歌还睁着一双隐藏着惊慌的眼睛。这是她第一次一整夜失眠。

在听完好朋友的悄悄话——有关帝隐和小红豆的秘密后，天歌的嗓子，就像被烟熏焦了一样，咸涩的泪水，像瀑布般从眼角滑下……

“你长得一点儿都不像你父亲。”那是春天一个起风的日子，天歌和帝隐在城墙上放风筝。玩累后，两人席地躺下，天歌揉着他额际上一簇旋起来的漂亮短发，对帝隐说了刚才那句话。

“你从哪儿知道的？”帝隐从来没见过自己的父亲，所以怀疑地问对方。

“人家都这么说，说你是捡来的。”

天歌直率地回答他。

城墙高处的风，含着雨点一样的细沙，打在脸上微微刺痛。眯起眼睛的帝隐，从嘴里吐出一粒硌牙的沙子，不屑地粉碎了天歌从街上听来的流言。

“我还是从垃圾桶里捡回来的呢。”

当时，天歌笑了，她以为帝隐并不介意。然而，她却忽视了一个重要细节：在回家的路上，骑在马上的帝隐，一路沉默不语。

之后有一个月，他都没来找天歌，包括今日的生日宴会。

小红豆和帝隐婚礼之后第五年，帝隐已长成一个高大、英俊的阳光少年了。在祖母眼里，他就像长空里一只翱翔的雄鹰。

童年时，他的身体像荒原上野火除不净的杂草，疯狂地向上生长。八岁那年，在双腿被倒塌的舞台压断后，须云和尚发现，帝隐其实已停止生长。后来，经须云和尚用内功治疗，帝隐体内的脉络被打通并修复，才有了今日魁梧的男儿身。

最终，也正是为了治愈帝隐的怪病，多花儿不得不向须云和尚承诺，她愿意为龙池寺大殿的重建捐助巨款。

多花儿不愿看到帝隐钻石般的星眼里长出身世的疑云，因此，帝隐很快就在祖母善意的谎言中，淡化了对自己身世的警觉，自如地吞噬着优裕生活带来的幸福感。日日夜夜，他和小红豆住在同一屋檐下，帝隐仅仅把她看作年长的姐姐，小心维护着一种彼此相安无事的状态。

直到春日的一天，他和天歌拌嘴后，在荷尔蒙激励下，帝隐第一次抱着被子，从祖母身边以“睡不着”为借口，搬到小红豆的房间，迷迷糊糊地爬进了她的床帐。

关于这件事的起因和细节，最先知道的人是玄一。

就在那个恼人的夜晚，玄一开始憧憬天歌的胴体。

那是初夏时节，月下池塘里，不停鼓噪着蛙鸣，一丛丛蓬勃的荷叶间，探出朵朵粉色荷花，一只小竹筏，在宽大的荷叶中缓缓穿梭。

在天歌的怂恿下，她和玄一正在月下的池塘捕鱼。

之前，玄一还弄不懂，为何老和尚要把女孩子看成“洪水猛兽”。

在每个新年的雪夜里，老和尚就会在寺里的许愿钟上，敲击一百零八下钟声，为全城人默默送上祝福，同时，也为自己许下来年的心愿。每次，在崭新的大雪里，他许下的都是同一个过时的愿望——期望玄一能在悠悠木鱼声中，在饶舌的经文里，在冗长、平淡如止水的生活中，去悟道，去修行，去成为一个和他一样受人尊敬而又无趣的人。

然而，在这个捕鱼夜晚过后，玄一心中却萌生出违背师傅意愿的想法。

那一天，他在天歌被水打湿的纱衣下，第一次惊讶地发现了“人间天堂”。

当时，为了捞到一尾大鲤鱼，天歌尽量把身体伸出竹筏外。“别再往前伸了，船再倾斜一点，我们都会掉进水里去的！”玄一撑着竹篙，尽量保持着筏子的平衡，对天歌嚷嚷道。

“没事，没事的！”天歌满不在乎，一脸兴奋地搜寻鱼儿的影子。然而，过分倾斜的小竹筏终于失去了平衡，天歌扑通栽进了水里，溅起一片极大的银色雨点。池水很浅，她很快就从水面的荷叶下，冒出湿漉漉的头颅来。

坐在竹筏上的玄一，第一次发觉，原来她真的很美啊。他陶醉地注视着天歌。

天歌伸出修长的手臂，拨开齐胸的池水，向小竹筏走来。她完全没在意，湿透的单薄纱衣，正紧紧地贴在她匀称的肌肤上。之后，她坐在轻轻摇晃的小竹筏上，双腿垂入水中，在清幽的月色下，像一尾美人鱼，通体闪着银白色光亮，被打碎的黄月亮，在她身旁荡漾。

玄一的心被这奇妙的情景弄乱了。

这是一种从未有过的甜蜜空虚。

当帝隐兴奋地告诉玄一，他是如何从一个男孩，剧烈蜕变成一个男人后，那个夜晚，玄一第一次在梦里见到了天歌。

那是一幅很美的月下荷塘图。

画面中央，一个貌似天歌的少女，将上半身藏在月下的花影、荷叶间，纤细的腰部以下，则没入微微泛起涟漪的水中。她身着被水打湿的透明纱衣，清润的水光映衬下，隐约可见少女光滑、透亮的胴体。她那双如寒星一样闪烁的黑眼睛，正毫无羞涩地，坦然注

视着画面外，每一个被她的清澈美震慑的人。

玄一把梦境变成了一幅画。

这幅画，后来，被师傅从一本经书的夹页中翻了出来。

风，像音乐般在画面的夜色中流淌；在灯下的书桌上，老和尚铺开了被他没收的月下荷塘图。这是玄一凭借和天歌捕鱼的情景，并结合帝隐的描述，幻化出来的对天歌美妙胴体的想象。

须云和尚从那比例协调的立体图像中，看到了玄一惊人的绘画才能。这让他无法判断，当初，自己送给玄一的那支独特画笔，是对呢还是错？

当年，须云和尚用白狐尾巴上的一撮狐毛，做成了一支画笔。自从白狐被猎杀后，他就一直舍不得用它。当他发现玄一无与伦比的绘画天才时，就做出了这个重大决定，给一手带大的聪慧徒儿，一个特别的奖励。

然而，奇怪的事情却屡屡发生。

去年某一天夜里，鲜活的鲤鱼，开始莫名其妙地出现在侧殿里。

上了年纪的须云和尚，晚上免不了要起夜上厕所。若是下雪的季节，要到庭院朝北的厕所去，那是很费力的，可现在是宜人的仲夏夜。

他沿着墙根走，途经一条铺着石板的长廊，来到庭院里。清幽的月色下，酣睡的大地正蒸腾着草木的清香。

咦，侧殿的大门怎么是开的？

可能是自己在殿里坐禅后，忘了随手关门吧。

他走下长廊，在微弱月光的指引下跨进门内。当须云和尚正要拉上两扇大门时，他右手边的门底下，有一个小东西，在光滑、青黑的地板上，“啪嗒”“啪嗒”地跳动。

哟……是一尾鲤鱼呢。

老和尚弯下腰，将门推开得大一些，好让光线照到地板上。他疑惑地盯着这尾鲜活的，正使劲甩着尾巴的铜红色鲤鱼。

奇怪，从哪儿来的鲤鱼呢？

它不可能是从院中的池子里，自个儿跳上来的吧？须云和尚弯起食指，钩住鱼头上那一张一合的鱼鳃，一边思忖着这件怪事，一边将它拎到院子里，丢入平滑如镜的鱼池里去了。

当他返身准备关门时，看见那扇水墨画屏风，已经快完工了。

玄一这么快就画完了？老和尚的目光，在屏风前停留了片刻。

画面上，有数尾在碧波和浮萍间追逐嬉戏的鲤鱼。须云和尚留意到，画面的左下角，有一处明显的空白，这块空间，足以容纳下一枪白色莲花。如此败笔，让颇为挑剔的须云和尚，看着极不舒服，就像心里被人堵上了一块厚毛巾，吐不出，又闷得慌。

借着门外射进来的稀薄、暗淡的光线，他费力地眯起眼睛，点着指头，在湖蓝透亮的屏风上，数着鲤鱼的数目。

怎么是八条？我把这扇屏风交给玄一时，让他绘上九条鲤鱼的。老和尚迟疑地揉搓着发涩的眼睛。

呵呵，老啦，看不清了……随后，他打消了再数一遍的念头。他自嘲地关上门，并没有过多地在意，鲤鱼的数量是多了，还是少了。

以前，寺庙中有一个做粗活的院仆，曾告诉须云和尚，玄一五岁生日后，就爱挥舞笔墨，四处画猫了。

那时，玄一已经开始跟着师傅，整日摇头晃脑地背诵经文。打扫寺庙的人，偶尔偷瞧上他一眼，便会发现，这个顽皮的孩子，为打发无聊时光，在经书页边的空白处，瞒着师傅尽情地涂鸦。

起先，玄一画猫，不管画的地方合适不合适，举笔就往上涂，甚至敢往佛祖那摊开的大巴掌上画。直到有一天，每一个踏进寺庙的香客，满眼所见都是姿态各异的猫时，这个院仆才在老和尚的吩咐下，提着水桶，既抱怨又起劲地，洗刷着这些涂鸦。

每日清晨，院仆都要打扫一遍侧殿，那时，他确实听到了猫儿细微的叫声。但是，找遍寺庙中任何一个角落，却没发现半只猫的影子。好奇，使他将这件事与玄一的画联系在一起，并夸大地报告给须云和尚。老和尚微笑地接纳了院仆渲染的神秘故事，但过后，他似乎很快就将此事给忘了。

不过，寺庙中的老鼠，倒是减少了许多。院仆潜伏在各处的捕鼠夹，久已未见捕获物了。

就在老和尚退出侧殿，不打算再数屏风上令人迷惑的鲤鱼时，“啪嗒”，又有什么东西掉在了地上。那是一尾丹红顶子，银白鱼身的红唇鲤鱼，它甩着大尾巴，重重砸在冰凉、坚硬的地板上。月光从门板的细缝里钻进来，一小束光线，恰好射在水墨静物画的屏风上。原本八尾的鲤鱼，现在只剩七尾了……

已经回到长廊上的须云和尚，没有发现这一变化。他正往走廊尽头的厕所，匆匆赶去。

小红豆和瘦女孩的认识经过，天歌是在自己十三岁生日宴会上得知的，同时她还知晓了小红豆和帝隐夜晚的秘密。

也就是从那天起，天歌不开口唱歌了。

那个骨瘦如柴女孩的父亲，在铁匠大街十字路口，开了一家门楣上挂着烫金招牌的书店。

有一天，小红豆突然光临了这家新书店。

她似乎专挑没多少人来的大清早。

女孩和她的家人，还在打扫店中卫生的时候，他们看见，衣饰华美的小红豆，出现在一排原木书架前。那女孩留意到，小红豆径直走到成人书架前，从第三格取下一本，粉红皮儿的硬壳面彩色图册，然后，在柜台上磨蹭地付了钱。

当瘦女孩在书的背面，盖上紫红色图章时，她从搁在女人光滑肚皮上，一朵玫瑰花图案的封面上察觉到，这是一本帮助新婚夫妇夜间生活的实用手册。

避开瘦女孩好奇的视线，小红豆像蚊子一样，在她耳边悄悄说："只要你不把我今天买书的事说出去，我就把自己的弟弟——我养父母的儿子，介绍给你做男朋友。"她那散发着水蜜桃香味的卷发，把瘦女孩的耳根，摩擦得很痒。

之后，书店老板的女儿，收下了小红豆从卷发上卸下的一对水晶发夹。两个少女，立刻建立起一种相互传递闺房秘密的友谊。

就在帝隐钻进她的床帐的夜晚之后，小红豆又来到书店。

她把帝隐如何发现自己压在枕头下的书偷偷拿去看的事，通通告诉了这个瘦骨嶙峋的女孩。这个女孩为了美丽而减肥，结果得了厌食症，瘦小的肩胛骨，似乎要戳破脆薄的皮肤。天歌每次看见她，都恨不得用锉刀，去磨平那尖锐的小骨头。

小红豆还向她描述，那个栀子花开的春夜，她去催帝隐还书，突然，她被帝隐强行亲吻了，那还是她第一次接受帝隐的吻。

自从混乱的婚礼当晚，帝隐逃到檀香家去后，住在一个屋檐下的他们，就一直不曾接触过。

之后的几天，从书中得到一些奇妙知识的帝隐，就不再骑马出城打猎，或去街上找天歌胡闹了。天黑以后，他喜欢拉上窗帘，和小红豆一起，在低矮、闷热的床帐里折腾。

水蜜桃上市的时节，天歌又开口唱歌了。

多花儿将外地运进汤谷的第一筐新鲜水蜜桃，让管家给小红豆送去。然而，不到两个时辰，管家就匆匆前来，报告给多花儿一个吃惊的消息。

"她一口气，空腹吃了五个水蜜桃后，就突然昏迷了过去。"

小红豆病了，听说，她得了一种谁也无法医治的怪病。

一个星期内，多花儿请了十一个治疗人体各个器官的名医。然而，最后一个医生离去前，严肃而遗憾地告诉多花儿：“用药治不好的病，可以用刀子治；用刀子治不好的病，可以用火治；但是，用火还治不好的病，就只能为她准备葬礼上的白菊花了。”

在用“火疗法”也治不好后，再也没有医生愿意上门了。

看见小红豆莫名其妙地病了，天歌感到幸灾乐祸起来。

一连几天，她都来到小红豆的窗台下唱歌。

那里，总是摆放着一盆茉莉花。

“一戈，一戈，咯哩咯……一戈……哟哟——”天歌唱着没有意义的歌词，哼着愉快而顽皮的旋律，仿佛变成了一只活泼的小鸟，在小红豆窗外的榆树杈上，蹦蹦跳跳，并不时向前探出好奇的小脑袋，试图打探紧闭窗户内发生的一切。

如果她知道，死亡是怎么回事，她就不会如此懵懂地开心了。

码头上的风向突然转变了。天空聚集着越来越多的云块，在风的播弄下，忽聚忽散，帝隐担心即将举行的龙舟赛会受坏天气的影响。这是他第一次参加龙舟赛，他不希望因为天气的原因，搅了他的好兴致。

七支由年轻力壮小伙组成的龙舟队伍，正在码头上分散训练。他们精力充沛的吆喝声，气势昂扬地回荡在青灰色的天空上。

此刻，帝隐正站在码头练习击鼓。他把汗湿的外衣，潇洒地绑在腰间，魔术般地挥舞着两根棒槌，咚咚咚地敲击着。在他劈开的两腿间，夹着一面牛皮大鼓。

多花儿身边的男管家，那个衣着考究的身影出现在河岸边。在众人面前，他没有流露出缺乏身份者的大惊小怪，只是简单地说，有重要事情要向少爷禀报。说完后，他在帝隐掌心，悄悄放上一撮赤小豆，然后一言不发地伫立在原地。

一群黑蜻蜓，忽然从帝隐身后的树林中涌出。

它们聚集在一起，黑压压的一片，在空中上下盘旋，行色匆匆，仿佛在焦急地酝酿着一场阴谋。

帝隐解开暗示后，就匆忙往家赶。

他看见多花儿嘴角咬着手绢，神态庄严地坐在床边。躺在病床上的小红豆，平静地告诉他们："死神已经来了。她是个笑容温和、穿白衣服的女人，那个女人身上，散发出一股清幽的茉莉花香。"

小红豆拉着帝隐的手，将他晒黑的手掌，搁在自己呼吸虚弱的胸口上。

"那女人冰凉的手，就是这样握着我的心脏。我感到好疲累……"小红豆脸上，露出最后一次桃花一样嫣红的笑靥，"她说，等这首歌一唱完，就带我走。"

顺着小红豆的视线，帝隐的目光，落在镂空的红木窗户上。

一首动听的乐曲，明媚得好似梦乡里悠悠的流水——那是天歌独特的嗓音。

她的歌声，正沿着墙壁，向上攀爬到窗台上。歌声丝毫不停歇它的脚步，在经过花盆时，无意中，沾上了一朵洁白的茉莉花瓣，似水的歌声，带着花朵的芬芳，从紧闭的窗户缝隙里，涓涓地流淌进来……

突然，这扇紧闭的木窗，被人猛地从里推开。

天歌看见了站在窗边的帝隐。

歌声戛然而止。

顿时，小红豆闻到一股扑鼻的茉莉花香。花的香味，带走了她最后一丝气息……

自从天歌在小红豆窗前唱歌被多花儿发现后，她就再也见不着帝隐了。

为了向他解释，她一直守候在赤水河边。

终于，在一条龙舟上，她逮住了自那天起，便故意消失的帝隐。

他从龙舟上跳下来，和几个年长的小伙子一起，将一条翘首的金色龙舟拉上岸。之后，帝隐避开众人，独自走到天歌身边，粗暴地把她拉到柿子树下。

“想我啦？”

天歌觉得，他这样说有些不要脸。

“切，谁想你啦……”

天歌把头朝旁边一扭，优雅的鼻子里，发出不屑的声音。

“既然你不想我，那我就走啦——”他故意把尾音拖得很长。

还没等他转身离去，天歌就着急地喊了起来：“帝隐——”

嘴角挂着淡淡笑容的帝隐，俯视着她，像打量怪物一样。突然而来的异样之感，令天歌的眼中涌出委屈的泪水。

那天，天歌只是希望用歌声来引起帝隐的注意，没想到惊动了多花儿。

当窗户打开时，多花儿第一次注意到这个唱歌的少女。

“她是谁？”

多花儿问身旁的管家。

“她就是檀香的女儿。”管家在城主耳边低声说，“她经常和帝隐来往。”他又添上一句，“听说……”

“不要跟我讲那些道听途说的事！”多花儿严厉地制止了他，“我知道的这些已经足够了。”

她一直盯着天歌那张美丽的脸，并在对方眼睛里，找到了一般女孩没有的那种纯净不羁的光泽。这种如秋夜寒星一样耀眼的光芒，是会刺痛夜行动物敏感的视觉神经的。

当帝隐还站在窗台边，与窗下的天歌四目对视时，多花儿已盘算好了怎么阻止帝隐与檀香女儿的来往。

此时，天歌无限难过。她背靠着粗树干，反剪双手，仰起脑袋看着帝隐。

“你为什么不见我？”

“我们不能再见面了……”

帝隐说完皱起了眉头，在他扣紧的牙帮上，似乎咬着一件难以下咽的硬物。

天歌仔细捕捉着帝隐说话时眼里一晃而过的暗影。与此同时，一种不祥的预感，攫住了她的心。

河面上，再次响起男人们精力旺盛的吆喝声。

一只游隼，盘旋在青色的天空上。

沉默，像一根透明、纤细的蛛丝，脆弱地连在两人之间。

他们都没有看对方的眼睛。

帝隐凝视着岸边，一排排赭红树皮的高大水杉；天歌则低头寻思，脚下尘土飞扬的大地。

整个谈话期间，天歌一直无意识地用脚尖，反复摩擦树根下的地面。

“为什么……为什么不能再见面了？”她脸上耸起无谓的笑，眼角却挂着一滴透明的泪。

然而，对方没有回答她。

阴历五月，寂寥的大河，在表面的热闹下，更显惆怅……

三天后，天歌从瘦女孩那儿得知，小红豆死了。

“他的祖母警告他，不许再和你来往。她说你是灵狐的化身，是你的歌声害死了小红豆。”骨瘦如柴的女孩，睁着惊恐的大眼睛，告诉了天歌帝隐不愿见她的原因。

天歌不由回忆起，那天，她和帝隐在柿子树下会面的情景。

当时，一位粗脖子船夫，用他的大嗓门，朝他们两人站立的地方，高声一吼：“帝隐——接着这个！”他从即将靠岸的船上，甩过来一张弓箭。

他的鲁莽，险些砸到天歌。幸好，帝隐天生臂力过人，只需腾出一只手，就在半空中，稳当当地将弓箭给接住了。

“你看那儿！”船夫说着，兴奋地从龙舟上跳下来。

那人用手指了指天空，对帝隐说：“瞧见没有，那只鹰，一直盘旋在河面上，整个下午都没有离去。你把它射下来，用鹰的血，给我们船的龙眼睛洗一洗，明天比赛，我们的船啊，就会飞起来，准能赢！”

他笑的时候，露出一口雪白的大板牙，并伸出宽大的巴掌，朝龙舟眼睛的位置，结实地拍打了两下。

用动物的鲜血，或黄柏树叶子擦洗龙船的眼睛，是当地的风俗，意味着好运和胜利。

然而，就在帝隐朝天空举起弓箭时，天歌站出来阻止他：“不要伤害那只鹰！”她对帝隐说，“我有种不祥的预感。”

“难道，你像你母亲一样会算命吗？”帝隐眯起眼睛，朝天空瞄准。

天歌听出他话语里的讽刺和轻蔑。这是从来没有过的侮辱。

“要射，就从我头上射过去吧！”

心高气傲的天歌，索性跟帝隐较起真来。她那双黑亮的眸子，毫不畏惧地直视帝隐的箭。

霎时，一支冷飕飕的箭，离弦而去。张满的弓箭，从帝隐手上松开，向外弹出的强大风力，竟掀起了天歌垂顺的长发。

帝隐吹了一声响亮的口哨。

“射中了左眼。”

他得意地说道，并将手中的弓箭，交给立在一旁的船夫。

翻滚着乳白色泡沫的河面上，倒映着那只中了箭的游隼。此刻，它正摇摇晃晃地，从空中旋转而下。

“你会倒霉的。”

天歌不甘示弱地在帝隐背后，摔下一句气愤的话。

“这是女巫的预言吗？算了吧——”

帝隐一挥手，转身离去。故作轻松的他，和船夫一起跳上船，朝大鸟落下的河心划去。

他流露出的冷淡，几乎让天歌崩溃。

现在，她终于明白了其中的原委。帝隐的祖母，在他们之间种下了一排荆棘丛。除非天歌甘愿冒着被割破双脚的危险，走过这片荆棘，否则……

“否则，我将永远见不到他。”

天歌告诉自己的心。

火红的落日，融化在浩浩荡荡的赤水河里，远远望去，就像一条正在燃烧的大河。

玄一刚从师傅房中退出，就撞见坐在鱼池边的天歌。

天歌目光呆滞地盯着争先恐后抢食的鲤鱼，并没有发现，玄一站在她身后，已好一段时间了。

“你在用什么喂它们？”越过天歌的肩头，玄一看见，她手心里捏着一颗蜜色丸子，并不时揪下一小撮，丢进池子里。

忽然听见有声音从背后传来，天歌吓了一跳。她将鱼食往口袋里一塞，慌忙藏将起来：“没什么……”

从天歌迷惘的眼睛里，玄一觉察出，她似乎有什么话要说。但他知道，现在从她嘴里是问不出什么的，除非她愿意说。没想到，这回天歌竟主动开口了，但不像对玄一说，似乎是对着水里的鱼儿倾诉。

“她死了……”

“谁？”

“明天，她将被埋在赤水河的上游。”

…………

“那，帝隐会参加明天的龙舟赛吗？”

“不知道……”

一阵沉默后，天歌才将注意力，从远处隆起的山脊上收回，转向玄一身上。

“你手里拿着这个干什么？”

她看见玄一手中拿着一支笔，那是已断成两截的画笔。这支画了少女胴体的画笔，刚才，须云和尚盛怒之下，将它折成了两截。

平日话不多的玄一，此时却学天歌的顽皮，将笔放进衣袖里，故作神秘地说道：“这是我的秘密。”

傍晚清凉的风，将白昼炙烤后的沉重大地和幽蓝夜空，从中分隔开来。天歌和玄一，默默地坐在池畔，就像两棵种在池边的树，久久无语，仿佛在等待，等待迷蒙的月亮升上来。

其实，玄一从老和尚房中退出前，差点被师傅赶出寺庙。

师傅曾让他下午做完功课后，到自己房中来见他。聪明的玄一，从师傅罕有的严肃口吻中，知道了即将到来的责罚：一定与那幅没收的少女图有关。

“师傅要惩罚我了！”他这么想着，因此，先师傅一步，来到房中坐等。

须云和尚见他先来请罪，反而不知如何来处置这个头脑比自己还冷静的徒儿了。然而，令须云和尚震怒的是，玄一竟向他提出还俗的愿望。

潮涌而来的巨大悲哀和倾覆性的衰老，只因玄一这一句话，霎时就将身体原本健壮的须云和尚给击倒了。他像一个父亲，在准备离家远去的孩子面前，流下了苍老的泪。

这时的玄一，出走的理由并不是为了爱情，他渴望的是自由的感觉。只要心是自由的，你就可以任意飞翔。

后来，当夜幕彻底降下它的神秘面纱时，玄一竟和天歌接吻了。

“这是我的初吻。我要报复帝隐。”

夜风，将天歌在玄一耳边的低语，吹上了月下的槐树梢，“沙沙——沙沙”地响。她飘动的长发，轻轻拂过玄一的耳际，霎时，一股冲动的泪，热乎乎地胀满了玄一的眼眶。

老和尚将折断的画笔摔向玄一后，就开始为自己一把年纪，还在徒儿面前表现出难堪的懦弱而懊悔。

“原谅我，师傅，其实我并不想惹你生气。”被老和尚失望的泪水触动的玄一，立刻跪在师傅脚边，真诚地承认自己的错误，“惩罚我吧！我没想到您会如此伤心……我宁愿去禁闭室面壁思过。”

“回来吧，我的孩子……”

当玄一准备去禁闭室主动惩罚自己时，老和尚却在门口叫住了他。

须云和尚叹了一口气：“看来，我只有提前告诉你有关银钥匙的秘密了。”

他以低沉、模糊的嗓音，召唤玄一坐到他身边来。

“过来吧。原本打算当你具备拥有它的资格时，才告诉你。但是，现在，你要答应我，抛弃心中那个‘邪魔’的诱惑，因为将来……”

那会儿，正值暮归的渔船，一条条摇晃着靠近古码头的河湾；夕阳下，寺庙的钟声，一声声传到落日燃烧的大河表面。

“月亮长了毛，大水淹过桥。”天歌哼起了舒缓的小调，在玄一薄薄的嘴唇上，轻轻啄了一下。

升起的月亮毛茸茸的，好似一只刚出生的小鸭。

汤谷人在端午时节出行时，通常会在晚上，抬头观察一番月亮的脸。若是月亮四周笼着一层黄色绒毛，那是近段时间会下大雨的兆示。

心慌意乱的玄一，注视着水中颤抖的黄月亮，耳边回响起师傅的警告：“那把银钥匙，守护着一个惊世秘密，但是，它需要灵力来喂养。”

银钥匙没挂在天歌脖子上前，须云和尚把它藏在镀金佛像的耳朵里。口不言目不视的佛祖，唯有耳朵最大，它听着人们的祈祷声和诵经声，这种来自人心的灵力，正好喂养银钥匙。

“后来，我将银钥匙作为护身符，送给了天歌。”

老和尚郑重地用手掌摩挲着玄一光溜溜的大脑袋，继续说道：“天歌的歌声，本身就是一种不稳定的灵力，它会随着天歌的内心，或变成她体内的‘稗草’，或化作一种神奇的力量。”

“您是说，神性和魔性，同时存在于她的体内？”

万般惊异的玄一，仰着脑袋，专注地向师傅询问。不等对方回答，他的思维，又快速旋转到另一个问题上了，这使玄一的神情变得慌张起来。

“那……那假如……她不小心将银钥匙摘下来了呢？”

师傅静坐在禅室垂挂的字画下。在玄一眼里，师傅的所有心声，仿佛都静静注入到他手中捧着的那杯清茶里了。

他就这样手捧着素陶茶杯，默然不语。

今夜，鱼池边这个意外的吻，使玄一既兴奋又紧张。兴奋的是，这是他期待已久的吻，然而，这又使他格外地紧张起来。此刻，天歌充满野性的眼睛里，闪烁着不属于她的笑靥。这让他想起师傅刚才说的话。

一朵厚重的乌云，缓缓遮住了他们头顶上的月亮，玄一情不自禁地，将目光投向天歌脖颈间，那把闪着神秘光泽的银钥匙。

他想伸出手，摸摸这个令师傅无比推崇的宝物。

然而，天歌却突然扯下脖颈上的银钥匙，并将它狠狠地摔在地上，还踩上一脚，大声嚷嚷道：

“这个倒霉的东西有什么用！还说是护身符呢！如今，所有人都在说我的坏话，就连帝隐，也相信那些可怕的谣言！”

她眼中的黑色瞳仁，因愤怒而变得乌黑油亮，几乎占据了整个眼眶。

“我做错了什么？！他竟用那种态度，肆意伤害我！都是这把银钥匙，让所有的人疏远我。我不要了，不要了！”

“天歌……”玄一感到口舌干涩。面对天歌这种失控的疯狂行为，他不知该如何阻止。

当夜空中那朵乌云，从长了毛的月亮身上渐渐移开时，四周又明亮起来。在月亮光辉的照耀下，被拉长的槐树影子，匍匐在碎石铺成的甬道上。

天歌忽然露出惊讶、惶恐的眼神，死死盯着水面上漂浮的鱼儿。

接着，她逃走了。

这时，玄一才发现，不知从何时起，一池鲜活的鱼儿，变成了翻着银白肚皮的死鱼。他捡起天歌无意中从口袋里掉出的丸子，把它放在鼻子下嗅了嗅。天歌所说的“鱼食”，原来是毒药。

就在天歌惊慌地逃离鱼池时，玄一曾追出了山门。

他对着天歌逃跑的背影大声喊。

从下往上刮的山风，灌进他张大的嘴巴里，天歌丝毫听不见后

面有人叫她。她只是径直朝家飞奔。

当玄一从山门返回池边时，他的耳畔，仿佛响起师傅刚才说的那句话。

“以后，我会将它郑重地交给你……”但是，这声音又不全是师傅的，似乎是自己体内，一个存在了很长时间的声音，“它可以开启一个惊人的秘密……”

最后，玄一听从了这个熟悉声音重复的召唤。

他捡起天歌丢在地上的，那把闪闪发亮的银钥匙，并将它举至头顶，对着月光审视。

秘密……什么秘密？

玄一好奇而疑惑地猜想着。

携带着风雨气息的夜风，从寺庙背后的山峰上席卷而来，就像一双无形的巨手，粗暴地摇晃着池边两棵相互依偎的槐树。

天歌顺着台阶拼命往家跑。

风从下往上吹，天歌听不见身后玄一的呼喊。夏夜刮起的狂风，几乎像冬天一样凄楚无比。

然而，一旦推开家中的大门，天歌马上就后悔了。她觉得自己做了一件很糟糕的事，又不敢让母亲知道，整夜都在被子里辗转反侧，难以入眠。

当初，她得知帝隐和小红豆睡在同一个床帐里时，就觉得异常恶心。她打算找一种毒药，让自己轰轰烈烈地死去。

后来，她在母亲香料铺里，找到了一颗“五毒水蜜丸”。她本想一口吞下这橡皮糖似的黑色药丸，以此来气傲慢的帝隐。

天歌不知道，这就是那种叫作爱的东西，在她内心生长起来了。

与此同时，另一种情感也应运而生。提前苏醒的“嫉妒”，催促着她，把身边还昏昏欲睡的“爱”摇醒。

“起来，快起来！你这个懒东西。再睡下去，就会失去帝隐了！”精神抖擞的“嫉妒”，在天歌心里，俨然一个霸道的小女孩，用脚踢醒迷糊中的“爱”。

“怎么了，小红豆不是死了吗？这样，帝隐就不会再被别人抢走啦！”“爱”揉着惺忪的睡眼，坐起身来。

“她是死了，是我杀死的！”

“是你杀了她？”

“是我。”“嫉妒”眼中闪烁着激动的火焰，“之前，我把那颗剧毒药丸研成粉末，混进一瓶香精里，托瘦女孩当作礼物送给她啦。”

“那结果怎样呢？”

“我原以为，她会如我想象的那样，在沐浴时加入香精，这样，毒素就会从她皮肤的毛孔进入她的身体，就算不中毒身亡，也会使皮肤鼓起像蟾蜍那样丑陋无比的脓肿。”

“你为什么要这样做？”“爱”吓得用手捂上脸，大声惊呼起来，“我们不是发过誓，哪怕用自己的灵魂做交换，也不改变对帝隐的爱吗？！”

“是，我们发过誓。但我要帝隐只爱我一个！他是我的，永远都是我的！”

“嫉妒”的浪潮，汹涌地拍打着天歌的心岸，使她为之战栗、恐惧。

那个刮起强风的夜晚，躺在床上的天歌，内心承受着对这件糟糕透顶事情的激烈争辩。

虽然她也不清楚小红豆最终有没有使用她怀着强烈嫉妒之心调配出的香精，可是，小红豆还是死了。她以莫名的方式，退出了这场爱情角逐。

“高兴吧，为自己的胜利庆贺！”

她听见一个异常癫狂的声音，在耳边高歌。

此刻，她的大脑似乎控制不住，那双不停地在被窝里扭动的双脚，好像要脱离身体的约束，逃到外面去，仿佛屋外有一场狂欢的舞会正在召唤她。

“你就不感到羞耻吗？难道没有一丝同情吗？”另一个谴责的声音，柔弱却严厉地敲了她脑袋一下。

凄楚的旋律，不知从何处响起。

一个轻盈的淡蓝色身影，出现在窗外树影婆娑的小路上。

天歌从床上爬起，悄悄将头探出窗外。

洒满月光的小径上，一个卷头发的女孩，拎起她纯白色的裙摆，踮着脚尖，专注地跳舞，却没有丝毫声响。

她踩在落叶上跳，在覆盖着青苔的石礅上跳，在枝头上跳，在树冠上跳，最后，竟轻身飞舞到夜空中……天歌的视线，被自己眼中噙满的泪，弄得模糊起来。

“是你吗？你是来和我告别的，还是埋怨我的歌声害死了你？”

陡然腾起的恐惧，如死神的爪子，紧紧揪住天歌。她因亲见一个亡魂，而使心跳加剧。

为了平复从未有过的紧张，她开始仿效母亲占卜时的模样。

通常，檀香在小木屋平整的地板上，会点燃十三根香熏过的红蜡烛，将它们围成一个魔力圈，前来问卜未知的人们，则坐在火圈中央。这种占卜方式，一般用于问卜者被某种情况迷惑、困扰的时候。檀香通过火焰燃烧的程度、火苗摇摆的方向，以及对方投放在墙上的放大背影，借此判断来人的心思和欲望。

一次，天歌躲在门后，偷偷观看母亲为一个夜半敲门的客人，占卜大漠里一支商队是否安全。

那是天歌七岁以前的事。据说，这个年纪的孩子，通常能看见一般人所不能见的无形之气，譬如说“魂魄”，就是其中的一种。

那个男人投在墙壁上的影子，随着摇曳的火光，不断变幻出各种难以想象的形态。起先，天歌看见他影子的脑袋上，长出了两只短小、锋利的犄角。然后，他的头发变成了一个鸟巢。最后，此人影子的尾部，竟冒出一条鳕鱼的尾巴。

在檀香眼里，兽角是斗争的标志，鸟巢代表归家的渴望，鱼尾则表示这批货物是晒干的珍贵海产。看来，此人不是专做大买卖的巨贾，就是给皇家进贡的使者。

然后，檀香用她母亲留下的红石头，开始测算对方想知道的事。

“你盼望货物安全抵达，可至今没有收到回音，所以很担心，对吧？”

那人用力点点头。

“从我的卦象上看，在城外西北角的沙海里，你那批装载着海产品的干货，总共十五箱二十三袋，还有一些上等丝绸、香料，这些都被盘踞在那一带的土匪给打劫了。”

那人沮丧地听着檀香的预测。

天歌看见，他背后放大的黑影，立时像一朵枯萎的植物，竟“吱溜”一下，软了下来，滑到墙角的地板上了。

临走之前，檀香给了此人一个忠告：

“他们把你商队的骆驼都放走了，那些家伙，正在离这里五公里外的月亮湾饮水。你可以带一些人，把它们找回来。”正因为檀香的善意心地，使过往汤谷的男人，都愿意来这儿聆听这个美丽女人的预言。

此时，天歌坐在火光环绕的魔力圈中央，想象着母亲替人占卜的模样。她觉得，自己终于能抑制住，胸中那个拼命往外挣脱的生命了。

当天歌能够重新凝视夜空中那件神秘飘浮的白裙子时，一股感伤情怀，突然扑进心中。

“不，不！我不会怕你的，也不会可怜你。”她拼命摇头，让自己摆脱伤感的困扰。

当天歌重新仰起头时，她的嘴角，已挂上一丝笑意：“就算你死了，我还是要承认，自己曾恨过你；也正因为你，才使我意识到，我心里爱着的人是帝隐。今夜，当我和玄一错误地接吻后，我更加坚信了这一点……”说到此，她被自己发涩的嗓音感动了，竟半天无语哽咽。一滴滚烫的烛泪，落在她的掌心，她都毫无察觉。

“无论如何，”她继续说道，“我要让帝隐爱我。他是我的！我一定会得到他！你听见了吗？听见了吗？！”天歌几乎用逐渐高喊的方式，将声音发向天空。她甚至感到，自己的耳膜覆盖上了一层嗡鸣。

不多会儿，那个淡蓝色的身影，逐渐融入宏大丰满的夜气中；纯色的裙摆，被风吹散，再也寻不见踪影了。

窗外重新恢复了静夜的声籁，刚才的一切，好像从未出现过。

天歌咬紧下唇，直到一丝绯红的鲜血从洁白的牙齿间流出，也不让认输的眼泪掉下。

爱使一个人勇敢，也使一个人陷入绝对。

昨夜，人们在睡梦中时，天空下了一场大雨，赤水河在涨潮。

然而，下葬的时辰，天却放晴了。

一行人，护送着一挺小巧、精致的棺木，沿着河岸走去。河岸斜坡上的草地，经夜雨冲刷，变得异常打滑，放眼望去，一堤坝尽是青翠的绿。

今日是端午节，河岸的码头上热闹非凡，身着节日鲜艳服饰的人们，早早聚集在码头的堤坝上，翘首盼望即将举行的龙舟赛。

这支气氛凄清的送葬队伍，艰难地走在潮湿的草地上。比起码头上的鞭炮声和喧天的锣鼓声，这儿实在是冷清，人们脸上，竟没有多少怀念死者的忧伤。

多花儿雇来出殡的这些人，都偷偷拿眼睛往河道里瞄，甚至在行进的队伍中，偶尔还能听见，一句兴奋的低呼："瞧啊，我儿子参加的黄队，在河道的第三排，他们的龙船可威风啦！"

此时，帝隐就在这支送葬的队伍里。他没能如愿参加今年的龙舟赛，他把击鼓手的位置，临时让给了那个粗脖子船夫。

为了见帝隐，天歌事先打听到了下葬地点，并在鸡叫头遍的时候，就冒着蒙蒙细雨，离家独自来此等待。

她手里捧着一大束从山谷里采来的野百合，白皙的脸上，映现着朝阳的光彩。然而，当她把沾着露珠的鲜花放在小红豆坟上时，却听到帝隐带刺的话语。

"你怎么在这儿？"

那冷漠的眼神，令天歌的心头剧痛潮涌。她直视着帝隐的眼睛，一句话也说不出。

"龙船下水啦！"

忽然，从送葬队伍最后一排，滚上来一个激动的声音。

"下水了，真的下水了！"

"快，让我也看看！"送葬的人们，开始朝宽阔的河面望去，兴奋地搜寻着船队待发的英姿。

霎时，码头那边传来震天动地的锣鼓声，以及人群疯狂的呐喊。

帝隐不自觉地，回头朝河面望了一眼。

"倒霉透了！若不是这个不合时宜的葬礼，我也可以去参赛，去赢得那份令人目炫的胜利。"帝隐恨不得张开嘴，骂出这些惊人之语。

心被刺痛的天歌，一脸无辜地看着帝隐，然后，她一声不吭地，将献在坟上的鲜花儿统统丢进水里。芳香的鲜花，顺着水流，向下游漂去。

天歌开始尖叫。

她不知道自己做错了什么，帝隐竟如此憎恨她？！

其实，没能如愿参赛，才是帝隐出现坏脾气的直接原因。他并不是生天歌的气，也不因为他有多爱那个死去的女孩。

此刻，谁也没有心情去为葬礼哀悼，更没人注意，天歌的脖颈上，少了一把亮闪闪的银钥匙。

被所有人忽视的天歌，悄悄离开了。

她走到一片开阔的高岗上，放开忧伤的嗓音，旁若无人地唱起内心的痛苦。

这时，天空下起了太阳雨。

突然而来的雨水，仿佛受到歌声的召唤，铺天盖地般洒向人间，一颗颗大如珍珠的雨滴，砸在人们的头顶上、鼻梁间、眼眸子里、手臂上……只一瞬间，地上就汇聚起大大小小的水洼。

四散避雨的人们，浑身被淋得湿漉漉的，就像河边慌张蹦跳的青蛙。有些病弱的人，被这“钉子雨”打得趴在地下，如同实验室的青蛙标本。

大雨冲刷着新坟。

从蓬松的坟堆四周，泄下一条条水流，像蠕动的蚯蚓，挟带着新鲜泥土汇进赤水河。随着雨势的加大，刚刚垒起的新坟，变得越来越小了……

眼见新坟被雨水冲得没影了，天歌竟越发兴奋地歌唱起来。她躁动不安地四处走动，并在大雨中，旋转着自己的舞步。

帝隐决定抓住她。

他认为，天上这奇异的太阳雨，一定是她的歌声招引而来的。但帝隐刚一追上她，天歌马上就跳开了。帝隐终于扑上去抓住了她，然而像滑草一样，两人从光滑平整的草坡上溜了下来，只消天歌一恢复力气，她就又一次冲进大雨里，去尽情歌唱。

她似乎在和帝隐捉迷藏。

天歌的歌声，在山头上奔跑，在河水里激荡……嘹亮的歌声，仿佛是从天上传来的，又像是从大山的肚子里，发出的隆隆回响。

“别再唱了——”终于，帝隐抱住了在滂沱大雨中，歌唱心中痛苦的天歌。然而，天歌却极力地从他怀里挣脱。她似乎在用自己独特的方式，让为之动容的天地，来谴责冷漠高傲的帝隐。

他们两人好比鱼和网，在水里相互纠缠着。

急促呼吸的鱼，和被鱼儿剧烈撕扯的网，注定要捆绑在一起。它们能挣脱命定的束缚吗？只有默默流过的河水知道。

“我喜欢你……”

终于，帝隐举起了哀求的目光。他捧着天歌被雨水和泪水打湿的脸庞，将一个深深的吻，印在她潮湿的唇上。

“我喜欢你……”

他再次向天歌表露心迹。

与其说帝隐的傲气，是被暴雨打压下来的，还不如说，是被天歌惊天动地的爱情力量征服的。

他们拥抱着，仿佛天地已化成海洋。

两人因深深的爱而沉入水底，在温柔的水草中，亲吻着对方。

天歌停止了歌唱，暴雨也就此停歇了下来。

暴雨使河水陡然上涨。

须云和尚在一个雨意间歇的夜晚，披上蓑衣，提着一盏灯笼，顶着迎面的狂风，到河边去视察水情。当他返回寺庙，对留守在风雨飘摇侧殿里的玄一，是这样惊心动魄地说起自己的见闻。

“龙过街啦！这是我亲眼看到的。”

从山上的寺庙下来，须云和尚在一块地势较高的地方，用下山时带的竹竿，在一棵歪脖子柳树上，救起了被水围困的一个商人。

当时，他们在黑浪翻滚的大水里，同时看见，一对在波涛中起起伏伏，不曾熄灭的红灯笼。

“那是龙的眼睛。”

老和尚言语肯定地，对已经听得痴迷的玄一，讲述着铁匠大街的传说。

在远古，铁匠大街的入口处，矗立着一扇高耸入云的铁门。不过，现在很少有人记得它的存在了。

这条龙，原本打算从铁匠大街上通过的。

咆哮的巨龙，来到钉过铁门的地方时，古遗址残迹依然涌出强大的威慑力。一旦无法随心所欲地通过这个城镇，巨龙发威了。

转道赤水河的龙，掀起的巨浪，爆发了汤谷千年不遇的大洪水。

端午节当日，七条赛舟下水时，正值老天爷大放“龙舟水”。

按照惯例，去年比赛是逆水行舟，今年则是顺水而下。似乎是因为龙舟的眼睛曾用山鹰的鲜血擦洗过，帝隐原本所在的那只赛舟，如同长了一双巨鸟的翅膀，在河面上飞一样地前行。他们的船队，从比赛一开始，就毫不费力地甩掉了所有对手。

鼓声点点，雨声唰唰，男人们忘情的吆喝声，在大河夹岸的岩壁间回响。

然而，舟行途中，发生了一起可怕的灾难，黑衣死神俯下身，亲吻了一只被灾难选中的龙舟。

当最快的龙舟经过一处峭壁时，陡峭岩壁上飞泻而下的山洪，如一条巨龙，扑向船只，一口将舟中所有壮汉，吞进暗礁的漩涡里。

被巨浪冲入水底的龙舟，撞到坚硬的礁石上，顷刻，破碎的浪花飞溅。当后继船队到达时，浑浊的漩涡外层，漂浮着支离破碎的船板。

众人立刻放弃比赛，进行救援。

因抓着牛皮大鼓而幸免于难的粗脖子船夫，是这次灾难中唯一的幸存者。

惊闻此事的帝隐，次日午后，带着礼物前来探望幸存者。

然而，从幸存者居住的简陋窗口里，竟飞出数个臭鸡蛋迎接他。臭鸡蛋砸在他锃亮的马靴上。

他被粗脖子船夫拒之门外。

天空还在下雨。

帝隐走到旁边的厨房，把礼物送给了此人的老妈妈，然后返回门口，用手中的雨伞将房门撬开。

“我来看你啦，兄弟！”

毫不为帝隐热情所动的船夫，半卧在床头上喝闷酒。他以钢铁般冰冷的怀疑回敬他：“死人啦——十个年轻小伙，就这样没啦！这该死的龙舟水还在下！”

穿着笔挺黑色衣裤的帝隐，默哀般地站在他的床前，并将食指上一枚绿宝石戒指摘下来，搁在船夫的被单上。

“这是我给离去的弟兄们，路上的一些零花钱……”

船夫扭过头来，瞟了戒指一眼，鼻孔里发出不屑的哼哼声：“拿回去！给你那个漂亮的小妖精戴吧。兄弟们用不着这个！”

在帝隐捏紧拳头想狠狠揍他一顿之前，船夫告诉了他灾难的“真相”。他活着回来后，听到坊间反复流传着这样的说法：当时，沿河两岸前来观看比赛的人，都听见了天歌的歌声。是那不祥的歌声，招来了倾盆而下的太阳雨。

尤其是船夫最后一句话，冒犯了帝隐。

“他们都说，她是寺庙后山那只野狐狸脱胎。日后，还会给我们这座孤城带来灾难！”

6. 魅之歌——侯人猗

龙池寺大殿终于动工重建了。

工程最大的一笔款子，当然是城主多花儿捐的，这不足为奇，奇的是檀香的巨额捐款。一个出售美丽的女人，是怎样积攒起这么多钱的？街上的闲人们，一直热衷于谈论这个话题。

檀香的另一个疑点，甚至连功力深厚的须云和尚也搞不懂——那就是檀香不会老去的容貌，如今十多年过去了，可檀香依然保持着少女容颜。难道她真的将年龄，烧毁在紫檀木制的宝匣子里了？

关于这个问题，一个看似局外的人，却给出了精确的答案。

“你将肮脏的钱捐出去，以此排除体内的‘稗草’，从而获得年轻感觉。这就是你不老的诡计，对吧？”他当着檀香的面，毫不客气地揭露她的秘密。

檀香没有任何表态。

自从天歌放纵嗓音唱歌，给汤谷造成极大破坏以来，檀香家的屋檐，就被人们的风言风语打湿了。潮湿、腐朽的屋梁，在连绵阴雨天几乎有坍塌的危险。为此，天刚放晴，檀香就请来人修理，并将家中堆放的脏衣服，统统拿出来清洗干净。之后，她换上一件鲜艳的，散发着阳光香气的衣裳，据打听来的消息，去拜访住在赤水河下游鸵鸟场的萨满——一个远近闻名的男巫。

一次偶然的擦肩而过，某个故人，忽然认出，萨满就是当年的幻觉和尚。

他怎么会看出我如今已经完全更改的容貌？

就在萨满诧异之际，那人展示了自己同样身为一名男巫的技艺。他将一只细长的竹筒，放进一口清澈的井水里，当他将竹筒拎上来时，清水已变成香醇的美酒。

“既然你学了巫师的法术，为何要改换职业，去经营一个如此辛苦的鸵鸟场？你完全可以在转瞬间，拥有一切！”

那人席地坐于井边，陶醉地喝着竹筒中的美酒。

看来，此人一直在用法术，满足自己一切任性的要求。

“因为，我的名声很坏。”

萨满一边说，一边将鸵鸟妈妈产下的蛋进行分类。

“并且，还有一样东西，最不容易得到。”

“那是什么？”

“较量。”萨满停顿了片刻，将目光伸向远方。

“与一个曾经是你最亲密的朋友，而如今却是你仇敌的强大对手，进行较量。”

“这就是你卑微地潜伏在此地的原因吗？为何不痛快地去报仇？去打倒对方？难道你修炼的法术还敌不过他？”

“你说的都不是……”

“……我猜你是在害怕。在逃避。从一个信佛的僧侣，到被放逐的囚徒，然后改学法术，为日后复仇。看来，你根本就没有勇气和能力去复仇！”

此人一边畅快地品尝美酒，一边夸夸其谈地嘲笑萨满。

“那……你想先试一下吗？试一下我的法术如何？”

对方忽然愣住了。萨满正视着他，双眼露出隐隐的邪魅微笑。

“你不是说勇气吗？”萨满一边说着，一边提起手指，轻轻点

着对方脖子的喉结处，上下缓缓滑动。指尖触及之处，令人神魂漂泊，那触感宛如一位多情女子，令人窒息的抚摸。萨满身上不知何处而来的妖媚之气，令对方不寒而栗。

“我现在可是一个不招人喜欢的男巫。千万别提起我的过去哦，那样只会令你遭殃。我不想看见知道我过去的人，若一旦出现，他就得马上消失……”

说着说着，萨满指尖下，竟出现一头长着细长脖子，扇动着灰色羽翼的大鸵鸟。

“其实，我也不希望你变成现在这个丑模样，可是，像你这种只懂得用法术满足私欲的人，又怎能体会我所说的较量？如果你的法术够精湛，那就把自己变回原来的模样吧。”

鸵鸟充满恐惧地从地上站起来，听完萨满说的话后，尖声喊叫着跑开了。从前，他也有过这种做法，将一个多嘴的坏男孩，变成粉红色的小猪。

这回，他放心了，已经没有人知道他的过去。起码，在实施复仇大计以前，可以继续安静地隐匿在汤谷。准备也好，修炼也好，总之，现在不是时候。况且……“勇气”这个高贵字眼，怎能容许那种人肆意评判?!

他的脑海中一边浮想着这类问题，一边继续用蓝笔在种蛋上做记号。他把蛋的大头朝下，轻放在柔软的干草上，准备将它们送进培育室去。数天以后，小鸵鸟就会在那儿出世。

做完这些后，他把酒香四溢的井水，恢复到原来的清洌甘甜。

火热的阳光，令萨满料理这些秃脖子大鸟时汗水汹涌往外淌。在擦汗时，手背往往不经意间碰到腮帮上那道多年前的伤疤，这时，他的眼睛恍惚了，变得柔和起来，似乎再也聚集不起当年的仇恨，倒更像在抚摸一个童年时代的玩具。

对伤口的特殊情感，会让他从为复仇而蛰伏的蝼蚁般生活中跳出来。回忆甚至变成了对往昔的怀念——这种复杂的怀念，既辛酸又亲切。

“是否该动手了？等待……太久了……”

萨满不想再等了，他害怕自己被回忆的感伤摧毁复仇的“天堂”——那是他赖以活下去的理由。

那个因认出萨满过去身份的巫师，不幸变成了大鸟，然而，他的话却像绣花针，挑破了萨满的心结。复仇再次变得亲近了。

檀香来找他的那天，他正跟多花儿派来采购的人员，在仓库门口，对一筐鸵鸟蛋的价格，讨价还价。

个头比鸭蛋大三倍的鸵鸟蛋，是多花儿超级胃口的最爱。她一次能吃掉用四个鸵鸟蛋煎成的薄饼，但那之后，胃里就接受不了其他任何食物了。一种持续的幸福感，可以延续到上床入睡前，再喝一杯牛奶的时候。

这倒成了她减肥的好方法。

因而，她便派专人常来鸵鸟场采购。

“听说过‘侯人猗’吗？”

在卖掉一批蛋后，萨满将收到的钱丢在工作台上，斜倚着身子，靠在门边抽烟，对面前的檀香说。

“曾听须云大师提起过。他的师弟幻觉，最擅长这种歌声。”

檀香低下头，用手指弹了弹落在裙边的灰尘。因为一只高大的鸵鸟，惊恐地擦着她身边跑过。

如果让多花儿回忆幻觉，她准会说，在古城，许多跟她一样春心萌动的少女，曾把他当偶像般狂热崇拜。他是每位少女夜半的心上人。

从各处赶来龙池寺，参加召唤青春祈福术的女人们，都是冲着他的美貌而来。她们把他想象成史诗里的英雄，或者远古传说里俊

美的男神。她们崇拜的人是他，而不是古刹里虚无缥缈的泥塑金身佛像。

关于幻觉的歌声，有种种传说。

据说，他能将祈福用的经文，唱得如同九天之外飘来的仙乐。据他自己说，这段经文，是大禹之妻——涂山氏传下来的。

史书上记载，那女人是一只九尾狐变化而来。

她用美妙的歌声吸引大禹，并与她结为夫妻。大禹因开山治水常年不归，涂山氏便一路歌唱，一路寻找丈夫。当她看见大禹化身为一只黑熊在开山时，就觉得爱情受了欺骗，扭头便跑。

大禹在她身后追赶，她则坚决不回头。

最后，她化作了一块沉默的石头。大禹扑在石头上大喊：还我儿子！

石头当即裂开，里面跳出他们的儿子——启。

檀香询问萨满故事的含义时，他只是淡淡地说："那只可作为人类最早母亲的九尾狐，表达了女性对爱情最原始、奔放的追求，也代表了女性坚强独立的个性。遗憾的是，后人扭曲了九尾狐形象。"

然而，当年，幻觉和尚在铁匠大街广场，向周围的信众布道时，却不无痴迷地将涂山氏九尾狐的身份加以神化。

他说，只要听见涂山氏"侯人猗"的歌声，人们就能让心中枯萎的爱情，再次冒出竹笋般的幼芽；垂死的老者，能转瞬间变成健壮的少年；谎言，会在情人的嘴里从此消失……

"我打算卖掉鸵鸟场。"萨满吐出嘴里的烟头，然后，用鞋跟在地上用力踩灭了。这个动作，同时也熄灭了他眼中感怀往事而闪烁的光彩。

"为什么？"檀香不解地问。

"因为你需要钱。"他简短地回答。

檀香愣了一下，觉得他说的这话很荒谬，她笑了起来。

"我要不要钱，与你有什么关系？"

"你靠捐出肮脏的钱，来换取澄净的灵魂和不老的青春，这也是你清除'稗草'的方法。"

之前，萨满就毫不留情地将檀香这一秘密，一针见血地挑破。

他接着说："没有足够的钱，衰老会跑出来索要的。这也是为什么，你常在一个特定的日子，会去庙里，将这些废物排出体外。"

"这与你的钱，又有什么联系呢？"

"你这次主动来找我，不就是想弄明白天歌的歌声里究竟有什么样的力量左右她？把她交给我吧，我会让她的潜能最大限度地发挥出来。"

"其实，你是为了你的宝藏。对吧？"

"随你怎么说。总之，天歌注定与这个秘密连在一起。"

一个星期后，萨满卖掉了鸵鸟场，把钱全部给了檀香。檀香又将这些钱捐给了须云和尚，以资助他达成重建寺庙大殿的宏愿。

这回，檀香终于放下了抵挡的盾牌，将天歌送到萨满那儿去学声乐了。

天歌在导师萨满的调教下，开始接受正确的发音训练。

为了更好地练习，她百无禁忌地跑到工地上，在吃饭和休息间隙，为建筑大殿的工人们唱歌。当那些手臂凸起丰满肌肉的青年男子，看见天歌出现在工地中央的舞台上时，只消瞬间，他们就被天歌无瑕美貌刮起的飓风，掀翻在地。

这类似于阳光的力量。

当太阳升起，万物就从黑暗中逃逸，开始萌发、生长、动情、孕育，完成生命的整个过程。一切都是自然的，不需为谁表现。就像春风吹过，草儿要长，公马要发情一样。

唯有一个人，似乎不为天歌的美貌所动。

那就是终日斜倚在长廊上，懒散的玄一。

他眯起眼睛，足足可以凝视头顶的烈日两个时辰，思考一些诸如流云秋水，这些在大地诞生伊始就不是问题的问题。思维之舟顺流而下，若偶尔撞礁、搁浅，他才会翻个身。换一个姿势后，他会继续沉浸在那些谁也搞不懂的思绪中。直到有一天，须云和尚差点被潜入寺中的野狼咬死，他才从自己的迷梦中惊醒。

工程的监督工作，最后都落在帝隐身上。

一方面，帝隐担心天歌的美貌，会对许多男人造成无心的伤害；另一方面，他想摆脱祖母的束缚，因而借口来替祖母管理工程的进度。

这为帝隐和天歌无法遏制的爱情，提供了隐秘舞台。

工棚里，脚手架下，地基的壕沟边，没有加顶的房屋框架里，都可以撞见被天歌藤蔓一样的长发和蜜糖一样甘甜的歌声牵绊住眼神的帝隐。

此刻，须云和尚高兴地走在山间小路上。因为只要翻过这座山林，就能见到汤谷的祈愿峰了。和他一同行走的是几个挑夫，被须云和尚雇用，专程运送一尊从突儿国购回的巨型玉佛，那是作为大殿开工的镇殿之宝。

大殿动工之初，多花儿是百般阻挠工程进度的。

“你把檀香捐的钱统统退回去，我才提供重建资金。”她以丝毫不容反抗的语气，给须云和尚下着命令。

“用一个妓女的钱来修建寺庙，我的臣民会怎么想？！难道要把一个婊子的塑像放在里面，像女神一样供奉起来？！”

多花儿咬住“把妓女的钱退回去”这一问题，对须云和尚毫不松口。

为了说服多花儿放弃个人恩怨，老和尚不动声色地，从褡裢里拿出自己的一枚银币，放在面前的募捐箱中，又动员多花儿身边的管家、女仆们，分别拿出同等面值的银币，一起放进箱子里。然后，他摇晃了一下箱子，将钱币混合起来。

“现在，谁能从箱子里，把城主那枚尊贵的银币，准确无误地找出来，有奖。”老和尚微笑着鼓励众人。一个天真的女仆脱口而出：“所有的银币都是一样的，怎么能找出城主刚才放进去的那枚呢？！”

多花儿明白，须云想借此来挫败她的计划。多花儿在人前不得不深埋起自己的愤怒。她之所以纠缠檀香的身份，是因为帝隐竟做出与当年金泰同样的选择。他们一个迷恋檀香，一个迷恋檀香的女儿。

走在归家的路上，须云和尚一直在猜想，他离开寺庙这段时间，玄一是否能做好工地监督工作。

老和尚的担心是有缘由的。

失去银钥匙的护佑，天歌在端午节那日唱出的歌声充满了魔力。人们纷纷传说，是歌声与天地应和，才使汤谷遭受了有史以来最惨重的洪水肆虐。

然而，人们不知道，这一切与玄一有关，因为他事先“盗”走了天歌的银钥匙。但也不能说“盗”，在“毛月亮”的那晚，毕竟是天歌自己扯下来，扔在地上的。玄一追出去想喊住她，把钥匙还给天歌，可是，隐藏着暴风雨的夜风，居心叵测地堵住了他的嘴巴。

玄一想，或许，用它来试试那个秘密？

后来，他巧妙地将银钥匙还给了天歌。可在“借用”的当晚，

他的种种行径，还是被老和尚看在了眼里——他爬上藏经阁，翻出许多古老的盒子，用钥匙一一尝试去打开。

思维的局限，使他认定，秘密一定是藏在盒子里的。

他不知道，这一切其实都在老和尚的掌握中。

能将一段爱情故事，隐秘地藏在一幅“做旧”的画里，他又怎能简单地，将这个能激发人心欲望的秘密，搁在一个盒子里呢？！最终，玄一发现，一夜的努力都是徒劳，没有一个盒子，能用这把制作精巧的银钥匙打开。

玄一这晚的行为，却让老和尚心痛无比。

他没有当场揭发玄一，只是失望地将此事牢记在心。这种反复的痛心事叠加在一起，终于，在一个死寂的午后，他执意要将玄一赶出院门。

自从帝隐替她祖母监工以来，玄一就陷入整日的发呆中，像是活在另一个世界的人。

有一次，下着大雨，他居然爬到还在建造中的大殿屋顶上。

后来，无论谁问玄一，他都回答说，不知道有那么一回事。也不知道，自己为什么要在湿漉漉的雨天，爬上危险的屋顶。最后，他从上面掉了下来，幸好膂力惊人的帝隐，在下方接住了他。

“大傻瓜！要是此刻我不在这儿，你非摔死不可！”帝隐责怪着他，语气看似粗鲁，却透露出理解和关爱，“难道我们不是朋友吗？有什么话不可以跟我说，而要一个人爬到屋顶上，去淋雨，去发呆？！”

他动手扒下玄一淋得透湿的长袍。

就像儿时在澡房里打架一样，玄一几乎赤裸着站在帝隐面前。玄一一手提着裤腰，另一只手臂失重地垂下。清寒的雨水，顺着他的指尖，滴落在青黑色的地板上。

“你为什么来？”

光着脚丫站在原地的玄一，表情淡漠地开口说了第一句话。

帝隐一边把干毛巾挂在他的脖子上，一边说：“我是来给你送药的。”

“药？”

“这个。我从檀香那儿取来的。”帝隐将一捆药，举至玄一眼前，“整天看你恍恍惚惚的，好像从黑森林的迷宫中出来，把魂忘在里面了。”

“用不着你关心……”玄一转身，背对着他。

两人立在敞开的窗边，飘进来的雨水，从玄一窄而光滑的肩头滑下。他的背脊上，激起一片冷疙瘩。

“不管你怎么想，总之，我觉得自己像你的哥哥。我不能对你视而不见。”

……哥哥？是哥哥吗？

第一次听见这个奇妙温柔的词，惊奇的玄一，仿佛在舌尖上，尝到了甘甜的唾液味道。

窗外的雨越下越大。

黯淡的天色，如同灰鸽子的翅膀，坠落的羽毛，纷乱一地。

沉重、湿透的翅膀啊，那是飞不起来的忧伤。

玄一仍然沉浸在自己的思绪中。

“我让檀香给你的病情占卜，结果，她说你是痰迷心窍，是一种心病。究竟什么使你如此迷离恍惚？为什么不告诉我？”帝隐将药扔在桌子上，顺势往桌沿一坐。耐心的表情，渐渐抚平了帝隐额上微皱的眉毛。

为什么不告诉你？

难道我能将天歌给我的初吻，讲出来与你一同分享吗？

自从玄一说出“用不着你关心”后，就再也没有开口。一切都是蜗牛壳里，那个孤僻的声音在替他回答。

回忆，如古老的水车，终日反复——天歌那鲜艳的嘴唇，如同蜂鸟吻过，流着蜜汁的鲜花……他又一次看见，天歌梦幻式的笑靥。

尽管他讨厌帝隐的关心，却又无法拒绝他——因为，在玄一的思绪里，同时被两个“自我”纠缠着。

一个是重视友谊的“自我”，认为帝隐大度、热情，是值得信赖的好朋友。另一个“自我”，却又伴随着小小的胜利情绪——“若将天歌和我之间的秘密告诉他，那足以畅快地将他打败！每次伴随他而来的高贵与自信，都深深将我刺伤。我是多么讨厌他啊！”

“可你知道吗？我很喜欢你哦。”坐在桌上的帝隐，突然说道。

什么？！玄一吃惊地睁大了眼睛。他猛地转过身来，以荒漠里一棵树敌视蓝天的姿态，面对帝隐。

盛大的雨声，从四面而来，包围了这座孤立的寺庙。

其实，帝隐是在开玩笑。他故作认真地继续说道：“因为啊，你比女孩子还多愁善感呢。”说罢，他的手胡乱在玄一腋下和脊背上挠痒痒。那情景，就像两只还未离家的小兽，抱成一团打闹玩耍，风雨和危机，离他们远着呢。

“说正经的，你看，难道我们长得不像吗？”帝隐捧着玄一的脑袋，将自己的大鼻子，凑到他的眼皮底下。

两人就这么默默地对视了片刻。

这片刻的画面，被那漫天绿色的雨声刻成了永恒，也成了两兄弟，最后一次，不掺杂爱恨冲突的纯真凝望。

当挑夫踏上汤谷的土地后，他们仿佛不约而同地吃了“神奇的核桃”。天色渐暗时，他们在荒山一处悬崖边卸下担子，无论老和尚怎样劝慰，都不再前进了。

龙池寺藏有宝藏，这已是一个古老的秘密。

传说多年前，有一个人想将这个秘密说出来。

为此，他用了一个折中办法。他先在路边挖个坑，将自己想说的话，对着土坑倾诉出来，然后将土坑埋上。

没想到，多年后，那个地方竟长出了一棵核桃树。从此，每个行至汤谷城墙脚下的人，只要从树上摘下一颗核桃，就能得到这个秘密。

“要是打听不出宝藏的地点，我们就把他那把老骨头，丢到山崖下去。把玉佛给卖了，换来的钱，也够我们弟兄几辈子用的。”

他们私下讨论的语气，如此地鬼祟而残酷。在他们看来，老和尚既然是龙池寺住持，就一定知道宝藏地点，或者，他就是宝藏的守护者。

挑夫们聚在一起，像停在枝丫上的黑乌鸦，每当夜风吹过山头，就发出一声刺耳、阴险的聒噪。

须云和尚见此情形，自忖必须拿出点真功夫来，才能使这些目光短浅的“乌鸦”，重新惊飞起来。

他瞥见一块重约数吨的巨石，悬在半空中，如同一张锋利的鹰嘴。

一大片清澈的溪水，从粗糙的岩壁上垂直落下。

老和尚漫步上前，蹲下身，伸出如瓢状的手，舀起一捧清凉的泉水，送至唇边，湿润口中欲说还休的干涩。

一簇桃红色的花瓣，从高高的树冠处，飘落进流动的泉水里，流进须云和尚纹丝不动的目光里……突然，巨石被水流顶了起来，渐渐高过众人的头顶。

汇聚全身气息于双瞳中的须云和尚，把强大的念力，加入流动的水中，形成一股勃发的喷泉，向上托起巨石。

一个发自肺腑的洪亮声音，开始询问众人：“是这块石头的力

量大，还是那流水的力量，更为强大？”

静默。

许久的震惊之后，被慑服的挑夫们，才结结巴巴地回答道：“大师的功夫，才是真的神力啊——”

须云和尚谈笑间，已将巨石扔下了悬崖。隆隆滚动的声音，几乎震动了整个宁静的山谷。

侧耳倾听巨石滚动声的挑夫们，都在静静期待石头何时才会落到深渊的底部。然而，过了许久，漫长黑暗的深渊处，才传来仿佛巨兽肚子里泛上来的沉闷嗝声。

我把“欲念之石”，抛下了陡峭的山崖。

我把“过去的我”，投进了幽暗的深渊。

…………

众人终于回过神来，抬起玉佛，一阵风似的奔下山去。在月亮上来之前，赶到了离山脚最近的一家客栈。

须云和尚吩咐店家好生招呼这些挑夫，同时赏了他们一些酒钱。

他从来没像今天这般舒畅。

多年前，为了获取龙池寺宝藏，他在欲念的驱使下，修炼了寺中秘籍所示的“释放人心之术”。

可是，当功力越来越深厚时，他发现自己竟丧失了觊觎宝藏的欲念。

今日，他将那块“欲望”的巨石扔掉了，就像连根拔起了深扎于心中的荆棘。

他终于可以坦坦荡荡地做人了。

这是一个了无星光的夜。一剪缺月，高挂枝头。

须云和尚盘腿坐于树下。

一株千年古松，将它庞大的浓荫，一直延伸至鹅卵石铺成的池水边。

幽静明亮的一泓池水，静静的宛如睡去，如同须云和尚此时的心境——沐浴在天地光华里的他，放松地合上双眼，在无边无际的自然中，尽情地释放心灵……

多年前，他终于获得了传说中的银钥匙，通过这把银钥匙，他又找到了一本神秘经卷——“释放人心之术”。

在寻找的当时，他意外发现一扇藏于墙体内的暗格。最后，他竟用银钥匙，打开了这个暗格。在蛛网尘封中，有一个镶有一百零八颗宝石的匣子，匣子里存放着遗世独立的经卷。那一刻，须云和尚便认定，这就是挑起世人欲望，令人血腥纷争的宝物了。为此，他开始潜心研读经卷，但却一直心存疑惑——经卷似乎是上部。

有下部吗？如果有，下部又在哪？

随着时光的流转，须云和尚所修“释放人心之术”，越来越精深，然而，他的疑惑也越来越浓重。既然上部已是完整的一套，没理由需要下部了。可是，又分明让人感到，下部是存在的，它们共同组成一对法术。譬如：正与邪，生与死。

那……另一半，究竟是什么样的呢？

长久以来，未解之谜如吐茧的蚕丝，盘结在须云和尚的心头。

据“释放人心之术”所示，人心灵宁静之时，修炼于古松之下，一旦把自己想象成一棵松，就具备了松的品质，肌肉也会随之变成坚硬的松材质地。

静谧的庭院里，须云和尚宽松僧袍下的身体，开始散发出浓烈的松香……

风过处，如美人皓齿的月牙儿，在幽蓝的池水中央，吃惊地颤抖了一下。

池塘对面的草丛中，步出一匹狼。

仍处于闭目修炼中的须云和尚，似乎不为所动。

流荡的夜气中，隐约飘来潮热的兽腥味，经由须云和尚的呼吸，传递进他大脑的神经中枢。

然而，他心中没有恐惧，有的只是接纳。

感受自然，并成为其中一员。

经卷还记载了，佛祖释迦牟尼说法时，曾感化猿猴和森林里其他动物的故事。它们温顺地靠近他，安静地听他说法，就像在一条清澈的小溪里饮水，吞下的是精神上纯净的水流。

导致须云和尚判断出错的，正是书本上的经验。

狼开始奔跑。

它快速地绕过月光弥漫的池塘，此刻，一簇怒放的粉色睡莲，正优雅地躺在恬静的月光里。

宣泄的仇恨，从野狼急速运动的四肢及额前尖锐的凶光里，迎面朝须云和尚扑来。这是人类的情感？

怎么可能？这匹狼，竟爆发出强烈的人类情感！

容不得须云和尚诧异，狼已窜到眼前。

它从匀速奔跑中突然拔地跃起，锋利的獠牙，准确而利落地咬住，须云和尚颈部最致命的地方。

一树的鸟雀，刹那间，都被树下骇异的气息惊醒了……

慌张的夜风，突然拉开玄一卧房的木窗，一头闯了进来。燃烧着的蜡烛，被风一口咽下。

此刻，玄一立于桌前，手里的画笔悬在半空。

他正在作一幅人物肖像画。画中的人，是那个奇妙的黄昏，将初吻报复性地献给他的天歌。

“为何你，时而对我露出魅惑的微笑，时而又用叛逆的疯狂，刺激我？为什么？为什么你迷人的声音，让我产生厌世的念头？我变得更加孤僻，甚至连我自己，都开始讨厌自己……”

室内的光线消失了，画中人却用明亮如星辰的双眸，点亮了静静的黑夜。

面对画纸上的眼睛，玄一继续喃喃道，好像天歌就在眼前。

“或许，厌世和孤僻，都只停留在强烈思念你的不眠之夜。而该憎恨的，却是我被注定的清苦无爱的身份。

“神啊，爱的权利，就连林中噬血的走兽，都能恣意挥洒。可我，却连表达爱意的自由都没有！在梦里，我推开了所有的门，总有一扇门，在走廊的尽头，警告我：退回去！这里是爱的花园，你没有资格进入！

“我退了出来，穿着破旧的衣服，立在虚无的角落，眼看形形色色的灵魂，从这扇门里，进进出出。一个无爱的人，只有再次缩回孤寂的外壳，就像雨后牵牛花上的蜗牛。”

一滴清泪恰巧滴在刚上完色的画上，湿痕浸染着画面，月光下如同烟云缭绕的远山。

在那个下着冷雨的午后，也是这样感伤的泪……当帝隐笨拙地拿起毛巾，替玄一从头到脚，擦去湿漉漉的雨水的同时，也擦去了他如溪水般流淌的眼泪。

“为了不伤害与帝隐的友谊，我曾一直逃避，你魅惑我灵魂的歌声，我甚至厌恶自己。然而，我又怎能忘记，我和你双唇轻轻触碰，那令人心醉的时刻呢？自那以后，一切都变得不可思议起来。生命原本是那么值得眷念啊！因此，我要把对你的爱意，永远藏在画里面。”

桌子的左上角，放着一碗清水。幽雅的月光，盛满在细腻通透的白瓷碗内。玄一将饱含颜料的笔尖，垂直浸泡在水里。笔尖上的色彩，霎时，如袅袅烟柱，在透亮水底缓缓扩散。

他惊喜又感伤地看见，一朵花儿，正在碗中静静绽放。

狼牙如一道惨白闪电，劈入须云和尚颈部。幸好那一刻，须云和尚仍然保持着修炼状态。他不开口喊叫，也不睁开双眼，俨然一棵历经千年风霜的古松，肌肉也随之变成坚硬的木材特质。

风，成了他心声唯一的传递者。

窗外的风，携带着九里香浓郁的花香来到窗前。玄一耳边忽闻师傅的呼唤，那是师傅借助“释放人心之术”，向他发出的求救信号：

玄一，快到院中的古松下来！

蜷缩在“蜗牛壳”中的玄一，费力地从幻梦中挣扎出来。当他赶到广阔夜空下的庭院，惊恐地目见古松下的情景时，手里还握着那支沾有颜料的画笔。

深夜，杀机腾腾的院落里，唯有清幽的池塘，反射出刚亮的光线。

狼转过身，面对玄一，凶狠的表情如一把嗜血的利刃。

攻击它的腿部！

接收到师傅传递给他的信息后，玄一将全身的能量，集中在右手指夹紧的画笔上。

与此同时，一声口哨尖锐地俯冲而来。

收到暗示的狼，迅速向玄一扑去。

突然响起的哨声，分散了玄一的注意力，他已失去主动攻击的优势，野狼将他压倒在地。情急之中，玄一将全身能量，聚集在画笔上，然后横向插进狼的左眼，再从它的右眼穿过来……

一池恬静的睡莲，被突然而至的噩梦惊醒。负痛的疯狼，跃入水池，激起一大片水花。

鲜血在水中荡漾开来，睡莲瑟缩地合起了花瓣。

渐渐地，水花平息了，狼的尸首沉入了水底。然而，野狼疼痛无比的哀嚎声，似乎依然在苍郁的松林、寂静的院落，以及古老庙宇的空气中左冲右撞，漫山遍野的林木，仿佛都被这诡异之声，摧折得枝叶纷飞。

“某人在这匹狼身上，注入了邪恶念力。那人一定还在某处，注视着这里发生的事……”伫立在池边的须云和尚，把思索的目光，从池水的波纹中抬起，环顾着发出氤氲妖气的森寂群山。

“就是这声口哨！”

玄一循声转过头去，却无法看清眼前的景象，他向后踉跄了几步，跌倒在地。刚才与狼搏斗时，他的双眼被溅出来的狼血烫伤。此时，他睁不开眼睛，只觉得周围一片血红。

“我……我的眼睛……看……看不见了……”突然升起的恐惧，如血红色潮水，吞没了玄一。死亡真的不可怕吗？叩问沉睡在蜗牛壳里的灵魂，玄一双手捂住眼睛，发出了惊恐的尖叫。

此刻，一个混沌缥缈的人影，正立在不远处的山头。他的身旁，跟随着一群已被控制的野狼，随着一声凄厉的口哨，人影消失在山巅。一顶黑色帽子，飞临悬崖，如同夜间巡游的猫头鹰于半空中飞翔。

心痛无比的须云和尚，跪在地上，将玄一紧紧揽入怀中。

“如果你是那匹被人操纵的野狼，你会扑过来咬死我吗？”

“什么？”

玄一听不懂师傅说的话。

“你会用强大的意志力，去战胜别人的掌控吗？”

须云和尚继续说着，就像尊贵的狮子王，临死时，将危机四伏的森林，交给还没长大的小狮子。须云和尚心里充满了忧虑。

然后，他用舌头将玄一眼珠里的血水舔了出来。

在没盘掉鸵鸟场前，为了照顾刚出生的小鸵鸟，萨满会把日历

上圈下的与“月亮约会的日子”，往后推迟几天。

这些特殊的“约会”，是他坚持练功的日子。

为了日后能打败那个人，那个从他手中抢走宝藏的强大敌人，他总在初一和十五的夜晚，去与月亮女神约会，以此积蓄、提升自己的功力。

他飞上像兽骨样凸起的山巅，月光弥漫的云雾，就在他脚下随风流动。这儿海拔两千米，杂草和欧石楠丛生。他会在此端坐一夜，吞服下暗夜里月光的精华。然后，在黎明之际，吐出来自晨曦的、第一缕明净曙光。

萨满练的是“隐藏人心之术”。

据说，此术可改换人的面貌，功力达到巅峰时，甚至能化为半兽人——精神上是狼，躯体上是人。正因为如此，当他罩着黑色斗篷，像一匹狼出现在铁匠大街上时，须云和尚没能从他阴郁的双眼、铁青的腮帮，以及被风沙折弯的腰上，将他的真面目认出。

在一个有预谋的深夜，他向自己的敌人发起了攻击——他操纵一匹凶狠的野狼，偷袭须云和尚，结果，玄一令他的复仇计划流产。然而，仇恨依然在滋长，并不因为有玄一的阻止而减弱。

“总有一天，我会让你加倍偿还的……”

这句话，对于他，如同写在海底巨石上的文字。

那些切割均匀的巨大石块，或是古文明时期辉煌宫殿的一部分，或是神圣庙宇的基座，它们被海水淹没，可它们记载的爱与恨，却穿越了千年，仍然在水草和鱼群之间，默默朗诵着不曾消亡的历史。

萨满的仇恨也同样——在翻滚的浪涛声中，从来没有沉寂过的，是他复仇的声音。

在他不断滋生的仇恨里，有一个人，同样是令他不能忘怀的。

多花儿吃的鸵鸟蛋里，就有他注入的“温情念力”——那是一种使人感到幸福温暖的记忆。虽然，那全都是逝去的日子。

萨满不希望多花儿，将其中一些重要东西，如流水般无情遗忘。他要她记住，是她，亲手将一个男人的生命，残忍地画上句号。

也是为了同样的理由，不愿把过往岁月中，最重要的东西忘掉——多花儿甘愿敞开她的金库，为龙池寺大殿的重建，倾其财富。

大殿动工之初，她曾庄严地向神许愿：

她，多花儿，在此献上最至诚的信念。若她为神建造了一所气势恢宏的人间住所，神也应满足她，让昔日恋人，重新回到她身边的夙愿，得以成真。

她不仅祈求神明保佑幻觉，让他依然活在世上，多花儿还打算，将自己的负疚之情，以及对往事的忆念，通过寺内每一处画栋与飞檐，留在大地不朽的建筑中。

多花儿愿意为大殿慷慨捐献，并非如须云和尚认为，是他治愈了帝隐隐疾的缘故。

二十多年前，幻觉被放逐汤谷时，来送别的多花儿就得知了导致他们爱情悲剧的真相。为此，多年来，她恨过须云和尚。她曾打算，用自己后半辈子所有时间，来痛恨这个背叛友谊的人。

然而，通过修炼“释放人心之术”，须云和尚放弃了过去的私欲。

那次，他怀着忏悔之心，向多花儿提议重建大殿，以此纪念共同的朋友。

“为了向你我共同思念的那个人道声对不起，我想恢复大殿从前的模样。那也是为了把我曾犯下的罪过，永远固定在大地上。”

面对须云和尚谦恭的诚意，以及他深如枯井的悔恨，多花儿还能痛恨他什么呢？

对于须云和尚来说，往事忆念的沉重，一点儿都不比多花儿轻。

随着时光的流逝，寺庙当年的那场大火，以及幻觉那双纯美明澈的双眸，越来越清晰地出现在他的眼前。往事刺痛了他的心，根深蒂固的腰痛，就是从这里开始的，直至最后，往事彻底摧毁了他的健康。

漫长的时光，磨人的细节，以及无法逆转的结局，把多花儿和须云和尚心中的欲望，彻底湮灭了。为了减轻共同背负的愧疚，为了重现寺庙往日的景象，也是为了不让遗忘的扫帚，将情感的思念一一清除，他们开始了漫长的合作。

建造一座跟他们记忆中模样吻合的庙宇，就有了一个地方，可以让他们等待。等待那个走失的“幽魂”，有一天如候鸟般，在令人感伤的春天返回，解救他们两尊依然停在原地的“守望石”。

在清冷的月光下，成为天歌声乐老师的萨满，正在指导天歌唱歌。

静悄悄的枫树林里，飘来隐隐约约的歌声。

此刻，萨满盘腿坐在林中空地上，在他面前，铺开着一把唯有他才能看得见的琴瑟。他轻抚琴弦，流畅的音符，从他十指间涓涓流淌而出……

忽然，由远而近的马蹄声，打破了月下的纯净。

“帝隐——”天歌收紧嗓音，惊喜的目光，投向马蹄声传来的方向。

树林里跑进一匹肌肉壮健的宝马。帝隐从马背上跳下来，兴奋地卸下丝绸裹起的琴。

“教我弹琴吧。”帝隐激动地恳求萨满，并在雪地上掀开了琴罩。

一把古色古香的焦尾琴，呈现在萨满面前——月光下，它泛着神秘的光泽。

帝隐是从祖母房中悄悄偷出来的。他希望和天歌一起，组成一个乐队，在汤谷以外的各沙漠驿站上，去巡回演出，去梦里的星空下流浪……诚然，这是许多年轻人的梦想。

为了组建乐队，帝隐还不惜与两鬓斑白的祖母顶撞。但多花儿相信，这只不过是帝隐制造出的借口，他想与天歌有更多的时间混在一起。

然而，萨满颤抖的指尖，却迟迟不肯落在，根根如刀刃般锋利的琴弦上。似乎轻轻一触碰，一个男人筑了一辈子的情感大堤，就会在顷刻间坍塌。

他的思绪，此刻，犹如一叶扁舟，在静静的赤水河上飘荡……初冬的河面，结着一层脆弱的薄冰，他回忆的小船破开冰层，载着如烟往事，在那起伏的时光涟漪上旋转、旋转……

在萨满流浪的荒漠上，他曾看见用骏马白骨做成的马头琴。那泣血的琴声背后，回荡着琴主人和他的爱马，无须用言语传达的忧伤故事。坐在落日的夕阳下，每每听见这琴声，就使他怀念起和多花儿第一次，也是最后一次，在赤水河上划船的不眠之夜。

那天，他弹奏的正是眼前这把焦尾琴。月下的琴声，从摇摆的船舱里飞出来，一直飞到了月亮上……

他们的故事，似乎在多花儿的婚礼上就结束了。但谁也没想到，这却是他们无法遏制的爱情的开始。

多花儿从芍药园逃走的那刻起，一株热烈开放的芍药花，就扎根在幻觉心上了。馥郁的芬芳，常常从他呼吸的肺腑里钻出来，令与他接近的每个人，都可以闻到他体内散发出的，水果一样芳香甜蜜的味道。

在他与多花儿约会那晚，他曾来到须云和尚房间。与此同时，他也带进来了满屋扑鼻的花香。在为爱情付诸大胆实践之前，幻觉

打算请教一下须云和尚——这个在俗世经历了半世后，毅然抛却红尘，来到佛家修行的人。

“你真的打算赴约？”须云和尚问道。

室外静谧的夜色，在人们的酣睡中悄悄蔓延。

“我三岁那年，就被送进这座寺庙。如今，我已二十岁了，我想窥视佛经以外普通人的生活……”

幻觉壮起胆子，将自己的秘密，和盘向最信任的师兄托出。

他的鼻尖上冒出了细细汗珠，在昏黄的光线里，他的脸美得如同细瓷上的工笔画。

“你是一条鱼，就应该生活在水里，不要羡慕飞鸟的天空。”

片刻沉默后，须云和尚郑重地给他建议。

幻觉依然沉浸在自己的幻梦中，他好奇而又天真地问须云和尚：“给我说说，女人是怎么样的吧？”

一小股风，溜进屋来，忽然掐掉了那截静静发出光亮的灯芯。

幻觉坐在须云和尚对面，就像年轻猎人第一次狩猎，临行前，要认真听从经验丰富的长辈的忠告一样。

“子弹一旦出膛，就千万别后悔！”在灯熄灭前的最后时分，须云和尚把这句话，郑重地搁在幻觉的掌心。就像给了他一把猎枪，让他牢牢抓紧一样。

幻觉登上多花儿的小船前，曾反复斟酌须云和尚送给他的这句话。

然而，就在那天黎明之际，幻觉被莫名其妙打入了大牢——他不知道，早有老城主派来的人，手持铁铰链，等候在岸边。

一等他们的船只靠岸，来人就上前将幻觉套牢，并立刻告知他的死期：夏蝉鸣叫声宣告衰竭的那一天，他的尸体会在刑场上出现。

在多花儿的记忆里，那个春天的夜晚，船儿划过，流水无声。一条不起眼的小船，在漆黑的河面上，由着它在甜蜜的时空里飘荡。因为小小的船舱，承载的是人间无限的欢乐。

然而，登岸时，幻觉却被锁上了铰链——多花儿懊悔不已。她以为是自己写下的那张传递爱意的曲谱，被老城主破译了。她曾把今晚的约会，写在一张曲谱上，再以城主夫人的身份，派人送给幻觉弹奏。幻觉将曲谱看了一遍后，立刻明白了其中的意思。

关上牢门的那一刻，幻觉像一只愤怒的困兽，不住地反抗、嘶吼。然而，在经历夏日漫长酷暑的炙烤后，他的锐气，几乎被滚烫的地板烤干了。

他被单独关在一间露天狱室里，那里没有遮盖，顶棚是用一根根粗如牛角的铁条固定着。

每到正午时分，他就像一匹焦躁的狼，在笼中来回踱步，渴望一处阴凉的地方，几乎要让他发疯，因为没有一个角落，可以躲避，利刃一样残忍的阳光。直到月亮的温柔从夜空中降临时，他才得到片刻喘息。白昼里剧烈折磨都无法让他落泪，而静夜里孤寂的温柔，却每每让他产生啜泣的冲动。

夏蝉的鸣叫声衰竭时，原本是他的死期，可牢门却在一个深夜为他打开了。然而，他不再是美丽的幻觉和尚了，他像一头干枯、衰老，尾巴脱光了毛的野狼，蹒跚地走出生着锈斑的铁牢门。

被放逐的那天清晨，多花儿在行人寂寥的古道上与他告别。就在那天早晨，他得知自己能从死牢走出的原委。

蓦然回首过去，他用失狂的仰天大笑，来嘲笑自己，嘲笑刚刚得知的一个事实——他被自己最信任的人出卖了！

从此，他被逐出了汤谷，消失在人们的视野之外。

他再也不能为汤谷女人主持“召唤青春”祈福术了。在他的余生中，等待他的，是无尽的孤寂和一望无涯的悲伤。

在那个令人伤逝的秋日清晨，在幻觉一再坚持下，多花儿终于讲出了他得救的原因——她和须云做了一笔交易。

在多花儿眼里，幻觉受到的所有酷刑，都是老城主冲她而来的。他想借此惩罚、鞭挞她的不忠，让她在耻辱中死去。

为了拯救情人，也是为了让自己活下来，多花儿恳求须云和尚把他的师弟从牢里救出来。

当时，须云和尚提出了这样的交换条件：多花儿必须拿到幻觉颈项间那把佩挂的银钥匙。

至此，幻觉突然明白，那个泛着爱情小舟的春夜，令锁链套在他颈上的那个人，就是须云和尚！

数年前那场大火中，师傅于匆忙间传给他守护的，正是这把银钥匙。

然而，在多花儿眼里，一把普通的银钥匙，又怎能和爱人的性命相比！可在须云和尚早有预谋的心里，银钥匙具有非凡的意义。

一旦认清须云和尚一直以来的觊觎之心，幻觉就把自己比喻成寓言中那个憨厚的农夫。农夫用自己温暖的胸膛，不仅苏醒了一条蛇，而且还唤醒了这条被冻僵的蛇的野心。这正是幻觉最害怕看见的一幕。

住持在大火中圆寂的图像，又一次出现在他的眼前：他被指定为守护银钥匙的秘密人选，并聆听了住持圆寂之际，留下的最后一句嘱咐：

“若此物落在有野心的人手里，那会是一场浩大灾难。”

……被回忆蛛网缠绕的萨满，还是无法用颤抖的双手，去抚摸眼前这件旧物。过去那些残酷的记忆，以及难以摆脱的屈辱，让他真正愤怒了。

面对帝隐执着的要求，最终，萨满用嘲讽而刻薄的语气，予以了坚决拒绝。他甚至决绝地弃琴离去——虽然后来，他还是接受了帝隐的拜师学艺，并教他弹出了著名的《伤离别》。

被愤怒和屈辱烧灼的萨满，步出了林中空地，快速地朝赤水河边走去。当帝隐追至河岸边时，萨满已踏着薄冰渡过河。虽然他是在一步步地走，但速度很快，就像在冰上滑翔。

天歌从帝隐怀里接过琴，很有信心地说道："让我帮你去求他吧。他一定会答应的。"

天歌小心翼翼地将一只脚踏在冰面上，打算随师傅渡过河去。

月光下，清洌的寒水，在透明脆薄的冰层下流淌。

远处，冷月下的祈愿峰顶，横空传来一声猫头鹰呜咽的哀鸣。

尝试着把双脚踏在冰面上的天歌，没有注意到，此时，萨满以北风一样严峻的眼神，注视着他们。

当天歌走到离岸几步远的河面上时，萨满将脚猛地踏向冰面。一声清脆的断裂声，霎时扩散到天歌脚下。破碎的冰块，像被野兽咬碎一样，咔嚓咔嚓地破裂开来。

"快回来——"帝隐失控地朝天歌喊道。

一幅难以想象的画面，出现在帝隐眼前：被摧毁的冰层，坍塌在河面上，天歌卷进了夹杂着碎冰的急流。

帝隐立即泅入水中，在水下焦急地寻找天歌。他模模糊糊听见，一个声音，从岸上汇进急流中——

"爱，是骗人的把戏！相不相信？你相不相信？"

那声音仿如空谷回音，在河流的漩涡中旋转。

终于，帝隐发现天歌被水流推到了一块浅滩上，在她瑟瑟发抖的怀里，还紧紧抱着那把焦尾琴。帝隐将她冻僵的身躯，整个儿揽入自己的怀中，并以坚定的信念，反击萨满内心那片冷酷的荒漠。

"我相信爱！无论发生什么，我都不会放弃！"他哆嗦着牙

齿，冲着对岸的萨满，恶狠狠地喊道。

“哪怕是背叛，对吗？”萨满嘲笑地反问。

他丢下两个相拥在冷冽寒风中的年轻人，转身独自离去。

他那孤独的背影，像一匹雪地里的狼，渐渐融入周围的雪气中，最后，消失在对岸缥缈的迷雾里了。

7. 檀香的香料铺

自从那年的龙舟水后，怪异的天气，就反复在汤谷上空发作。

这又是个无雨的清明。

檀香走在龙池寺后山去墓地的小路上。

就在昨夜，她梦见了往年的清明节。纷纷的雨雾，湿润着山坡上的青冢，上面开满了美丽的铃兰花；坟旁的大树上，早有一对喜鹊筑了巢，新的小生命，正在破壳而出……

而今年的清明节依然干旱。此时，檀香走在扬尘的土路上，干燥的天空，连一片运送雨水的云朵也没有，蒸发着热浪的山头，挂着一圈火球——那个该死的太阳，仿佛三年来从未下过山似的。

依然保持着窈窕身材的檀香，边烧纸钱，边亲切地和住在地下的金泰聊天。为了不让逝者过多牵挂女儿，她故意隐瞒了天歌要当流浪歌女的事实，而是美化成天歌想去驿站巡回演出。当然，和多花儿冲突一事，她没有说出口。她不想让金泰担忧。

那是昨天发生的事。

一大早，她的香料铺就来了一位尊贵客人——城主多花儿。她是来教训檀香的。

“昨天夜里，你的女儿跑到我的城堡里，偷了我们家的东西！”激动的多花儿，似乎要将自己的钱包都抖出来，以此作为天歌偷东西的证据。

“她决不会做这种事。”檀香平静地反驳多花儿。

她放下一束干燥的薰衣草，腾出手来，将披散在肩的长发用花绸巾挽起。她试图以清醒的状态，接受对方的挑战。

“假如我女儿真的偷了你什么，你就说吧，我会加倍奉还。”

檀香坦荡的目光，从她清澈的眼眸里射出来，就像漆黑海面上明亮的灯塔，直视着多花儿想借此羞辱她的眼睛。

二人的目光，经激烈碰撞后，多花儿收回了她锐利的视线。她没有继续跟檀香争辩，而是很有主意地离开了。

老太太离去后，檀香才从天歌口里问出了事情的缘由。

帝隐原本答应和她一起出城演出，可这个秘密计划，被多花儿提前破译了——她从帝隐兴奋地收拾旅行用品，并耐心地替心爱的宝马冲洗等细节中发现的。帝隐因此给监视了起来，连那把心爱的焦尾琴，也被他祖母没收了。

他们决定组织一个乐队的梦想，源于工地演出时得到的喝彩。

为了接下来充满期待的演出，天歌和帝隐已排练过无数次了，在梦幻般的音乐旋律中，他们热烈地表达着彼此的爱意。然而，不知何时，多花儿的耳根被多事的马蜂蜇了。翌晨，帝隐一起床就发现，推不开自己的房门了——祖母从门外，将他锁在了屋里。

已经三天没见帝隐了，天歌决定冒险去城堡会见心上人。

深夜，在月亮阴影的合谋下，她犹如一只猫，轻盈地溜进了城堡，并巧妙地避开守卫的警哨，在气味的指引下，找到了帝隐的房间。

她轻轻在门上敲了三下，又短促、清脆地重重敲一下（这是他们预先约定好的暗号）。

静悄悄的走廊尽头，是一扇巨大的拱形落地窗。窗外，深蓝色的天幕上，一轮金黄色的上弦月，如打磨锋利的弯刀，心怀不轨地挂在摇曳的树梢间。

一只蟋蟀，蹲在窗缝里，尖锐地吟唱着。

帝隐的房中仍然没有动静。

此时，天歌听见一阵细微的裙摆声，窸窸窣窣地，从走廊尽头的拐角处传来。情急之间，天歌慌乱地扯下脖子上的银钥匙，顺着帝隐门下的缝隙，推了进去。

快，快想想办法吧，帝隐。我快被人发现了……天歌在心中默默祈祷，希望帝隐看见银钥匙，能知道她来找他了。

落地窗前出现了一个少女。

她穿着拖地长裙，独自走过深夜空旷寂静的长廊，并没有发现，隐藏在黑暗里，紧张注视着她的天歌。然而，经过天歌身边时，她发出的呼吸声，却在天歌耳朵里，激起了巨大回响——天歌感到，自己的心脏，几乎要从心窝里跳出来。

月亮升至中天时，帝隐终于收到了天歌从门缝里传递进来的信号。他立即打开卧室的窗户，示意天歌从外面的窗子爬进来。

“你怎么知道这就是我的房间？”帝隐好奇地问天歌。

他不敢点灯，两人站在窗前说话。

“你身上的味道啊。”

举止顽皮的天歌，上上下下，用鼻子在帝隐身上搜索。

“没有啊？”帝隐迷惑地将自己的袖子举起，闻了闻。

“只有我才能分辨得出，你独有的味道，与别人的气味，不会混在一起。”

天歌的自信感染了帝隐，他笑了出来。

“嘘——千万别被你的祖母听见。”天歌竖起食指，贴在她嘟起的嘴上，示意帝隐小声点。

天歌终于知道帝隐不见她的原因，是多花儿阻止他们巡回演出，并把焦尾琴给没收了。

“我们悄悄潜进去，把琴偷出来吧。”天歌向帝隐建议。

“这不可能。”帝隐当即否定了天歌的提议。在他看来，这纯属幼稚想法。多花儿住在古堡的后面，门口被一头狮子守护着。那是大漠使者，从突儿国带来的，虽然那头巨兽已经年老，但只要有陌生人闯入，但它的吼声，据说，能使人从熟睡的床上惊骇得滚落下床。

“相信我，世上没有不可能的事！”

天歌用坚定的眼神，影响着帝隐。她炯炯有神的双眸，就像在黑暗里燃烧的火苗。之后，他们溜进了多花儿房中，但那把神秘的银钥匙，却被天歌遗忘在帝隐窗前的桌子上了。

无雨的清明，无法勾起人们的悲伤。

山头上，为亲人烧的纸钱，在袅袅升腾的烟雾里，在干燥的空气中，已没有了往年的怀念之情。人们焦躁地走进走出，远远望去，就像忙碌的幽灵，从大白天的墓地里冒出来。

金泰的坟冢，立在一块视野开阔的高地上。

前不久的一声旱雷，甩下的一道闪电，正巧劈开了坟旁的那棵大树。树上的鸟巢摔了下来，里面并没有新生的小鸟，这是一对喜鹊夫妇的家，它们在此居住了三年。

由于连年的干旱，四处枯黄一片，几只红眼睛山羊，正难过地咀嚼着山头上的干草。

然而，唯有金泰的坟头，依然绿草常青。

檀香每隔一段时间，就会把家中节省下来的珍贵清水，给金泰坟上的植被洒上甘露，使坟头的铃兰花，能像往年一样开放。

立在山冈上啃咬干草的山羊，一旦注意到这处青冢，总要上来践踏一番。为了不让这些牲畜打扰死人的安宁，檀香在坟的四周种上香料，一种能散发出强烈气味的植物，以防范贪嘴的牲畜。

在清明上坟的人中，一个檀香并不认识的人，忽然发出一声惊叹：

“瞧啊，那个坟在长！他家要出贵人啦！”

此人是一个看风水的堪舆师，他的意思是，假若坟头日益壮大，照这样的生长现象推测，此墓必有吉兆。说毕，他向人们打听这是谁家的坟冢。旁边有人告诉他，那是城主多花儿儿子的墓。但人们更愿意相信，这个外来人，一定是被檀香的美貌迷住了。

对于檀香来说，她并不指望天歌会成为什么贵人。作为母亲，她只要一个健康快乐的孩子。可是，天歌十六岁了，还是那副天真顽皮的稚态——习惯展露自己完美的身体，仿佛这是与生俱来的行为。

檀香为女儿的不成熟担忧。

女儿惊人的美貌，没有令母亲骄傲，反而成了她内心的负担。每每目送天歌出门，她就会惯性地产生不祥的预感。

去年夏季的一天，天歌又闯祸了！因为玄一去玛珥湖汲水，不期然与天歌相遇——他窥见湖中裸泳的天歌。

玄一心中的天平，顷刻间被颠覆了。

这件事发生后，须云和尚执意要将玄一赶出寺门。

玛珥湖坐落在祈愿峰上，传说，那是守护汤谷的女神，落下的一滴泪。这滴泪，流了整整十六万年，后来，考古学家证实了这种说法。玛珥湖的成湖历史，的确是十六万年。

当旱情像风暴一样席卷并摧毁绿洲以来，唯有玛珥湖保留着清清的水源。龙池寺建寺之初开凿的一口水井，为了救济缺水的灾民，永不枯竭的传说被打破——短短数月，前来汲水的人们，不间断地往井里放下水桶，就像针管一样抽干了这口老井。为此，前往玛珥湖取水，成了玄一每日必做的功课。

玛珥湖隐藏在密林深处。那日，它的湖心，忽然激起一阵雪白水花。玄一以为是“鱼龙”——一种鱼头龙身，被汤谷人尊崇为图

腾的生物出现。

然而，当天歌一丝不挂地从水底浮上来，毫不掩饰地走上岸，和玄一打招呼时，她过分的天真纯朴，反而成了罪恶的引诱——玄一不慎将盛满水的木桶，掉在了地上。

木桶摔裂了，水从桶里漏出来，迅速地渗进脚下的草地里。慌张的玄一，几乎是跑着逃回寺庙的，一路上，漏水的木桶，前前后后摇晃不止，不时牵绊着玄一小跑的脚步。好几次，他都被水桶给绊倒，最后，还是在路上摔了个大跟头。

他不知道，面对天歌这个曾在他画笔下出现过，也在他梦中亲近过的美丽胴体，自己为何要心慌意乱？

可是，须云和尚知道，早在这之前，玄一心里就住进了一个“魔鬼”。

因此，当玄一拎着摔破的水桶，神色慌张地闪进院子，正庆幸没被发现时，却迎面撞上师傅严厉的双瞳。

“你藏着什么？”

“没藏什么。”玄一顿了一下，赶紧又委屈地补充一句，“师傅，我……我真的没藏什么……”

玄一提着漏水的破木桶，慌张地垂手而立。

善于察言观色的老和尚，似乎明白了事情的原委。

老和尚背着手，站在玄一的面前。他垂到胸前的白胡须，以及那打着褶子的肌肤，使那张苍老的脸，看上去就像晒干的野山参。

“拿出来给我看看。”须云和尚说道。

“看什么？”玄一不解地问。

“看你的心啊。”

老和尚说着禅机，但玄一没有觉悟。

他往自己胸口上一掏，里面有个活物，“怦怦”地撞击着胸肋。玄一突然醒悟：不对啊，心怎么可能掏出来呢？！

“心，可以饲养魔鬼，也可以召唤天使。”须云和尚的语气，夹杂着失望，还有对玄一不争气的愤恨。

“你走吧，随你的心去流浪，或许，比让我看着它腐烂，要好过一些。”

头也不回的须云和尚，返身进入室内。

那两扇板起严肃面孔的大门，在玄一面前绝情地关上了。大门合上时，发出了一声痛苦、扭曲的吱呀声，这单调的信号同时宣布，须云和尚彻底放弃了对玄一的期望。

玄一茫然地立在院子中央的大太阳底下，手中的水桶，随之掉在了地上。此时，整个庭院都暴露在晃眼的强光之下，四周静悄悄的，连空气都能令耳膜嗡嗡作响。

这种被随便遗弃的感觉，令玄一觉得，自己像被活埋了一样。

随着旱情而来的，是赤水河水位下降到历年最低点。它几乎无法正常行驶过往船只了。

这是唯一一条流进沙漠里的水流。她的尽头，消失在黄沙的深处，人们可以顺着她的堤岸，走到第七个驿站的出口，之后，浩瀚的大漠里，就再也见不到这条绿色的生命线了。干涸的河床上，每日都有发臭的死鱼烂虾，被河水微弱的潮汐推到岸边。

玄一的心，就像这干旱季节的水位，失去了波澜。

与帝隐玩换装游戏的儿时起，他的心中，就生出过无数次这样的幻想：有一天，能像帝隐一样，无拘无束地生活。这种离开既定生活轨迹的想法，就像毛毛虫蜕变成蝴蝶，他渴望脱离地面的束缚，飞到自由的天上去。

然而，师傅这次真的举起剪刀，将系着玄一的风筝线，毫不留情地给剪断时，反而激起了玄一对无根漂流的恐惧。

为了让师傅重新燃起对他的信任，他给自己订立了，几乎不可能完成的任务。

从去年夏天开始，玄一每次打柴回来，都用膝盖跪在石板上，登上通往龙池寺的一百零八级台阶。

冬季，他头顶一只烧水壶，用提升内力产生的热量，将壶中的冷水烧开，然后替师傅沏茶。

这一年，为了解决城内旱情，玄一铺设了一条竹竿做成的水管，将玛珥湖的水引下山来，给城内的居民饮用。

玄一之所以这样做，是希望能用至诚之心，去打动师傅——假如自己做了上述“一般人难以做到之事”，师傅就会不再赶他走了。

从玄一拎着破水桶，惊慌地跑回寺庙的那天起，老和尚就没和玄一交谈过。

他不动心地看着这一切。

他只是一如平常地念经、坐禅、化缘。

而玄一坚信，终有一天，自己用这种极端的赎罪方式，能让师傅动心。

就在玄一痛下狠心清除内心“魔鬼”之时，一天，他突然收到天歌写给他的信。那一刻，嚣张的“魔鬼”，就得意地从封印的铁笼里呼啸而出，鄙视地嘲笑玄一心上那棵老和尚种下的菩提树。

这封信是星期三下午，被人悄悄塞进僧舍门缝里的。

当晚，玄一内心的“魔鬼”就出笼了。他背着师傅，也背弃了自己的誓言，悄悄去赴天歌的约会。

自从汤谷遭遇千年不遇的龙舟水后，人们对天歌的流言蜚语，就如同秋日的连绵阴雨，不仅打湿了檀香家小木屋的屋檐，而且连须云和尚的慈悲之心都沾染上了这种潮气。他不再欢迎天歌来龙池寺了。

天歌之所以要给玄一写信，是因为她遇到了前所未有的绝望。

当她和帝隐一起潜进多花儿房间，偷出焦尾琴准备离开时，多花儿醒了，并像抓贼一样，当场逮住了他们。愤怒的多花儿，当着两人的面，把焦尾琴砸断了。其实，多花儿要砸碎的并不是焦尾琴，而是天歌的自信。那一瞬间，在天歌的眼里，多花儿像狰狞的魔鬼。

“别做梦啦——你不过是个流浪歌女罢了！”多花儿本想说，“你不过是个妓女生的女孩罢了。”

天歌听出了那尖刻话语后的侮辱，这反而激起了她的傲气。

“我追求的爱情，比你拥有的财富要珍贵得多。”

天歌不卑不亢地弯下腰，抱起地上摔断的琴身，理直气壮地跨出多花儿房间。她当时的神情，就像捡起战场上亲人的残骸一样，庄严无比。

天歌给玄一的信这样写道：我快要死了。生命就像阳光下的彩色泡泡，稍纵即逝……

她想在临死前和玄一谈谈，另一个世界的事情。在那个世界里，她最怕的是孤独，还怕没有阳光，不能歌唱。阴间是不快乐的，这是谁都知道的事实。她希望玄一能安慰她。

这封信是天歌在那个愤怒的晚上——她抱着焦尾琴残骸，从多花儿住所返回家时写下的。

她不清楚，是不是因为与多花儿吵架的缘故，一种从未有过的愤怒情绪，导致小腹阵阵痉挛。剧烈的疼痛，使她不得不一跨进家门，就把头枕在摔断的琴身上，躺在地上休息片刻。这种侧脸贴在琴弦上的姿势，仿佛让她听见了琴身里流淌出的悲哀旋律。不知为什么，这让她心中充满了温柔的绝望——她不知道，正是这把琴，见证过檀香的爱情，也见证过她祖母多花儿的爱情。

天歌在信中如此突兀地预言自己的死亡，是有原因的：当晚洗浴时，她发现自己脱下的内衣上，竟沾有一大片血迹。

怎么回事？我的护身符呢？

她湿润的手掌，触摸着声音颤抖的咽喉，这才发现光滑的脖子上，已失去了守护她的银钥匙。

护身符丢了。

蜷缩在阴暗浴室里的天歌，感到一阵阵莫名的恐惧突袭而来。她没去叫醒母亲。她知道，母亲今夜留在香料铺里了，那儿有一位冲着她美貌而来的客人。

天歌早已习惯了这种被忽略的感情。她从未深入思考，为何母亲经常在月亮升起的时候，就会走过无人的铁匠大街，去店中见一些陌生的男人，并接受他们馈赠的金钱，再把这些钱，统统用作寺庙大殿的建设款项？

这种恶性循环，是她所不能理解的。

一想到闯入多花儿住所的那个时刻，天歌就感到无比耻辱。对方毫不客气地贬低她的身份，那种尖厉的声音，如同站在危崖边感受迎面冲来的凄厉寒风，是那样的刺耳！

收到信后的第二天晚上，玄一如约来到天歌家门前。

门是开着的。天歌斜倚在门框上，像一盏守望的孤灯，等待一位远方故人的归家。天歌脸色苍白，玄一第一眼就发现了她的无助和忧伤。

“你一直在等我？”

玄一略显惊喜地问天歌，内心涌起一股温润的暖流。

“刚才是你敲门吗？”天歌勉强露出虚弱的笑容，与玄一相对而立。

为避免路人猜疑，来天歌家前，玄一特地在自己的僧袍上，裹上了一件褐色风衣，然后才在浓郁夜色掩护下，悄悄抵达天歌家门前。

“我刚刚才到。”玄一回答她的同时，心中还旋转着对天歌飘逸长发的幻想。

“那会是谁敲门呢？”

天歌迷惑地环顾四周——只见月下的原野上，奔跑着干燥的夜风，除此之外，没有任何人的影子。

“我有一件事，想请你帮忙。”她向玄一提出请求。

“你在信上所说的是真的吗？”从灌满风的大袖子里，玄一取出被他小心翼翼收藏的信件。

天歌没有马上回答他，只是发出淡淡的、如秋日黄花一样伤感的叹息：“如果我死了，有一件事想托付给你。你能答应我吗？”

面对天歌将全部的信任都交托给自己，玄一呆住了。透过天歌无助的眼神，一种温暖而辛酸的情感，从他心底升起。就在他恍惚间，手中的信件，被路过的夜风忽地夺了去。展开的信纸，竖了起来，然后在风的牵引下，沿着门前弯曲的小路，自个儿跑了起来。

玄一想把信从地上捡回来，天歌却说：“算了吧，就让它随风而去好了……”

在这寂静的时刻，祈愿峰顶上，不时遥遥传来一声令年轻的心为之触动的哀鸣。是飞鸟？抑或空谷游走的怪风？或者说，它更像一个少女为爱心碎地哭泣？

当帝隐来送还天歌的银钥匙时，恰巧撞见玄一和天歌在门口谈话。

早在玄一到来前，有个敲门声，那是帝隐与天歌相约的暗号。

听见敲门声，天歌跑了出来。

原本为帝隐开门的天歌，看见的人却是玄一。

当时，帝隐的敲门声刚落，就看见小路上走过来一个人。此人用鼓起的风衣罩着脑袋，目光紧张地专注于脚下。由于风灌进衣服的缘故，来人的体形，在黑夜中增加了数倍。来人缩着脖子，垂头前行，那模样就像一只背部隆起的大黑熊，在森林小道上搜寻猎物。

帝隐顺势跳到屋角，躲藏了起来。他怀疑，这是祖母派来跟踪他的人。

当天歌捧着摔断的焦尾琴离去后，祖母曾双眼通红地警告他：假如他再跟妓女的女儿来往，这种耻辱再继续下去的话，她将不得不采取决绝措施……

就在多花儿警告帝隐之后的第二天——星期三的夜晚，帝隐躲过祖母的监视，甩开跟踪的人，又来找天歌了。

他控制不住自己的渴望。他非要来见天歌，是因为他想安慰天歌，为祖母那些伤人的气话道歉。

在夜幕低垂的阴影里，帝隐看到身披风衣的来人，停留在小木屋门口。来人放下裹在头部的褐色罩子，露出光溜溜的后脑勺。

直到对方在天歌的邀请下进入屋子后，帝隐才步出屋角，来到已关上的屋门前。这所屋子，对帝隐来说意义非同寻常。玄一的闯入，就像一条虫子钻进了苹果心。一想到被虫子啃坏了心的红苹果，帝隐就恼火万分。一种潮涌而来的嫉妒，紧紧攫住了帝隐。

他被激怒了，格斗中锋利的犄角，仿佛从帝隐头上拱了出来。他像一头疯狂的公牛，几乎要对准玄一的喉管，跳上去挑破它。

“幸好你到我这儿来了，要不，你差点就做下一件天大的蠢事！”

已经变得沮丧的帝隐，坐在檀香的香料铺中。

这已是后半夜了。

神秘、朦胧的微笑，似乎天生就挂在檀香的嘴角。檀香把自己那双柔软，且微微发凉的手，轻轻按在帝隐头顶的乱发上，仿佛在帮他抚平头上冒出的尖锐犄角。

帝隐之所以没有实施对玄一的危险攻击，是因为在他即将失去理智，就要闯进门找玄一决斗时，他在路边捡起了几分钟前被夜风夺走的那封信。

“难道天歌她……”

展开信后，帝隐瞬间体会到了与玄一同样的感受。他感到手脚冰冷、僵硬。信笺的字里行间，不时散落着“死亡”的字眼。

有关小红豆病死的回忆，此时，在帝隐脑海中不断地放大——被大水冲走的孤坟，紫红色怪诞的天空，天歌歌声召来的太阳雨，鹰血擦洗的龙舟眼睛，飞起来的龙舟，以及漩涡里尸骨的碎片……刚刚从失控的嫉妒中走出的帝隐，立刻又陷入失魂的痛苦中：天歌要死了。不！这不可能！不——。

然而，痛苦中的帝隐，依然无法排遣心中的猜疑：“可是，为什么，为什么她要将这么重大的事告诉玄一，而不告诉我？”

天上的星星，此时，正俯视着地面上一个跌跌撞撞的影子。这个影子，在天歌家的门口徘徊，不停地徘徊着。然后，在风的帮助下，滑下斜坡，拐一个弯，来到了清冷的铁匠大街。

没人在意这个飘忽的影子，就算有人撞到影子的肩膀，也像透明的一样，能轻松地从他身体里穿过去。对周遭一切视而不见的影子，终于在叮咚巷第五号店铺的门前，结束了他那漫无目标之旅。

多亏檀香那一声惊讶的叫唤，影子才在香料铺门口变成了实体。

“帝隐，你怎么在这里？！”

醉红的颜色，还浮现在檀香脸上。她刚送走今夜的客人。

进屋以后，帝隐手里依然捏着那封散发着淡淡薄荷香的信笺。

他时哭时笑，在他胸腔里，仿佛梗阻着一块饱吸水分的海绵。只消捏着两头稍微一扭，泪水就“啪啪嗒嗒”地，落在檀香桃红色的地毯上。

就像儿时那次荒唐的婚礼之夜一样，帝隐为爱所患的寒热病，只有在檀香这里，才有治疗的希望。

“天歌会不会死？”当泪水海潮般从帝隐脸上退去后，他强压住内心的悲伤，向陪伴在身边的檀香问道。

直等呼啸而来的坏情绪从帝隐脸上离去后，檀香才露出被逗乐的表情。因为帝隐从未经历过大事的慌乱，让她看到了当年金泰与她第一次约会的情景。

“天歌怎么会死呢？”檀香反问他一句，“一个人的死，不是由她自个儿说了算的。”

虽然帝隐已收起和玄一决斗的冲动，但他却无法克制不去胡乱猜想：为何天歌要将玄一作为临死前的安慰者？！这个角色，原本应该属于我。

此时的帝隐，非常不满意檀香的态度。因为面对自己的紧张，尤其是天歌就要死了，她竟表现出一副轻描淡写的样子，竟能笑得出来！

帝隐拿出那封刀子一样伤人的信，去捅檀香的心，就像他刚刚被伤害过那样。

“你看看这个。”他生硬地将信丢在檀香面前。

然而，仔细阅读信件内容的檀香，并没有如帝隐想象的会昏厥过去。从信中所说的“流血不止”情况看，檀香明白，那是天歌来例假的现象！

顿时，她感到一丝不安，作为母亲，她忽略了女儿的成长。

自从萨满给了她一大笔钱，她又将钱捐给寺庙以来，她的心都扑在对工程进度的关注上。檀香之所以如此关心此事，与她清除心中的“稗草”有关，就像萨满在鸵鸟场时说的那样，这也是一种抗衰老妙方。

檀香保持青春的秘方，似乎被多花儿破译了，为此寺庙工程的进度，总是快不起来。工匠们经常抱怨多花儿复杂、烦琐的命令。

她总是要求把刚建好的，又拆下来重建，而且建筑样式一定要按照她的想法执行，以体现她对这项工程的重视。

虽然多花儿在其他方面，尤其对金钱的计算，很是精明，可在这上面，她的理由却令人费解：浪费是为了完美。

见了天歌的信后，檀香就决定，今后自己要更多地关心女儿。

她知道，在天歌单纯的少女气息里，已散发出成熟果实的芳香。就好比一间初落成的宅子，有一扇全新的门，满屋透着浓郁的松香。这种崭新的气象，往往会使路人伫立称奇。

搁下担心，檀香又恢复了迷人的笑容。

她转过身，面对迷惘中的帝隐，轻松地解释天歌写下“绝笔”的举动。

“别担心啦，其实她什么事儿都没有。”

她用保养得很娇嫩的手指，将信笺叠好，边说边插在帝隐胸前的衣襟上。然后，她把手掌按着他的胸口，久久地，似乎没有打算收回的意思。

“你……笑什么？”

檀香带着谜一般的笑容盯着帝隐看。帝隐被她眼神中的暧昧，弄得发起窘来。他慌乱地避开对方湖水一样流光溢彩的眼睛，口吃地问道。

檀香轻启红唇，齿间幽幽吐出一缕深谷幽兰般的清香，她对帝隐耳语道：“你现在紧张的样子，还真有点像我年轻时的恋人呢。”

她开玩笑似的伸出食指，轻轻划了一下，帝隐鼻尖上沁出来的细小汗珠。

这一瞬间的触碰，使帝隐剧烈颤抖起来——仿佛有一只烧得正旺的火炉，将帝隐从脚跟到额上的皮肤，都映得火红放亮起来。他猛地从床边站起来，刚一迈腿打算离开，就被一把放错位置的椅子给突然绊倒，整个人摔在檀香的怀抱里。

霎时，檀香身上散发出的女性温馨，如滚滚而来的潮水，将帝隐淹没了。他拼命忍着眼眶里不停打转的泪水。

这是一种从未感受过的温柔和舒适。

帝隐的四肢像着了魔，竟完全无法动弹，或者，在他潜意识里，希望保持这个不变的姿势，趴在檀香膝上，一直待下去。

他几乎被檀香当成了一只可爱的宠物。她用手顺着他脑后的头发，一直摩挲至他隆起的背部。

也许，这是帝隐早就有所期待的。年龄决定了檀香扮演的角色，既有母性的温馨，又有成熟女人的魅力——这是祖母多花儿和刚成年的天歌，都无法给予的。

然而，在这室内愉悦的气氛之外，有一双无比惊讶痛苦的眼睛，正哀怨地注视着他们……

忽然，檀香心中涌上一丝不安的情绪。

她将注意力转向室外时，隐约看见，静谧的夜色里，有一个正在逃离的背影。

神啊！难道那个逃跑的背影是天歌？

如闪电般曲曲折折穿过脑海的暗示在告诉檀香：刚才，一直有人站在窗外，偷听他们的谈话。那个可疑的人，可能就是天歌。

“怎么了？”帝隐敏感地觉察到，檀香的注意力似乎正被某种事物吸引。

一想起刚才两人纠缠在一起的情景，帝隐的心就“怦怦”地跳个不停。他深深地吸了口气，试图平复肌肤下奔流躁动的血液。见檀香并没有施展她那妩媚笑容的“魔法”，也没有把他真正想象成她昔日的情人，心慌意乱的帝隐才松下一口气。

然而，这口气，仿佛又有所失落。

此前，自己似乎在期待着什么；然而，后来，却什么事也没发生。

处在独自回味中的帝隐，并没有发现檀香的脸色已发生了“季节性转换”——从明媚的春天，转瞬变成凄凉的秋季。

“好像是天歌……”

“在哪里？天歌在哪里？”帝隐激动得跳起来，“在屋外吗？”他跟随檀香的目光，痴痴地向窗外望去。

“不用去追了！”突然，檀香制止住冲动的帝隐。他正打算推门离去。

“她已经走了……就算你现在去解释，她也不会原谅你。”

根本没将檀香的话听进去的帝隐，一心只思虑着，假如天歌误会了他，那比吞下一把玻璃碴子还要令人心痛。

他追了出去，连门也没关，为了一个逃亡的熟悉背影。

追寻天歌的帝隐，迷失在一片玉米地前。

那儿，忽然传出神秘诡异的声音。

那是令人不寒而栗的歌声。

起先，声音中呼出的气流，自然地融合在丰熟的夜气里，充满了忧伤；后来，渐渐明亮高昂的歌喉，如刀片一样闪亮、锋利，割伤了夜的宁静；最后的尾音部分，竟出现一连串恐怖的低声笑语。

“嘻嘻……”

“哈哈……”

歌声在朦胧的月下弥漫。

帝隐伫立在田埂上，裹足不前——他被玉米丛深处，某人歌喉里发出的妖魅声给震慑住了。

他纹丝不动地立在那儿，就像地头边的一个稻草人。

他听得很仔细，很诧异。

他之所以不敢断定这歌声出自天歌，而使用“某人”，是因为歌声中那种令人尴尬的嘲讽。这种声音绝非一个曾为捉到一只大红蜻蜓，而高兴一整天的少女所唱。

然而，痛苦中的天歌却尖锐地放飞锋利的歌声。她要以此张扬自己的愤怒，放纵被伤害的情感。

“听见了吗？是我在嘲笑你呢。是我，是我……”失控的天歌，毫无顾忌地嘲笑，嘲笑他对檀香的幻想——对一个妓女的好奇。

帝隐终于不怀疑那是天歌的声音了。仿佛被利刃撞击，他的心头剧烈颤抖。

冲天的玉米秆，仿如一枪枪插在泥土里生长的长矛，当天歌的歌喉如风的波浪摇动整片玉米地时，它们如古战场上相互摩擦碰撞的兵器，立时发出嚓嚓、嚓嚓，扯痛人耳朵的金属尖叫声。

帝隐无法拨开眼前一枪枪生长着的利刃——他选择了离去。

然而，身后的嘲笑声却依然追赶着他——“嘻嘻……”“哈哈……”，那是一串串低回辗转的痛苦笑语。

见帝隐真的转身离自己而去时，天歌拨开一丛丛反复将她绊倒的玉米秆，慌张地从里面追出来。然而，人已去，路已空，她茫然地伫立在地边，被月光刷亮的右脸，迷惘、凄怆，泪光闪烁，如同一头受伤的小兽。

“难道这回，我该憎恨的人是自己的母亲？！

天歌感到自己的爱情遭到背叛、嘲笑，却不知道敌人在哪里。

她第一次体会到一种叫作痛苦的东西。那种撕心裂肺的痛，肆虐于她的内心，将她掏空、击倒；她愤怒、无助，就像当初得知帝隐与小红豆睡在同一顶床帐下一样。当年，被惊醒的“魔性”，令她唱出惊天动地的歌声，疯狂的嫉妒，甚至招来汤谷有史以来的大洪水。也因此，她和帝隐感情的天平上，始终站着一个啃桃子吃的孤独魂灵。

她该恨帝隐吗？

也许，帝隐的错误，在于他拥有太多不应该有的爱？

多花儿对帝隐，与其说是一个祖母给予孙儿的溺爱，还不如说是一种过分占有欲达成的爱。这可追溯到她把小时候的帝隐放进澡盆里的时候。

据小红豆生前回忆，新婚之夜，帝隐逃到檀香家找天歌后，他的祖母就把他又接回到自己的卧室里了，并整夜哼着歌曲儿，拍他入睡，直到有一次，帝隐捂上耳朵不想听。他说，她唱的歌没天歌唱得好听，烦得他睡不着。帝隐借此离开了祖母，搬到小红豆的床帐里住下了。

那次以后，天歌歌声有毒的谣言，忽然在城里流传开来。流言蜚语如同漫天雨水，几乎压塌天歌家小木屋的屋檐。

多花儿的秘密，最终被小红豆见证了：

一直以来，多花儿都是将手掌，放入澡盆内试过水温后，再帮立在一旁的帝隐解开上衣和裤子上的金纽扣。她那动作全然不像一个老祖母笨拙的举止，倒与檀香对待每一个情人所用的精细手法相仿。

命运女神慷慨地给了帝隐一篮水果，天歌不过是其中一颗有待成熟的酸李子。

一双手，从背后悄悄遮住了玄一的双眼。

“谁？”

这双散发出玫瑰花香的手，拨乱了玄一心中一池明镜般的水月。他突然停下脚步——就在他发出“谁”的疑问时，他的心停止了跳动。他浑身颤抖，感受着这份意外的触摸。

“吻我……”手的主人，那呢喃的声音，如同滑过湖心的天

鹅，遗下一串串令人心神荡漾的涟漪。

空寂长廊上，玄一手持一盏孤灯，腋下夹着数本手抄经卷，不由自主地停下脚步，呆立于雕花木廊下，与背后那位神秘访客，共同沐浴在月亮的清辉里。不敢回头的玄一，陷入对这个温情绝望声音的迷离恍惚中。

时间的沙漏，仿佛停滞了一般。

究竟是谁？用魔力的声音诱惑我的灵魂？又为何要遮蔽我的双眼？

时值午夜，离龙池寺不远的林木里，一只杜鹃，正藏于灌木丛深处悲愤地啼叫着。那哽咽的声音，成为静夜里唯一一处不休不眠的声音，使这座千年古刹，更显神秘、荒凉。

“吻我……”

如此痛苦地向人索取的呼唤声，在此前和往后，玄一都没有再听见过。那个声音，此刻，就真切地贴在他的耳根下方。

玄一把整个的自己，都交给了这双手来处置——既没有回头，也没有改变原先站立的姿势。享受着，也成为他人的享受。

意识麻痹的玄一，任凭玫瑰香气的手，从背后穿过肩头，伸到面前将他脸孔及心灵上的双眼遮蔽，连同堵上他倾听的耳朵——那时，来自夜空的月亮流光，正顺着长廊的屋檐，发出一连串啪嗒、啪嗒的声响。

夜，深沉宁静如冰蓝色海洋。

玄一摒弃了冥想状态，开始享受爱情带来的魔力，或者说，他已被魔力的爱情摄走了魂魄。

空气里，洋溢着青草和泥土融合一体的狂放馨香；扣人心弦的风声，呼呼地吹过古刹长廊。侧耳倾听时，灌木丛深处那只啼血杜鹃，鸣声戛然而止，仿佛被人用尖指甲突然掐断了喉管。

潮湿的落叶堆上，遗下一小摊飞溅的血迹。

“吻我，听见了吗？快吻我……”如同草木中诞生的精灵，天歌浑身散发出花朵恣意绽放的芳香。

她的声音在颤抖——就像热带雨林中，一只多彩的鹦鹉，被沉重的雨水打湿了飞翔的翅膀，此时正瑟瑟发抖地，瑟缩在茂密的榕树下，冲着讨厌的漫长雨季，哀怨又敌视地啁啾着。

静默。

玄一仍然保持着沉静姿势，他的注意力，被那一路铺洒开的月光图案吸引。

月光将雕花木格子的影子，投放在青钢色的地板上，飘浮在光影中的一组图画，诡异地呈现在他的眼前。仿如某位嗜好黑夜和阴影的天才画师，绘制出花与叶纠缠不休的抽象剪影。

被激怒的天歌，再次咬着悲愤，恶狠狠地催促道：

“我命令你立刻吻我！”

玄一终于将手中的灯盏，举至天歌面前。

他专注地凝视着被惶恐不安笼罩的天歌——他不敢相信，天歌此刻就站在自己的眼前。他甚至以为，这是错觉制造的浪漫幻影。

一朵黑色玫瑰——窗格子倒影，在她耳垂下方，悄无声息地裂开拳头大的蓓蕾。那黑色花蕾，随着他加快的呼吸，在她脖颈上剧烈绽放。渐渐地，他听不到自己急促的呼吸声了……脖颈每一次颤动，都牵扯着玄一的心。他走进自己欲念深处，在那儿停了下来，就像夜深人静之际，他用想象慰藉自己的渴欲一样。

他突然吻了上去。

腋下夹的经卷，哗啦一声，散落了一地。

风儿，是一束女人温情的长发，垂得很低很低，滑过齐腰高的长草，几乎贴着地面，将她的柔情延伸至深夜的寺庙里。她穿过长廊，来到一对热吻中的人儿面前，用一头青丝，将他们深深地缠绕……时间，在那一刻停滞了。

然而，突然间，天歌抽出手，狠狠给了玄一一个清脆响亮的耳光。

天歌被自己的举动震慑住了。

玄一似乎并不惊讶。

这本来是打在帝隐脸上的……天歌心里嘟哝着，却没有说出口。

是出气吗？不断要求玄一吻自己，当他猛烈亲吻自己时，又突然掌掴对方。这是对谁的报复？对帝隐，还是对自己？当她一掌打下去时，眼眶中的泪，也随之抛洒出来，就像一把种子，迎风飞扬。

可是，刚才，在两人激吻时，却又是那样令人迷醉。双方似乎要把对方的灵魂，从各自的肉体里揪出来。回想与帝隐的接吻，竟没有像今天这样，令自己整个身心都被潮涌的血色给染红了，仿佛要眩晕过去。

她懊恼地皱起眉头，装出一副不情愿的表情，使劲推开玄一。

“难道……你要为他折磨你自己吗？”

玄一打破肃静的气氛，轻言轻语地对天歌说了这么一句。

“你是说我在折磨自己吗？”

天歌愣了一下，继而，嘴角抖出一抹冷寂的浅笑。“我在折磨自己吗？你是这样认为的吗？”她反反复复问玄一，又似乎在问自己。

空气中仿佛有一股酸性气味，在他们之间铺展开来。那是眼泪、唾沫、汗液和两颗潮热的心，混合在一起的物质。面对这令人难过的辛酸气味，天歌凑近玄一，突然以顽皮的口吻，开了一个痛苦的玩笑：“那，你告诉我，你来告诉我，难道我可以爱你吗？可以吗？”

她瞪大眼睛，对玄一咄咄逼问。

一阵惊慌，如夏日意外骤雨，从头到脚将玄一淋了个透湿。

那一刻，灯盏从他手中滚落而下，泼洒一地的灯油，点燃了散乱在地的经卷。通往僧侣住所的长廊着火了。

天歌一开始就对火焰显露出极大的兴趣。

她以万分惊奇的目光，盯着地上的火苗儿。此时，火花正大口大口地吞噬残缺的经卷，活泼的火花夸张地笑着，玄一僧袍的下摆，已沾上了几粒火星子。

“烧吧，烧吧……全都烧毁吧……”天歌拍着巴掌乐了起来。

她撩起裙角，开始围着火堆跳舞。

她和玄一，谁也没有对这起意外产生不安，倒像儿时两人一同观看蚂蚁游行，充满了无限专注与好奇。

忽然，天歌在大火中放声高歌起来。

“我打不败那个死去的魂灵——她总是手执桃子，向我索要被洪水冲走的孤坟；我也杀不了我的母亲——那个擅长占卜的女人，她了解一切，包括我可怜的爱情！”

仅一瞬间，她整个人都变样了，仿佛变成了一只拉线玩偶，在魔棒的操纵下，跳着怪异而癫狂的舞步。

橘红色的火苗，像一群小鬼，随着音乐节拍，张牙舞爪地爬上长廊屋顶，然后跳上屋顶翘起的檐角，最后绕着长廊上每一根圆柱，与同伴嬉闹奔跑。

没有风力助威，火势似乎是随着歌声，蔓延至整条通畅的长廊上。

身处火圈包围中的玄一，丝毫没有感受到危险的逼近，他目光呆愣，只追随天歌的动作旋转。

“我能爱上你吗？能吗？能吗？”

几近疯狂的天歌，突然冲上前，用前额抵着玄一秀挺的鼻梁，不停地反问道。

她炯炯放光的瞳孔，在玄一眼里像倾泻的火焰，烧红了黑夜里的天穹。而对自己僧袍上的火星，他竟完全视而不见。

“不能爱上你……不能爱上被信仰的枷锁，清苦禁锢着的你！”

天歌摇摇头，目光从玄一脸上缓慢移开。

火光把黑夜映衬得光艳绮丽，天歌就像火中的凤凰，通体五彩斑斓。玄一将天歌的模样看得异常清楚，就算一场无情的狂风，横扫他脑海中所有的记忆，也无法将之抹去。

“神啊，要我怎样做才好？怎样做才好呢？！”玄一默默地祈祷。

长廊在火中烈烈地燃烧，天歌的心在无止境地悲号。

“我的恨，我的爱，我要让人听见！让所有人听见！”癫狂的天歌，高声歌唱着，跨过地上燃烧的火焰，就像轻快地跨过一条清澈见底的溪流。

“咔嚓——咔嚓——”仿佛冰层破裂，又像兽齿在咬碎骨头。当天歌转身消失在火光之外时，一根巨大的柱子，突然在玄一面前倒下。

神秘的歌声依然环绕着古刹。大火中，仿佛有个声音在一遍遍呢喃：“吻我吧……恨我吧……爱你啊……都烧毁了吧……”

就在长廊柱子轰然倒塌之时，帝隐推开檀香店铺的手，忽然停了下来。

他立于台阶上。

蓦然回首，火光冲天的古刹，就像在涅槃中惊烈鸣叫的火凤凰。他听见了天歌的歌声。空灵哀怨的声音从天而降，宛若一场漫天飞舞的大雪。世界为此寂静下来。

歌声惊醒了睡梦中的须云和尚。

几分钟前，他是第一个赶到火灾现场的。飞溅的火星子，已环绕在玄一四周。被火光照亮的庭院，此时，就像在举行一场浩大的篝火祭祀活动。

一张张被火光映红的脸，惊讶地从各处赶来，逐渐加大的喧闹声，摇散了夜的骨架。

赶到长廊的人们，忽然发出惊讶万分的呼喊，他们看见一个人影，从烈火中平安地走出来。

“是大师，是须云大师！他进去救人了！”

拎着大大小小木桶、水盆前来救火的人，当时都看见了须云和尚的功力。只要他脚步踏过的地方，立时刮起吱吱作响的狂风，火团仿佛听从命令似的，由中间分开一条路，让他安然无恙地通过。

他是以非凡功力劈开火焰的，只有在今天这样危急的情况下，他才在众人眼前露出平素从不显露的高深功夫。

“为什么会这样？究竟发生了什么？！”

老和尚把大火中的玄一救出，放置在庭院里的草地上时，焦急万分地询问起来。

一抹柔和的阴影，轻轻覆盖在玄一苍白的脸上。他什么话也不想说。他蜷缩在师傅的披风里，目光茫然，完全不在意周围发生的一切。

就在刚才，破火而入的须云和尚，在扯下他着火的长袍时，他才定睛看了师傅一眼，并喃喃地说道：“别带我走，让我在大火中陪着她……我不能看着天歌，一个人痛苦……”

其实，天歌在第一根柱子轰然倒下时，就悄然退出了今夜开演的恢宏大戏。

然而，对于须云和尚来说，这场戏却轮回了二十多年。

在瞧见玄一的那一瞬间，他就被一种无法言说的情感击中……

过去岁月中，那火光冲天的血腥场面，幻觉和尚美丽宁静的面庞，呼啸着来到他的眼前，彻底摧毁了他守护多年的记忆防线。

当年，为了那份罪恶的占有欲，他一时竟着魔般地混迹于盗匪。就在僧侣和盗匪拼死交战时，只因他眉梢间闪过片刻的犹豫，一切曲折多变的命运，便由此生发——他被靠在金漆柱子上，那个年轻美丽的和尚，给深深吸引了。

那人的神情举止，竟与玄一不谋而合。

他们同样神色淡然地置身于熊熊火海，又均是一袭飘逸的僧袍，哪怕火焰燃着了下摆，依然置身事外地处在凝想空间。唯一不同的是，一个在痴想得不到的爱情，一个在凝思被托付的使命。对死亡超然度外，是他们共同的特质。

这异常情景，使须云和尚忆起多年前，一个春日的清晨，他随意向窗外望去，突然，他看见草地上，伫立着一只丹顶鹤……

玄一今日的举止，使他终于看清，自己当年救幻觉的动机——他爱上了那只清悠恬淡的“丹顶鹤”。

“人心啊，那可是一只隐秘的匣子，它锁着许多不为人知的秘情。”

就在昨天，檀香还以她独有的神秘口吻，辅以令人心动的嫣然一笑，对送至门口的一位客人，这样说来着。

“可别小看了这只匣子。一旦属于你的那只匣子，被别人无意间打开，成群的蝴蝶就会从里面，‘呼啦’一下子飞出来，迎面扑向那个已了解你秘密的人。”

那一天，檀香喝醉了。

她一边陶醉地形容自己所看见的景象，一边做出夸张的手势，向立在门口的客人，做出展翅欲飞，要扑过去的姿势。

陪她喝醉的那个人，素来是个孤独来去的人。

这个女人让他感兴趣。

萨满认为，与其说她烧毁了青春宝匣，不如说烧毁了人心阴暗的“稗草”。她从此的坦荡、优雅，都如少女一般。

檀香则认为，是自己能够预知未来的能力，才使她摆脱了对命运的担忧。

“不，是因为你天生就不爱藏东西。”

她完全能会意萨满所说的“藏东西”是什么意思。

檀香发出了爽朗的笑声。

正因为她毫不保留成人世界的秘密，所以萨满欣赏她，喜欢这个说话敢得罪他的女人。

“我们这样站在门口相互拥抱，是朋友吗？”檀香问。

“不，我们不是。”

“是情人吗？”

“也不是。”

“那是买卖爱情关系喽？”

“……”这回，萨满没有马上回答，停顿了片刻后，说，“也不完全是。”

最后，他还是没将自己心中的想法，如实说出来。

与多花儿那段几乎令人窒息的爱情相比，檀香的爱要轻松得多。有时，她会像深海贝壳一样安静、随和，以女性的温柔，倾听他跌宕不羁的心声；有时，又像烧红的炭火，甚至是最轻微的触碰，都能引发她尖声的喊叫和拼死的反抗。

一想到多花儿，他就有种无法摆脱的命运感，甚至是一种悲剧的命运感。正是不可知的命运拨弄，人们才为爱所困，为爱所苦。

“人心这个东西，真可恶啊。”萨满心想。

谈话已近尾声，檀香尽管醉了，还是清醒地将他推开，然后径自关上门，返回屋里去了。因为她知道人心的秘密，人们总会私下

里隐藏一些自己的东西。就像须云和尚，当年，在柿子树下绘画的季节，他的每幅画里的人物，都长着幻觉那样美丽的面孔和修长的四肢。

在众人眼里，须云和尚算是德才双绝的得道高僧了，可在他的内心，依然有一块隐秘的、羞于让外人知道的东西——一幅绝美古画的秘密。画上那个拨响琴弦，翩然起舞的俊美男子，曾令在藏经阁翻寻宝物的玄一惊叹不已。藏经阁经年累月的蛛网，都不能遮蔽画面的光艳：一束淡金色阳光，从墙壁一个小孔里斜射进来，打在人物脸上——那是比流云和群山，更令人振奋的自然美。

一个男人，拥有如此强大的魔力，竟超越XY染色体的界限，让所有的人都陶醉于他无与伦比的美中。

美，是一种力量，能将须云，一个觊觎宝藏的人，蜕变成宝藏的守护者。

美，也是一把刀子，它插在须云和尚的心坎上，拔和不拔都是要命的。

“假如死神先找上我，假如他永生都不想再见我，那我就没有机会跟他说对不起了。到那时，请替我将画转交给他，这是师傅唯一的心愿。”

遭遇野狼袭击的那天，须云和尚用舌头将玄一眼珠里的血液舔干净的同时，也向玄一透露了内心的隐秘。他希望有一天，能将这幅画交给画上的主人。

究竟画上的人是谁？玄一并没有问。

须云和尚在表露自己忏悔的同时，也暴露了他的担心。

他担心没法向那个他伤害过的人，表达自己曾经的爱意，没法让他了解，一切仇恨，是建立在怎样扭曲的爱上面。他至死都不可能成为一位得道高僧，须云和尚很清楚，因为自己心里长有一个毒瘤。

在藏经阁这个隐秘的空间里，在久久痴迷的凝望中，玄一似乎受到时光和蛛网的启发，也找到了用绘画来表达自己情感的方式——他把对天歌的幻想和迷恋，悄悄埋藏在画里面，直到后来，暴怒的帝隐，将他的画统统撕毁。

檀香在占卜桌上铺开了红石头。她修剪得如同鸟爪样尖锐的蓝指甲，正沿着六角星线条，边划边念咒语。

从玉米地返回后，帝隐在屋角随便找了个位置坐了下来。他可以从这个安静角度细细欣赏檀香，又可回味月下歌声带给他的不可言喻的感伤。

“追上她了吗？”檀香头也不抬地问帝隐。

似乎她早就知道，天歌和他闹崩的结局。

然而，帝隐却没有勇气向她坦白，天歌的歌声是怎样剥离了他情感的外壳，让他看见了另一个自己。

令帝隐自己都没料到的是，最终，他竟选择转身离去。他来到位于城中的湖边，久久地徘徊着，他想起了那个可怜的魂灵小红豆。

清明时节，在那个飘着蒙蒙细雨的清晨，他与天歌默默立在水雾缥缈的湖边。

一排排整齐挺拔的水杉，静谧地环绕在湖水的四周，雨雾和白鹭的倒影，无声地滑过水面——仿佛翡翠色的湖底，有另一座凄美神秘的宫殿。

天歌将头轻轻靠在帝隐肩上，脸上露出幸福的笑。

她所要求的爱情，就那么单纯，如同飘过湖面的微风。“有你在身边，我就可以在小红豆灵魂前，不用假装坚强了，也不用害怕人们的流言蜚语。”天歌说话时，抬手将长发掠至耳后，目光凝视着对岸的杉树林，仿佛正平静地，与一个女孩飘忽的影子，默默对望。

浓浓水雾中，有淡淡的感伤气息。

“当困倦的灵魂想入睡时，就会来到这里。”天歌在帝隐耳边呢喃着。

帝隐明白，天歌始终在乎他们两人之间夹着的那个女孩。

可是，如今，他们中间又出现了檀香。或许如天歌所怀疑的，我真的渴望檀香吗？可是，我是爱天歌的啊！就是现在，我也没有减弱对天歌的爱……不过，爱檀香难道有错吗？我也许仅仅需要一点点怜悯，能放纵一下眼泪，让她像母亲那样，紧紧地搂住我。

可是，天歌的怀疑也说不定呢——难道我需要她的仅是母性的温馨？没有别的？

“我的预感提醒我……”檀香将散漫迷离的目光，类似于收网，一点点归拢聚集在桌子中心，然后冷静地透露出只有她才看得见的预兆，“在即将来临的天亮之际，依天歌倔强的脾气，她已经启程，独自踏上去驿站的路途了。”

觉察到帝隐一直在偷偷注视自己，檀香忽然转过头来问道：

“你怎么了？”

“没……没什么。”

冷不防被檀香一问一审视，帝隐不知所措地，将支在膝头上已经发酸的双手，移至大腿外侧使劲地摩擦起来。那是一双汗津津的手掌。

他开始猜测，檀香是否厌恶自己了？毕竟，进屋以后，自己举动怪异，仿佛陷入迷惘中不能自拔。

为避免帝隐对自己产生过多的遐想，檀香有意引开话题：“……每个人都像天上的一颗星，遵循着自己的轨迹，在天体里运转。若一颗流星爱上了恒星，那她的下一站便是坠落，只能以亘古不变的爱，在大地上仰望星空……”

精通天象的檀香，似乎在预言天歌的命运轨迹，又似乎在探讨某种自然现象，更像在隐喻自己那些被埋在冰层下的爱情往事——直到萨满出现以前，她把所有的爱都寄存在金泰身上。虚构一个活着的爱人，自己就能终日沉浸在爱的幻梦里，从而抵御住衰老无望的侵袭。

天歌是第一个发现母亲重新有了自己喜欢的人的。

但是，檀香只用“喜欢”这个词，却从不涉及爱。对于“爱”这个字眼，无论何时，她都很慎重地使用。

萨满在唯一一次开怀大笑时说，她是他所见过的，最奇怪也最可爱的女人——一个把爱供奉在占卜灵桌上的妓女，对爱圣洁的坚持和理解，竟比一个未出嫁的少女，还要来得天真。

然而，也只有他，萨满，能如此自然地跟檀香开这种玩笑。

“嫁给他吧。爱一个人，为什么不嫁给他呢？”

有一次，天歌突然握紧母亲的手，认真地劝说她。

“有些事，你还不懂……”檀香抽出一只手，将女儿额前的黑发掠至脑后，惆怅的目光，越过天歌乌黑油亮的长发，滑向看不见的远方。

“爱，有多种方式，多种可能性。它可能是命运途中，一块危险的指示牌，告诉你：假如向前走，会得到你所渴望的爱，但要把生命留下。这时，你还会坚定地走下去吗？”

天歌当时无法理解母亲这番话的含义。

然而，今晚这场大火之后，愤然离家出走的天歌，在大漠深处偶遇萨满这个孤独的流浪者时，在他高凸的颧骨上，在那一条早已干涸的泪槽里，她似乎读懂了母亲这句话所隐含的意思。

“得到生命中的爱，有时需要用你最珍贵的东西作为交换。”被荒凉沙海的寂寥触动，天歌突然双手捂脸，放声哭了出来。

这是一次特殊的，永远不可能再重复的情感宣泄。她的哭比笑

还敞亮，因为她听见别人灵魂深处，发出的是像自己一样对爱无奈的悲叹。

“天歌在恨我吧……要不，她为什么要离开呢？”帝隐不禁自责起来。

他开始思念天歌的歌声。

天歌的歌声是一种天籁，他早就知道。第一次听到这个声音时，他就彻底否定了祖母的世俗态度。那年他八岁。

每当帝隐闭上双眼，天歌就会像自然界的精灵，从花蕊里欢畅地跳出来，旋转着舞步，一串串铃铛声、风声、水声、鸟儿的啁啾声，从她美妙的嗓音里流出来，周围的一切，都因她的歌声而熠熠生辉。

“可是，现在，她一定恨死我了。她一定不愿意见我了。我该怎么办？”

心烦意乱的帝隐，将屈起的指关节顶着眉棱骨，一边喃喃自语，一边如同陷入热病一样胡思乱想。

“难道檀香温馨的皮肤，比起天歌灵动的歌声，更令我想拥有?!”

在檀香的香料铺里，混杂着许多植物花卉的香味。

帝隐随意浏览着架上的香料，他觉得，在这个香料王国里，檀香就像一个美丽女王。她的脸不仅能让人阅读，还如一首诗，让人迷醉。身处其中的人，怎能不流连忘返呢？帝隐深深吸了一口气，似乎要将房间里四溢的香气，牢牢储存在心中。

忽然，檀香的手在桌上停了下来。

那串红石头项链，卜出了异样图示——红石头发出的光，仿如冬夜火塘里的炭火灰烬，照亮了檀香逐渐泛起巫气的脸和纤嫩的双手。

“想知道你和天歌之间会发生什么事吗？”她的声调忽然变得平板、生硬。

“说吧……”

“卦象显示，天歌此行有血光之灾！”

“为什么？”

“因为……她太爱你了，甚至不惜为这份曲折多难的爱，付出性命……”檀香幽幽地吐出一口气。她如针的目光，刺痛了帝隐。

“这是什么意思？”他有点惊慌。

帝隐挪到占卜桌对面，认真坐下，凝神等待接下来的解释。

“神性与魔性，从一开始，就存在于天歌体内。据说银钥匙可以控制她发作，但我更相信，对爱失望的缘故，导致她魔性复苏。”

帝隐刚要开口说什么，檀香果断地做了一个手势，制止了他。

“什么也别问。我只是希望，你能尽快将她带回来。”

檀香将帝隐送至门口时，再次牵挂地叮嘱他。

“替我好好照顾天歌……”

木制的门框，正好将她婀娜的体态镶嵌在那里，如同一幅精美的挂画。

帝隐忍不住，将目光再一次投放在檀香身上。

“你放心吧，”帝隐递了一个调皮的眼神给檀香，也学着她的语气，似是而非地回答，“我的怀里，就是流星落下的终点。”

在对方紫水晶般剔透的眼睛里，帝隐找到了舒缓自己紧张的镇静剂，却又意外发现，那儿挂着两颗露珠一样的东西——是月下反照出的泪光吗？

一连串的疑问，以及随预兆突如其来的伤感，令帝隐萌生出对天歌无法遏制的思念。当他离开那个充满花香的房间时，对檀香的感觉，就只剩下类似母爱的温情了。门外经过的夜风，轻易就吹走

了残留在他衣领间的诱人香味，他浑身清凉了许多。这种变化让帝隐放下心来，走在碎石路上的脚步声，听上去轻快有力，刚才还憋闷的胸肺，此时，终于可以大口大口地呼吸空气了。

一旦走进黑夜，想象力就获得了生命，并开始出现帝隐内心最急于见到的那个人。

“听见我想念你的心跳了吗，天歌？”

松风和明月，最能勾起夜行者的感伤。一路上，帝隐的目光，留心在一口井、一弯泉，哪怕一淙石间流淌的小溪上。内心干渴的痛苦，并没因檀香的安慰得到缓解，反而又因对天歌的呼唤，而变得更加烦躁不安了。

缓解爱情之渴的那捧水，使帝隐这个在爱中跋涉的迷惘少年，花了整整一个晚上，都没将它寻到……

8. 白狐魅影

来到城外大漠的天歌，仿佛看见了另外一个世界。

一个连绵沙丘，比天上重云还要繁多的世界；一个划破长空的鹰哨，比刺喇喇的风沙还要凛冽的世界；一个寂寥行走的旅人，比荒草丛中的坟冢更显落寞的世界。

路的正前方，天歌撞见了沙漠上的太阳——一颗光亮刺眼的圆环。她从未见过这样的太阳。相比起身后的汤谷，那儿的太阳是温润的，悬挂在苍穹之上，令大地翡翠，江河滔滔。

天歌仰起头，张开嘴，伸出舌头尝了尝空气的味道——风里没有湿润。她皱了一下眉头。

她想起在一个湿润的清晨，她和帝隐在湖边漫步的情景。

水边碧绿的杉树，萦绕着浓浓雾气，仿佛声音一离开嘴唇，就会化作水滴，落进泛着细小涟漪的湖心。

那天，由于他们长久地在岸边漫步，呼吸被湿润的空气打湿了，两颗心不由自主地潮湿起来……“当困倦的灵魂想入睡时，就会来到这里。”她第一次奇怪地跟帝隐谈起有关灵魂的问题。

她依然记得，当时自己发出了一声叹息。

叹息？那是一种什么样的情感呢？十五天前，这声叹息，曾出现在檀香的占卜桌上。那次，天歌模仿母亲的架势，偷偷用红石头，给自己和帝隐的爱情占卜。预兆似乎就要出现在卦象上了，然而，却因檀香突然出现在她的身后而告终。

天歌离家的脚步，在河岸边停了下来。

在这几乎干涸的河床上，裸露着被河水冲刷了千百年的累累巨石，在刺目的阳光下，就像远古的恐龙蛋，堆积在荒凉的河滩上。

她哀怨地凝视着远方——那儿，旋转的天光下，一道清晰、干脆的地平线的尽头，是令她伤心绝望的汤谷。

当她最后一次转身面向汤谷时，她的痛苦陡然变成了愤怒。

她朝天举起双臂，以决绝的姿态，开启了她山崩地裂般的歌喉……古道边，一个行走旅人，头发忽然被惊人的歌声，一把抓起。风里送来不祥之兆。他跳上墙头，好奇地眺望着，一直延伸进沙漠腹地的赤水河。

与此同时，一只高空翱翔的雄鹰，俯瞰地面时，惊恐地发现，就在它飞翔的下方，平地骤然掀起一层绵延数里的昏黄沙幕，如同海面上涌起的巨大浪花，朝城墙方向，铺天盖地般倾泻而来……

鹰和人，都在迅速判断：这是一种自然现象，还是来自某种强大的人为力量？

处于沙暴中心的天歌，依然唱着她那咒语般神秘辽远的歌声。她浑然不觉，一场惊天动地的大风暴，就在她身后轰然炸响。

当风沙散尽后，眼前的绿洲，以及所有的人、树木和建筑，转瞬间都消失了。一座苍郁的城池，从天歌眼前消失时，天歌的迷梦随之被惊醒。

那是一整座恢宏的古城啊！

天歌万分惊慌地，当即沿着原路往回跑。她奔上前，扑向这堵沙墙，伸出双手，胡乱抓向空中，却握不住流动的风。

她被重重地摔倒在原地。

她颤抖地抓起一把滚烫的黄沙。“回不去了……回不去了。”当她哆嗦地念叨这几个字眼时，土地上的一切已经空空荡荡，就像从来没有过这座奇妙的古城，也从来不存在那些令她爱恨纠缠的人们。

满目尽是令人迷茫的荒漠，天歌的心刮起空洞悲凉的风。

天歌绝望地离开汤谷后，用自己的魔力歌声诅咒了汤谷，绿洲在她眼前，如海市蜃楼般消失了……有一个人——萨满——目睹了这一切。

天歌的冷酷，令萨满想起了一个人，那个在他生命中，须臾都不曾忘却的多花儿——就像陷进肉中经年累月的荆棘，已分不清哪是肉哪是刺了。

当初，在告密者的帮助下，老城主将幻觉关进大牢，原本他是想手下留情的，如果不是多花儿回答得如此冷酷。

“你难道不承认，你爱那个和尚？”

老城主从病榻上欠起身子，严厉地责问多花儿。

多花儿的回答竟是：“我不爱他……”

听了这样的回答，老城主在病榻上转动了一下身体，面向墙壁侧卧，默默无语地背对多花儿。

从此，他以这种冷漠僵硬的姿势直到死。

多花儿违心的否认，让他感到这个女人的冷酷绝情。他原以为，她会承认和幻觉相爱，也毫不畏惧为爱殉情，这反而使他不忍心处死这对恋人。毕竟，死神天天坐在他的枕边，时刻提醒他要上路了。

由于多花儿不承认这桩情事，老城主当即下令，将幻觉投进死牢，等待绞刑。

就在幻觉走出死牢的当天，老城主死在冒着白蒙蒙热气的浴池里。

负责调查此事的人问起多花儿，老城主死之前，她有没有去过浴池。

她的回答是没有——她的冷静赢得了人们的原谅，但是不冷静的人们，忽略了她那被水打湿的裙摆。

那天，多花儿压抑不住喜悦之情——她从来没有这样轻松过。既然，幻觉已经离开了汤谷，她就不必再疯狂地为他担忧，害怕他哪天死去了；既然，老城主被死神领走了，自己也就不用再为每日睡在棺材板一样的床上恐惧颤抖了。

——事实是，多花儿确实去过浴池。

当时，老城主还活着，留给多花儿最后的印象是，老城主像一截泡在热水中正在腐烂的朽木。

多年以后，人们开始怀疑，是她杀了老城主。

然而，实际的情形是，她用了致命的冷酷——语言的利器要了他的命。

“告诉你吧，我恨你！我爱幻觉！我从未失去过对幻觉的爱！幻觉已经在离开汤谷的大路上了——我不怕你了！你去死吧！去死吧！！死——”多花儿畅快地叫喊着。

而告密者的动机，在多年后的决斗中，终于被坦然地说出来。

须云和尚向受害者坦陈：对他来说，幻觉的美，是一处令人流连忘返的风景。为了常守在他身旁，他甘愿落发、修行。然而，幻觉的心中，却开出一朵僧人不应有的芍药花。

萨满并不相信须云的鬼话。可檀香的母亲相信，那正是须云的真实动机。

檀香的母亲在世时，曾为她父亲做下的许多荒唐事伤透脑筋。

檀香小的时候，有一次，母亲给她讲了父亲离家时的情景。从母亲口中，她得知父亲离家前，曾和母亲大吵了一架。因为母亲发现，他要和一帮土匪纠结着去打劫龙池寺。

“你要走就走，别再回来了！”话一出口，檀香母亲的心就软了。

红石头项链被他扯碎了，那一地断线的珠子，像红色的眼泪洒满了她的心。那是当初他送给她的定情信物。因此，当他前脚踏出门外，她后脚就跟着找了出来。

但是，对方却不想让她找到自己。

大火把寺庙大殿烧毁的那日，寺中的僧侣大都被杀害，鲜血从山上流下来，染红了赤水河。七天七夜，那红色的黏稠液体凝固在河里，化都化不开，所有的船夫都不敢将船只放下水去。

骇人的惨剧发生后，檀香的母亲曾在暴徒和僧侣打斗的尸体中，逐一搜寻她男人的身影。让她庆幸的是，没有找到他的尸体。这么说，他还活着。

直到两年后的一天，她从街角卖糖果的妇人口中得知，幻觉是那次大火中唯一幸存的僧侣，他是被一个大侠舍命相救，才得以逃脱厄运的。如今，幻觉回来重兴寺内香火了，并把寺庙住持的尊位，让给曾救他一命的大侠，私下里亲密地称他为师兄。

卖糖果的妇人还透露，那个大侠偏爱吃他们店中的甜食。从这点上，檀香的母亲猜到，这人就是她的男人了。这不会有错。

“你可以去当你的神仙，但要给我留一个孩子。不然，我就把你的过去，统统抖出来。”

这回，她果真在寺庙里，找到了衣容改观的自家男人。可喜的是，她顺利地从他那儿“偷”来了一个生命。

那就是后来的檀香。

然而，她宿命地认为，自己在寺庙里的“偷窃”行为，最终是要付出代价的。果然，她刚到冥府时，就常常在檀香的梦里心痛地哀叹：香儿，妈真想看到你嫁人的那一天，妈能给你缝一件体面的嫁衣裳……唉，都怪我走得太早。这是神明在我头上降下的惩罚啊。

还有一件事让她放心不下，那是赤水河被鲜血染红的一段记

忆。尽管她已经是一个魂灵了，那浓得化不开的鲜血，仍惊心动魄地残留在她的记忆中，以至于在冥府，她专门走访了死去的僧侣，来证实自己生前的猜测——龙池寺那场大火是他放的，他有不可饶恕的罪行，然而，寺里众僧的尸体，却与他无关。

猜测得到了证实。

“他扮演了一个尴尬角色！在人间，他注定无法洗刷净自己的声名！”檀香的母亲甚至为自己男人愤愤不平起来。

生前，为了证实自己占卜的准确，她不相信自家男人真的会纠结匪徒，干出伤天害理的事。因此，她掩藏着巨大的恐惧，甚至在死人堆里翻寻，希望找不到自家男人。

他还活着。

让檀香的母亲叹息的是，他不仅活着，还救了一个人。为了那个颠倒众生的幻觉和尚，他甚至不顾自己的性命。

也幸亏有了幻觉和尚，他才不至于如此罪孽深重啊！不管怎么说，是幻觉和尚的美，拯救了他的灵魂。关于这点，檀香的母亲看得非常清楚。

“他就是这么一个不彻底的人。”她到檀香的梦里，向她唠叨起往事，“即使现在，你的父亲还是不如幻觉和尚感情单纯。幻觉和尚虽被欲望所缚，但终究是个懂得欣赏美的人，虽然他丢失了自己原本清净的心。”

隐约觉察到父亲身份的檀香，不打算像以前那样追问母亲了。越是接近真相，人越是放慢了脚步。

她害怕掀开最后那层神秘面纱。

春去秋来，须云和尚在龙池寺的春水、流云、落叶、孤灯间，已度过了三十七个春秋，尽管日夜念经、参禅，但他的心，依然放不下世俗的担忧。

玄一偷偷与天歌约会的那个夜晚，在禅房坐禅的他，忽然听见玄一心中一声轻微的叹息。

“这孩子，仍然战胜不了内心的魔鬼……”他无奈地摇摇头。

长久以来，须云和尚都想将自己修炼的法术传授给玄一，让他成为龙池寺宝藏新的守护人。与萨满所练“隐藏人心之术”不同，他修炼的是一种可以驱逐心灵“稗草”，以达精神自由解脱的“释放人心之术”。

只有像白云一样心灵洁净的人，方可运用此术。

那是将心骑在北风的脖子上，去那遥远的雪域高原与神交流；或让心灵乘坐一片秋天的落叶，随着小溪汇进容纳百川的汪洋；或化作一粒黄沙，与数亿万个沙石兄弟一同凝聚成坚实的大地，感受承载世间万物的重量。

通过这种让心灵自由的力量，须云和尚窥到爱情那双热情的手，已牢牢捆住了玄一的心。虽然玄一屡改屡犯佛门禁忌，但老和尚知道，如今自己已没有时间来矫正徒儿了，唯有松开手中拽紧的线团，让风筝随风而去。

当晚，他盘腿闭目冥想时，握着的双拳，忽然如倾泻的流沙一样松开了。那时，夜风送来了莲香，在满室摇曳的烛光里，他看见自己投在墙上的幽寂影子，正以不可思议的速度瓦解……

据不断出现的异兆，须云和尚预感到，不可避免的决断之事正在来临中。因此，他吩咐玄一把月光塔清扫出来。

他已做好，随时向徒儿全盘托出秘密的准备。

玄一在师傅眼皮底下，悄悄地蜕变着。他执意要变成一只破壳而出的鸣蝉，在短暂的夏季，拿整个生命，去为爱情声嘶力竭地吟唱。

在那个凄美的夜晚，玄一第一次单独和天歌呆在狭小的空间里。

他们面对面地谈话。室内的空间仿佛变得窄小了，两人不时触

碰到对方冰凉而颤抖的指尖。他们往往不约而同地开口说话，又不好意思地一起沉默下去。虽然彼此故意回避对方的眼神，却在某一点上，又总是撞在一起。

“全是我的过错，琴才摔坏了。”

自责不已的天歌，搬出摔断的焦尾琴，放在玄一面前：“在我死之前，请你帮我把这琴修好，还给帝隐，我也不欠他什么了……”

玄一悲悯、安慰的眼神，使天歌的情绪安静多了。多花儿侮辱性言语带来的伤痛，以及身体无法言说的虚弱，都因玄一的深情关爱而得以减轻。

天歌甚至出现了幻觉。

她觉得自己正对着一面魔镜——镜中的人，一下是帝隐，一下又变成玄一。为何他们如此相像？为何他们的眼神都隐含着让她着迷的特质？

这令她迷惑不已。

玄一终于听出了天歌约他出来的目的——原来，是为了把帝隐的焦尾琴修好。

“你在说什么蠢话？！”

玄一将她从恍惚中拉出来，并狠心粉碎了天歌的请求：“请不要拿自己的生命开玩笑！”

“它对我来说，真的很重要！”天歌执着于那把破碎的琴。

“是它，还是他对你来说很重要？”

玄一用眼睛指着身体瘫痪，一脸无辜地躺在两人中间的焦尾琴。

天歌垂下浓密的睫毛，当即领会到玄一所指的另一个他，是琴的主人帝隐。

玄一拒绝为帝隐修琴，让天歌充满了失望。

“你要是真的不愿意帮我这个忙，就赶紧回去吧……”说完这句话，天歌垂下那双大而湿润的眼睛，不再注视玄一。

那是一段长久的沉默。

干燥的天气，似乎影响了人的内心。玄一从外部反观自己心上那片青草地，此刻，它已失去了往日青翠、柔和、安详的绿意，却见一片昏黄中，恣意燎原的野火，正随风在荒原上疯狂地肆虐。

干枯的“稗草”，哔哔剥剥地，在大火中扭曲着不像样子的躯体，直到化作一缕焦黑的灰烬，从玄一耳朵里钻出来。就连天歌，似乎都闻到了某种东西烧焦的煳味。

她站起身，推开窗户，眺望北斗星下，那一排排沉睡的杉树。

低沉的犬吠声，从远处灯火零落的人家那边，随夜风流荡而来。

他们彼此越发地沉默不语了。

离开屋子前，玄一提起笔，在一张淡黄色纸上，草草写下一行字。折叠好后，放在桌上，也不交给天歌，只是嘱咐她：“必须在我走出屋子三百步远的地方，才可以打开看。”

后来，看过纸条内容的天歌，将它带在去驿站的漫漫路途上了。

纸条这样写着：你对我来说，才是生命中最重要的。

喝了十一杯参茶提神的多花儿，一直守候在窗前。

她打算当场逮住私逃出去与天歌会面的帝隐，并就他彻夜未归之事狠狠惩罚他。在她眼里，帝隐仍是个放在澡盆里，等待她来照顾洗浴的小男孩。

天刚泛白之际，就有人前来向多花儿禀报：有一个可疑的卖马人，把马头蒙上，说要拿到驿站上去卖。在例行检查中，守卫用刀割破蒙着马头的黑布，发现马的前额上有一块星形印记。当认出那可能是帝隐的宝马时，还没等将马扣下，卖马人就跳上马，冲过关卡去了。

多花儿笨拙地穿上晨衣，尽管一夜未眠，她的手臂酸痛、僵

硬，但她仍保持着女王般的威严，向来者伸出那根代表绝对命令的手指：

“把卖马人给我抓回来！但决不许伤害他！”

半个时辰前，多花儿已从另一个渠道获悉了帝隐的踪迹：他从檀香的香料铺走出来以后，用一块铜板，把养马老头的那套破衣服给买了过来，然后罩在自己精美的华服上。

被祖母派出的追兵紧紧追赶的帝隐，就像狩猎场上一只被人追赶的猎物。就在困窘之际，帝隐忽然看见路的前方，有一座傲然的孤塔。

这意味着，只消一个时辰，就可以到达驿站了。帝隐心中告诉自己，要抓紧时间，在赶到第一个驿站破风堡之前，甩掉身后咬人的“猎犬”。

然而，漫天黄沙仿佛伸开了巨手，将帝隐拦截在孤塔下的矮树林里。因为帝隐的宝马，突然被乱草丛中不知名的动物给吓着了。它仰头长嘶，抬起前蹄剧烈摇晃，差点将帝隐颠下马背。

眼见后面的追兵就要包抄过来，帝隐双腿紧紧夹住马肚，迅速给惊慌中的马下达着准确、短促的命令。

“往左，左！”他使劲掉转马头。一旦受惊的马儿回过神后，便撒开四蹄，朝左边夺命狂奔。

然而，那个白色的，浑身长毛的动物，又隐约出现在前方乱草丛中。

它傲然地立在一块凸起的岩石上。

由于距离远，帝隐看不清它的具体形状，只觉得它和一只牧羊犬相仿。它一动不动，从容地立在岩石之上，拿一对阴险、狡诈的眼睛，盯着所有靠近它的东西，直到你中了它下在你心中的惊恐之气为止。

帝隐不停地抚摩着马的脖颈，希望能控制它的过激情绪。然而，马使劲挣脱的力量几乎要把他摔下去。渴望摆脱追兵的帝隐，不得不朝爱马身上最脆弱的脾脏，挥起鞭子狠狠抽去。

可是，宝马依然惊恐地嘶鸣着，在原地转圈。

怎么回事？无论哪个方向，都走不出这个怪圈？！

帝隐心中一惊。

他蓦然发现，四周的矮树林，仿佛互相传递着某种信息，每棵树都手挽着手，连成一堵墙，把他和他的马，困在这个小型的斗兽场中。

那只雪白的动物，是这里唯一的观众。

“浑蛋！”

恼怒的帝隐，当即从箭囊中拔出一支利箭，对准那个神秘东西，奋力射去。

奇怪东西消失了，树木也松开了它们挽在一起的胳膊。一条开阔的石子路，铺展在帝隐面前。

然而，失控的马儿依然在树林里兜圈，无法前行。帝隐在它充血的眼睛里，看见了疯狂和恐惧。危急中的帝隐，干脆放开缰绳，高举双臂，猛然抓住头顶上一截低垂的树枝，缩身爬上了树。被丢开的马儿，惊慌地在树林里横冲直撞。也好，帝隐想，让马儿引开身后追兵的注意，自己则步行前往汤谷城外首个驿站破风堡。他知道一条最快的路径。只要越过孤山上的月光塔，从塔的另一面下山，就可到达破风堡的东城门。

他从树上滑下来，拍都没拍身上沾满的尘土，就登上孤山，在茂密的树林里快步前行。

在月光塔，他遇见了打扫宝塔的玄一。

仿佛是一次偶然的相遇。

但对玄一来说，他心里清楚，自己等待的，并不是帝隐活着出

现的结果。

经过月光塔西墙一株红柳树下时，帝隐突然撞见了令他宝马受惊的雪白动物。他这才猛然惊醒，原来，自己一直在与一幅逼真的动物图画做斗争。

这是一扇洁白的丝质屏风，水墨线条勾勒的白狐，立于画面之上。画面的正中央，有一个被利器撕破的大窟窿。

帝隐转到屏风背后，果然，地上留着自己射出的那支利箭。

让他颇感惊讶的是，在塔外的空地上，他遇见了正在擦洗器物的玄一。

“这是你画的吗？”帝隐指着屏风，向玄一问道。

“没错，是我小时候胡乱涂鸦画上的。”

玄一用袖口擦了一下额上的汗珠，谦和有礼地回答道：“记得有一次，天歌和她母亲留在寺中过夜。天歌突然从噩梦中惊醒，指着窗外说，有一只白色大狗，正趴在外边。我就根据她的描述，作了这幅画。”

被一连串复杂事情搅得迷迷糊糊的帝隐，顺便将刚才遭遇的离奇经历，告诉了玄一。尽管他的心里还在恨玄一，恨他与天歌偷偷约会，可是他又忘不了玄一的友谊。在那个群山被绿色打湿的季节，他曾陪伴着玄一，在偌大的寺庙里静静听雨。那时，他竟产生了一种奇异的感觉，觉得自己像玄一的哥哥，他们有种手足相亲的默契。

关于自己所画的动物，能从画面上走出来，玄一听得太多了。拥有这种特异能力，他并不感到惊奇，倒是那只狐狸的魅影，没将帝隐逼上坠马绝境，让他大感意外。

当他若无其事问起天歌的近况时，帝隐极不情愿地支吾了几句，就急着要离开。玄一拦住他，说：“你等一会儿再走，我有一样东西要拿给你。”

不消片刻，他从塔内拿出了一件覆盖着白色丝绸的东西。

“你看看，这是什么？”

如同揭开谜底，玄一慢慢掀开丝绸的一角。

他亮出了温柔的刀子——一张完好无损的焦尾琴，几乎以崭新的姿态，呈现在无比惊讶的帝隐面前。

“这不可能！这……这，怎么跟我那把琴一模一样？！”帝隐张开的嘴，拱成一个大大的圆形。

在帝隐眼里，平时总是假装冷静，故作高深的玄一，此刻仿佛变成了另外一个人。他像一个年轻战士，在异乡的夕阳下，因思念故乡心爱的姑娘，而使双眸如流水般温柔明澈。

“这是天歌拜托我修的。”

玄一没有告诉帝隐背后的故事——那是因为天歌的眼泪，促使他这样做的。

泪，像春天潇潇的雨水，将天歌百合花瓣的脸颊打得透湿，也将玄一一颗拒绝的心软化了。天歌伏下头，用手掌捂着整张脸，断线的泪珠，就像一颗颗水晶制成的子弹，打进玄一的胸膛。他被迫将此事应承下来。

“弹一首曲子试试，看看音色是否如一？”

与帝隐席地而坐的玄一，将修复后的焦尾琴推到帝隐面前，然后，他给自己和帝隐各斟了一杯茶。茶味似乎太重、太苦涩，举起茶杯的玄一，微微皱起了眉头。

面对手执茶杯的帝隐，玄一突然喷出口中的茶水，咳嗽不止。

“呛嗓子了？”帝隐关切地询问道。

玄一的目光，紧张地盯着，帝隐举至唇边的茶杯。

“喝下去吧——恶魔已吞掉了我的心脏，嫉妒指使我在茶水里下了毒。只要你把它喝下去，就结束了我们之间永远不公正的命运

竞争。”

兴奋的帝隐，一时忘了品尝茶水。他放下茶杯，轻抚琴弦，优美的音律如一条光滑绸带，从琴身里逶迤而出。

“真神了！”惊叹不已的帝隐，只顾尽兴地弹奏。琴声一扫心中的阴霾，他甚至不再计较玄一与天歌的约会。此刻，帝隐心中涌动着强烈的兄弟情谊，他认为朋友之谊可比作柴与火。柴为火牺牲，火为柴的生命而雀跃，当火燃尽时，柴也灰飞烟灭。

帝隐当即单膝跪地，声称愿与玄一做一生一世结拜兄弟。

“你看那边……”并没有受帝隐激动情绪影响的玄一，漠然地凝视着孤山下，一队从远方而来的异国商旅。

“听见驼铃声了吗？不知为什么，每次听见这叮叮当当的声音，我就仿佛掉进了一个重复做的梦里。”

在记忆中，那是一连串细碎、忧伤的声音……可是，玄一最后还是悄悄咽下了向帝隐诉说童年梦境的欲望。

远方传来的驼铃声，也唤醒了帝隐的记忆。

他仿佛看见了，那只挂在自己床头上的铜铃铛。从儿时起，那叮咚的铃声，就是引领他入睡的催眠曲。当他哭闹的时候，祖母多花儿总会一边摇晃着铃铛，一边给他讲一些久远的故事，并将铃铛上的铜环，套在他的脚踝处，念念有词道：“孙儿乖，孙儿不怕，你有正义的太阳神保护，妖魔鬼怪都会被你一脚踢开。”

听见玄一对驼铃声的感慨后，帝隐本想告诉玄一，他的记忆中，也有童年的铃铛声。然而，这一句话，还是被帝隐放弃在嘴边了。不知为什么，他的心中胀满了莫名的忧伤。

帝隐缓缓举起了茶杯……

对于身披袈裟的人来说，当玄一给天歌写下那纸惊世骇俗的承诺时，也就意味着玄一开始向帝隐挑战了。

对于这种变化，须云和尚竟没察觉到。

一个星期前的某天夜里，他路过绘有鲤鱼戏水的屏风前，某种玄妙的感觉突然涌至心上。他定睛于屏风，竟看到月光“滴答、滴答”地，在鲤鱼和浮萍间悄悄流淌……

“惭愧啊，这孩子画的画，竟比我的要好很多。”

他把弯下去的腰，艰难地从屏风前伸直，沉沉地叹了一口气。

他赞叹的并不是画中单纯的技法，而是玄一运用在绘画中的卓然法力。玄一竟能将心中勃发的情感化于笔尖，给画中的人或物以呼之欲出的生命能量。也许，这就是当年他画的鲤鱼能从画上蹦下的法力吧。

然而，能达到这种境界，不仅需要天赋的才华，还需要外力的推动。

这股外力来自哪里呢？

想到这个问题时，须云和尚的耳边，竟响起一串铃铛声——那是多年前，一个宁静的雪夜，他听到的渐行渐近的铜铃声。铃声伴随着雪地上那串清晰的脚印，将一对饥饿的孩子，悄悄放在撒满松针碎屑的寺庙柴门旁。

那双将孩子送来的神秘之手，曾让老和尚充满疑虑。

可令老和尚怎么也想不到的是，自野狼偷袭龙池寺后，这双手竟拎着一个布口袋，突然出现在集市上。好奇的玄一，从他那儿买下了布口袋，据说，里面装满了各种各样的奇幻梦境。

躲开师傅的目光，玄一把自己藏在房间里，尽情享受他人梦境中的刺激。

在后来的决斗中，须云和尚曾恳求萨满回答他一个问题。这个问题始终萦绕在他的心头，每每半夜醒来，对着月影摇曳的窗外，他还会凝神思忖许久。

“为何将孩子送给我抚养？”

“有个非凡的女人，在我流浪大漠的时候救了我。把孩子送到她希望交托的人那里，也算我报答她了。”

“那个女人，难道就是他们两兄弟的母亲？”

原本打算隐瞒真相的萨满，最后还是屈服于那位神秘教主——帝隐和玄一的母亲事先在话语中施下的“念力”。

“请把这对双胞胎带到汤谷，送给一位名叫须云的大侠……”

每当萨满摇响那只大铃铛，就隐约听见这个女人的声音，从遥远、空灵的时空穿越而来，令人心境忽然虔诚起来。正因为如此，当须云和尚提出自己的疑问时，萨满才不得不替她传达被时间搁置了数年的感激之情。

对须云和尚来说，他是否认识两兄弟的母亲并不重要，令他气恼的是，玄一竟背弃了他传授的信仰，而听信萨满出售的那些装满人心各种癫狂欲念的梦境！

“你究竟为什么要这样做？”

“为什么？你是问我为什么要这么做，对吗？”萨满邪恶地笑了起来，“我做事的目的，难道你不知道？”

他一笑，天光当即黯淡下来，一股萎靡的花香，在流动的空气中弥漫……自从操纵野狼试探须云失败以来，萨满就发觉玄一是他最大的障碍。只有把玄一从须云身旁分离出去，他才有机会下手。

这个如意算盘，萨满怎能轻易透露给自己的敌人？

耀目的光线炙烤着赭红色沙崖，在天歌眼里，这层层叠叠、绵延开去的沙丘，如同荒寂的坟墓。

“回不去了，我回不去了……”天歌惊恐地目睹了美丽的汤谷，在她眼前仅一瞬间，就被沙漠掀起的风暴扫荡得无影无踪。

她骇异的呢喃声，犹如磅礴的泪水，“滴答、滴答”地落进干燥的沙砾里。

空荡荡的天底下，干干净净的大地上，天歌独自枯坐着。

她无法说服自己相信，她生活了十七年的绿洲汤谷，还有那些令她爱恨纠缠的人，怎么可以突然间消失得不见踪影？

“消失是一种幻象，就像汤谷的存在是奇迹一样。”心中有一个声音，对久坐不起的天歌劝说道，“那不是真的。那是海市蜃楼的骗人把戏！别去管它吧。”

拂去沾着眼泪的沙子，天歌从地上坚决地站起身来。她知道，只要自己继续坐在太阳底下，不用多久，就会变成一块烤肉架上的肉饼。就连秃鹫，都不会在这个酷热的时候来给她进行“天葬”。

踩着自己脚下一小圈阴影，天歌上路了。

尽管出门前，天歌下定决心要离开那些她说不清是爱还是憎的人，可是，当汤谷真的在她面前消逝时，她心中涌起的却是无限的伤感。如果现在让她选择，她宁可钻进人们用谣言设置的圈套，去做一只因激烈反抗而遍体鳞伤的小兽，也不愿独自面对茫茫荒漠。

幸好，她怀里揣着玄一写给她的小纸条。

玄一留给她的话，像一股清泉湿润了天歌焦灼的心。比起帝隐和母亲做出的过分举止，玄一意外的表白，使天歌迷惘的心变得开朗起来，就像梅雨过后又见艳阳一样。

然而，大漠上的骄阳却令她焦渴难忍。

就在她双眼寻找水源之时，一壶清水和一个俊美少年，蓦地出现在她的眼前。有一瞬间，她怀疑自己是否又一次掉进了海市蜃楼狡猾的陷阱。

“快喝口水吧。要不然，会在沙漠里晕倒的。”

少年友好地递给天歌一壶清水。在他娇嫩的面容上，丝毫没有被骄阳灼过的痕迹。那双似乎被橄榄油擦得崭新发亮的大眼睛，几乎不像人间所有。

天歌正疑惑地举起水壶，仰头要喝时，却又突然停住了。

他为什么给我水喝？他是从哪里冒出来的？还有，他的眼睛里怎么闪烁着动物一样奇怪的光芒？会不会是我焦渴后产生的错觉？

“谢谢，我刚到河里喝过啦。”

怀疑使天歌断然退还了对方的水壶。

少年瞄了一眼快要断流的河床，并从天歌干裂的嘴唇上发现她是在撒谎。但少年并没流露出居心叵测的威胁态度，只是谦和有礼地向天歌询问一件遗失之物。

“请问，你是否看见一只口袋？大概有这么大……”他用手在空中比画了一下，“那是我不小心弄丢的。如果你看见的话，请告诉我。”

“那个东西，难道真的是你的吗？”

天歌把“真的”两个字的声调提得很高，并带着一种不可思议的反诘语气。

就在两个时辰前，天歌确实捡到了一只口袋。

那会儿，在一棵枯死的胡杨树下，天歌发现了一只牛皮缝制的口袋。油污的表面，涂抹着让人看不懂的符号，袋口紧扎，囊中瘪瘪。

起初，天歌还用眼睛四处寻找失主，然而，四周空无一人。后来，天歌上路了，每遇骑骆驼的商人或放牧的老头，她都会上前询问对方是否丢失了一只口袋。

然而，听了他们叙述袋子里装的东西之后，天歌就知道，他们并不是失主。

他们所回答的，都是一些金银珠玉之类的财宝，而她在袋中发现的，却是一些令人匪夷所思之物：女人指甲，乌鸦羽毛，野狼牙齿，响尾蛇皮肤，雄性狒狒的毛发……

“那只口袋是我遗失的，你是不是藏起来了？”

见天歌想就此离去，堵在她面前的俊美少年，语气开始变得凶狠起来。他眼睛里的光彩，已从漆黑油亮变成鬼祟的紫蓝色。

“没有……我……我没有藏起你的口袋。我……没有看见什么口袋啊……”

天歌支支吾吾地说着。

“假如你将口袋藏起来的话，厄运就会像魔鬼一样跟着你，直到……”

少年在说话过程中，声音逐渐低沉、沙哑下去，样貌也开始发生意想不到的巨变，如同岁月的车轮，正碾过他光滑的皮肤。

“三天后，你将死于非命！”

他继续以威胁的语言逼迫天歌。也就在同一时刻，他高挑的男性身材，骤然间缩成佝偻的老太婆！

她以野蛮的目光，扫视着天歌背上的行囊。

“交出来，撒谎的女孩！我的口袋就在你的背囊里！”说完，老太婆像一只面目可憎的蟾蜍，跳将起来扑向天歌，要抢夺她背后的行囊。

天歌大叫一声将她推开。当她的手掌触碰到对方的身体时，像被蝎子蜇了般迅速缩回手，她的身体竟像寒冬河床里冰凉的石头。这个念头，仅在天歌脑海中停留了半秒。

接着，天歌摔进了凹陷下去的深深河道。

“不出三天，你就会死掉！被你爱的那个男人亲手杀死！我的预言一定会灵验的。你这个撒谎的女孩！”

直到诅咒了一番的巫婆离去后，天歌才从泥浆里爬起来，用那双被污泥弄脏的手打开行囊，里面除了随身携带的衣物外，还有一只形状怪异、瘪下去的牛皮口袋。

天歌嘴角露出一丝捉摸不定的笑意。

她刚刚在袋子里下过咒。

咒的内容有关帝隐。

就像檀香每每在客人临走时会送上一句话，有时会是零碎的字词片断，有时又像奇妙的谶语。一夕之间，天歌也会使用这种咒语了。

她的咒语是用歌声表达的——荒漠上连绵的沙丘，回荡着她低缓、清长，而又神秘的歌声。

一进驿站的东城门，天歌就愈发担心巫婆下的诅咒了。

当初在胡杨树下捡到口袋的情景，她已模模糊糊记不清了。而最使她弄不明白的是，究竟是自己受到袋子的引诱，还是那只会思考的口袋，本来就蓄意坐在树下，阴谋地等待送上门来的猎物。

总之，口袋仿佛自己长了腿，要跟她一路行走似的。天歌每次将袋子丢弃在路边，不想再要它时，往往会在走出几步远后，突然又返回来，将袋子从地上捡起，重新放进行囊中，就好像受到魔力诱惑一样。

这种反反复复、无比奇怪的举动，以及先前令人羞愧的撒谎，都使天歌感到恐惧。

“你心中有鬼。”在一间热闹的赌场外，向围观众人收购梦境的萨满，一语指出天歌行为中的破绽。

在破风堡驿站上，遇到采集梦境的萨满，天歌并不感到意外。

每个月圆之夜，就是萨满给天歌上课的时间。地点或赤水河畔，或星光下的草场。虽然他们见面的地点一直不停地变换，但不知去哪里旅行了一趟的萨满，那天会准时出现在汤谷，就像雨后的野蘑菇，毫无声息地破土而出。

此时，他正坐在赌场外的台阶上，头上扣着一顶宽边黑帽，帽檐遮住了他的双眼，使人看不见他眼神里的寂寞。

“一块银币，买一个梦境！但是，要看梦的质量而定。”

面对被好奇心驱使而来的人们，萨满严肃而认真地吆喝道。在他身边，放着大大小小的布兜，里面装着他购买来的各种梦境。

她亲眼目睹一个肥硕的酒贩子，立在萨满面前，像一只吐长舌头的蜥蜴，对准萨满打开的袋口，向里面喷吐低俗的滥情故事。

酒贩子唾沫横飞地讲完后，面无表情的萨满，在人群滚动的笑声中，将袋口扎紧，袋子竟立刻膨胀起来，似乎有个活物在里面转动。他将袋子压在脚边，然后从上衣兜里掏出一块闪亮的银币，递给惊讶的酒贩子。

担心这是萨满用法术变出来的钱币，酒贩子不放心，把银子放到牙齿下，狠狠咬了一口。直到证实这是货真价实的钱币后，他才发出狂喜的雀跃声。

人们惊羡的呼声，此时如浪潮一般，从圈子最里层，一直滚到人群外那头跪在地上，无动于衷地咀嚼大漠闲散时光的骆驼耳朵里。

至此，再也没有人纠缠萨满，询问他购买梦境的意图。

总是一副冷漠神情的萨满，依然不动声色地继续着他莫名其妙的工作。当观众的情绪，被他制造出的气氛推到高潮时，天歌克制不住好奇心，也想上前碰碰运气。她打算将路上碰见巫婆的遭遇，当作一个梦境卖给萨满。就在天歌刚要张口诉说时，他已丢出天歌最想知道的结果。

“你想说什么我都知道。巫婆的咒语未必灵验，但你吐进口袋中的怨气，却能造成极大的杀伤力。”

他停顿了片刻，低下头看了一眼搁在脚边的口袋，袋子里似乎装着不停扭动身子的小动物。他用鞋跟往袋子上踩了一下，里面立刻安静下来。

“我恨他，因为我被伤害……”

几近绝望的天歌，嘟哝着，如一只孤雁，在萨满身旁的台阶上虚弱地坐下。落日的霞光，染红了她交叉地搁在膝盖上的双手，建筑物的阴影横过她悬直的鼻梁，一种午夜的深蓝和夕阳的金光，奇

异般地交融在天歌身上。

如此近距离地观察天歌，萨满还是第一次。从这个任性女孩身上，他发现了一种罪恶的美丽。

当萨满把收获颇丰的数个口袋抛上驼峰时，不仅天歌不想他离去，连那些还没从这件荒诞事中捞上一把的人，都执意挽留他。

“我讨厌逗留在同一个地方。”

萨满给出的理由，在天歌听来，既霸道又可爱。

“燃烧的黄昏过后，冷酷的黑夜就会侵袭这里，它会改变我的心情。然而，谁又会跟我一起，走进夜的魔爪里呢？”

恢复诡异语气的萨满，转身面向众人，露出他那妖气弥漫的微笑。他那不怀好意的玩笑，仿佛真的能使人产生天色渐暗的感觉。因此，大家也都假装忙碌，陆续地离开了，唯有天歌一人，无助地留在原地。

“带我去流浪吧……”

当萨满收拾好手边的东西准备离去时，忧伤的天歌，拽着他的衣角，不是以哀求的语气，而是带点强迫地要求萨满带她走。

显然，这是迷惘后的自我放逐。萨满没有马上回答她，而是径自牵过跪在一旁休息的秃尾巴骆驼。

“如果你知道我现在所做的一切，都是为了一个复仇使命时，你就不会以为我是为了流浪而流浪了。”这些话，萨满并没有说出来。

至于他收购梦境的动机，同样不可告人——那是为了用人世间痴狂的幻梦来迷惑玄一。很久以前，他就开始有步骤地播种仇恨了。就像期待种子发芽一样，他用满腔的热情，在玄一心田上耕种“稗草”。

为了唤起萨满的注意，天歌执着地向他倾诉自己的痛苦和无助——她诅咒了汤谷，汤谷在她眼前消失了。如今，她已无家可归。

而且，她还丢不掉那只缠人的口袋，口袋里装有她罪恶的咒语。她害怕死亡真的会降临在帝隐身上，她祈求通过流浪来惩罚自己。

“……你知道‘流浪’这个词的真实含义吗？”

当萨满说出“流浪”这个词时，他仿佛在说一个故人，一个鲜活的，足以令人怀念的故人。他好像不认识天歌似的，盯着对方那张稚气的脸庞，足足看了好一会儿的光景，然后才不屑地，甚至略带嘲讽地反问天歌。

“要想去流浪，所需要的不仅仅是勇气。你知道吗？”

“我知道。”没想到天歌竟回答得那么爽快，这让他更加肯定地认为，年轻人所特有的无畏，是多么的可笑。

“除了勇气，我还知道，一个人的流浪，是源于你所爱的、所珍视的那些人，对你的背叛。”

凝视着天歌明澈的双眸，萨满不知该说什么了。

此时，浩瀚沙漠的尽头，那火红的夕阳，仿佛在唱着庄严的落日悲歌。

当天歌说出“背叛”这个长着丑恶嘴脸的字眼时，萨满的心里泛起一股陈年的酸楚。他不禁愁苦地皱起了眉头。

随着骆驼行走时的摇摆，那枚系在骆驼胸前的大号铜铃，发出了叮叮当当的声响——这是萨满从上衣兜里掏出来，挂在上面的。

十多年前的一个雪夜，须云和尚在僧舍柴门外捡到两个被弃男婴，当时，须云和尚就在一个专门的本子上，记下了他们各自的身体特征，以及他们脚踝处，均套着一个蛇形花纹的铜铃铛。

这一对铃铛，是把这两个奇特小生命带到人世来的母亲，亲手制作的“念力铃铛”。后来，她将两个哭闹的儿子托付给了萨满，并告诉他：只要一摇响这只大铜铃，同样的铃声，就会从世界任何一端，与它遥相呼应，分离的孩子，就能在铃声指引下再次重逢。

此时此刻，在不同的两个地方，果真有两个人，同时感受到了大铃铛的召唤。

骑在马背上奔驰的帝隐，蓦然回首——

是谁？谁在呼唤我？他猛地勒住马头，抬头仰望天边。燃烧的夕阳下，红尘飞扬，那熟悉得令人心疼的铜铃声，是那样坚定地在他心中回响……

玄一目送帝隐离去后，返回月光塔内，继续打扫布满灰尘的佛像、法器。一阵神秘的铃声，如破晓前金鸡啼鸣，横穿过他静如止水的心境。猛然间，他看见自己心的涟漪，被这清脆而忧伤的旋律，惊扰得起起伏伏……

就在刚才，一支异国商队从孤山下经过，那亲切的驼铃声，唤起了他迷惘的温情。那一刻，他情不自禁转过头去——他看见席地而坐的帝隐，端起了那只罪恶的茶杯。

他突然抬起手，甩出长长的袖筒，泼洒了帝隐杯中的茶水。

帝隐的惊讶，随着砸在琴身上的茶杯，一同碎裂了。琴面上猛然跳出的震颤音，在空中划出一条弧线，线的两端，分别注入到玄一和帝隐的心中。

一阵彻骨的寒气，从孤山四面的荒坡上涌来，他们的肩头，不由自主地同时颤抖了一下。他们谁也没有看谁，双方将目光，投到截然相反的两个方向。

长空寥廓。

稀薄的云，形如飞鸟。

·

据沙漠上的牧民回忆，当年，他们总能在归家的路上，碰见一个漫无目的行走的孤魂。他在落日血红的潮水中哭泣——因为他找不到一个可以安置灵魂的地方。这就是当年的幻觉，离开汤谷，初来大漠时的景象。

一路上，他不是靠星空作为指南，而是凭借散落在路上，白晃晃的动物或人的尸骨，作为继续前行的标记。

每当遇见暴晒在烈日下的尸骨，他总会停留片刻，仿佛过不了多久，他也会成为其中的一员。后来，天边出现了海市蜃楼——那儿，碧水云天，草木苍郁，景色如同美丽的汤谷。

即使他知道那是虚幻的美景，又有什么关系呢？

美，使他忘却了痛苦，或者说，相信美的奇迹，最终拯救了他。

他朝着天边的美走去，不知不觉深入到迷宫一样荒芜的大漠腹地。最后，他因脱水昏迷过去。

死神似乎并不急着接纳这个流浪的孤魂——三个彪形大汉救出了他，并带他进入一个神秘的地方。

在这个陌生地方的沙崖上，布满了一个个非自然力量刨出来的洞穴。在其中一个洞穴里，他看见了娇小的女教主——“神的继承人”。

阳光斜射进来，温柔地停在她身上。她端坐在一块色彩斑斓的地毯上，怀里抱着一对出生不久的婴儿。

起初，幻觉以为她抱着的是两个玩具娃娃，直到她给婴儿换尿布时，他才惊讶地承认，自己并不是在做梦——这个嘴角上挂着神秘笑容的美丽少女，的确是真实的人，而不是一尊神。

之前救了他，或者说绑架了他的三个彪悍男子，在室内狭窄、低矮的空间里，弓身向少女致敬。他们的态度庄严，饱含着无比的敬畏。

在他们的教主生下孩子，破坏信仰之前，这个沙崖上的洞穴，常会吸引前来朝拜的信徒。

一只黑绒毛大蜘蛛，正从幻觉的手背上，大摇大摆地顺着袖口挺进。他在考虑是否该抓住这只可恶的东西，或许它有毒？

仿佛能读懂人心，年轻教主立刻制止了他：“那是喜蛛啊！它会给你带来好运。”她说话时双眸时而墨蓝时而黝黑，成熟冷静的嗓音，透露出了她的真实年龄。

当幻觉把蜘蛛看作是好兆头后不久，这个神秘的女教主，就把两个婴儿托付给了他。她的理由近乎强迫：“我派出去的人救了你，因此你不能拒绝一个恩人临死前的遗愿。”

即将要被信徒烧死的女教主，还透露给幻觉——这个初来此地的陌生人——许多不为他所知的事情。

后来，她给自己的故事做了这样的结尾：“我想要一个孩子，尝试一下做母亲的快乐；我也想感受爱情的刻骨铭心。因此，我亵渎了必须永远保持的‘神性品质’，也因此，我马上会被我的信徒烧死。”

“他们为什么要这样做？这些男人，难道不是来保护你的吗？！”激愤的幻觉，向围绕在她周围的三个彪形大汉示意。

“他们几个，正是今晚送我去死亡之路的马车夫。”

“……”

幻觉默然不语。

黑色大蜘蛛已沿着他的胸口，慢慢爬到露在外的脚趾头上。蜘蛛即将离去时，却狠狠在他的脚趾头上咬了一口，麻酥酥的痛感，瞬间传遍全身每条神经。

幻觉的头开始昏眩起来……

“我想带你离开这里！”

不知是黑蜘蛛的致幻作用，还是幻觉的个性使然，他居然悄悄向教主提出了这个狂妄的建议。然而，提议却遭到教主冷酷回绝，幻觉被莫名其妙地关进一个漆黑的洞窟里。

“浪漫的逃亡，不适合死亡的大漠。”

为了阻止幻觉的疯狂，更是为了抑制自己内心的骚动，年轻的女教主，亲手为幻觉关上了洞窟门。

当幻觉抗议为什么要将他关起来时，对方嘴角浮出一丝悲凉的嘲讽：“只有死亡，才能恢复我失去的神性。这是我的信徒们的愿望，也是我身为‘神的继承人’的宿命。”

仍处在迷惘中的幻觉，突然被一种铺天盖地的黑暗吞没。关门时的震动，使细微的沙粒簌簌落下，让他产生了一种被活埋的恐惧。失控，竟使幻觉大喊大叫起来。

“安静点吧，我的恩人啊——”

一个温柔的声音，像一只穿透墙壁的手，伸进黑暗里来，亲切地抚摸着幻觉因恐惧而收紧的肩头。他听出这是教主从门外传进来的声音。

“为了防止在你的引诱下，我真的会产生跟你一起离开的罪恶想法，我才这样对待你。因为命运女神的旨意是不能违背的。请你委屈地呆在这里等到天亮吧，那时，你就会知道我给你留下了什么。”

对方的声音停了下来，幻觉也安静了，就像须云把他从大火中救出，他依恋且信任对方一样。毕竟，他们一同跨过脚下横流的鲜血——一条善与恶交汇的河流，并成为那场惊人事件中，仅有的幸存者与见证人。

美丽的东西总是令人忧伤的。

幻觉甚至能想象出一幅感伤画面——年轻的女教主，正把一张哭泣的脸，贴在粗粝的门框上。她的神情是那样优雅、哀伤。

在锁链一阵悲鸣声中，门被打开了。

寒冷的夜气如一群急切的小鬼，“呼啦啦”从外面涌进来，幻觉被这突然而至的清冷空气激醒。

走出洞窟，来到稀疏的星光下，一个雪白胡须的放牧老人，正在门口等他。他手里牵着一头毛色纯净的山羊，山羊粉红下垂的肚皮上，正鼓胀着丰满乳汁。

“她让我将这些遗物，都交给她的恩人。”

老人用下巴示意山羊背上的两只木筐，并将一本古老的秘籍递给他。

此时，幻觉才发现，山羊背上旁的木筐里，正安睡着两个猫儿般大小的婴儿。

年轻教主给她恩人的回报，是一本古老的秘籍。秘籍记载着已经消失的神秘巫术——“隐藏人心之术”。

即使不靠檀香的红石头卜示，幻觉也能看见自己的命运——年轻母亲将这两个孩子托付给他，并指示他护送这两颗耀眼的行星，前往神秘的绿洲汤谷。

重新踏进毁灭他一切的过去，那一刻，他流下了悲哀的泪水。

也就是从那时开始，他的名字和身份，就从幻觉和尚彻底改变成黑狼神的奴仆——“萨满”了。

“我叫萨满。”每逢有人问起，他就做出同一个回答。

“这不是名字，萨满只是巫师的统称。”别人并没有理解他的意思，还是继续纠缠。

“那又有什么关系呢？”他学会了微笑，“一颗最黑的豆子旁边，放着一颗饱满的黄豆，你不会不承认它们都属于豆类吧。”笑容仿如裹在乌云里的阳光，惨淡挣扎着要出来。

他的笑令人匪夷所思。

受户外清凉空气的刺激，萨满的思维变得清晰起来，他忍不住询问凄美故事的最后结局。

“她在哪儿？”

放牧老人默默不语，只是茫然地抬头，望了一眼寂寥的星空。一剪金黄的弯月下，一颗流星恰好划过，仿佛那是天空遗下的泪珠。

幽蓝苍穹下，两个微小、昏暗的人影，从大漠深处启程了——为了这一对新生儿，他们开始了穿越沙漠，抵达神秘绿洲汤谷的漫长之旅。

在夜晚骤降的寒冷中，他们围着篝火而坐，老人向他讲述了有关“神的继承人”的故事。

“我们从五岁的小女孩中，选出个性最勇敢、身体最具潜能的作为神的继承人。这是我们独特的信仰。要知道，一旦这个少女对任何男子产生爱情，或与凡人生下孩子，她神性的光辉就会消失，我们便不再崇拜和供养她了。”

萨满抬起沉思的双眼，忍不住插嘴问道：

“你的意思是……就这样放弃了这个被赋予使命的少女？”

“你所说的放弃，指的是什么？”

“自由。你们会让她从高高的神坛上，回到普通人中来吗？”

“自由？哦，不！我说的是死亡。这也是信仰需要遵守的一部分……”

就在两人谈话间，一种难以穿透的寂静，悄无声息地扩散开来，一直延伸到远方月亮下的沙丘上。那里，一条夜行的响尾蛇，恰好遇见一只战斗姿态的毒蝎子。

金色的上弦月飘浮在深蓝如海的夜空里，稀疏星光下，一对新生儿正安静地熟睡在大木筐中。这对孪生子，后来，须云和尚替他们取名为：玄一、帝隐。

须云和尚曾在浩瀚的书海里查阅古老文献，试图破译孩子脚踝上蛇形花纹铃铛的含意。

“神的继承人”一词，是他在被时光磨破的一本羊皮书中查到

的。它由一种类似五线谱的字撰写而成，虽然他读不懂这种特殊的文字，或者说已经消失的文字，但在某些段落下方，却有前几任住持阅读时，用朱笔画下的痕迹，还附有一些简短的注释。

通过这些有限的提示，他试着将这些段落拼凑成一首歌词，并将幻觉在“召唤青春”仪式上唱的梵音旋律谱进歌曲。他为此进行了近十年的研究。

有一次，在与多花儿的会面中，他得知帝隐正跟一个神秘的导师学琴艺，就故意打趣说要试试帝隐的弹奏水平。帝隐来到了龙池寺，须云和尚将这首蕴含两兄弟身世之谜的曲子，交给了毫不知情的帝隐弹奏。

一曲终了，余音绕梁……然而，经过长久的沉默后，帝隐忍不住还是问了出来：“须云大师，这首曲子是什么意思？”

“如果你不懂，就说明还不到你该懂的时候。一切顺其自然吧，总有一天，你能懂的……”

院落中一株老梨树，忽然被一阵急风带走了一树繁花。花瓣如春雪般簌簌落下，残香扑鼻。

须云和尚来到院中，站在老梨树下思量——既然花的宿命一定是凋零，那人的命运呢？

就在几天前，须云和尚被一首童谣的隐语，开启了苦苦寻找宝藏答案的机关。那一刻，他简直要为破译了宝藏的玄机而欢呼雀跃了。

当时，渔家的孩子们，在河边一边戏耍，一边唱着童谣：

水已远走他乡
只有沙漠留下
是谁？
用动人歌声

将清泉留下？

童谣像一个谜语。

他回想起多年前，五月的一天，粉红色天空下起了磅礴大雨，檀香在龙池寺诞下一个女婴。

孩子的啼哭，如一声惊雷，惊醒一泓沉默的池水，霎时，硕大的粉色荷花，在他坐禅的冥想中，砰然开放。他来到廊檐下，情不自禁地仰天长问：是谁？

回答他的，唯有眼前铺天盖地的风雨，以及耳边传来的嘹亮啼声。

如今，某种无法言说的玄妙，触动了须云和尚的心。

他疾步上前，拉过一个唱歌的小女孩，悄悄附在孩子耳边，告诉她这首歌谣的谜底。

听完结果，小女孩忽然拍掌，笑了起来。

谜底是什么？

风儿没有透露他们悄悄话里的消息。

山峦上飘移的白云，把须云和尚的视线从欢闹的孩子身上，牵扯到高远的群山之巅。那儿，一线清流，恰好从两山夹缝间穿过。仿如一条明朗线索，令他终于解开了困扰多年的一个秘密。

他的心，在那一刻释然了，如同桥下哗哗的流水，一泻千里。

为了重建寺庙大殿，他四处奔波筹款。重建大殿的宏愿，最终救赎了他有罪的灵魂。那一年秋天，他从突儿国请回一尊镇殿玉佛，途中，他如释重负地把一块巨石扔下山崖，也将自己内心欲望的毒瘤，彻底地连根拔起。

年轻时，须云和尚曾把时光和精力，花在妻子不齿的事情上。对于丈夫干下的荒唐事，即使在冥府，她也透过女儿檀香的梦，表达出自己的揶揄和不满："传说中那个宝藏，究竟是什么鬼玩意

儿，竟将他迷得团团转！”

然而，如今的须云和尚，已不是她所了解的那个人了。浩如烟海的经书，日夜静心的禅修，已让他觉悟到一个很高的境界。

一路上，怀着罕见兴奋之情的须云和尚，一边走一边猜想着。不知不觉间，身影没入归途的隐隐群山中……童谣声声，伴随着他归途轻快的脚步。他几乎可以完全认同亡妻对幻觉的精辟评价——“他的确是个单纯的，怀抱理想热忱的人啊……”

可是，一想到谜底呈现的宝藏本相，须云和尚就忍不住为幻觉越走越远的“理想”担忧。

悟出宝藏真谛的须云和尚，完全有理由相信，当年，幻觉为“召唤青春”祈福术唱出的“侯人猗”歌声，是世间最美妙动听的天籁之音。那令无数苍生如饮青春之泉，享受无尽幸福和青春美丽的声音，才是人间至宝啊！

可是，那水润质感的歌喉还在吗？是否像干旱苍凉的大漠里，无数个如今已不复存在的绿洲，消失在沙砾震荡的干燥热风中？

洞悉了一切后的悲悯情怀，反而让须云和尚难以释怀了。这一切，足以令人掉入岁月的伤逝中……

一则寓言这样流传着：一个人，扛着铁锄，满天下找寻宝藏。有关宝藏的传说，传到哪儿，他就挥舞着铁锄，挖掘到哪儿。在他盲目坚信的努力中，狠心的岁月，渐渐扯掉了他发白的头发，拔下了他松动的牙齿，摇散了他全身的骨架，最后，把迈不动脚步的他，无情推倒在地。

临死前，几乎是爬回家的他，听到泥水匠的儿子说，在他屋里那张大床底下藏有惊人财宝。宝藏原来就在自己家里啊！然而，他还来不及高兴，就被后悔的心绪要了命。

隐隐中，声声童谣再次于耳畔响起，也将须云和尚一步步推向感伤的深渊。

9. 为了十五个银币

夕阳停在远方地平线上时，头顶的天空开始垂下灰色的帷幕。

高大的骆驼旁，一前一后，缓步走着两个人。

在愈来愈浓的暮色中，萨满变得神思忧伤起来，可天歌依然在不停地发问。

“那么……诅咒，还会继续灵验吗？”

“如果汤谷不会消失，如果帝隐不会因我的诅咒而死，我宁愿用生命做交换……”

一股风，将天歌喃喃自语的声音，带到萨满沉重的后背，然后越过他僵硬的脊梁，送进他柔软的耳朵里。

使用“柔软的”这个词来称呼他耳朵的人，除了说话敢得罪他的檀香外，没有别人。他们俩只要呆在一起，贪玩的檀香，就会在他睡醒前，悄悄伏在他身上，往他特别怕痒的耳朵里吹气。即刻，萨满便从深山幽壑般凄寂的梦里爬出来，做出很生气的样子，故意向檀香发脾气，然后一走了之。

有时相隔数天，有时数个月，他才来看她。

檀香对他从不生气，也没有过多要求。每次只要看见对方，为弄痒耳朵居然急红了脸，她就会发出“哈哈”大笑，从而对他流露出更加深切的迷恋——他竟然拥有孩子气性格！

又一股风，送来了天歌清婉的声音，极似檀香笑语中，偶尔出现的悲戚温柔。

他一边走着，一边抚摸着骆驼颈上旋起的毛，耳朵感受着这酥软的温情——一种让他很不习惯的东西。

对这种悄悄爬上心头来的温润情感，他已忘却了多年。在他不是幻觉和尚后，就再也没有出现过。

跟随在他身后的天歌，渐渐以她的执着，卸下了萨满冷酷的盔甲。他不禁想起自己生命中的两个女人。

虽然天歌惊人的美貌里，找不到檀香沧桑的经历，但她决绝的性格，却有着多花儿一样的残酷——那是既折磨人，又吸引人的东西。然而，天歌这种青春的冲动，却是这两个精彩女人永远没有的，那是像水一样易逝的青春年华……

他一边想，一边回忆起很久前的一件往事。

在龙池寺，他亲手栽种的药草园里，一种似花非花的“植物”，在一个清寒的早晨惊动了他。放眼望去，满园花草，都被这种雪花儿般的洁白东西覆盖了。

可是，当阳光洒在铺满晨钟的小径上时，那晶莹闪亮的情景，却消失得无影无踪。来到园中寻找“花儿”的幻觉万分感伤。或许，这霜花，就是人生中稍纵即逝的青春年少吧。

当时，他身上还裹着那件略显肥大的须云和尚的披风。

如今，一想起年少时的自己，居然莫名地喜欢穿须云和尚的衣服，萨满就会赌咒似的说上一句：“我是被他那件看似温暖、干净的披风给骗了，被可憎的人生给骗了！”

萨满之所以要培养天歌唱出“侯人猗”歌声，是因为他沙哑破损的嗓音，再也唱不出美妙的“侯人猗”了。

开启宝藏需要“侯人猗”歌声，而这一切唯有天歌能做到。可是，为什么效果一直不好？

也许是天歌年轻的心灵，感受不到山崩地裂般爱的绝望？

“一个人需要感受痛苦，才能唱出心灵的绝唱。”

萨满很想将这种感受传导给天歌，最终，却因双唇倦怠而沉默不语。他不习惯在苍茫的异乡暮色里，对眼前的少女说教。

“人的私心和博爱，就像缠绕在一起生长的断肠草和金银花。它们的花期相同，细长的花蕾和黛绿的颜色也都相近。”

檀香的母亲生前行医时，总是这样叮嘱檀香。这也是她最先教给檀香辨认的两株药草。她曾误把断肠草当作清热解毒的金银花，而导致病人中毒身亡。

那是一个年幼的孩子，和当时的檀香一般大。

从此，她就被一条肉眼看不见的藤蔓死死勒住了脖子。直到她死后，这条结实的藤蔓，依然清晰可见地套在她灵魂的脖子上。因疏忽烙下的悔恨印记，不会随时光消失而淡忘。

在萨满看来，天歌罪恶的美丽，同时是毒草和解药。

她迟早会让兄弟俩相互残杀的……默默沉吟中，萨满萌生了一个从未有过的念头——假若她爱的两个男孩一同死去，“俟人猗”歌声，会否在她绝望的痛苦中产生？

这个念头鼓舞了他。

萨满终于开口说话了：

“你在路上遇见的那个巫婆，给了口袋自己选择主人的权利——那是一只能被人心中邪念吸引的口袋，它会一直跟随你，直到你忍不住将可怕的秘密吐进去为止。然后，它就像吃饱的肚子，迅速地膨胀起来，帮助你实施疯狂的想法。”

“这么说，那只口袋是活的？”天歌的脑海中，忽然重现萨满购买梦境时的情景。她惊讶地定在原地，挪不动脚步。

“如果你下的是死咒，咒语必须完成自己的任务，才能彻底消失。”萨满边走边说，并没有看惊骇万分的天歌。

“你是说，帝隐依然会……会……”凄怆的寒风，从背后席卷而来，冲散了最后一个触目惊心的字眼——死亡。

天歌的双脚仿佛陷入流沙，她无力将自己拔出来。

萨满转过身来，不期然看到檀香那张聪慧、锐利的面孔，重叠在天歌的脸庞上。

“其实，你能解开这个诅咒。因为你也在做同样的事。”天歌说完，抬起颤抖的手指，点着驼峰上时不时蠕动一下的布口袋。

萨满没想到，这个任性的少女，居然一语点中自己的要害。但他更清楚，要想达到终极目的，自己必须吞下断肠草，彻底冷酷下去——只要他不替天歌解咒，帝隐的死就会诱发天歌唱出穿越千古的绝响——“侯人猗”。

大漠里，无论人或动物都必须学会烈日烤炙下的自我生存技巧。或学响尾蛇，猎取食物时出其不意的攻击策略；或像大蜥蜴，具有与环境合一的变色技艺；或如骆驼、仙人掌，有贮存水源的巨大肺腔。

因此，当他们下榻在驿站一家小客栈时，天歌就收到了萨满开出的一项苛刻要求：“你必须在次日黄昏以前，通过正当途径，赚足十五个银币。否则，你就立刻收拾东西回家去，别在这儿给我添麻烦。”

第二天黎明时分，他就把天歌叫醒，然后将她送到充斥着陌生脸孔的大街上。直到中午时分，天歌还在嘈杂的街道上四处奔波，不断寻访着每家店铺，问是否需要一个精通香料的学徒。当所有的店铺都拒绝时，天歌开始陷入绝望。有那么一瞬间，她甚至做出了一个疯狂决定：去赌场，向那里的老板借高利贷。

她所做的这一切努力，只不过是为了凑齐十五个银币，不让萨满将她丢脸地赶回家。“既然出来了，我就要证明给别人看，我是不会轻易认输的。”

正午时分，她儿近绝望地蹲在一栋白房子的阴影里，以躲避烈日的鞭挞。不知什么时候起，她的身旁坐了一个瞎眼睛老头儿。

老头儿突然拍拍她的肩膀，说道：“小姑娘，给我唱一支曲子吧。虽然我的眼睛看不见了，但这不要紧，我耳朵还清楚得很哪，可以听见夜里狼群移动时发出的高低呼唤……”老头儿絮絮叨叨地，表达着渴望听到美妙音乐的意愿。

因为同情他，天歌随意哼了一首小曲。这是从母亲那儿听来的摇篮曲。

似乎受到歌声魔力的催眠，整个暑热的街区，都随着舒适甜蜜的摇篮曲，轻轻摇摆起来，不知不觉沉入到午睡的静谧中了。

没有人在正午时分从阴凉房子里走出来。刚才还在街上匆匆来去的人们，忽然全都消失了，他们似乎在摇篮曲的催眠下，回家睡觉去了。

远处钟楼的敲击声，一下又一下，击碎了空气中干燥酥脆的热风。

缩在墙角阴影里的天歌，擦着流到眼角里的汗珠，仿佛那不是体内蒸发出的汗水，而是融化的脂肪。紧贴在身的闷热衣裙，使天歌担心自己会像一个蜡做的小人，被火热的高温一点点融化掉。一天之内要赚足十五个银币，这让天歌头一次开始思考一组变得有意义的词——生存的艰难和尊严。

悠长、低垂的钟声，如大颗大颗的汗水，从古老钟楼的躯体上，“啪嗒啪嗒”地滴落在寂静的大街上。那一声声散漫的钟声，在空无一人的大街上游荡，宛若人们睡梦中的呢喃。

这是最后的第十二下钟响。

当四周再次恢复正午时的死寂时，天歌还在心里默默数着钟声，计算着离黄昏还有多少时间。她将一只手插进口袋里，掏啊掏，却没从里面掏出一丁点供自己食用的东西。

“时间不多了。我怎样才能赚齐十五个银币呢？”

垂下黯淡的眼帘，天歌叹了一口气。无意中，她把自己的担心泄露给了身旁的瞎眼老头儿。

“为什么不试试，用你的歌声去打动别人呢？！”

“他们都不喜欢听我的歌声。”对于老头儿给的建议，天歌轻易就否定了。

这并不是任性。就在刚才，她哼起了一首摇篮曲，原本在街上行走的人们，却从明晃晃的太阳底下，如一阵风似的消失了。没有人停留下来倾听，也没有人给她的歌声以赞美。昏昏沉沉中，这条午睡的大街，陡然增加了她对自己歌唱能力的失望和猜疑。

“有一个办法，可以让你很快得到你想要的东西。”瞎老头似乎在卖关子，“不过，那需要挑战你的勇气和才能。”

“什么办法？”无比期待的天歌，急切地问。但对方没有直接说出来，而是悄悄伏在她耳边，指引一条能让她赚足十五个银币的捷径。

就在天歌万分感谢也离去后，瞎眼睛老头儿慢慢睁开了双眼。他那明亮的双眸，仿佛上过油脂似的泛着新鲜的光亮，并没有失明的眼睛里，流露出意味深长的目光，就像轻柔的绸缎，缠在天歌离去的背影上，随着她的脚步越走越远……

按照“瞎老头”的指引，天歌来到已断流的赤水河东岸，那旧日的船埠处。

一艘庞大的木船，倒扣在松软的黄沙上。由于赤水河长期干涸，人们似乎不再相信它能回到往日碧波荡漾的河面上远航了。因此，船体上那些曾经荣耀的木板，多数被人拆走，剩下的仅是一副空骨架，就像大漠路上的那些动物尸骨。巨大的“兽骨”，在明晃晃的骄阳下，矗立着刺眼的孤独。

“你也想来比试吗？”

带着挑剔语气的女人，就是“瞎老头”让天歌来找的人。在天歌眼里，这个女人身上穿的衣服，就像金光闪闪的糖果纸，她优美的身段，凹凸有致地裹在彩色的糖纸里。

一群通过疯狂嬉戏来挥洒精力的男人，正以船体的骨架做背景，为起劲舞蹈的女人，不住地伴奏、喝彩。在破风堡，音乐和舞蹈，是比拥有金币更令人着迷的事情。天歌留意到，那个舞蹈的女人，站在一个大圆圈里，通过不断旋转，变化出各种各样的肢体语言。

舞蹈的女人拿圆溜溜的眼睛，迅速打量了一眼身材苗条的天歌，然后对着天歌嚷嚷道：“小青蛙，回你的池塘里去吧！这儿没有男人会喜欢你，除非还没长胡子的小家伙们。”

自从踏上远离汤谷之旅后，这已不是天歌遇到的第一个为难她的人了。在这个陌生舞台上，作为新手的天歌思忖道：为了达到目的，勇敢接受挑战，才是胜出的唯一机会，哪怕被这个猫眼女人嘲笑为“小青蛙”。

“闭上你的嘴巴！你这个该被卖到妓院里去的女人！”天歌竟泼辣地放开嗓子，和她对骂起来，“你没有权利这样侮辱我。”

突然出现的陌生少女，竟敢向她发出挑衅，这让猫眼女人十分好奇。她用一只手压住乐器上跳动的琴弦，音乐当即止住。四周呈现出紧张的寂静。

“有胆量站进圈子里来！”

其实，接受比赛前，天歌也做了一些准备。她将自己的胸部用布带束起来，由于束得太紧，自知很难体现一个少女的丰满。她甚至还为自己缺少一双漂亮舞鞋而懊恼不已。

猫眼女人高昂着头颅，瞥了一眼有些犹豫的天歌。她发现对手不时抬头，向太阳已经西斜的天空望去。

“不敢了吧，胆小的青蛙！”说完，她回头望了望她的朋友们，大家附和着她，得意地笑了起来。

“我接受挑战！但是……”

天歌停顿了片刻。直到所有人安静下来，将目光集中到她身上时，天歌才继续说道：“我想知道比赛的奖品是什么。”

“这用不着你操心。最后的胜出者未必是你呢！”

“你先告诉我，我才参加比赛。”

天歌耸起两道倔强的秀眉，执意地询问道：“奖品是什么？”

“三个银币。”

“不，我要十五个银币。”

按当地货币计算，卖给萨满一个奇妙的梦境，就能赚到一个银币，而这钱可以在市场上牵回一头温顺的小羊羔。以此类推，三个银币能在干旱时期，买到一大桶珍贵的清水。

当天歌一口气开出十五个银币的惊人天价时，对手如同被闪电击中，说不出话来。

沉默，冷酷的沉默。

在这紧张的气氛中，唯有留着余热的风嗡嗡响着，缓慢地在天歌和对方的目光间，小心经过。

“神啊，保佑我吧。如果她不答应的话，我还能做什么？”

刚才还敢壮胆对骂的天歌，开始预感到处境的不妙。她用一只手按在胸前，以此来镇静紊乱的情绪，并努力假设，如果被对方拒绝，自己该做出怎样的回应。

那个眼神锋利的女人，在天歌面前，张开了眼镜蛇攻击前的警惕姿态，就连耸立在她背后的巨大船骨，仿佛都竖起了尖尖的耳朵，倾听对峙着的双方，接下来将发生怎样的搏斗。

一个吹笛子的长头发男子，用眼神示意女人：我们不如教训一下这个狂妄的小家伙。他捏紧的拳头，已发出“咔嚓咔嚓”的声响。

“给她。”

猫眼女人丢出两个简短的字。

向猫眼女人下了挑战书后，天歌就站在了舞台中央。她旋转着舞步，不停地旋转，旋转，直至黄昏时分，精疲力竭地摔倒在地。

西方的天际，仿佛被人放了一把火，通红的火光不仅笼罩了半个天空，还蔓延至整片沙漠。灼人的热浪，一阵阵从天歌身上漫过去……

“怎么回事，我的喉咙还是唱不出歌声来？”

没有人用乐器为她伴奏，有的只是冷眼旁观的压力。

一阵阵的昏眩，使天歌疲惫地瘫坐在地上。她把手掌贴着喉咙，神思恍惚地对自己说着话，仿佛要从喉管震荡的回音中找到答案。

早在挑战开始，她张开喉咙准备一展奇妙歌声时，便猛然意识到，她美妙的歌喉不见了。

出了什么事？！

她戛然无声地呆立在舞台上，好像一阵飓风，将她连根拔起，抛向无着落的半空。面对突如其来的打击，她甚至连尖叫的声音都发不出来。

她对自己用舞蹈的方式胜出比赛，感到失望。

“认输吧，小脚丫女孩！”猫眼女人用刻薄的语言，将天歌踩在脚下。“如果你现在求饶，我还是可以送你十五个银币。”猫眼女人心里非常清楚，眼前这个敢于向她挑战的女孩，是不会轻易认输的。

天歌在重新站起来之前，瞥了一眼正在西沉的辉煌落日，快没有时间了。怎样才能决出胜负呢？如果帝隐在这里就好啦。

天歌摇摇头，打消了这个念头。

这是不可能的。他从来没有认真向我表白过。她忽然记起，玄一写给她的纸条还放在贴身口袋里，想必已经湿透了。当天歌不自觉地用指尖搜索口袋时，她触摸到了脖颈上的湿发，蓦地，她发现自己丢失了银钥匙。

要是从前，她是不会刻意留心这个饰物的。如今，脱离了它的保护，才意识到它的重要。她感到体力在莫名地消失，生命就像逐渐融化的蜡烛，可以看见它流逝的过程。

“是否真如须云大师所说，银钥匙是我的护身符，若失去了它，我会很危险？银钥匙现在在哪儿？”

自从与生俱来的歌声没有任何征兆地消失了，绝望就攫住了天歌。她忽然变成了一个不能自理的孩子，任凭自己陷入无助中。

萨满失策了。

他装扮成瞎眼睛老头儿，就是为了引导天歌将体内的潜能发挥出来，然而，天歌没有现出，他预想的“侯人猗”歌声。

此刻，天歌真正感受到了惊恐。环顾周围这群人，他们正不怀好意地，用狞笑的目光，打量她这个羔羊。

“你就一个人出来的吗？知不知道得罪我们的下场？”

长发男子走进圈子里，蹲下身，与瘫坐在地的天歌对视了一会儿。然后，他举起手中那支金属制成的笛子，在天歌眼前晃了晃。金属的亮光，刺痛了天歌的眼睛，她扭过头去，回避对方威胁的眼光。

“阿加卡，我就把她交给你了，替我好好修理这个不听话的小青蛙。”

穿糖果纸衣服的女人，冲着长发男子眨了眨眼。

意识到自己闯下大祸的天歌，当即从地上跳起来，以兔子逃窜时的敏捷，向圈外冲去。结果，她被四周的人墙，给猛地顶了回来，重重摔倒在地。

她想逃回家。她第一次产生如此强烈的渴望，想回家去。可是，汤谷已经消失了，像晨雾一样轻易地被风吹散了……

我是谁？

没有了夜半能让人从睡梦中惊醒的歌声，也没有了人们把狐狸尾巴安在身后的中伤，那么，从此往后，我是谁？到底是谁？！

天歌眼前一片漆黑，就像胶水塞满空中所有透亮的缝隙。如果失去了表达生命愿望的歌喉，从此，生命就会淹没在无望中，没有歌声，没有色彩，没有希望……

这群人发出了邪恶的笑声。名叫阿加卡的男子，向绝望中的天歌，伸出了罪恶的手。

刹那间，一支锋利的箭如闪电飞来，“嗖”地穿过吹笛男子的长发，干脆整齐地削下他的发丝，然后稳稳当当地扎在废弃的船体上。

一时间，四周鸦雀无声。所有人的注意力，都转向这支意外降临的箭矢上。

“欺负这么漂亮的女孩，你们有什么好得意的？！”突然出现的帝隐，以轻蔑的语气谴责这帮人。

在帝隐出现之前，天歌就已从这一突发事件中迅速清醒过来。因为镀金箭矢告诉她，箭的主人就在附近。

其实，在天歌绝望之前，帝隐就赶到了此处。

他是在一个瞎老头的指点下，找到这个地方的。

帝隐将目光从长发男子惊讶的脸上移开后，转向猫眼女人：“女人要是嫉妒的话，就会长出满脸皱纹。”在他似乎友好的语气里，却含着无情的揶揄，“所以，小心你的坏脾气。”

丢下被激怒的猫眼女人，帝隐用眼神示意吹笛男子：“我们来比试一下怎么样？”

他潇洒地将披风往后一甩，盘腿坐在圈子中央。一把古风铿锵

的焦尾琴，横躺在双膝。

“让我们比比，看究竟谁的音乐能压倒对方。如果我输了，我倒贴十五个金币，假如你输了……”帝隐自信地向对手眨眨眼睛，神秘地说道，“我可无法保证你生命的安危，因为我的琴声能杀人哦。”

天歌怎么也想不通，在这种敌对情况下，帝隐竟还能保持惯有的玩笑风格。他不但把十五个银币提升到十五个金币，甚至还夸口，说自己的琴声具有杀伤力?!

“够了，这是我的事。我不要你管！”

倔强的天歌顿时烦躁起来，当众与帝隐闹起了别扭。

“难道，你就这样放弃吗？”帝隐的表情忽然变得严肃起来，毫不留情地反问天歌，“难道你就这样逃走吗？这不是我所认识的天歌！”

“……”

天歌一时无言。她不情愿地扭过头去，以避开帝隐灼热的目光。

“我可不是来帮你的。”

为了不使天歌难堪，帝隐耐心地压低嗓音劝说天歌：“我只是看不惯这些人的傲慢样子。我要让他们知道我的厉害。”

然而，天歌却用尖刀一样冷漠的话语，将帝隐的心搅碎。

“你还是快回到你祖母身边去吧。要不，她又要说我勾引你了！”

“你不能这样看待她。虽然她很严厉，但是……你看，玄一替我把摔坏的琴修好了。”

“我说过了，我的事不用你管！你走吧。我再也不想见到你！”

一提到玄一的名字，天歌像被针扎了似的，激动地摇晃着胳膊，甚至看都不看帝隐，便大声呼喊起来。

显然，她还在为母亲和帝隐的事生气。

自从檀香烧毁了传说中青春不老的宝匣子后，她就再也没有衰老过。她似乎逆着时光的车轮前行。和她同龄的人，都因时光列车的飞驰，带走了宝贵的青春，剩下斑白的发丝和褶皱的皮肤。唯有檀香例外，时光似乎永驻二十岁。

尽管天歌从未对母亲的不老容颜产生过不悦，但母亲与帝隐相拥的情景，却使她对母亲产生了难言的嫉妒。她决不原谅帝隐，就像她不原谅母亲一样。

尽管一路上帝隐都在考虑，遇到天歌后，第一时间就向她道歉、解释，就算天歌捂上耳朵，拒绝听他的辩解，他也要抱着炽热的希望，去说服天歌，然而，事情至此，他反而说不出口了。

他猛然听到天歌说她永远都不想再见他了。这种伤人的言辞，犹如一桶冰水，蓦地浇在帝隐心上，他不由自主地颤抖了一下双肩。

“你再说一遍。”他忽然用力抓住天歌的手腕，捏得她骨头发出细碎的响声，“只要你敢把刚才那句话，再说一遍，你就可以永远不用看见我了，我会马上从你面前消失。”

眼看两个小情人不顾围观的人群，逐渐将吵架升级，长发男子就发话了：“行啦，游戏开始吧。既然你下了战书，可不能想走就走啊。”

“那你想怎么样？”

“如果你输了，我不要那十五个金币。”长发男子将额前的刘海拂到脑后，横着狡黠的眼睛说，“我就要这个女孩，作为胜出者的奖品。”

“阿加卡，你想干什么？！”猫眼女人突然尖声责问他。

之前，这个警觉系统极敏锐的女人，已从帝隐射出的那支箭中，闻到来者不善的味道。她不希望卷入这场不断升级的挑战赛中。

但这个吹笛男子，偏偏做出她希望尽量避免的蠢事。男子亮出了他的“武器”——琥珀色金属制成的笛子，并以挑战的姿态直指帝隐。

当帝隐用磅礴如暴风雨般的琴声，向对方发起猛烈攻击时，天歌受到音乐的冲击，产生了歌唱的强烈欲望。这种冲动几乎撞破她的胸膛，甚至把帝隐挂在她脖颈上的银钥匙都给顶了起来。歌声似乎与银钥匙发生了共鸣，放射出雷电般夺目的光芒。

比赛结果是阿加卡昏厥了过去。

夜幕低垂之际，熊熊的篝火燃烧起来了。闪烁的篝火，映衬在缀满星辰的宝蓝色天幕上，就像一个天然的灯光舞台。

天歌擅作主张，将赚来的十五个银币，买下了一支商队所有的葡萄酒。她还邀请全驿站的人，参加今夜连月亮也想喝醉的狂欢节。因为她终于打败猫眼女人，赢得了十五个银币。

帝隐激情飞扬的琴声，和着天歌饱含爱情的歌唱，吸引了渐渐围拢而来的人们。今夜，每位加入狂欢舞会的客人，都会将自己准备的一把柴丢进篝火里，以延续火光的热力，给舞会的热情加温。

围绕篝火尽情跳舞的天歌，用自己谱成的歌曲，婉转深情地告诉帝隐一个少女心中初生的爱情：

为何我从来没有如此快乐过？
那是因为，以前没有和你在一起
为何风儿在你面前停住了脚步？
那是因为，你的美丽让它惊异
你曾告诉我，水中的月亮，因鱼儿游过而随波荡漾
可我现在要告诉你
并不是鱼儿的游弋使她荡漾，而是恋人忘情的吻使她双唇战栗

激动中的姑娘啊，就像那水中的月亮

爱恋中的人儿啊，是否看见那不住颤动的水中月亮？

在人们欢呼喝彩的气氛中，在火光映红的一张张快乐的脸上，天歌第一次看到自己的歌声给别人带来的喜悦。

离家出走前，她曾将自己的烦恼向玄一倾诉，因为她歌声有毒的流言，已让她无法尽情唱歌了。具有超常洞察力的玄一，给她打开了一扇认清事实真相的窗户——流言才是隐形剧毒，并不是你的歌声有毒。

然而，她不相信玄一的判断。反而是这些充满喜悦的陌生人，证实了她歌声的美妙。他们给了她安全感，那是对她所热爱的音乐，对她身为一个歌者，歌唱了多重颜色的灵魂，而给予的最真诚的肯定。

狂欢的汗水，伴随着美酒和音乐，将舞会推到了高潮。人们载歌载舞，纵情欢唱，喝醉的人们，甚至将葡萄美酒从头上淋下来。空气中洋溢着刺鼻的酒精味。

这种挥霍精力和金钱的疯狂，显然感染了帝隐。他不安分地将头搁在天歌的肩上，并将手指头运动得像急切的小虫子，在天歌身上搜寻。

“来，我帮你整整衣裙。”

整完后，帝隐的双手还留恋地放在天歌美丽的肩胛骨上。

“回去我要向祖母告状……”帝隐有意跟天歌开玩笑，将嘴巴贴在天歌耳朵下方，含笑低语道。

“告什么状？”

“我要告你，刚才用篝火一样火热的眼神诱惑我。”

“胡说！你弹琴的时候，根本就没看我的眼睛。你怎么知道我眼神里究竟想说什么？”

“我用这儿看的，这儿。”帝隐用手指戳着天歌的心窝说道，“我的心看见你在偷偷看我。对吧？对不对？说啊……”

心跳加速的天歌，感到自己剧烈颤动的脉搏，正顺着帝隐的手指，发送到对方的胸膛。

“我不能将喜欢他的秘密让他发现。这会让他更加骄傲，更加容易伤害我。”天歌悄悄对自己的心说。

虽然连路人都看得出，捧着爱情小火炉的天歌，只愿将火光照亮帝隐的脸，然而，天歌还是推开了帝隐的手，别过脸去，以免被他温柔的眼神和性感的双唇，摧毁掉自己撑持了多日的情感防线。

愈是遭到拒绝，反而愈加激起帝隐的激情。此时，他全身躁动着爱情，颤抖着说不出话来，双目如电光石火般，久久凝视着天歌，似乎在审视对方，又似乎在期待。

说不清为什么，天歌一心只想挣脱开帝隐的怀抱。可她一点力气也没有，她和帝隐一样，陶醉在疯狂的爱情中了。当上衣第二个纽扣被帝隐无意识解开时，天歌发现，帝隐手里拿着玄一写给她的纸条儿。

如果说天歌是帝隐见过的最灿烂的一朵玫瑰，那么此刻，这张揉皱的纸条的出现，使天歌在帝隐眼里就如同一簇新鲜花蕾，被突然而起的狂风吹落，只见碎红满地……

“上面写着什么？”

就在帝隐借着火光，困难地辨析着那行苍峻的字迹时，惊恐万分的天歌，大叫一声，抢过纸条，慌张地揉成一团，迅速丢入噼啪作响的篝火中。

这一系列的快动作，却被帝隐轻易识出破绽：她的胳膊在颤抖，躲闪的目光，一直盯着自己不停把玩的指尖，并向帝隐做出这样的解释：“这是母亲给我的符咒，保佑我一路平安……不过，现在你来了，也就不需要它了。因为有你在我身边，没有比这再安全的了，对不对？”

天歌眨着又大又亮的眼睛，直视帝隐皱在眉宇间的疑虑。

玄一写的情书暴露了，有一瞬间，天歌想起了巫婆的诅咒：不出三天，你就会被自己所爱的人杀死。可是，从帝隐的表情中，似乎看不出这种迹象。这时，她反而担心起自己往恶魔口袋里下的歌咒。

为了转移内心的不安，天歌开始不停地说话。

“打个赌怎么样？”动作麻利的天歌，用指尖一弹，就敲开了帝隐手中的酒囊，“假如我一口气全部喝光，你就跟我讲一个我从未听过的故事。若是我输了，我答应你提出的任何要求。”

还没等帝隐起身阻止，天歌已将酒全部倒进了喉咙。

“放下，把它给我。快停下！你疯了吗？！你从来没喝过酒。”焦躁的帝隐，硬是把酒囊从天歌手中抢了过来。

此时，被人们狂欢情绪鼓动的篝火，在男人女人胡乱的歌唱声中，扭动着撩人的腰肢，随着热情的音乐，越冲越高，那不断向上攀升的火舌，几乎要舔到月亮的脸上。

刚开始，天歌觉得辛辣的酒水，就像夏天温暖的雨水，快乐地浇在头顶上。一会儿后，酒水变成呼啸的汽笛，沿着食道管尖叫着冲出来……泼洒的水花，在半空中裂放，正好洒在对面一个壮汉的络腮胡须上。

对方犀利的目光，如嗜血的飞鹰，睃了天歌一眼。

“络腮胡须”从地上摇摇晃晃站起来，用比常人大两倍的巴掌，抹了一把脸上的呕吐物。当他擤鼻子的时候，天歌惊愕地发现，他鼻腔里传来的，竟是野马一样狂放不羁的响鼻。离他几步远的天歌，差点被他身上蒸腾的味道给窒息过去。

“完啦，我又闯祸啦！”

檀香在给离家的天歌占卜吉凶。红石头摆出的星状图案，让她窥见了天歌遭遇的凶境，她仿佛听见了女儿求助的呼唤。

“全靠你保护她了，帝隐，我把女儿交给你了……”一遍遍默念平安符咒的檀香，忽然觉察到身后的木门被人贸然推开。暗夜里，清幽月光如水般倾泻在她的四周。

檀香没有站起来，只是露出她一贯神秘的、令人捉摸不透的笑容，目视着立在她背后，倒映在墙壁上的人影。

“请问客人需要什么？”

“城主有密令，请你今夜务必去她府邸一趟。”

“是多花儿吗？真不巧，我累了。你请回吧，替我转告她，有什么事，等太阳出来了再说……”

“城主有令，若有违抗，不论士兵平民，都一样论罪。”

“呵……凌晨一点的挟持，还好意思用‘请’字。难道她想暗杀我不成？”

对话到此结束，影子再没有回答。

月光返照的墙壁，充满了诡秘之气，就像上演密谋事件时的舞台背景。

呆立在原地的那个影子，正屏息静气地注视着眼前的女人换下素色衣装时隐约露出的美丽胴体……

当着陌生人面更换好衣服后，檀香整理了一下松散的长发，之后，才转身离去。她随手带上了门，那一刻，桌上的烛光随着墙上的影子，一并消逝在黑暗里。

对天歌来说，闯祸带来的麻烦，就像搬起石头砸自己的脚。

白天那场遭遇让天歌学乖了。当她看到“络腮胡须”眼露凶光时，天歌就明白，不是水鸟，千万别把头插进水里摸索游鱼。因此，当彪形大汉像一头抬起前肢的黑熊堵在她面前时，感到整个世界都在摇晃的天歌，决定用道歉的方式，解决眼前这个麻烦。

没等天歌直起腰，将话说清楚，帝隐就一拳砸向对方那张粗粝的脸上。

“怎么啦？怎么回事？为什么打起来？……”

在酒精的作用下，天歌开始尖叫。她没有足够的清醒去分辨眼前的突发事件。

“别过来！站到一边去！”

帝隐急促的命令声，如一只贴在天歌耳边的铜锣，一层一层的回音，打着圆圈，在她麻木的大脑里扩散。

其实，意识模糊的天歌，遗忘了刚才发生的一些细节：当她还难受地弯着腰时，“络腮胡须”走了过来，托起她轮廓俊俏的脸蛋，拿狼一样贪婪的目光，反复打量着天歌。

这个动作激怒了帝隐。

他那一拳，扎扎实实地打在对方的鼻梁上。假若这一拳是重击在一匹小马的头上，那兽医会立刻宣布，这匹小马的脖子，要终生忍受歪向一边的苦难。但大汉仅摇了摇头，脸上继续带着欺骗性的笑容。他朝帝隐的方向走来。

不，不！他打算从腰中拔出弯刀。帝隐有危险。

尽管身体就像一只粉红色的气球，要轻飘飘地飞起来，但天歌还是在紧急关头，启动了天生的预警系统。

一个旁观者的悄悄话，传进了她的耳朵。

“……那男人是个著名大盗，每杀一个人，就在死者脸上撒上一把沙。听说，他和手下人住的老巢，连骆驼都要抿着耳朵绕道前行，因为那里的沙子，不是淡黄色的，而是刺眼的血红色！”

天歌从醉酒状态中猝然惊醒。

她冲到帝隐面前，张开双臂，挺起剧烈起伏的胸膛，面对寒光闪闪的刀尖。

刀锋沿着她脖子的经络，向上挑到下巴尖处，然后离开。

这一连串快速的动作，都发生在几秒内。

“谢啦，我要的就是这个……”大盗从喉咙里发出如野兽般的嘟囔声。

这时，天歌才发现自己并没有死，脖子上也没有丝毫血迹，只是帝隐那一声上当了的惊呼，才让她清醒过来。

“你的银钥匙被他拿走了！”

在帝隐的提示下，天歌发现大盗的刀尖上，挑着一条寒星闪烁的银坠子。那是她刚刚失而复得的护身符。

荒漠上，一群野狼立在月光倾泻下的远方沙丘上，对着满月长嗥。

大盗抢走天歌的银钥匙后，却毫无征兆地突然倒地身亡。这令天歌对自己的歌声，再一次产生了疑虑和恐惧。

事情的发生完全出乎意料——当时，被酒精烧灼的天歌，感到体内有一股强大的气流，借助酒精的烈焰冲上心头。她盯着大盗刀尖上挑着的银钥匙，耳畔回旋着他狰狞的狂笑，心头就被呼啸而来的风暴占满了。

她模模糊糊地记起，中午时分一个瞎老头曾给她的建议：“为什么不试试你的歌声呢？”

那年，为惩罚帝隐的冷漠，她第一次唱出了愤怒的歌声。她的歌唱令穹隆为之震动，并降下了一反常态的龙舟水。接踵而来的山洪，最后冲走了小红豆的坟芽儿。也就是从那时起，她的歌声不再经常快乐地从铁匠大街上传出来。

一些喜欢神秘事物的人，甚至夸口说，天歌小的时候，只要在野外又蹦又跳地唱歌，过不了几天，汤谷就会下一场酣畅的大雨。

长期的干旱，使人们逐渐寄希望于一切可能带来救命雨水的事情，当然也包括天歌的歌声。她的歌声被认为具有降雨的“神奇力量”，因此，在她结束沙漠上的情感历险，返回汤谷后，她被选为祭祀仪式上的祈雨少女。她的歌声虽然召来了人们长久期盼的甘霖，但也吸引了一伙无恶不作的亡命之徒。这起给汤谷带来更大灾难的事件，就与眼前天歌面对的大盗有关。

“快点说出宝藏的地点，不然我的弯刀就要开荤啦！”大盗以威胁的语气，恐吓着天歌，并在她面前晃动着寒光逼人的弯刀。

显然，这伙魔鬼也认为龙池寺藏有神秘的宝物。

一旦意识到魔鬼的真实动机，天歌反而镇静下来。

“我根本不知道藏宝地点。”

当魔鬼狞笑着向天歌逼近时，却像被一种声音吸引。他不由得停下脚步，用心地倾听起来。

不知从哪个方向升起的旋律，渐渐包围了围观的人群。

这奇幻的歌声，像是月亮撒出去的网，笼罩着整个波涛起伏的沙海。随着渐近高潮的歌声，网口也逐步收窄，直到捆住了大盗的双腿。

他呆立在原地动弹不得。

此人嗜血的兽眼里，渐渐失去最初的杀机，而流露出淡淡的迷惘——他呆呆地看着天歌，叹息天底下竟有如此美艳的人儿，竟有如此美妙动听的歌声。

天歌已成功靠近大盗身边。

帝隐惊讶地发现，天歌拥有与她母亲一样的撩人风姿。

她的美虽然是诱人的，但也是邪恶而犀利的，令每个在场的人，都被这种美震慑。无论大盗还是惊异中的帝隐，仿佛都被天歌的歌声吸走了灵魂——在天歌一张一合的双唇里，听不见任何依靠声带发出的声音，倒像大漠深处潮涌而来的洪水，将人整个地淹没了……她的眼睛呈现出醉人的神采，似笑非笑的嘴角上，浮现出令人目眩的自信。她用同样邪恶的手段魅惑了大盗，并以蔑视死亡的态度，从对方锋利的刀尖上，径直取下属于自己的银钥匙。

围观的人群啧啧称奇。

歌声并没有停歇，就像夏日熏风，懒洋洋地吹进大盗粗粝的耳朵里。他的耳尖微微颤动了一下，似乎被歌声里某种力量软化了……

或许，大盗从天歌身上，闻到了诱人的少女芬芳？或许，是他想起昨夜一个奇异梦境，令他感到一阵阵目眩？这是他杀人前从未有过的犹疑不决。

他若有所思地伫立着，回忆着昨晚的梦。

从记事以来，他的梦都是黑白两色的。梦里没有情节，梦境也是支离破碎的。可是昨夜，他的梦却绚烂多姿。他梦到从未去过的热带雨林，见到一群色彩艳丽的金刚鹦鹉，它们正歇息在怪异的树冠上。

他向一个佝偻的巫婆询问梦的意义。

这个衰老得如同朽木的老太婆，就是天歌之前碰见的寻找魔力口袋的人。巫婆告诉大盗：鹦鹉代表说坏话的人，意味着有人背叛了你。不久，你会被自己的手下杀害。

“难道真如巫婆预言的那样，我要死了？”

人们一时弄不清究竟发生了什么事——大盗那把寒光逼人的弯刀，突然从手中滑落下来，垂直地插进沙子里。他闪烁不定的目光，突然迸发出对死亡的极度恐惧。

此刻，所有人惊讶的目光，都集中在他突然痉挛的面部表情上。原本就凶狠的眉眼，扭曲成怪异的形状，就像一头疯马龇咧着宽大的牙床，口吐白沫地喘着粗气。

天歌绝对相信，他嘴里呼出的恶气，能令一棵鲜绿的植物立刻枝叶凋零。因为这会儿，她正被这个突然发疯的人，紧紧掐住了喉咙。

对方似乎要置她于死地。

天歌不停地挣扎，他却没有半点放松的意图。他的巴掌就像狼的牙齿，狠狠咬住美丽羚羊的颈部。

等清醒过来的帝隐，冲上前解救天歌时，大盗却突然倒地身亡。

就因昨夜怪诞的梦境，今日一大早，大盗请来了巫婆。

巫婆为他预测梦境的同时，也为他带来了死神。

他手下的一个亲信，在他刚喝的酒里悄悄投了毒。投毒的人，恰好知道这个梦境的意义，因为测梦时他也在场。

听见巫婆随意宣布自己的死期，大盗恼怒了。他决定将说这话的人杀掉，借此阻止预言成真。

“你是杀不了我的，只要你还相信世间存有神秘力量。”

就在大盗动刀子之际，巫婆还在轻松地宣称：“我最了解人们对神秘事物的恐惧。只要你心中害怕了，一切噩梦就会变成现实。”

可大盗偏偏是被狼奶子喂大的，对占卜梦境的好奇心一旦消失，就开始耻笑那套宿命论预言；并在仰头大笑中，用光滑的刀刃，剜下了对方胸膛里的心。

在最后一刻，他看见巫婆眼中流露出的万般惊恐。

他知道，那是因为巫婆操纵人心的诡秘信念，被自己的刀剑否定的缘故。不过，奇怪！她可是我杀过的唯一连血都没有的躯体。查看不沾血的刀尖，他思忖道，这可是一件违背常理的怪事哪。

10. 心灵深处的疾病

身穿雪白蕾丝花边睡裙的“幽灵”经过多花儿窗边时，从噩梦中惊醒的多花儿，忽然放声痛哭起来。她为梦中发生的事坐在床上啜泣，因为她在又沉又黏的梦境里，遇见了自己的初恋情人。

“如果龙池寺大殿能在今年顺利竣工，或许，老天爷会宽恕我曾犯下的罪孽，让我不再梦见他的脸，不再听见他呼唤我的声音……”

梦醒后的多花儿，反复用这种欺骗性的语句，来摆脱近年来常被同一噩梦纠缠的苦恼。

自从帝隐闯出城门，追赶离家出走的天歌后，她就有种被抛弃的感觉。仿佛一坛埋在地底的陈醋，不经意开封后，浓浓的酸楚布满空中。

“这孩子，终有一天会绝情地离我而去啊……”多花儿仿佛看到了故事的结局。

支持她这种消极想法的理论，来自于亲生儿子金泰。当年，他不顾母亲的反对，甚至背弃她的爱，去追寻所谓的爱情。更何况这个捡来的孙子？

永远不愿承认自己是输家的多花儿，只有在怒放的玫瑰园里，才肯垂下那双紧握权力的手，去拾起地上红如鸽血的花瓣。

虽然如今的多花儿再也塞不下年轻时穿的窄腰裙子，虽然她粗暴的脾气会时不时跳出来吓唬人，然而，随着岁月的流逝，她变得容易感伤起来。

那天，她站在怒放着鲜花的玫瑰园里，突然，一朵花茎上的尖刺，扎进了她的手指，这让她想起曾经有这么一个人，因她被扎伤的手指，替她吸吮指尖上渗出的鲜血。

她已记不得指尖上的痛感，她的记忆里，全是他温润嘴唇的印象。

就像每次想起自己的爱情，都会伴随罪恶感一样。当年，自己否认爱情，对幻觉造成的伤害，成了她胸中永远的痛。

年轻时，她拒绝自己堕入情感的深渊，然而随着年龄的增长，她越来越伤感了。伤感像秋日的连绵阴雨，打湿了她老年的心。

每夜，这个拖着雪白睡裙行走的“幽灵”，都是迈着轻盈脚步，从她梦境的边缘小心路过的。此刻，这个飘忽的“幽灵”，正端着一只从厨房取来的金漆餐盘，盘子里搁着三片烤肉、一小瓶红葡萄酒，以及一朵可当蔬菜食用的鲜花。

当她飘忽的身影就要越过多花儿卧室的窗户时，屋里人突然升起的悲恸哭泣，把这个夜行者的脚步扰乱了。她端在胸前的金漆餐盘掉在了地上，发出“哐当”一声清亮刺耳的尖叫。

已经习惯“幽灵”步伐的多花儿，打开房门，把对方邀请进室内来。

“进来陪姑妈说一会儿话吧。我真希望能像你一样梦游，醒来之后，又将梦游时发生的荒唐事，给统统忘掉。”

一脸惊愕的少女，痴痴盯着门口的一堆食物，认真地问道：“是谁把食物倒在姑妈的门口？”

这个高挑的姑娘是多花儿的侄女，她对自己梦游的坏习惯毫不知情。为了保持苗条身材，白天，她可以只吃一个苹果，喝一杯热牛奶。但到了晚上，在潜意识的作祟下，她通常会梦游到厨房，搜罗一堆可口的高热量食物，然后用盘子端到房间去慢慢享用。

长夜的孤寂，恼人的噩梦，使这个梦游姑娘，成为多花儿倾诉伤痛的合适人选。

“那年秋天，码头上的柿子树结出通红通红果实的时候，我们永远地分开了……”

故事总是这样开头。

然后，多花儿将那戴了大半辈子的骄傲面具，从心上摘下来，随手搁在身旁的枕头边。随着时光的推移，不时来拜访她的噩梦，使她快速地憔悴下去。黯淡瞳仁下方那饱满的泪囊，已被日夜涌出的思念泪水给彻底掏空了。

自从幻觉和尚被放逐大漠以来，汤谷女人平均的衰老速度，在莫名加快。多花儿深知，这是龙池寺延续千年的“召唤青春”术再也没有人接替的缘故。就连她自己都无法抵御这种空虚日复一日的对血肉之躯的损耗。

今夜，初恋情人的容貌，是那样清晰地出现在梦中，致使多花儿以为，幻觉死了，他的灵魂来找她了。

在汤谷，有一个和雪山一样纯净的古老说法，假若挚爱的亲友突然离世，对方强烈的魂魄气场，还会暂时流连人世，并会来到活着的亲人梦中，做最后的告别。

对幻觉的无尽思念，使多花儿陷进了残酷的回忆中……猫头鹰在乱石堆积的山冈上哀嚎的那个夜里，多花儿买通狱卒，亲往死囚室探视幻觉。

她此行的真正目的，是想寻找营救幻觉的途径。

她掌中托着一星烛火，小心翼翼地踩在湿滑的地板上。四周漆黑一片，分不出哪里是水，哪里是血。多花儿屏住呼吸，强忍恐惧，艰难地挪动着脚步。突然，她的鞋尖撞上了横躺在地，被酷刑折磨得奄奄一息的幻觉。

…………

多花儿之所以能坦然透露那些被深锁在舌尖上的往事，是因为眼前这个俏姑娘，只消公鸡啼鸣声起，就会将夜间发生的事完全忘掉。

在多花儿叙述往事的过程中，姑娘沉睡的少女情窦不经意间开启了。一直被多花儿视为天真的傻姑娘，慢慢地不再呈现稚态。后来，她赢得了多花儿的宠爱，甚至把她作为对付天歌的一颗棋子，执意要帝隐娶她。

“你把他救出来了吗？”姑娘关心地问。

“当时，我根本没有能力将一个昏死的人从死牢里救出来。不过，我还记得……”

多花儿眯起双眼，深邃的目光，仿佛穿透迷梦般的黑暗，回到了那遥远的过去。

“你还记得什么？”姑娘继续问道。

“我还记得他断断续续呼唤我名字的声音……直到今天，直到现在，我梦醒之后，耳边还重复着他的呼唤……”

一股潮热的泪水，湿润了多花儿的眼眶。

“如果你能把银钥匙悄悄拿到手，我就把幻觉救出来。”每当想起须云和尚开出的条件，多花儿就心生疑窦。虽然，须云和尚有时也会为自己辩护几句，说他之所以要这样做，是因为幻觉已不具备守护宝藏的资格——他被人间情欲牵绊住了。即便如此，他还是无法让自己的灵魂安顿下来。

这种无奈的疼痛，就像老年风湿病，反复在潮湿的阴雨天及寒冷的冬夜发作，纠缠着他度过人生末尾剩下的最后一小把岁月。

虽然，他用得来的银钥匙，发现了藏经阁里的密室，并在里

面得到了一本珍贵的秘籍，但结果是，命运女神向他吹响了嘲讽的号角。

他遵循秘籍的指引，苦练了“释放人心之术”。然而，随着时间的推移和功力的加深，他越来越觉得，这本秘籍还有另一部存世。它是一种不完整的形式，就像事物有正就有反，有对就有错，有上就有下一样。

秘籍有无下半部，让须云和尚充满疑惑。倒是萨满，一开始就知道，自己所练的法术，有它的对立面存世。

牧羊老人与萨满一起护送双生子前往汤谷时，曾提醒过身边这个教主托付的年轻人：“教主给你的回报，是一本记载着已经消失的神秘法术。你若是用于复仇，一定要避免遇见它的另一半。”

“另一个它？哪个它？”

“这本秘籍的对立面，也即‘解药’。它的存在，就是为了化解你所练的法术。”

一个惊人的内幕，突然撞开了他忐忑不安的心。也就是从那天开始，强烈的复仇欲望攫住了幻觉。

复仇，变成了生命中的佳酿，也变成了一个人活下去的传奇。

他不怕返回汤谷，再见到他曾经爱过、现在却恨上心头的人了。复仇能让他坚韧地活下来，而不是随波逐流地死掉！

如果说，他能借助这本秘籍打败须云，那么他就能告慰师傅的亡灵，从仇人那儿夺回师傅重托于他的银钥匙。

从此，萨满开始分辨所有与他交手的人。过分的谨慎，使他从不轻易使用法术，以免被人看出破绽。

天歌出走大漠的第一个夜晚，当流星划过天空时，萨满也像天歌一样，在默默许愿。

多年来，他许下的所有愿望，都是同一个内容：

“希望秘籍的另一半，千万不要落在须云手中……”

与他一同仰望星空的天歌，偶然注意到，萨满吐出的烟雾，居然使漫天星光黯淡下去。黑夜里的他，更显悒郁，让人感到莫名悲伤。

也许是被他奇诡的气质吸引，天歌克制不住好奇地想接近他，想弄懂那假面下的灵魂。然而，烟草呛鼻的气味，害得她连打几个响亮的喷嚏。

天歌突然弄出的声响，惊灭了萨满思维中的火光。就在刚才，他似乎听见命运对他发出的“咯咯咯”的嗤笑声——秘籍的另一半，就在你最不希望看见的人手里。

牧羊老人曾告诉他秘籍的来历。

每一届女教主，都会继承前任传下的典籍，萨满获得的这一本，正是首任教主派使者前往汤谷龙池寺求来的。

“为什么不给使者一套完整的经卷呢？”实在有些气愤的萨满听到这里后，突然停下脚步，向老者追问。

“制约。”老者继续说道，“极有可能的是，龙池寺当时的住持，担心汤谷周边教派的崛起会危及古刹。”

须发雪白的老者一边说，一边挥动着细细的皮鞭，轻轻抽打在山羊脊背上。身躯庞大的母羊，嚼着嘴里的野草，跳上一个陡坡。萨满看见，它背上摇晃的筐里，一对刚刚喝饱羊奶的婴儿，正挥舞着强有力的小手，朝天空使劲地嗷嗷叫唤，仿佛向上天抗议一般。

多花儿有理由相信，须云和尚肯定也在为过去的行为忏悔。

的确如此——他的后半生，为大殿重建付出的全部精力和心血，都是为了赎罪。

“冬天过去了，候鸟会飞回来……”

萧瑟的庭院内，枫叶已从树枝上飘落。须云和尚立在余音缭绕的钟楼上，俨然一尊守望石，默默注视着废墟之上那座即将建成的殿堂。

他要建一个灵魂的屋舍，接纳受伤的“候鸟”归来，同时，也是为了收容自己这颗不安静的心。

在须云和尚的心里，鲜血是像油彩一样，从人体里流出来的。他无法忘记自己踩着一地的红色油彩，双脚不住打滑的可怕情景。

年轻时的他，仅仅为了满足一个爱情理由，就做了龙池寺的千古罪人，这使他的妻子至死都不原谅他。

“我们结婚吧——这就是你父亲犯下滔天罪行前，向我提出的请求。”

那个过世的老人，又回到檀香梦里，向她讲述家族往事，似乎是忍受不了死人国里，那一望无垠的寂寞。母亲延续了生前的活泼、睿智，把世人看不透的秘密，传授给具有特殊能力的女儿。

“如果时光可以倒流，我决不会在当时说，等你有钱了，再来娶我吧！正是这句愚蠢的话，导致他走出危险的一步。从此，我也就永远失去了他……”

老人掀起衣角，擦了一下微微发红的眼睛，继续说道：“谁让我爱上了这样一个浪子呢？其实，当年，我又年轻又漂亮，是可以选择很多好人家的。不过，你不知道，你父亲当年是多么有魅力啊！”

父亲究竟犯下了怎样的滔天罪行，母亲从来没在梦里告诉她。

梦总是在关键时候醒来。

梦醒之后，檀香仿佛还能闻到母亲生前在厨房忙碌时，沾在指头上的葱蒜味。

如今，忏悔中的须云和尚，将进出山门的每一级台阶，都看作是竖起的尖刀。那锋利的刀刃，是过去所有历历在目的往事凝聚而成。

从山下通往山门的一百零八级台阶，正好是那场大火中死去的盗贼和僧侣加起来的总数。

夏季，须云和尚赤着双脚，踏在锋利的“刀刃”之上，在进出山门之间，于回忆中，让罪恶的往事，反复鞭挞自己人性中曾经的骄纵。

骄阳下，倒映在台阶上摇曳的竹影，就像挥动的扫帚，清扫着岁月尘埃，遗落在内心的污秽。

须云和尚正是借助这种心灵苦修的方式，去接近“释放人心之术”，那至上的境界。

事实上，银钥匙所能打开的地方，都暗藏着无数机关，专用于惩罚那些心生贪念的人。等到须云和尚明白这其中的奥妙时，他变得万分感慨了：宝藏是用自己独特的方式在守护自己啊！

后来，在孩童的歌谣里，须云和尚悟出了宝藏的原貌，他的心就变得更加虔敬了。

他究竟是怎样从一个来去如风的侠盗，转变成心如止水的出家人的？没有人知道。也许只有汤谷最古老的水井了解这个秘密。

在汤谷，有一口古老的水井，水井听了太多的人间故事，竟没有什么事是它不知道的。整个夏季的夜晚，纳凉的人们都坐在井边，相互交换着天上地下人间的故事，无论是传奇浪漫的，或是悲伤贪婪的，都落入老井深沉的聆听中。

那次寺庙大火，也是人们谈论最多的话题。

自那以后，须云就在龙池寺落发为僧了。这期间，他一直没对银钥匙下手，是因为他喜欢上了幻觉和尚。

那次血流成河的厮杀中，他无意间发现临终的住持，将一枚银钥匙交给了幻觉。之后，在强烈觊觎心的刺激下，他救出了这个年轻和尚。

“龙池寺当年的那场大火，我没有杀过一个人。但我承认，那场大火是我放的。或许，我看不上那伙强盗搜刮金身佛像的无耻行

径，又或许，我不能眼看着幻觉死在他们嗜血的钢刀下……”

无数次的忏悔后，须云和尚逐渐明白，是幻觉和尚的美，让他放下了屠刀。他救出了幻觉，并赢得了年轻人信赖的目光。这种没有世俗污染的目光，就像雪山上的阳光一样纯美洁净，不知不觉中，卸下了他觊觎宝藏的全副铠甲。

如今，面对春风吹醒的花圃，怀念起那个恨他的师弟幻觉，苦涩的心情就像凋谢的花瓣，撒落一地……

不再食用被萨满注入“温情念力”的鸵鸟蛋后，多花儿眼看着日渐消瘦下去。然而，对于往事，尤其是爱情方面的记忆力，却出奇地好。她认为是那些营养价值颇高的蛋黄增强了她的记忆力，而不认为是某人刻意为之的结果。

不管萨满的仇恨有多么浓烈，但在鸵鸟蛋中加入“温情念力”本身，又分明暴露出萨满对多花儿依然心存怀念。他害怕残酷的时间抹掉恋人心中爱情的碎片。同样的担心，也出现在多花儿身上。为此，那个凌晨一点的时刻，檀香被多花儿“请”到了府邸。

檀香第一眼看到的竟是一具干枯的躯体。多花儿陷在羊绒铺就的靠背摇椅里，黄褐色眼珠呆滞地目视前方，就像巨蜥处在扑食中的静止状态。

乍一看到这副情景，檀香惊恐地以为多花儿死了。

她不仅仅是死了，甚至还被制成了一具木乃伊，被人随便地搁置在窗边的摇椅里。

面对多花儿如此枯竭的形象，原本应该为自己娇嫩容颜高兴的檀香，此时却得意不起来。通过接下来的谈话，她渐渐发现，今夜，她是以一位心理医生的身份，被“病痛”折磨中的多花儿邀请而来的。

多花儿的衰老，是从她失去理智，摔碎焦尾琴开始的。那轰然炸响的声音，直到如今，都会在她吃着饭的时候，突然跳到耳边，吓得她把送进口的热汤都喷了出来。

为了弥补自己的过错，多花儿特意请来一位技术精湛的修琴师。她想让帝隐将焦尾琴从天歌那里取回来，把被她摔破的琴，连同摔破的记忆碎片，一同补缀起来。然而从外界反馈回来的消息却说，帝隐已带着玄一修好的琴，深入大漠去寻找天歌了。

这种未能如愿的心情，加重了多花儿的失望情绪。加上失去鸵鸟蛋“温情念力”的滋养，多花儿所依赖的温暖记忆，也随之消失了。尾随而来的是失眠，神经紧张，这迫使她不得不求助药物达不到的方法治疗。

“这是心灵深处的疾病，唯有寻求巫术的安慰。”

她在拒绝了一切医生后，就以这个理由，深夜派人去请檀香了。

“我想知道，他现在还活着吗？”

为了不让檀香猜出故事中的主人公就是自己，多花儿颠倒因果，更换人物姓名，才将重复出现在自己噩梦中的故事，讲述给了檀香听。

檀香是通过一只盛满水的脸盆，来施展占卜全过程的。从多花儿投入水中的清澈倒影来看，她估计出，对方是在倾诉自己的往事。

撇开多花儿有意隐藏恋情的字眼，以及干扰她判断的感叹句，檀香从红石头自行呈现的星状图中，隐约看见一个依然存活的生命景象。但她却不能肯定，这是不是多花儿梦中所指的那个人。

“他或许还活在这个世上？”檀香试探地说。

“什么叫作……或许？”

听完檀香占卜的结果，多花儿不满意地反问道。她特意把“或许”两个字的音调抬高，似乎在她话语的长矛上，挑着一件缴获来的战利品，正好借此砍杀对方的锐气。

“卦象的意思是，他曾经死过一次；现在活过来的那个人，不一定是他，只是借用了他的躯壳罢了。”

“不管怎样，他如今还活着，没有死，对不对？”

“你是不是在心里盘算着再见他一面？”檀香揶揄地说道。

在檀香不动声色的面部表情上，忽然升腾起神秘而迷蒙的微笑。她一针见血地扎破了多花儿在脑海里膨胀的巨型气球。

只因这一句话，两人仿佛同时听见一只橙红色气球在耳边爆炸的声音。

由于多花儿是颠倒故事因果，更换人物姓名来叙述的，这反而让她担心檀香能否在错误前提下，准确卜出命运的启示。

她还担心檀香运用犀利眼神，故意伸到她灵魂深处去报复她。而实际情形是，檀香的眼睛始终都是平静的，尽可能避开多花儿敏感多疑的眼神。檀香似乎将注意力放在了她的无名指上，那儿有一只象征权力的蛇形翡翠戒指。

末了，多花儿还是听到了檀香的怀疑：“你隐瞒了一些重要细节，这对接下来的治疗很不利。”

尽管多花儿极不习惯听到檀香略带命令的语气，也极不情愿看到檀香如此自信的神情，但她还是隐忍住了——好吧，也只能如此了。

多花儿决定讲出事实真相。

为了将故事还原成最初的模样，多花儿不得不让自己的思绪再次回到曾经的噩梦中。

…………

当时，幻觉处于昏迷状态，没有觉察到多花儿正冒着生命危险来看他。蜡烛即将燃尽的时候，狱卒宣布探望时间已到，并打开牢门，勒令多花儿马上离去。若此事被老城主得知，不仅是多花儿，连他都会被一起处死。

“可是，他还没有苏醒过来。再给我一点时间吧。”

不忍心将幻觉叫醒的多花儿，再次哀求狱卒施舍给他们爱情一点点怜悯。

泪珠像夏日的暴雨倾盆而下，她没有勇气凝视幻觉那伤痕累累的面容，因为她几乎认不出这就是从前那个具有倾城美貌的男子。

由于火光太凑近幻觉的脸庞，即将燃尽的蜡烛滴下一颗红色烛泪，恰好落在幻觉的下颔上。

“在他挣扎着要醒来之前，我从他的脖颈上取走了一件对他来说极为珍贵之物。”

“那正是噩梦纠缠你的根源。你认为自己背叛了他，对吧？”

檀香以心理医生的职业口吻，为她分析长期失眠的成因。

当唯一的烛火在多花儿掌中熄灭时，四周立刻陷入死寂的黑暗中。多花儿被狱卒强行拉了出来，身后的铁牢门，“哐当”一声关闭了。

突然，一个重物撞击铁栅栏的声响惊动了多花儿。她蓦然转身，回望幽深的黑暗，直觉当即告诉她，幻觉苏醒了，知道她来过了。

此时，幻觉正扑到铁栅栏上，大声地对她呼喊。

这凄楚无比、反复呼唤一个人名字的声音，仿如从冰川深处吹来的寒风，割破了她的皮肤，钻进了她的骨子里，冻僵了她的心。

“是你吗，多花儿？我知道你来看我了。我感觉到你的泪落在了我的脸上。多花儿——你在哪儿？四周漆黑一片，我什么也看不见，但我知道你就在附近。你为什么不回答我？你在哪儿？多花儿——”

铁栅栏因他用力摇晃而发出的金属刺耳鸣响，就像一只小而狠的野兽，闪烁着发光的双瞳，躲在暗处发狂地尖叫。

不是因为怯懦，多花儿不返回去再看幻觉一眼，而是冷心肠的狱卒，拔出了会吃人的利剑，用刀尖点着多花儿的胸口警告她：

“你不能再返回去看他！我们约定一根蜡烛的时间已到。若违背我们之前的协定，我可以把你当作擅自闯入牢房的人，立刻杀死。”

蹚过一条泪水汇成的大河，多花儿从回忆中狼狈地逃了回来——惊恐未定的她，思绪似乎还留在那黑暗血腥的牢房里。

为了尽快摆脱噩梦般的感觉，她将视线停在一旁的药匣子上。浏览了一遍各式各样的小瓶后，她好奇地拿起一个青花小瓷瓶，疑虑重重地问道：“这就是你给我开的催眠药？”

檀香毫不礼貌地，从她手里一把夺过瓶子，愠怒地解释道：“要想消除噩梦中反复呼喊的声音，需要调制一种特殊的催眠香水。否则，失眠中的惊恐，很快会要了你的命。”

冷傲的檀香立刻盖上药匣子，脸上露出不满的表情。

“等我回去做好后，再叫人给你送来。”

说完这句话，檀香立刻起身离去，甚至连一句客气的告别话也没给多花儿留下。檀香心里尤为清楚，那个小瓷瓶里暗藏着杀机。

当多花儿让士兵带着刀剑，在半夜里来“请”她时，她在心里就做好了预防不测的准备。刚才，多花儿差点打开的那个药瓶，被她事先装上了剧毒香气，只要对准瓶口做一次深呼吸，就会立即成为死人国里的居民。

然而，在了解了多花儿的爱情悲剧后，檀香却没有勇气将那个药瓶里的“香气”留给多花儿了。尽管如此，她还是嫉妒不已。“多花儿爱的人还活着，可我爱的那个人，却永远地离去了。”

对多花儿的怨恨情绪，就像被指甲掐过的淤痕，经久不退地留在皮肤上。

当多花儿问她自己是否能再次见到初恋情人时，或许是红石头的预示，又或许是报复心态作祟，连檀香自己都惊异于这样的回答：

“除非你死的那天。不然的话，你永远都无法和他见面。”

答案说出口后，檀香看见，掌管睡梦的暗夜神，庄严地站在神思迷惘的多花儿身后，从她脑中取走了，她仅剩的最后一小截甜美梦境。

11. 出售梦境的男子

大盗死亡这一突发事件，让人群吓得四散离去。霎时，空旷下来的场地上，除了丢弃一地的酒具外，就是一具难看的尸体和三个异乡人。

若不是四散而逃的人群，一直混迹其中，静观事态发展的萨满，还不至于这么一目了然地暴露行踪。

既然谎言被拆穿，他也就不再隐瞒自己的私心："跟踪你们，只是为了保护银钥匙。它对我来说很重要，我不会让它落到任何有野心的人手里。"

"你这样做，不也是一种野心吗？"

帝隐毫不客气地反诘他，话语里带着明显的指责。

萨满希望借助外力来激发天歌体内的潜能，并认为在此动机下做的事没有什么不光彩可言。但帝隐却无法忍受诸如此类对天歌的伤害。

他愤怒地质问萨满："究竟藏宝地点在哪里？这种折腾何时才能了结？！"

帝隐只是幼稚地希望，一旦宝藏现身，银钥匙便用不着了，天歌就可以置身于人们争夺财富的纷扰之外，不会有人对她的护身符感兴趣了。

然而，萨满一脸茫然。

他略带自嘲地走近尸体，悻悻然地说道："如果我知道藏宝地点，就不会蹉跎掉这么多年的光阴，独自在孤寂的煎熬中徘徊了。"

萨满说时露出诡异的表情，让人说不清他心里盘算着的计划是胜利在望，还是完全没有头绪。最后，萨满丢出一句不着边际的话："看来，这个倒霉的家伙，是被人投毒致死的。"

他查看了一遍横躺在地，像一条浮肿大虫似的死尸。停顿片刻后，萨满的眉头，忽然被重重疑虑笼罩。他向天歌和帝隐发出不祥警告：

"你们最好明天一早就赶回汤谷。顺便通知多花儿，在未来一段时间里，尽量别放陌生商队进城。还有，坚决在日落前关上城门。记清楚了？"

他称呼多花儿的口气，让帝隐诧异。

这随意、亲切的态度，是只有家庭成员才惯用的。而且，一个从未与他祖母谋面的人，口中的语气，竟全然没有普通人对城主的恭敬。

萨满在提醒他们留心时，并未提及潜伏在这件事背后的危险原因。他谨慎地使用着恰当的措辞，避免说出"他们可能会洗劫城池"这样的字眼。

"这个男人……我好像认识。"他用指尖弹了弹没入沙中的半截刀身，自言自语道。精锐的刀刃声，仿如拨响的琴弦，发出犀利的回响，响声一直传到清冷的星空下。

有关这个男人的记忆并不重要，在萨满脑海里，那只是一个模糊的印记。然而，这个似曾相识的人的意外死亡，却勾起了萨满对已逝往事的回忆。

帝隐和玄一的身世片段，如闪电般穿过他的脑海。那是被他掩埋在荒丘中的一些过去的故事。

他站起身，用鞋底来回拂平沙地上打斗的痕迹。

没有人能了解，他这么做，仅仅是为了避免听见一个母亲清冽的哭声。因为在可以预见的将来，她的两个儿子——帝隐、玄一，将会遭受人为挑起的仇恨而相互残杀。

要不是操纵野狼偷袭须云失败，萨满是不会留意须云身边养了一头护院小狼犬的。

这份特殊“礼物”，还是当年自己放在柴门外送给敌人的。

一想到自己斑斓的复仇意象，萨满的心中就充满了亢奋。他将须云想象成故事中那个憨直的农夫，玄一是他在雪地里抱回的蛇，搁进怀里的小蛇，被温暖苏醒后，咬死了它的救命恩人。

这个“完美”的结局鼓舞着萨满。

为了达成这个“完美”，暗地里，他向玄一出售各种喧嚣梦境。他发觉，玄一心中欲念的幼芽，正悄悄地匍匐前行，已从须云脚边延伸到自己跟前来了。

那个星期三的晚上，玄一背着师傅，偷偷溜出去与天歌约会。

返回寺中时，他轻手轻脚掩上门的同时，朝师傅僧舍方向望了一眼。黑黢黢的东墙上，挂着一圈居心叵测的月光。

害怕惊醒师傅的玄一，因过分紧张，上台阶时，偏偏被一只脚磕绊了一下，整个人摔倒在地，鼻子碰出了血。

须云和尚并没有睡着，他一直留心倾听着屋外的声响。

玄一摔倒的瞬间，他仿佛看见玄一咬紧牙关，强忍疼痛爬起来的模样。一阵揪心的悲楚，使须云和尚在破旧被卧里，竟控制不住地叹息起来——就在他狠下心来，不为所动地看着玄一，为赎罪而做的三件难事，就要功德圆满之际，他却又一次堕入欲念的深渊。

一心想让玄一修成正果的须云和尚，为此痛心万分。

他已是远离红尘的人了，再也不会对任何世俗欲念动心，但每每看到为诱惑所动的玄一，就甚觉万般无奈。从婴儿时起，玄一就来到他的身边，是他一手把这个孩子拉扯大的。如今，从玄一剃得精光的脑袋上，他仿佛还能看见玄一小时候那张粉嘟嘟的脸，以及对他充满无限信赖的眼神。

像老来得子的人一样，须云和尚几乎把玄一当作儿子抚养。他把原本只是徒弟的玄一，看成自己老年生命中不可或缺的阳光，以至于玄一撞伤鼻子这样的小事，也会使他着急。而对玄一犯下的错误，自己却像狠不下心的家长，连责备和惩罚，都来得万不得已。

如今，须云和尚已失去了教育玄一的热情。一切都有自己的定数。现在唯一能做的，就是耐心等待浪子的回归。

失去了约束，玄一没有感到不安，反而如饮甘露般快乐。

他认识了一个卖梦境的男子，那人出售各种各样的神奇梦境。梦境被装进贴有彩色标签的口袋里。出售梦境的男子，似乎总在老和尚出门后，才背着梦境口袋拜访龙池寺。出于好奇，玄一从一开始起，就堕入这些奇诡的迷梦中了。

早在寺庙大殿动工之初，玄一的思绪，就像风吹散的蒲公英，游离于工地之外。想入非非的心思，使他无视于沙尘、喧嚣的存在，而深深沉溺于对天歌的幻想中。面对帝隐随处体现的优越感，玄一巧妙地用冷傲来保护自己，他分不清这其中是否夹杂着嫉妒。

老和尚曾经生气地打过他一次。

他把一头纯金打造的狮身护法神兽，蔑视地丢在地上。那是帝隐代祖母捐给寺庙的。玄一受不了别人的施舍，尤其是高高在上的帝隐，虽然这馈赠不是冲他而来的，他也受不了。他天生不喜欢靠化缘来维持生活，也因此他永远无法知晓老和尚整日奔波在外，苦心劝说人们为寺庙捐款的真实动机。

须云和尚则把整个心都扑到工地上，他甚至动用修炼的功力，帮助工人运送巨大的石料，或伐倒森林中参天的古木。他用各种努力

来加快工程进度，仿佛只有这样，才能涤荡自己曾经犯下的罪孽。

唯有檀香，能了解处在单相思里的玄一。

她每次去龙池寺，都会在台阶上碰见打扫山门的玄一。他那与生俱来的高贵姿态，以及恬淡神情，恍若斜阳下一抹烟霞。每一回檀香途经玄一身边，总会不自觉地再次回眸，欣赏这种人间少见的清雅之美。

在寄居龙池寺的那段日子里，有一次，檀香给玄一洗澡，曾开玩笑地说，等他长大了就将天歌嫁给他。小家伙当时认真地盯着她看，那眼神仿佛明了一切似的。这直至今日还令檀香惊讶不已，好像他还记得当初那个诺言，倒在责怪檀香把它给忘了。因为每次的回眸中，她都能看见，手持扫帚的玄一，立在台阶上，举着一副欲说还休的眼神，目送她离去。在来与去的过程中，他们唯有目光的交流。两人之间，似乎根本不需要语言的辅助。

不仅檀香，就连玄一自己都很清楚，穿在身上的这套圣洁僧衣，从他认识天歌的那天起，就注定遭受孤独牢笼的折磨。可如今，孤独似乎离他而去，或者说，是短暂地隐匿了起来。

白天，他像一只懒洋洋的猫，优雅地享受舒适的阳光。显然，他毫不可惜地将一整天的时间，浪费在期盼夜幕的降临上。

一旦沉睡的鼾声，从老和尚的窗户里传出，在黑暗中静待这一时刻的玄一，就会立刻掀开被子，跳将起来，拿出藏在隐秘地方的梦境口袋。

自从享受了一个个变幻莫测的梦境后，夜间的睡眠变得有趣起来。心灵获得自由驰骋的玄一，不再满足于经书上密密麻麻排着队伍的文字，而是痴迷于黑夜里无限扩张的想象力。

习惯半夜起床小解的老和尚，偶尔会听见玄一房中传出细微的动静。然而，当他将耳朵贴在房门上悄悄偷听时，一切又恢复了先前的平静。

其实，这种暗藏心机的平静背后，正是玄一双眼梦游的时刻——他能在暗夜中看见奇异景象。这些景象，晚晚都在玄一整洁、四方的僧房中上演。

时而，那人性中如海啸般残暴的画面，从袋中喷薄而出，腾腾杀气，充斥在整个小巧洁净的房间。次日清晨，提着一桶清水来打扫房间的玄一，觉得雪白的墙壁上仿佛还残留着昨夜从梦境中飞溅出来的，令他反反复复都擦拭不尽的血迹……

时而，口袋会讲述另一类故事——一个阵亡战士的生命，化作黎明时分的一滴露水，伤感地落在玄一掌心，如同一朵绽放的花，悄无声息……

有时，甚至一个流浪者思念恋人所吹的口哨声，都能让他从沉沉睡梦中哭醒……

这一切的惊喜与失落，玄一都准时地在天亮前让它消失。

窥视了人间万象后，每日走出僧房，他已无法融入木鱼声中了。他发觉自己一点点地在变，已不再是从前的那个自己。身边窄小的房间，已装不下他的梦想。随着心的脚步越走越远，当他站在老和尚面前聆听教诲时，竟一时回答不上自己的名字来。

我是谁？

这就是我想要的生活吗？

是什么在召唤我？

一个接一个疑问，在玄一头脑中悬挂着，就像夏日树上青涩的果子。

他们三人离开疯狂开场，又戏剧性结束的篝火晚会后，就一直孤寂地徘徊在深夜的驿站上。为了解决住宿问题，帝隐上前询问了好几家店铺，然而，他们都以夜间常有盗匪出没为由，不肯接待这三个来历不明的异乡人。

最后，萨满找了一幢废弃的宅院，并且丝毫没有顾虑地撬开那把生锈的门锁，俨然以主人的身份，将帝隐的马牵了进来。很快，他又在前厅清理出一块可供落脚的干净地板，把斗篷铺在地上，让给年轻人歇息。

“那，你睡哪儿？”天歌关心地问道。

“我在外面挨着马儿就能过夜。你是难以体会的，热血动物的体温，能抵御严酷的寒冷。”说完，他似乎顽皮地眨了眨眼睛，“你不是说……要跟着我流浪吗？那么好吧，今晚你就感受一下流浪的真正滋味。”

待萨满出去后，天歌贴在帝隐耳边悄声耳语道：“他不是坏人，你说呢？”天歌的目光追随着萨满的背影，一直延伸到月光下的庭院里。

“不过，有人若是藏着毒牙，人们也是很难看出的……”

帝隐意味深长地说完后，搬出修复好的焦尾琴，无言地搁在盘起的双膝上。

借着月光，天歌看见了修复一新的焦尾琴。她惊讶地抚摸着琴身上隐约可见的裂痕，透过眼前的裂纹，她的想象走进一幅画里——弥漫着晨雾的清晨，悬崖上，瀑布发出宏大的声响。孤身一人的玄一，深入一片茂密的松林中，拿刀子割开树干，用一只小巧陶罐，收集树身上滴落的松脂……

“你指的‘有人’是谁？”

若有所思的天歌，蓦然记起帝隐刚才说的话，不禁轻声询问道。

“在我告诉你答案之前，我想知道写给你纸条的人是谁？不是你母亲，是玄一，对吧？”

窘迫的潮红泛上天歌的脸颊，她回答不出。惊愕和慌张，交替出现在她闪烁的眼眸里。无疑，帝隐话语中怀疑的锋芒刺中了天歌。

她将焦虑的目光投向庭院。那儿，一辆废弃牛车，已被大漠悠悠时光压垮，整个儿坍塌在地，在阒静的月光下，仿如一个小小坟冢。那里面埋葬着什么样的不为人知的故事呢？

杂乱的思绪纷至沓来，盘踞在天歌的脑海里。

之前，她还不知道该如何将帝隐和玄一重叠的身影，从心里分开来。而且，她还没学会原谅——这种奇妙的艺术。如今，她和帝隐重归于好，她不希望纸条这个不和谐的小插曲，再次出现在她生命的旋律里。

“我不是告诉你了吗？你还问！”

丢出一句不耐烦的回答后，天歌转过身，背对着帝隐躺下了。

这似乎恰好证实了帝隐的猜想：天歌喜欢玄一。

越是往爱情的深渊里张望，帝隐反而越是害怕。假若自己控制不住地问天歌，“你是否也喜欢玄一，尽管他是一个不能被爱的人，尽管他是由泥塑菩萨养大的人？”若天歌真的回答他，说她喜欢玄一，那么接下来该怎么办？以后发生的事情，可能糟糕得令人无法想象。

他可以不去计较玄一是否爱上了天歌，但他却不能忽视天歌的感受。

突然，帝隐动情地弹奏起《伤离别》。

腾空而起的旋律，越过庭院，朝着空寂的四野飞逸而去。天歌心里一惊，赶紧用双手按住眼角，以阻止饱满的泪水挣脱而出。

此刻，萨满毫无睡意地靠在马儿温暖的肚皮上，仰望头顶一轮孤寂的满月。突然而来的音乐，惊动了夜的眼睛——满月微微震颤了，也惊扰了他的心。

他曾以为没有人能超越他当年弹奏这支乐曲的情感。然而，帝隐游走在琴弦上的思绪，还是打动了他的心。

音乐穿透了萨满身上冷酷的盔甲。他举起微微湿润的双眼，若有所思地在茫茫星河里，寻找自己曾经遗落的梦。然而，高高在上的星星，眨着闪烁的眼睛，仿佛戏弄他似的，令他在数不清的星光中，找不到归家的路……

有一次，半夜里醒来的萨满，在下意识的牵引下，迷迷糊糊地，来到多花儿宅邸的后门，朝她已经入睡的窗口望去（年轻时的幻觉，也曾这样傻傻地，立在同一个地方，眺望那扇没有灯光的窗户）。

他将一枝刚从路边采摘的野花，插在镀金的狮口门环上。未睡醒的乳白色花瓣上，还垂挂着颤悠悠的夜露。

突然，守院的狗狂吠起来。尖牙撕破了夜的衣裳。

萨满脚跟一哆嗦，迷梦蓦然被惊醒。

他猛地记起，这些恶犬已辨认不出他身上的味道了。此时的他，与当年的幻觉，已是截然不同的另一个人了。正如檀香为多花儿梦魇卜示的那样：过去的他已经死了，如今还活着的，无法确定是否就是曾经的那个人。

那晚，他与多花儿原本是可以再见面的。最后，却因他仓皇地逃离，而永远错过了。时间虽会抚平受伤的创痕，但也会随着流逝的生命，而愈发让人对往昔充满无尽眷恋。

那一刻，他也许后悔了。他也许不饶恕自己的软弱。

就在那晚，在落满星星的后院，多花儿房中的灯光，仿佛受着某种召唤，突然点亮了。推开窗户的她，在暗夜里，惊异地发现一只失落的魂魄，正朝她目光延伸的远方而去。

“那是谁？谁把他的灵魂，遗忘在我的花园里？”

她闻到了花儿的香气。

那不是记忆中熟悉的芍药花，而是从门环上，蹑手蹑脚钻进她心房的，一朵带着夜露的无名花。

那个令人心绪飘忽的夜晚产生出的疑问，直到后来，多花儿躺进棺材里，等待死神来接她离去时，才突然无比清晰地悟出其中的答案：是她一直思念的爱人——幻觉，终于来看她了……

当寂寥的星辰向西方沉落时，天歌一声凄厉的惊呼，搅碎了萨满的心。

事情来得太突然了——令天歌匪夷所思的是，她看见了死神。

死神踩着月光的脚步，轻盈地跨过萨满挡在门口的身躯，也跨过熟睡中的马匹，这是另一种怜悯——不伤害不该带走的生灵。

天歌怎么也没料到，死神今夜毫无预兆地来了。

直视死神一步步走来的天歌，相信是自己诅咒的歌声，把死神召唤而来。

最后，这个轻盈的脚步，如雨燕栖息在帝隐身旁，耐心地等待着他的灵魂，从肉体中冉冉升起。

当死神安静的身影，与天歌共坐在帝隐身旁时，天歌眼前重现了童年时代的恐惧：她独自走在归家的路上，一道惨白闪电，忽然照亮黑暗的四野，四下里，显露出一派鬼魅景象。她被雷声吓坏了。

此刻，死神就骇然地栖息在帝隐身旁，令天歌万分痛恨自己——当初，为什么会用歌声诅咒帝隐，做出只有魔鬼才会干的勾当？！

充满绝望的天歌，在帝隐身边躺了下来。

她用歌声向死神祈祷：让我和帝隐一同离去吧。

被骇异之声唤来的萨满，看到帝隐不能转动的眼睛，仍死死盯着自己的帽檐。萨满明白，帝隐是在向他索求答案。

“我也许不该暗示帝隐，玄一可能在那杯茶水里下了毒？”

之前，他与帝隐在驿站上一个小酒馆相遇。化身为瞎老头的萨满，正沉浸在自己的思绪中，忽然，他被横挡在路上的一把琴给绊倒了，呼啦拨响的琴弦，令他蓦然惊醒——这不是他送给多花儿的焦尾琴吗？

琴声中猛然跳出的铿锵之音，惊吓了拴在一旁的马。马儿高抬起前蹄，悬在瞎老头的头顶，瞎老头却全然不知。

双腿挂在栏杆外，正神情沮丧喝酒的帝隐，立即跳下栏杆，拉住了受惊的马。

不过两天时间，帝隐英俊的外表，就染上了落寞的风尘。坚毅的下颌上，还冒出一片胡子渣，但这并不影响他依然保持着完好的尊贵气质。

“看来，你被感情折磨得不成样子了。不然，怎么会把如此贵重的琴，搁在地上！”

萨满非常不满意帝隐将心爱之物随意丢弃在地。

萨满一时竟忘了自己的乔装身份，哆嗦着手指，抚擦着琴身上的尘土，流露出秋风一样难掩的惆怅。

帝隐猜测，此人从琴身上看见的，不是现在，而是令他爱恨纠缠的过去。

“你看得见？”帝隐试探着问。

“不，我听得见。包括你急于寻找一个人的心跳声，我也能听见。”

为避免帝隐有所察觉，萨满略施伎俩，便转移了话题：“瞎子能看见普通人所不能看见的，也能解答人所迷惑的。给我一口水喝，我就会告诉你希望了解的一切。”

帝隐将手中那壶酒伸过去，递给眼前这位鼻峰高耸，鬓角如灰色翅膀飞入发丛中的老者。就在萨满将酒壶送至唇边时，突然帝隐打翻了它，泼洒了一地的酒香。对于这种奇怪举动，老者似乎并不介意。

帝隐给出的理由是："请你解释给我听，假如一个人邀请你饮茶，却又在最后突然阻止你喝下杯中之物，这究竟是什么原因？"

"水中可能有毒。"

帝隐继续向陌生人讲述自己心中的疑虑。

"……为何我当时走不出树林？马儿会恐惧画中的白狐吗？"

"你和马都被一种幻象迷惑。画这幅画的人，想必已把绘画技法推到了极致，甚至近于妖术了。"

帝隐能打破玄一制造的迷局，活着走出来，在萨满看来，是因为帝隐的箭法卓尔不凡。他的箭天生具有一种毁灭性，因此才能破解对方的招数。

那么，能够拆解自己所练"隐藏人心之术"的绝技，究竟被谁掌握着呢？

透过帝隐的叙述，萨满眼前出现了一幅令他心悬疑惧的景象：薄暝中，苍茫的山林像一张细密的网，将玄一织进秋野昏黄的画面里。他静静地立在宝塔下，眼光深邃地凝望着帝隐渐渐离去的背影……

如果时光能回溯，借用帝隐的双眼，萨满看见的，一定是一个令他吃惊的敌人——假如玄一知道宝藏的秘密会怎样？

当然，他可以用法术轻而易举地将玄一变成一只生命短暂的夏日鸣蝉。

然而，他知道自己不会用这种手段。这并不是女教主临终前的托付起了作用，而是他要用公平手法，完成和须云一场注定的生命较量。

在他们较量的最后，当帝隐举箭射向玄一，那生死攸关的时刻，萨满还认为，是爱情导致了他们兄弟间的纷争，不是他的错。

"我只是过路的风，顺势将火扇得更旺些罢了。"他以惯有的口吻评论此事。

有一次，天歌这样对帝隐说："假如我死了，你会把我的灵魂领回家，继续爱我吗？"她抬起清润的大眼睛，以儿时凝望璀璨夜空的好奇与憧憬，在帝隐脸上寻找答案。

"你会翻越时间的高墙，渡过生死两隔的长河，继续用你的爱，呵护我的灵魂吗？会吗？"她一再催问。期待和紧张，竟使她控制不住地流下泪来。

其实，她是讨厌这种多愁善感情绪的。

小时候的她很少流泪，这一点令檀香十分惊异。她还记得天歌两岁时，有一天，突然被人抱到多花儿那儿去了。

待檀香失魂落魄地闯进华美的高墙之内，跟多花儿要孩子时，却见多花儿一手搂着孩子，一手把玩着一把小巧锋利的短刀。

多花儿这样给檀香解释自己的奇异举动：她只不过想看看这个拖着狐狸尾巴出生的孩子。说完，刀锋突然从天歌额上一闪而过，小姑娘的眉毛被削掉了，但她的眼睛却没有眨。

"真是个勇敢的小家伙呢……"

多花儿对孩子发出由衷的赞叹，并认真瞅了瞅小脸蛋上清朗的五官。同时，下意识屏蔽掉了与儿子相貌相关的任何联想。

半个小时前，檀香就在占卜中惊恐地预见，天歌会遭遇尖刀威胁。

没有人比檀香更清楚多花儿的心思了：你想试我，以为我在孩子受到威胁之下，会突然喊出孩子父亲的名字。可我偏偏不说！怀着对多花儿的怨恨，檀香强忍着惊恐，也不开口道出天歌的父亲是谁。

虽然私下里，多花儿也曾打算把天歌认作儿子的骨肉，可心里却挥之不去两个年轻人用张扬的爱情和其中一个人的死亡，强加给她的不幸。

那一回，没能从檀香口中证实孩子的身世，此后，多花儿就强硬地站在高台之上，故意无视天歌的存在，并借此打击檀香的傲气。

当萨满像一头失控的野兽扑向天歌时，天歌迷离的目光，仿佛脱离了身体的约束，游离于蛛网垂挂的破败窗棂上。

第一缕稀薄晨曦，正从窗棂里缓步而来，照亮在这对殉情的恋人身上。

“唱啊！唱出‘侯人猗’的绝响来！”

荒宅里，忽然传出一个疯子的怒吼。

那人是萨满。

他几近疯狂地将天歌从帝隐身上移开，摇晃着视线迷蒙的天歌，并高声对她咆哮：

“你为什么不开口？为什么不歌唱了？你能用歌声救帝隐！死亡的痛苦能激发你潜在的能量！”

萨满癫狂的形态，吓飞了停在屋檐上哀啼这个忧伤黎明的寒鸦。

他原本以为，帝隐生命垂危之际会激起天歌的绝望，从而唱出他期待已久的“侯人猗”歌声。这样，他就能揭开宝藏真相了，那是让他等得太久太久，等得心都发酸发疼的东西。

“不，那不是宝藏。对你来说，她已不再是个传说，而是你真实的‘恋人’。”

有一次，檀香表情激动地挑破了萨满心中的秘密。她毫不客气地指出，萨满已多次在梦中，呼唤着“恋人”的名字醒来。令檀香失望的是，恋人的名字不是她，而是宝藏。

当天歌不停地摇头，绝望地发出一声声“不可能！我不可能再唱歌了”时，萨满突然觉得，檀香狠狠抽了他一巴掌。

他自嘲的大笑声，骤然升起，惊落了屋梁上的陈年尘埃。一窝窝风干的蝼蚁，以及各种被时光遗忘的残骸，簌簌掉进他悲怆空洞的笑声里……

渴望揭开宝藏的真相，就像檀香嘲笑的那样，已经成为萨满不愿放手的“爱情”。然而，檀香又怎能知道，他与须云的恩怨情仇，都凝聚在这个宝藏上呢？他其实是为自己的尊严而战！否则，当年的幻觉，有何意义偷生于人间？

痛不欲生的天歌，没能用歌声拯救心爱的人，而是为爱做出惊人的殉情举动，这是萨满始料不及的。他把天歌抱在怀里，一遍又一遍在她耳边呢喃：

“帝隐的死，和突然消失的汤谷一样，是人心理上的一种假象！”

天歌从恐惧的阴影中艰难地走出来了。

当她重新用审视的眼光环视四周时，发现一切并没有改变。这儿仍是荒草覆盖的庭院，蛛网缠绕的破败窗棂。可是，天歌又觉得，一种悄悄的变化来到心上。刚才发生的生生死死，就像一场稍纵即逝的梦，既恍惚真实，又痛苦纯净。最让她感动的是，帝隐竟像一个梦游者，在阳光照亮房间时，完好无损地回到了现实中。

帝隐告诉她，自己经历了一次漫长的艰难旅程，好像走在一个长长的黑暗隧道。前方始终有一星光亮，他看见了光亮中的天歌。他想追上她，于是他跑啊，跑……他很渴，很累……后来，他躺下去了……幸好，他遇见一位女神，喂给他一捧水，那水的颜色，他还记得，是鲜红色的……

帝隐叙述完梦境后，欠起身，看了一眼躺在身边的天歌。此时，天歌的脸上露出欣慰的笑容，她将目光投向门外，那儿，天空瓦蓝瓦蓝的，像一湾静谧的湖泊。同时，他们都闻到了空气中飘来的烧焦气味。

苦艾？桔梗？还是夏枯草？

烟雾来自杂草丛生的庭院。萨满独自靠在废弃马厩外的栏杆上，恶狠狠地吸着发出苦味的烟草。等待传说中宝藏的出世，已经令他分外焦急，而来自年轻人冲动的爱恋，却又令他时常感动。

真叫人厌烦啊！

思索中的他，眉头紧锁，仿佛只有这样，才能将那些不想要的念头驱赶出去。浓浓的烟雾笼罩着他的头部，烟头冒出的火焰几乎要点燃身边的野草。

在帝隐眼里，天歌的诅咒是不存在的。

他唯一在乎的是玄一的态度。

虽然，玄一总是一副冷傲的，心不在焉的姿态，但他的心却是高贵而善良的。尤其让他钦佩的，是他与生俱来的洞察力。有时帝隐竟觉得，自己很了解玄一，甚至能感受他内心常有的忧伤。这种感觉是那样的真实，就像发生在自己心上一样。

可是，为什么玄一在替他修复焦尾琴的同时，又在杯中下毒？为什么？难道真的像萨满所说，是因为嫉妒？

帝隐不得不在过往时光里，搜寻玄一嫉妒的根源——那棵有毒的罂粟花，是怎样毒害他们友谊的。

第一次，那是令帝隐和玄一都会牢记在心的打架事件。在澡房里，因为玄一嘲讽地盯着帝隐霸道的下身，他们于是狠狠打了一架。可结局并不坏，他们成了好兄弟，甚至在澡房里玩起换装游戏。帝隐不会忘记，玄一穿上他的锦绣华服时，流露出的憧憬神情。或许从那刻起，嫉妒的种苗，就在玄一的心底扎根了？

接下来，时光跳到寺庙大殿动工期间。帝隐与天歌躲在柴房里热吻，他们黏在一起的火热情景，被偶来此地的玄一撞见了。

“你不会将这事说出去吧？”当玄一若无其事地从弥漫着松香味的柴房，抱出一捆干柴离去时，帝隐在门外的小径上，挡住了他的去路。

“如果有人问起，我不会为了任何人而去隐瞒真相。”

帝隐没料到，玄一竟如此绝情地坚持己见。这几乎让他失去耐心。

“只要我祖母知道了，从此，我们就断绝朋友情谊！”

被羞愧、恼怒支配的帝隐，压低怒吼的嗓音，狠狠地抛出警告。同时，他还把玄一怀中抱着的柴禾，凌乱地扔在地上，借此威胁冷傲的玄一。然而，仅仅过了两天，悔恨的情绪，便开始在帝隐心中嗑磕碰碰地前行。他想去寺庙向玄一道歉。

就在他备马准备前行时，他从多花儿怀疑的眼神和锐利的语气中，得知祖母已经知道他和天歌的恋爱秘密了。那一瞬间，他认定这个告密者是玄一。

一旦这个鲁莽的念头控制了他，帝隐便无情地实施报复计划。他不问缘由地将玄一狠揍了一顿，并撕毁了他的画。

“有一天，我会杀了你——”

暴怒的帝隐，急风骤雨般摧毁了玄一的骄傲后，扬长而去。

当时，玄一在帝隐身后喊出的，就是这句话。

寺庙西墙下，玄一正在打扫落叶。他的思绪，随着秋日焦躁的落叶飘满心田——在那个秘密的心灵庭院里，恋人热吻的一幕，成了他永远都清扫不净的心头之痛。

若不是负责寺中晚膳，那时，他是不会去柴房的。

柴门虚掩着，树木的阴影和残阳的霞光，将它染成怪诞的色彩。在推开门之前，玄一猜想，或许是猫跳到柴堆上弄出了声响，然而，当他推开门后，却看见帝隐正动情地吻着他心中的女神。

突然出现在门口的人影，惊动了这对隐秘的恋人。

向门口望去的天歌，看到玄一正用惊讶和哀怨的眼神，凝视着他们，就像一棵正在凋零的树，心中飘满纷纷而下的落叶……

残阳下，玄一举头目送秋凉的上空那一排排飞过的大雁，思忖着自己的人生。可悲的是，自己爱别人或被人爱着，连尝试的机会都不被允许！

寺庙后山上有一匹孤独的狼，总在寒气如流云游走的半夜，立在怪石狰狞的峭壁顶端，仰头对着中天满月，无比凄楚地哀嚎。

玄一常常会在那时醒来，想象那匹狼的孤独，是否与自己一样。他随手从枕头底下摸出那只小铃铛——一个饱含他身世之谜的物件。有关这只铃铛的来历，师傅曾告诉他，在一个寂静的雪夜，他和铃铛一同被人送到了寺庙里。

是谁把我送来？为何要送进寺庙里来？我一定会恨那个送我的人，恨他注定了我不愿接受的命运。

也就是在那个充满屈辱的时刻，玄一才知道为何自己将柴禾，紧紧地抱在怀里，就像雨天在路边捡回被遗弃的小猫，自己紧紧抱在怀里一样。猫儿湿润的眼光，让他看到自己那颗渴望被爱环绕的心。

然而，紧抱的柴禾，被帝隐强行弄撒了，全都撒在了小径上……

“你，我，从此……断绝朋友情谊！”

此话从帝隐口中一出，玄一心中莫名地轻快起来。虽然愤怒的帝隐早已扭头离去，玄一却痴立在原地，任秋风吹起的落叶，一片片滑过脸颊。

“友谊吗？让它断了就断了吧，因为……我开始恨你了呵！”

林子里的枫叶，此刻，螺旋式地在玄一周围旋转。一缕清邪的微笑，隐现于他冷漠的表情中，然而，只有浮现出天歌美丽的笑靥时，玄一的恨，才变得无法控制。他一次又一次地想起天歌：“太爱你了……太爱你了……就因为我永远都不可能得到你，所以我疯狂地想要爱你……”

被爱压痛了胸口的玄一，奋力地大喊一声。

"啊——"

山谷空灵的回音与他遥相呼应。

两条骤然突起的青紫色静脉，从玄一头顶中庭处如两条弯曲长龙，伸向前额的太阳穴。最后全部的怒气，都汇聚在高挺鼻梁的两侧那充满血丝的眼角内。

为了发泄嫉恨，他将气力聚集在掌心，对准脚下的土地狠狠击去，然后猛地向上拔起。立时，一股平地冲出的旋风，转瞬间归拢了整片林子里的落叶。环绕在他四周的枫叶，恍如数万只飞舞的彩蝶，发出相互摩擦时清脆的沙沙声，他身上萧瑟的僧袍，反倒像伫立在风中，一个不知该归往何处的空荡荡的魂。

他再一次，再一次控制不住地想起了天歌。

被强大气场汇聚成球形的枯叶，悬浮在空中，停在玄一的掌心前，一秒、两秒……想念的思绪，都凝聚在这个瞬间。

突然，玄一将掌心猛地朝前推去，刹那间，巨型的红叶团，如蝶群腾空跳出寺庙的峭壁外，爆发式地俯冲下去，在开阔的河面上，一声巨响地炸开了。

众船夫和行人都纷纷惊诧地仰起头，感受这场没有先兆就扑面而来的"枫叶雨"。

"枫叶雨"下得如此壮观浩大，却又悄无声息。

片片旋转的红叶，静静落在烟波浩渺的赤水河上。步出船舱的萨满，如一只漆黑鸬鹚，立于无人划动的船头，唯有水波在孤舟的两侧荡漾。当萨满信手从空中夹住一片缓缓飞落的红叶时，小舟就势停在了水中央。

默然凝视半晌后，他微微合上双眼，以品尝美味的姿态，优雅地将叶片的一角放入嘴中。待徐徐的山风吹散河面的烟波时，他才轻启唇齿，发出无人能懂的呓语。

“我喜欢，喜欢这种……这种充满仇恨的味道……好喜欢啊……”

萨满贪恋地嗅着叶片上冷冽的惆怅——在这个淡雅的水墨秋天，它的鲜亮耀红了一河的秋水。立于小舟之上的这个人，此时深深陶醉在大河深处滔滔的仇恨中了。

“好熟悉的仇恨味道啊……好喜欢……好喜欢……”

被秋风吹转的河面上，咕噜噜的水流声，似乎在低回婉转地，重复此人的呢喃。

闻到仇恨味道的萨满，就像一匹暂时还未感到饥饿的狼，为了尽情满足对鲜血的兴奋，贪婪却并不着急。他要慢慢折磨他爱的和恨的人，是为了让这些人也尝尝他曾经的痛苦。

可是，这一切究竟为了什么？

究竟是什么，使自己活到今天？

他一度借着迷狂的醉意，举盏问星空和残月。

那会儿，他独自在山巅修炼法术，怀抱着愤恨和等待，等待有一天，自己能打败须云。可是，随着时光的流逝，他渐渐意识到，自己不可能，或者说，不能完全成为一个法力无边的妖魅男巫。

成功达到的资格，需要对爱，对世上一切美丽、忧伤的东西，彻底地抛弃。他却不具备这种勇气。

甚至，在法术上都有致命的弱点。假若“释放人心之术”存在的话，他所修炼的法术将变得不堪一击。

流光掠影的杯盏，从他酒意酣畅的嘴边移开后，颓然地滑落在粗粝的岩石上，几个小跳后，杯盏滚向悬崖，最后消失在漫长的自由落体中……萨满仰头向后倒去，舒泰地靠在一匹毛色纯亮的野狼脊背上。

“是谁让我与野兽同眠？是谁让我从此披上夜行的黑衣？是他，是他！”

萨满奋力昂起头，将脖子拉长，学着野狼的样子，对月长啸。

“总有一天，我会用嗜血的尖牙，将他整个儿撕碎！撕个粉碎！”

黑狼神是萨满教的精神图腾。

他是一匹疯狼。

也是一匹勇敢无畏的狼。

凄空、冷寂的山风，吹来了野狼哀怨的长吟。

在这幽明的夜里，玄一又一次醒来了。他侧耳静听，似乎草丛里有动静。

或许因为玄一放纵了自己的想象力，或许他感应到了黑森林里传来的妖气，此时，窗台上出现了一匹狼。

那生冷的玻璃质地双眼，就像黑暗中闪出的一把寒光闪烁的匕首，冷不防地抵着你的腰椎，阴险而又亲密。见到此景，在掌中把玩小铃铛的玄一，心房像被烫了似的不由缩紧了双肩。

恐惧之余，另一件怪异之事，又占据了他的注意力。

他的掌心，不知何故冒出一团湿冷的清寒之气。铃铛上的蛇形花纹，竟变成数条小蛇，滑腻腻的蛇身，如同疯狂生长的热带爬藤植物，正扭动着向上攀爬，仿佛要赶在玄一克服恐惧前，钻进他的胸膛。

玄一胡乱地抓扯着前襟，打算把蛇揪出来时，却诧异地发现自己胸口并没有被蛇咬伤的印痕。可在刚才，他分明看见数条花纹艳丽的小蛇，从他肺叶的下方钻了进去。

这究竟是怎么回事？

百思不得其解的玄一，惊恐之余，茫然注视着掌心的铜铃铛——铃铛上的蛇形花纹完全消失了，与此同时，一种难耐之情遍布周身。对爱难以遏制的欲望，如苏醒的火山，突然喷薄而出。

面对墙上那幅天歌的画像，玄一用象征女性的右手，第一次给自己煎熬的欲望送去了安慰。

白天，他会将画卷反转过来，那儿呈现的，是一幅水墨烟霞的风景画。然而，一到初春或沉闷的夏夜，他便会在绝望的思念中，将画有天歌的一面朝向自己。画中的天歌，像一只绚烂的蝴蝶，轻盈地飞进玄一渴望拥抱的怀里……

就在今夜，欲念的荒草淹没了他内心的孤岛，蛇在岛上穿行……自慰后，他再次陷入无边的空虚。那混浊的海浪，惆怅地拍打着荒凉的海岸，孤岛上稀疏的星光，不是由萤火虫点亮的，而是由一个人伤心的泪光划亮的。

狼从窗台上跳下来，变成了人形。

迷梦中的玄一，隐约瞧见一个裹着黑色风衣的瘦削背影，就像乌鸦在浓墨的夜里飞行，让人分辨不清究竟是黑鸦消融在夜色里了，还是夜，这个庞大的暗黑家族，吞没、吸收了一切黑色外壳的生灵？

就在这个暗夜的晚上，在玄一无法摆脱爱欲纠缠的痛苦中，萨满看到了自己复仇的希望正在一点点到来。

他卖给玄一的梦境，像洗脑机器，不仅将须云和尚苦心灌输的教诲清洗得一干二净，还把自己处心积虑的阴谋化作暗示传导给了玄一。

他终于能根据梦境下指令了。

此后，这个声音，就伴随着令玄一兴奋的每个梦境而来。就像父母为了让孩子动手打扫房间，会以一颗糖或他渴望的玩具，作为奖赏一样。

玄一变了，在须云和尚眼里，他慢慢变成了一个陌生人，甚至带着一副满不在乎的神情。

这是令须云和尚只消瞥上一眼就足以寒心的眼神。

无对无错，无始无终，无愧于心的是空里来、觉里去的人心……这是须云和尚用苍峻字迹，写在红漆柱子上的对联上句。在老和尚心里，这是为纪念师弟幻觉写下的。

再过几天，就是大殿竣工之日。须云和尚决定，将一件被命运齿轮挤压得变了形的秘密，从最后的时刻中抢救出来，让新落成的大殿，作为见证他赎罪的现场。他坚信，有一个人，必定会在那一天回来。

“他会回来的……”

步入耄耋之年的老和尚，已感到宿命的绳索缚住了自己。他的手脚会不时地哆嗦一下，舌头也不能流利地念诵经文了。然而最令他苦恼的，是晚上频繁的起床小解，却又常常遭受排泄不畅的痛苦。

这期间，他发过一次烧。而那次疾病，差点要了他的命。

起夜的时候，他忘了披一件挡风的外衣，偏偏在门口的屋檐下，又瞧见了立在月光下，已死去多年的妻子。

死人告诉他，他不能将“释放人心之术”运用到炉火纯青的境界，是因为他心中积累了太多的“稗草”。

“所以，你的寿命，不会比这个秋天还长。”

须云和尚看到，死人的头上覆盖着开着小黄花的野草。这情景，跟通灵的檀香所见一模一样。

与离开这个世界多年的妻子进行了一场预言性的谈话后，须云和尚就病倒了。当探望他的檀香惊讶地发出“你的背怎么忽然驼了？”的疑问时，须云和尚才知道，自己的样貌发生了多么剧烈的变化。

他虚弱的肺叶里，不仅有病痛的折磨声，更多的是因极力控制跌跌撞撞的思绪而发出的模糊深沉的叹息——假如时光可以回到遥远的过去，那么，事情原本可以不是这样的啊。

就像檀香给人占卜时常说的，机缘与定数只是一线之差。刀光剑影下，当他看见惊恐无助的幻觉，当他得知幻觉身负使命重托后，就决定用放火引开匪徒，从而救出这个俊美的，仿如象牙雕琢而成的年轻僧侣。

就是因为上述理由，面对过世妻子的误解，他都不为自己的行为辩解。他决定将真相永远封存在记忆尘埃的陶罐里。

一次起夜，情急之中，须云和尚还是踢翻了那只搁在墙角的陶罐。尘封的记忆如闪闪发光的火流，霎时倾泻一地。

在须云和尚的眼前，重现了当年的血腥景象。为救出幻觉，他鲁莽地点燃了柴房引发大火，火借风威，瞬间包围了大殿里厮杀的僧侣和匪徒，百余个怨灵尖锐如刀剑的呐喊声，此时，清晰无比地出现在他的耳际。

这圈平地升腾起的回忆大火，将须云和尚紧紧包围着，使他进退不得。

已经躺下的玄一，忽然听见师傅传来的惊恐无助的呼唤声。他立刻起身，掌灯前来查看。

“赤水河是红色的，是永远也洗不净的血红色……”

当玄一赶到时，他看见一个哆嗦不已的老人，一遍遍发出痴狂的呓语，呆立在墙角，不敢移动一步。

“救救我吧，孩子——”

当玄一走进师傅幻想中的火圈，将老人小心搀扶出来时，师傅还是迟迟不肯在床上躺下。他紧紧抓住玄一的手，告诉他，他有多么害怕睡在这张床上。

在须云和尚的眼里，那是一张铺满荆棘的床，令他彻夜辗转难眠。就算废墟之上重现了巍峨大殿过去的辉煌，他能够得到那些灵魂的宽恕，可他还是睡不安稳——他在等幻觉。

竹影摇曳的窗外，挤进丝丝冷风，玄一托于掌中的灯瑟瑟窜动着。他像安慰一个孩子，将师傅哄上床，让他安静地躺下，同时发出催眠似的呢喃："睡吧……睡吧……"

檀香来看望生病的须云和尚了，并给他带来了治疗的药草。

她特意吩咐玄一，金狗脊这味药材，是要用盐炙的。《黄帝内经》中记载，咸入肾经，这是针对须云和尚夜尿频繁症状开的药方。

檀香是在梦里和母亲聊天时，得知老和尚生病的。

"他是被建庙的事给累坏的。"

母亲拍着大腿，坐在窗前的摇椅里长吁短叹："他除了肺部痰壅阻塞外，还有经常起夜的隐疾。如今，他每晚要起来六七次啦！唉，也是上年纪的人了，这些毛病是少不了的。有空你去看看他。"

母亲已好久不到檀香梦里来了，她似乎已经习惯了冥府的寂寞。

这次，她是特意来看须云和尚的。

刚才，在露天走廊上，她等到了起夜的须云和尚，并把对方的死期预告了出来。然后，她返回小木屋，在檀香的梦中，将刚才所见告诉了女儿。

母亲这次一反常态，并未用揶揄的口气嘲讽须云和尚，反而口口声声用得道高僧来称赞他。这前后两种截然相反的态度，令檀香迷惑不已。

须云和尚撞见死去多年的妻子后就病倒了。

当时，身子不由自主地打了个寒战，失禁的小便，当即弄湿了裤子，经夜风一吹，他很快染上了难以痊愈的风寒。

然而，他向所有人隐瞒了实情，包括玄一在内。因此，当檀香带着药草到来时，老和尚备感意外，他怎么也想不到，自己隐秘的病情，是由一个魂灵转告给檀香的。

自老和尚生病以来，玄一就开始负责采买之事。有一次，他指着摊位上一个装有白色粉末的玻璃罐子，问道："这是什么？"

小贩回答："那是盐。"

然后，玄一指着另一排架子上一个神秘的小罐问道："那又是什么？"

"砒霜。"

返回寺中后，玄一还在回忆小贩对砒霜用途的解释。

这种专注的神情，一直延续到他端着药碗坐在师傅床头前。当时，老和尚只是随口问了一句，这药为什么如此咸？

玄一脱口说出"砒霜"两个字。

老和尚的心，一下子凉成了冰坨子。

玄一用盐炙金狗脊时，因心不在焉，盐的用量增加了十倍。他还用买盐剩下的钱，在市场上购回了一小撮砒霜。

之后，他想尽一切办法，寻找可以藏匿这包罪恶的地方。

他趴在床底下，摸到了一只存放杂物的箱子。在灰尘覆盖的箱子里，他发现了一堆被虫子啃咬的孩童衣服，还有两张印着红色小脚印的纸片。

这两张纸片，原本夹在一个本子里，是须云和尚专门记录帝隐和玄一收养往事的。后来因为大殿建筑的需要，东西被辗转放置，这个塞满帝隐和玄一儿时物件的箱子，就出现在玄一床底下了。

凝视了许久，玄一还是看不懂为何两张纸上的红脚印都是左脚，而且，一个脚稍宽些，另一个窄些。显然，这是两个婴儿的小脚丫，被人涂上红色染料，然后印在纸上去的。

玄一心里琢磨着："假如，这其中一个孩子的脚印是我的，那

另一个，会是谁的呢？为什么把这个出生证明放在我这里？”

他想拿去问师傅。可是，用手指轻轻一碰，纸张就粉碎了，化作一小团扬起的灰尘，迷了玄一的眼睛。

待尘埃落定时，那两张纸片儿，连影子也寻不着了。

12. 良心驱使下的犯罪

预知天歌今日返回，檀香一大早就将新鲜鱼和鸡蛋买了回来，然后在水声哗哗的厨房里忙碌起来。

此刻，天歌正在返家途中。

刚才，摇晃的马车将她带进了一个迷离的梦……梦中，她看见自己的爱情，发出像萤火虫般的光亮，在黑夜中忽明忽暗。

怀揣着小小的悸动与惊喜，天歌朝爱情伸出手去。然而，她只轻轻一握，爱的光亮，就在她指间如流沙一样消逝了……她慌张地蹲下身子，在夜风徜徉的荒草丘上，寻找遗落在草丛中的爱情寒沙。在低垂的月下，她找到的，却是自己洒落一地的晶莹泪珠……

带着梦中的心痛，天歌倏地惊醒过来。

如果梦境有意义，那它预示着什么呢？

坐在车厢里的天歌，变得越来越烦躁了。她用指甲刨刮座椅，或摇晃松动的窗棂，不时弄出一些声响来。随着汤谷的临近，她就要面对母亲檀香了，如果母亲问起为何她要离家出走时，她该不该告诉她真相？还有，她还恨母亲吗？

“我应该爱她才对。我也确实爱她。”

“可是……为何我心里还是不能平静？”

当她陷入更沉闷的落寞中时，汤谷出现了。他们一行人，进入汤谷恢宏的城楼门下。

天歌深深吸了一口气，那是盎然着草木芳香的空气。她的心忽然被感动了，她闻到了温馨无比的家的气息。

当失而复得的汤谷重现于眼前时，天歌才知道，自己是多么深地爱着这块绿洲。海藻一样轻轻摇摆的青草，绿云一样遮蔽灼热天空的树冠，还有恬静晚风带来的炊烟，都像公主卫队一样聚集在城楼下，迎接天歌的归来。

就在天歌进入城门的那刻，一个小偷与她擦肩而过。小偷试图将魔力口袋还给天歌，可口袋似乎更愿意跟随他。

此人是在破风堡驿站东门偷走天歌那只口袋的。小偷打开口袋后，便明白自己拥有了某种法力。

大漠流传着这样的说法：魔力口袋可以满足人心的各种欲望。只要拥有的人将愿望吐进袋子里，就能够实现任何想要的东西。

当小偷把对财富的欲望告诉口袋后，口袋真的给了他财宝。可是，他却没有听说这个法术的另一面：每达成一个欲望，就会取下你身体的一部分，或把你珍视的一些东西，拿走作为交换。

当初，魔力口袋给予他的奇迹，确实让他快乐了一阵。

他发现自己大摇大摆走进店铺，径自拉开柜台里的抽屉，取出大笔大笔的现金时，竟没有人在意！老板甚至还和蔼地与他打招呼，丝毫看不见一双罪恶的手，已将他店里一天的生意所得轻巧取走。

他不是隐形人，但在魔力口袋的作用下，却能隐形于人们的视线之外。于是他获得了自由，在他人财产中，恣意放纵着自己对金钱的欲望。

不过，他很快发现，钱财也带来了种种不快。

比如，在他不费吹灰之力得来巨额钱财时，无意间触碰自己的脸或身体，就会骇异地发现少了一只耳朵或瘸了一条腿。总之，当他因财富而获得满足时，原本健康的身体，就会蹊跷地少掉一些部件。

小偷不敢要任何财物了。

趁贪婪还未完全在体内泛滥成灾，小偷决定将口袋丢掉。可是，每当小偷想将这只口袋丢掉时，却怎么也摆脱不了它的诱惑，又跑回去把袋子捡回来。他遭遇了与天歌相同的情况。

当这个瘸着腿，脸上裹着绷带的小偷出现在龙池寺时，玄一接待了这个绝望的人。关于这个魔力口袋能满足人心的欲望，似乎让玄一有了兴趣。

小偷告诉他，魔力口袋让他遭受了肉体逐渐消亡的恐惧，所以趁着自己的生命还没被完全拿走之前，赶紧把这条魔力口袋交给寺庙，让懂法术的高僧帮他斩断诱惑的纠缠，使他脱离这条吃人口袋的折磨。

自从小偷透露了口袋的神奇秘密后，玄一就被某种像水一样温柔，却又力量强大的声音包裹了……这声响，似乎在萨满卖给他的梦境中出现过，但更像他心中的另一个自我在说话。

“把你的愿望告诉我吧，我会满足你。一切都可以实现……”

“什么都可以吗？”

“是的，你尽管说吧……”

“……我……我想要天歌……你能把天歌给我吗？”

袋子里仿佛有活物在蠕动。

玄一自己也弄不清，连那个身体残疾的小偷都不再迷恋的吃人口袋，自己却拖回僧房，将愿望偷偷吐进口袋里。

他甚至以为，这是卖梦境的男子送来的新鲜玩意儿。

城楼上的士兵一见帝隐回来了，就立刻派人通知一直在等待消息的多花儿。为这个迟来的激动，多花儿慌忙从饭桌旁站起，肥胖的身躯一路磕磕碰碰地撞在昂贵的家具上。她来到天台，朝下面的铁匠大街上张望。

在大街的十字路口，她看见了正与天歌分手的帝隐。

“我回去了……”

帝隐翻身下马，来到天歌的车窗前告别。掀开垂帘的天歌，默默凝视着他好一会儿，似乎有话要说，最终却什么也没表示。

远处的龙池寺，传来一声声空灵的钟声。铜钟发出的震荡回音，就像一张撒向水面的网，声音遍及古城的每一个角落。

在钟声未停歇的时间内，双方似乎在极力回避各自欲说还休的目光。因为他们脑海里，不约而同地想到了一个人——正在敲钟的玄一。

没等寂寥余音在傍晚的上空散去，帝隐忽然转身离去。

“哎——就这样走了吗？……”天歌急切地呼喊，打破了凝结在他们之间的沉闷。

“今晚，我到你家去。我有很重要的话要对你说。”帝隐回头看了一眼天歌。他浓眉微颦，神情颇为严肃地留给天歌这句约定。

晚来的暖风，轻轻咬了一下天歌的耳朵，从这些话语的信息里，她感受到帝隐将会告诉她一个极为重要的秘密。

或许是分手的坏消息，又或许是真爱的开始。还真说不定呢！

她揪着胸口的衣服纽子，心神不宁地想着。

帝隐离去的背影，在她眼里忽然幻化成两个重叠的身形：一个高大潇洒，一个修长清雅。等天歌迷惑地揉揉双眼，再次睁开时，大宅子的两扇铁门，已在帝隐身后发出闭合时沉重的低回声。

灰色老马经过一路的劳顿后，此刻竟撒起倔强脾气，再也不肯启程了。

从开头至结尾，一直都注视着帝隐和天歌举动的多花儿，见帝隐返回府中，正打算离去时，忽然留意到那个赶马车的人，正挥舞着手中的鞭子，狠狠抽向马的脾脏位置。那可是马儿最怕疼的弱处！

就在这当儿，马车夫不经意地，朝多花儿府邸方向迅速瞥了一眼。

这一瞬间的目光，竟如一支夺目利箭，“嗖”地从街道上射过来。多花儿整个身躯，都被这突如其来的震撼摇晃了，幸亏扶住了栏杆，她才不至于跌倒。

究竟是什么人，有如此犀利的目光？！

多花儿忽然变得心神不宁起来。

她再次回眸时，那匹灰色老马在车夫的吆喝下，重新迈开了步子。

而在刚才，在多花儿府邸前，在那片刻的停顿里，萨满只是被墙头伸出的灿烂玫瑰花吸引。或许是下意识吧，他抬头朝天台方向望了一眼。

这一眼却引起了多花儿的好奇。

“区区一个马车夫，为何能让我产生被爱情冲撞心窝的魔力？”

当她还在为这个念头思忖时，帝隐来到了天台，并转告了萨满带给她的警告：一到日落时分，就要关紧城门，尽量别放陌生商队进城。

“他认识我吗？”多花儿抱住帝隐的双臂，看着高出自己一头的帝隐，诧异地问道。

“虽然他没有亲口说出来，但他直呼你名字时，那熟悉、随意的态度，使我猜测，他或许认识你。”

“……”

听完帝隐的解释，多花儿并没有重视警告。生意场上，每日都要面对耀眼的金币，以及各种各样的谎言，这让她的判断力过早戴上了老花镜。

何况，控制旱情的蔓延，是她处理汤谷事务中的重中之重。出于经济的考虑，她不能因为一个大盗的神秘死亡，就将汤谷的大门关闭，切断与外界的贸易往来。

“这事暂时列入我的计划中，等大殿落成仪式举行后，我会把命令发下去。”

“大殿竣工啦？！”

“对……我一直在等你回来，想跟你谈一件事。”

“出了什么事吗？”

“没什么，只是……”

多花儿将双手从帝隐肩头移开，转身望向夜幕笼罩的大街。

停顿了片刻后，继续说道：

“我想把你的婚礼安排在大殿落成仪式的当天。我老了，往昔的回忆，令我的腰酸痛得直不起来。而且，汤谷也需要一个年轻城主来管理……”

“……那，对方是谁？是天歌吗？”

帝隐被这个消息吓了一跳。最后，他还是鼓起勇气，将天歌的名字说了出来，希望祖母能知晓他的心意。

然而，从多花儿模棱两可的态度，以及抿成一条下垂线的嘴型上，帝隐读出了她的真实想法。

“别说了！”帝隐一挥手，把头扭了过去。

为避免接下来的尴尬，帝隐把全部注意力放在被呛的嗓子上。他用力地咳嗽起来，好像要把沮丧的心绪给咳出来。

不远的山丘上，传来不知名鸟儿的聒噪声，仿佛有人蹲在黑暗里嘲笑着什么。

此时，梦游姑娘正站在自己卧房的窗前，指着远处隆起的连绵山脊，兴奋地问身后为她丈量身材，准备制作嫁衣裳的小裁缝：“那是什么鸟叫？是喜鹊吗？听说，喜鹊要给谁家报喜，就会落到谁家窗外的树杈上唱歌。”

“那可不是什么喜鹊……”涉世不深的小裁缝，笑着告诉眼前就要出嫁的大小姐。

越来越多不知名的鸟儿，聚集在大树的枝叶间，从看不见的远处，发出响亮、齐整的聒噪声……

踏上熟悉的台阶，推开大门，天歌就被母亲几乎颤抖的关爱声给重重包围了。

檀香像少女一样踮着脚尖，欢快地从卧室跑到门口拥抱天歌。因过分的高兴，而使关切的询问，变成一连串不连贯的句子；还没等天歌回答，她又匆忙地返回厨房，端出一盘盘可口佳肴，在展开的淡紫色桌布上，摆满了天歌爱吃的菜式。在天歌的眼里，橘黄色的灯光，是母亲的笑声点亮的。

家的味道让天歌陶醉。

在大漠里对母亲的种种抱怨，消失得无影无踪。

晚饭后，天歌愉快地唱起了歌。因为她在等帝隐，等待月上山冈时的约会。

她学着母亲，将所有关于爱情的香料都倒入浴盆中。她希望身上散发出像母亲那样迷人的香气。母亲和她，就像两朵开在水中的并蒂莲，隔着水雾迷蒙的缭绕香气，面对面坐在盛满热水的大木桶中。

小时候，天歌喜欢勾着母亲的脖子，打量她光彩流溢的面容，然后无比羡慕，甚至是嫉妒地小声嘟哝道：“我能像你一样美丽就好啦……”

“你会的。长大以后，你会比妈妈更漂亮。”

每一次，檀香都是这样回答女儿，直到她长大。今夜，檀香欣喜地看到，女儿终于有了心上人。檀香情不自禁地擦去天歌脸颊上的水滴，自言自语道：“你的小模样，越来越漂亮啦，都赶上妈妈

了，是时候找个自己喜欢的人（结婚吧）……”最后几个字，只在檀香嘴唇边动了动，轻微得听不见声音。

刚才天歌悄悄告诉她，晚上，她和帝隐有个约会，希望单独在家中会面。檀香答应了天歌的要求，同时还忍不住暗示天歌：

“不管遇到什么挫折，都不要放弃对爱的信念。记住，你的血统，比任何追求你的男子都要来得高贵。”

死神的敲门声，让警觉的檀香按住了天歌的嘴巴。她在静等，只有她才能听得见的敲门声离去。这期间，只要天歌不发出呼吸声，对方就会按照自己事先的安排去做。

巫婆诅咒之后的第三天夜晚，死神如约前来，敲响了天歌家的大门。

擅长占卜的檀香，事先做好了防范。她在自家门前挂上母亲留给她的红石头，并在门口台阶上放了一坛开过封的香醇美酒。

从冥府长途跋涉而来的死神，喝过檀香盛情款待的美酒后，便假装糊涂起来，按照红石头的指示，转道去寻找拥有魔力口袋的人了。只要有人如约死去，就可以收回口袋上的诅咒，不让它再作怪了。

天歌从不怀疑母亲的举动，因为在她看来，母亲的神秘可信，就在于她行为的不可言说。

一棵时间的大树，长满了可能性的叶子。

这些叶片，一年又一年，重复着与之前相同的模样——凋落了，又冒出来了。轮回往复，生生不已……

月出山崖时，天歌在小木屋里等待帝隐，就像当年檀香在小木屋里期盼金泰一样。这个小木屋，曾令冥府的魂灵，不时借助女儿的梦境回到家中，坐在窗前的摇椅里，与檀香继续着生前亲密的聊天。那把摇椅，还是须云亲手制作的，如今已松动衰朽，发出吱呀吱呀的怪叫声。

此时，小木屋内的桌子上，搁着一盏形如孔雀的古老油灯，灯芯被衔在孔雀细而长的尖嘴上。

天歌点亮了造型诡异的灯盏。

在摇曳的灯光下，流动着金光眼睛的孔雀，仿佛被赋予了生命，一眼就看穿了天歌的心事——她手托腮帮，想着玄一的情书被丢进篝火的瞬间，自己的心是多么慌乱！她还回忆起寺庙大火的夜晚，玄一的吻，让她差点眩晕过去……

潮涌而来的激动，使她脸颊绯红，双眼迷离……她甚至以为，玄一此刻就坐在对面，深情地凝望着自己。

有那么一瞬，她竟慌张地站起身来，满室搜寻玄一来过的痕迹。

如水的月光淅沥沥，沿着屋檐流下它透明的湿光。

一阵急切的叩门声突然响起。

不知为何，惊慌的天歌一口吹灭了烛光。她忙乱地收拾起刚才的想法，就像要把什么藏起来似的。

“我要见你……”

起初，敲门声是有规律的，天歌听出那是她和帝隐之间的暗号。接下来，门外的敲击声，就变成了一片不耐烦的混乱拍打。

门被天歌猛地拉开，湿漉漉的月光，从光洁的门板上滑落下来。

帝隐像着了火似的颤抖，还没进屋，就像山一样朝天歌扑来。

“我要你，现在就要你……”

他睁着熏醉的双眼，头沉重地贴在天歌的肩上，不断重复着同一句话。

“这不是我所认识的帝隐。不，不是！”天歌挣扎着，疯狂地甩动自己的长发，似乎要将令她突兀惊吓的事从脑袋里丢出去。

“怎么回事？帝隐——你为什么会变成这样？”

“我爱你……”

“不——这不是爱。我不要这种爱！”

“为什么？你不爱我了吗？你爱那个打算把我害死的玄一，对吧？！”

帝隐忽然发出恶狠狠的呼喊，他的面容因激动而改变，陌生得连路过的夜风都悄悄绕道而行。

“你在胡说什么！是不是发烧了？！”天歌的手碰到帝隐滚烫的额头，“你在发烧？……”

夜间的气温很低，从多花儿府邸方向传来的犬吠，仿佛被寒风压抑着，剩下几声低回的呜咽。

“好冷……”帝隐上下嘴唇不停地哆嗦着。

天歌无法理解这种反常举动，她几乎带着愤怒的腔调问道：“你究竟怎么啦？怎么会变成这样？！是不是要跟我说什么重要事情？”

“不，我没事……只不过身体里很难受……”

帝隐打算向天歌隐瞒实情——在那个废弃旧宅子里的夜晚，萨满帮他制订了一个特殊计划。

……当时，天歌几次爬起身，偷觑侧身躺在焦尾琴另一边的帝隐。

那时，躲在庭院荒草丛中叫个不停的虫子，快要把她的耐心吵没了，她恨不得立刻叫醒帝隐，用毫无理性的哭闹，打破他们之间的猜疑。

然而，天歌只是凝视着帝隐山一样冰冷的脊背发呆。

虫子停止吟唱了，四周忽然寂静下来。仿佛有谁在天歌肩上拍了一下，她惊醒过来，然后，像什么也没发生似的，重新躺下。她终于睡着了。

她不知道假装熟睡的帝隐，每当她躺下后，就转过身来看她。

帝隐多次举起的手，就悬在天歌身体的上方。但最后还是收了回去。

无法入睡的帝隐，来到凝聚着寒凉夜气的破败马厩。两个男人默默无语地坐着，仿佛在静待天亮似的。

最终，帝隐得到萨满赠给他的一小包粉末。

“你要想得到天歌的爱，就把这个倒在烈性酒里，然后一口喝下去。”

不愿迎娶梦游姑娘的帝隐，打算在多花儿阻止前将自己和天歌的关系确定下来。唯一的捷径，就是相信萨满的暗示——今夜，他一定要得到天歌。

在赴约之前，帝隐服下了萨满暗中送给他的迷药。但他不知道此药的另一面——若不用爱情来解的话，此药酿成的灾难会像一场森林大火，将人的五脏六腑烧成灰烬。

“你生病了，快进屋里来吧，我给你拿些水。”

天歌把帝隐托到床上躺下。她光滑的长发，柔顺地垂落在帝隐脸上。

处在醉意状态的帝隐，将天歌柔软的长发缠绕在指尖上。

这个动作让天歌忽然记起驿站那个夜晚自己做的一个梦。

她茫然地立在水声凄凄的岸边，一条缎带河，绕着高山环流了一圈后，又被水流注定的命运推动着朝前流去。虽然河流的心对青山表露出无限地眷恋，但最终还是孤独地离去了……后来，她被水草中一条小蛇，或是一个不知名的毒虫咬醒了……她大叫一声从梦中惊醒。也就是在那一刻，她看见了死神。

此刻，帝隐陷入更加狂躁的神情中。

他的胡乱呓语令天歌恐惧。

这种忧虑不安，就像当年檀香爱着金泰时所产生的不安一样——那些扎根在土地上的美好东西，永远不属于流浪的小河。

一阵痉挛过后，帝隐稍微清醒了一些。他从床上爬起来，摇

摇晃晃地逼向天歌。天歌则不断向后退却……最后，桌子挡住了去路，双方僵持着……突然，帝隐发起了猛攻，疯了一样地将天歌按倒在桌子上。一种被人撕扯肆虐的痛感，令天歌失声地喊叫起来。

她不乐意接受这种用野蛮方式表白的爱情。虽然无数次，她有意无意地挑逗冲动中的帝隐，但在关键时刻，帝隐总是克制住了自己，把天歌胸前松开的纽子，又扣了回去。

有时候，天歌也会像陷入爱情疾病里的人一样，产生无法遏制的怀疑念头——他的身份那样高贵，他会真的爱我吗？

这些令天歌烦恼的问题，在檀香眼里却完全没有思虑的必要。就在刚才，她还告诉天歌，在爱情面前不要表现出卑微。

当天歌打算就这句话向母亲问清楚时，檀香却以大人惯用的口吻，说：

“总有一天，你会知道这一切的……”

檀香的真实意思只有她自己知道——她想让天歌嫁给帝隐，让金泰的女儿回到显赫的家族中去。

“天歌不是一个歌女，她是你的亲孙女。她是家族财产和荣誉唯一的继承人！”为了有一天，她能以这句话，结束与多花儿之间的争斗，檀香等了很多很多年了。

她以为自己羞辱多花儿的时机，终于不远了。

如盛夏的雨点，帝隐在天歌白皙的皮肤上，留下了密密麻麻牙咬的吻痕。

天歌极力反抗着。

她的挣扎不是由于情感的飓风，要撕裂这座肉体的房子，而是因为她太爱帝隐。害怕失去他的情感，促使她做出最坚决的抵抗。当然，也不排除她对未来的担忧——她不想成为母亲那样的人。

只有她才真正了解檀香。

母亲的内心并不快乐，天歌一直认为，母亲那种让人发怵的美丽，还不如一个满头银发，坐在自家院里边晒太阳，边打毛衣的老太太来得安详、贴心。

矛盾的天歌，一面表现出坚决的抵抗，一面又对爱情充满了渴望。早在沐浴的时候，她就为今夜即将发生的事做好了准备——她将催发爱情的香水，涂抹在自己光滑的皮肤上，浓郁的香气，令她对爱情产生了无限的遐想：假如帝隐的双手在她身上游走的话，她会将这巨大的幸福用歌声喊叫出来。那拉长的女高音，必定会惊醒铁匠大街上所有人家的灯光。

然而，结局却不像天歌想象的那样浪漫。

为了阻止这场狂暴战争，天歌做出了一个悲壮决定。她有预谋地靠近桌边，摸到了桌上那盏造型诡异的孔雀灯，然后朝狂热的帝隐砸去……

暗红的血迹，像小蛇一样，顺着帝隐的额角流进眼里。帝隐用手捂住了脸。

霎时，天歌惊骇地哭了出来。

“我究竟在干什么？！”

她两手抓住头发，瞪大了惊恐的眼睛。油灯从她手中滑落，摔在刚刚还属于她和帝隐的战场上。

帝隐头也不回地夺门而出。

寒冷的夜气，咆哮着从敞开的大门闯进来，猖狂地游荡在幽暗的室内，就像一群暗夜之神饲养的狼群，围绕着天歌，撕扯着天歌。

天歌颓丧地滑倒在地……跌落出的孔雀眼睛，滴溜溜地瞪着茫然的天歌。

门外的屋檐下，一匹高头大马扬起蹄子，掀起了划破长空的一声嘶鸣。

天歌突然爆发出强大的力量。她扯下缠绕在身上的黑夜，疯狂

地喊叫着冲出去："帝隐——"

她颤抖的脚步，被飞扬的夜风堵在了门口。

帝隐绝尘离去的身影，逐渐远离了天歌迷蒙的视线……人已去，马蹄声犹在。

夜空，青得淤黑，四野只剩一片寒风……

寂寥的大街上，有一个人在为爱奔跑，那人是天歌。

小木屋的门户洞开着，就像人的眼睛，惋惜地目送着天歌，并为天歌即将遭遇的情感灾难叹息……

离家好一段路程了，天歌依然欺骗着自己的心，明知道帝隐的快马早就消失得杳无踪影，却还是期待路的尽头会响起勾人心弦的马蹄声。

她的耐心，最终没有得到任何回报。

睡梦的大街上，她踩着自己孤单的影子，听着脚步发出的空洞回响，心里就充满了痛。后来，在檀香那间能容纳所有男人对爱渴求的居所里，天歌亲眼目睹了帝隐原本应该在她身上游走的双手，却撕开了母亲的衣服。那一刻，她为自己对爱追寻的天真，即刻下了死刑判决："爱，就像一场灾难。"

绝望，像从山顶上滚下来的雪球，越来越大，越来越急促地以压倒一切的力量，砸向无助的她。在她为爱下死刑判决之前，一度，她还像个天真小姑娘，为帝隐的马拴在自家店铺外而满心欢喜。

当她鬼使神差地穿过叮咚巷青石板，来到店铺门口时，她的心里充满无限希冀，因为她有了一次挽回的机会。

"原来，他没走啊！他留在母亲的店里等我呢！"

暗自惊呼一声的天歌，脚步立刻变得轻快起来。

整条漆黑的街道上，点亮自家店铺的那盏灯光，就像高悬在夜空里的月亮，而她仿佛化作了嫦娥，朝着那光亮的召唤飞去。

可奇怪的是，她越是靠近，那光亮就离她越远。像遭到戏弄似的，灯光一会儿出现在窗子的左边，一会儿又闪现在右边的门缝里。最后，她觉察到，那是由于自己内心的害怕，使她的脚步迟疑了。

那是母亲的店铺，她平时是不常去的。尤其在晚上，那儿是禁地。

小时候，有一次半夜醒来，不见母亲守护在身边，以为自己还处在噩梦中的她，止不住放声大哭起来。可是，任她怎样扯开嗓子大声啼哭，都不见自己从惊慌的梦中醒过来，为此，天歌掐了一下胳膊，发觉很疼，这种皮肤的触感，证明自己不是在做梦。

一旦意识到不是梦，天歌的胆子就大了起来。她穿上拖鞋，抱上一只玩具熊，连门也没关，就独自跑到深夜的大街上来。她满心欢喜地去店里找母亲，牵引她目光的，就是眼前那扇透出灯光的窗户。

天歌终于来到了香料铺门口。

就在她举起手准备敲门时，忽然，手像被人打断似的垂了下来。

她看见自己七岁时的影子，正趴在门边的窗台上，往里张望。

见她走过来，“影子”还向她招手，示意她别出声，跟她一样把腰弯下来，趴在窗沿上，窥视屋里发生的事情。

她照做了。

窗内泻出的灯光和流出的香气，把天歌带到了七岁那年的夜晚。如今，她所看到的画面，竟和从前的重叠在一起了。

整间卧室就像一张大床，那顶彩色丝绸帐子，从天花板一直垂到地面。

就是这顶彩绸帐子，檀香每次清洗时，都要在桶里倒上十几种令人迷恋的香料，然后，将彩绸帐子放在桶里浸泡三天三夜，最后才拿到河边去漂洗。

那时，从上游到下游，整条赤水河便泛滥着令人坐卧不安的香气。

女人们都不敢到河里去洗衣服，就算她们在厨房里把锅铲敲得震天响，也管不住自家的男人。男人们一个个都往馥郁芬芳的河水里跳，似乎此时在河里游泳或洗浴，能获得爱情方面的特殊能力。

童年的“影子”继续指引着天歌，往床头掀起的一角望去。

朦胧的灯光下，她蓦然发现，那里竟躺着一把“刀”！一把无情刺入她胸口里的“尖刀”，而不是脸孔朝下俯卧在枕上的帝隐。

如同不带任何痛苦地打量一个陌生人，长久的凝视，竟使天歌看清了帝隐肩头上渗出的大颗汗珠。人在猝然被杀害时，通常来不及发出惨叫，就闷声倒地而亡，在看清大床第一眼时，天歌就面临着这种猝死状态。

她颓然跌坐在地。

七岁那年的“影子”，一头撞进她的怀里，她不禁瑟瑟战栗起来。不知是惊骇还是兴奋，此时的她，只能做一件事，就是轻轻拍打“影子”的后背。能够安慰“影子”的情感，竟帮天歌减轻了不少的幻灭感。尽管她仍在装模作样地呵护自己的幻想，却还是忍不住，被胃里呕出的记忆苦水呛了一口。

她赶紧用手捂住嘴，不让痛苦的哭喊传出来。

难道……难道这是女巫的诅咒？不出三天，你就会被所爱的人杀死？

天歌相信，女巫的诅咒应验了。帝隐的行为，就像一把利刃插进她的心窝。她的眼底泛起潮湿的热浪，热浪上升着，一直上升，胀满了眼眶，马上就要在眼角溃堤时，天歌咬破了嘴唇。她硬是让咸腥的血液，将潮涌的热浪压了下去。

泪，不是那么轻易就流出来的。

真正愤恨、癫狂的泪水，要等她独自爬上荒丘，面对一个人的凄楚时，才爆发得出来。

华丽帐子上，倒映出一个女人的倩影。

她从床上坐起来，凌乱的长发一直滚至腰际。微垂着美丽头颅的她，慢慢侧过身去，静静俯视躺在她身旁安睡的那个人。

忽然，女人的影子开始啜泣起来，肩头不住地颤抖。继而，双手捂住脸庞，压抑的啜泣变成了放声的痛哭。

屋外刮起吹奏葬歌的寒风。

一声久违的惊雷，兀地，在空寂的夜空中炸响。喷吐着烈焰的一道天火，从屋顶上空呼啸而过。

奇异的天象，震撼了屋内悲泣的女人。

女人顾不上穿好衣裙，只从床上扯下一条绸缎织成的长袍，迅速裹在身上，完全丧失仪态地跑到门边。她“呼”地拉开紧锁的大门，闯进来的肃杀冷风，转眼间就将室内的暖湿气息涤荡殆尽。

门口的窗台下，安静地坐着一只可怜兮兮的玩具熊，它被小主人遗漏在壁虎出没的昏暗墙角——檀香仿佛又看见了七岁时的天歌，突然出现在窗台下的情景。

她用搜寻的眼光，看到路的尽头有一个迅速逃离的背影。

一声尖锐的呼喊，突然从她嘴里冲出来。

她开始疯狂地呼唤一个人的名字。

这个名字，是她出生时从天上带来的，是白云和天空相爱时产生的结晶。

将童年噩梦丢下的天歌，此刻，正竭尽全力地朝小路逃去。哗哗流淌的眼泪和抽泣声，堵住了她的耳朵，她听不见身后一声声拉长的，却吐字不清的呼喊。

檀香站在台阶上，双臂交叉地抱在胸前。单薄的睡袍，似乎抵御不住内心彻骨的寒冷和凄惶。

女儿现在把她当成了敌人。

就在刚才，着了魔的帝隐把她当作天歌，并喊着天歌的名字，强行占有了她。从那一刻起，再也没有比这更令她感到由美丽带来的致命悲伤。

帝隐闯进来时，几乎把门都踢爆了。

虽然檀香尽了自己最坚决的努力，去抵抗帝隐进入这个他不该来的爱情迷宫，但无法回避的悲惨命运，还是强迫她吞下了令她作呕的情感。

一旦得知帝隐服下的是萨满配制的迷药，她便不能不救他。

此药的毒若不用爱情来解除，势必会将用药的人烧死。她不能眼看着帝隐被烧去理智，烧掉性命。他是一定要娶天歌的，这是檀香唯一的心愿。

何况，自己的身份早就注定了——个出售爱情的女人。

如果唯有爱情的解药能够拯救帝隐，那么，她还犹豫什么呢？

就为了这良心驱使下的犯罪，当时整座房子，就像发生了一场破坏性极强的地震。货架上的瓶瓶罐罐乒乒乓乓倒下来，摔在摇晃的地板上，升腾起的浓郁香气弥漫了整个空间……

伫立在寒风里的檀香，几乎化作一块冰凉的大理石。

面无血色的她，睁着一双紫水晶般的眼睛，仰望夜空中出现的怪异天象。刚才，那一声惊雷和转瞬即逝的天火，预示着接下来的几天内，将有一场铺天盖地的豪雨降临汤谷。

保持着同一个姿势，她在台阶上站立了很久，很久，任命运的刀子在身上切割，任鲜血汩汩地流淌。

那个晚上，被秋风卷起的落叶，在空寂的大街上组成一支无形的送葬队伍，在檀香面前肃穆、无声地走过去……

13. 天国的车票

在流淌着芬芳夜气的芍药园，静待萨满多时的须云和尚，借助清幽月光的指引，终于发现在已竣工的大殿屋顶上，鹤立着一个修长飘逸的身影。

他来了……

蓦地，须云和尚胸口被不安情绪重重击了一掌，身子不由自主地晃了晃。过往时光如古旧画册，让须云和尚重见了多年前的一个夜晚，也是这样一个修长飘逸的身影，鹤立于月影稀疏、荒草蔓延的废墟之上。

当时，并不知来者是谁，须云和尚甩出锋利的落叶武器试探对方。

刀刃般的叶片，与对方腮帮亲密接触的瞬间，一道血红的伤口，随着浓郁的愤怒，永远留在了此人面颊上——那是幻觉自放逐大漠以来，第一次访问龙池寺。而须云和尚用这种方式，向昔日友人丢出了一个血腥问候。

今夜，他收到了来自仇人的“邀请”。受邀前来的萨满，是从一个三岁幼童口里收到须云和尚发出的邀请函的。

当时，一个头扎丝巾的妇女，抱着怀中的女孩，挤进人群里来。像所有人一样，是为卖出一个梦境，能换到一块银币的好运而来。

女孩的眼睛，透出一股非人间的逼人灵气。

孩子母亲向萨满叙述，一连几天，孩子一早醒来后，就急不可耐地告诉她这个梦："……梦中的大火烧了房子；闪着寒光的刀子在吃人；一个脸上没有五官，却长着拖地长胡须的老人，嘴里含着一枚银光闪闪的碎片，他说完一句奇怪的话，就化成一只白色蝴蝶飞走了……"

"他说什么了？"

萨满好奇地睁大眼睛。平日里，他总是带着一副拒人千里的冷漠神情，很少展示他那流光的漆黑双眸。

"我女儿说，那个花白胡须的老爷爷，只说了六个字，什么'空里来，觉里去'之类的就飞走了。"

"还有什么吗？"

"哦，对了，她今天早上还跟我说，要我带她到市场上来，她会让我赚到一块银币呢。我起初还不信有这样的好事，就……"

"我是问你，她梦中还听见或看见什么了吗？"

萨满扬起手，厌烦地制止住将废话讲个不停的妇女。

"是啊，她还说，老爷爷死时，嘴里含着银光闪闪的碎片，飘浮了起来，围绕着寺庙飞翔，像萤火虫一样……"

"那，她梦见的是晚上喽。那晚的月亮如何？"萨满打断她的话问道。

"是满月。"

妇人领到一块沉甸甸的银币后，就兴高采烈地夹紧自己的孩子，往家的方向跑去，生怕这种喜悦会被人从半路偷走似的。目送这对母女离去的萨满，在路的拐角处，视线被一道犀利的光芒刺中——那是小女孩越过母亲肩头，回头望他一眼流露出的微笑。

根据梦境中那些不为人知的细节，萨满有理由相信，这是须云给他发出的请帖：满月夜。龙池寺大殿见。有关银钥匙的事。

须云和尚将芍药园的栅栏打开。水波一样流动的月光和花草的清香，随着打开的栅栏一泻而出，园子暗了下来。草叶下的小虫子，此刻憋住了吟唱，四下里仿如寂寥的冬季。就在这时，萨满从大殿屋脊上滑翔而下，轻盈地落入园中的花丛中。

“好久不见啊——”在栅栏入口处，须云和尚面对面撞上萨满那低沉抑郁的嘲弄嗓音。

他头上依然扣着那顶标志性的宽边黑帽。月亮仿佛被这次重要会面请走了，须云和尚因此看不清萨满被时光更改的面容。

很显然，萨满把不祥的气氛，带进了今夜的月色中。

不过，当他将身子倾向高及膝头的花丛中时，一切都因他闻花香时的感性动作而悄悄改变着。

“原来，它们还开着呢……”

似乎带着诧异和惊喜，萨满抬起头打量着干旱季节里依然倔强开放的芍药花。

“自你走后，它们居然不分季节、无视旱情地开放……”

须云和尚反而变得不好意思起来，勉强接上他的话头往下说道：“再过三天，大殿就正式举行竣工仪式了，我想你已知道我请你来的意思……”

“等等。”

萨满突然打住他。

“让我们先来看看这些惹人怜爱的花朵儿们，是怎样走向灭亡的吧。然后，再来了结你我之间的恩怨也不迟啊。”

他的话音刚落，一股夹杂着瘴气的邪风，受他手指召唤而来。在弥漫的烟云里，满园盛开的芍药花，瞬间衰败得像死人凹陷的眼窝。

被惶恐团团围住的须云和尚，当即领悟到他所说的“花朵儿们”，并不是指眼前这些植物，而是指天歌、帝隐、玄一，三个活生生的年轻人。

“告诉我，宝藏究竟在哪里？”

萨满仿佛在轻柔地下着一个短促严厉的命令。他决定先向对方展示自己的“宽容”，只要对方说出宝藏，他就会放过那些无辜受害的人，和平结束这场等待了经年累月的决斗。

“停止更多的伤害吧！其实，不需要‘侯人猗’的歌声，也能打开宝藏。难道你不认为，天籁之歌本身就是一种完美的财富吗？”

为了阻止萨满拿年轻人做要挟，须云和尚用自己悔过后的感悟，试图点破宝藏原有的玄机。

真相一经说出口，须云和尚立刻释怀了。

他仿佛看见一双无形大手，将他肩负了多年的重担卸下。他的呼吸变得畅快起来，夜间清新的空气，从未像现在这样灌满他的胸膛。

“收起你的谎言吧！如今告诉我什么都于事无补。要知道，命运的车轮，已停不下它的咆哮，正朝着既定的方向压上去呢。”

萨满恶狠狠的喊叫声，充斥在芍药园内。在须云和尚听来，是那样的陌生和冷酷。他只能不住地摇头叹息，并坚定地回应对方的“愚蠢”。

“你不会赢的，因为你的眼睛瞎了，耳朵聋了，你不相信爱和奇迹。”

“我会赢的！”萨满喊道，“我一定会夺回失去的一切！不久你就会听见那千古难逢的绝唱……”

仿佛是受到须云和尚话语的刺激，萨满当即决定要报复性地将年轻人统统献给死神。他的声音忽然变得浑浊而凄怆，仿佛在呼哧呼哧地怒吼，又像躲在某个暗处的鬼祟夜风，幸灾乐祸地窃笑着。

随着一阵怪异的迷雾掠过，萨满从须云和尚眼前消失了。

凄清的月亮又回到了栅栏内，依稀照亮的，却是满园凋零衰败的花丛。老和尚从园内返回后，就急匆匆来到玄一的房门外。

玄一并不在房间里，取代他答话的，是被玄一留宿在寺庙内，等待摆脱魔力口袋纠缠的小偷。

“玄一啊，你睡了吗？”

老和尚连问三声，屋内的小偷大气不敢出。

职业习惯提醒他，在别人屋子里行窃时，千万不能出声。但他突然记起，自己把魔力口袋交给了玄一，这就等于把过去邪恶的灵魂送走了，担惊受怕的日子不会再来了。因此，就在须云和尚准备推门时，他迅速钻进玄一的被卧里，假装他的声音回答道：“已经睡下了。”

也许是满月影响了大海的潮汐，使人的行为出现了脱离常规的怪异。

小偷的行为已让人无法理解，而须云和尚的做法更是令人不可理解。听到“玄一”说自己睡下了，仍然放心不下的须云和尚，走到门口，摸到门上的铜把手，然后仔细将锁头扣好，就像牧羊人害怕羊羔被狼偷去一样。

做完这一切后，他才徐徐挺直腰，若有所思地将视线抛到朦胧的月亮上；然后，将目光缓缓移到竹篱墙上，最后才将审视的眼光，收回到自己苍老下垂的眼睑里。此时唯有月光知晓他是不是故意锁上门的。

在小偷回答“睡下了”时，须云和尚打算推门的手，突然颤抖了。这两秒钟的停顿，足以让人生疑，不是他年老的毛病使然，很可能是他听出了这个不属于玄一的陌生嗓音。

他放弃推门而入，而是选择把门上锁。

他迈开蹒跚的步子，向自己僧舍方向移动时，宿命的悲戚又一次占满了心头。他已心无余力去力挽狂澜了。

“路该怎么走，就怎么走吧……”

在背负着无尽悔意的他，终于将真相告诉了萨满，可对方却嘲笑这可能是他的另一个谎言时，须云和尚就感到，自己被更沉重的衰老压倒了。

玄一听到插销的牙齿“咔嚓”一声，咬住锁头里的齿轮时，他正躲在门外爬满藤蔓的院墙下。透过藤叶间的缝隙，他听到师傅和小偷的对话，最后，他看到师傅锁上了门，并将钥匙揣在口袋里，带回房中去了。

门被上锁，这反倒成全了他。就在刚才，他还在焦躁地考虑该怎么溜出去。

之前，在半梦半醒的状态中，他听见了天歌的哭声。

就像一首冬日哀歌，那凄美的声音令夜空的星星，像雪花一样簌簌地从天上掉下来，落满了整个庭院。

他起身跑出屋外，遍地寻找，却又不见院落里飘扬的雪花。

远方山头上，缥缈如流星的歌声正逶迤而来，那是一条诡异的紫红色缎带，从祈愿山顶飘飘然抛下来，把他全身缠裹起来。只要他心中每想一次天歌，带子就像蛇一样，缠得更紧。他无法动弹自己的身体，潮热的眼泪噙满眼眶。

就在刚才，在小偷留下的魔力口袋里，玄一将自己的愿望吐了进去。

“能满足我对天歌的渴望吗？如果能，哪怕拿走我的生命，我也在所不惜。”

情愿与魔鬼交换的玄一，今夜，是那样迫切地想见到天歌，就像这之前帝隐一定要得到天歌一样。

在今夜，须云和尚不留痕迹地将玄一放了出去，就像有意在施展一个天机不可泄露的预谋。

老和尚何曾不知这是玄一的宿命！就像他知道玄一另一个宿命一样。从玄一三岁举行剃度仪式起，他就相信玄一具备的佛性，注定了他是宝藏的守护人。

被师傅锁在门外，这意外之举，令玄一又惊又喜。

无疑，这给他制造了与天歌会面的机会。

这将是一次充满甜蜜与危险的约会。

听任自己脚步前行的天歌，直到痛苦的潮水将她逼上地势较高的山丘上时，才停下来。精疲力竭的她，一头倒在没膝的长草中，大口大口地喘着粗气，泪珠儿就像遗落在草丛里的星星，洒满一地。

这一刻，天歌忽然明白了此前梦里的含义。当他们的马车从大漠返回汤谷时，她一度从那个惊慌失措的梦中惊醒。梦里，她的心痛苦成一地的碎片，在草丛里闪亮……如今一切都应验了。

山坡上徜徉而过的夜风，吹凉了她发烧的耳朵，趴在深草丛中的她，耸动着肩膀啜泣着，耳边还不断萦绕着令她恐惧的嘲笑声。刚才，在她盲目奔跑的路上，不知何时，被一伙男子拦住。他们卑劣地将她围住，并伸出游手好闲的手，推搡拉扯她。

其中一个调笑说："这不是常跟帝隐来往的那个小妞吗？这么晚了，准备和谁幽会？"另一个更无耻："要是能跟这妞过上一夜，死也甘愿啊！"

愤怒的天歌，将鄙视的唾液狠狠吐在这个人的脸上，然后咬伤另一个人的手，最后在一片混乱的咒骂声中，奋力冲了出来。

天歌在林中小路上跌跌撞撞地前行。那些人，把肮脏、耻笑的话语，像小石子一样从她背后丢过来，细碎的疼痛砸进她的肩头和小腿，终于，她支撑不住地摔了一跤，几乎昏眩地扑倒在荒草丛中。

忽然，草丛里有了动静。

天歌以为是帝隐。

霎时，她止住了一脸的哭泣，猛然抬起头来。

她看到了玄一。

月光的斜晖横过他的身影，素净僧衣的下摆没入长草中。

不需要借助任何灯光，玄一是抓着天歌哭声的尾巴，找到这儿来的。当天歌的哭声因他的到来戛然而止时，他那只握住哭声的手，似乎还有些僵硬地悬在半空。

轻柔的微风，由上而下地从斜坡上吹拂而过，摇摆的草尖，沙沙扫过天歌哭泣的脸庞，她下意识地用手背擦干泪痕，局促不安地站起身来。

可刚一欠身，刺骨的疼痛就从肿起来的脚踝处传遍全身，将她整个人击倒在地。压抑的、断断续续的抽泣声，再次从天歌酸涩紧抑的胸口跑了出来。

原本端着一副惊讶神情，立在几步之外的玄一，忽然赶上前来，将天歌扶起来坐好。然后不容分说地，扳起天歌低垂饮泣的头，凝视着她因痛苦而万分沮丧的面容。

一阵熟悉得让人揪心的伤痛，咬了玄一心头一口。

“……是谁，竟让你哭成这样？！”

玄一耳语般清澈、舒适的嗓音，如同酷暑时清凉的溪流，洗濯着天歌受伤的心。天歌的目光，开始在玄一专注的眉宇间徘徊。

就在她神思恍惚间，帝隐的声音闯了进来——那是刚才帝隐站在门口，向她发泄愤恨的声音。

“你不爱我了吗？你爱那个打算把我害死的玄一，对吧？！”

这是什么意思？

青黑的夜空，扯亮了几条惨白的闪电；沉闷迟缓的雷声，仿佛过了很长时间，才从他们脚下的大地深处翻滚上来。

坐在草地上的天歌和玄一，同时感受到暴风雨来前的震颤。天歌漫溢而出的魅惑力，渐渐呈现在她妩媚的瞳仁里，并且一步步向躁动的玄一逼近。玄一的目光也变得像天歌一样迷乱了。两人似乎都看见，那场烧天的欲火，正在彼此身上燃烧。

他们没有选择。

唯有将自己投入到这场欲火中烧毁，然后才能新生。

在报复帝隐的心态怂恿下，天歌顺从了自己内心膨胀的欲望。她褪下被汗水和眼泪浸湿的衣裙，将白皙光洁的身体，裸露在玄一面前。

暗夜下，天歌雪白的肌肤宛如一簇新雪，流动着隐约透亮的光泽。她的嘴角浮动着神秘的微笑，不时鼓励着玄一——天歌向他伸出了手。

天歌的手指刚一触碰到玄一耳下的皮肤，潮热的泪水就噙满了他的眼眶。他的身子不由自主地战栗着。

像雨林一样潮湿的空气，立刻充盈于四野荒芜的山林。

过去，在那长着一团团黄色小蘑菇的朽木上，呆坐着一个渴望被雨水泡涨的灵魂；而如今，他终于可以尽情释放对天歌积蓄已久的渴望了。

四下里，仿佛受到湿润爱欲的感召，竟一夜间长出蓬勃茂盛的青草；半个山坡，开满了烂漫繁花，醉人香气如洪水，将人整个淹没了……

闪电和雷鸣在苍穹相遇的瞬间，天空将产生爱情的雨水。已经识破天象的檀香，预测到一场罕见的、仿佛是人间爱情力量催生的天雨，很快会降临汤谷，带给人们希冀已久的旺盛生机。

立于台阶上，几乎化作一尊大理石雕像的檀香，当清楚自己彻夜的守望也等不回天歌后，临近天亮时，她简单收拾了一下就去了龙池寺。也就在那会儿，她目睹了年轻人因爱而生的罪恶。

天蒙蒙亮的时候，檀香来到了龙池寺，她看见帝隐正攥紧拳头，像一头愤怒的狮子，立于玄一门外。

“为了天歌，现在，我要和你做个了结！”

帝隐发出冷酷的低吼，并让玄一从屋里出来见他。

但留宿室内的小偷，根本不知道发生了什么，只一味地嚷嚷道：

“嘿嘿，我偏不出来。”

被羞辱的帝隐当即拔箭，对准玄一卧房的窗口射去。

如果给他一秒钟的思考，或许，他会放弃这个残忍的念头。但呼啸在弦的箭，径直射向昏暗的室内，容不下他半点犹豫。箭头正中小偷的左胸口，令他当即毙命。大漠上女巫给天歌下的死咒，终于解除了。

藏在荷塘边古松下的檀香，目睹了整个射杀场面。

最后，她看见死神押解着小偷的亡灵，从她身边经过。她用手捂住因惊讶而倒抽一口凉气的嘴巴，或许因为不是玄一的亡灵，檀香的负罪感才得以解脱。她转而用无限同情的目光，注视依然垂手呆立的帝隐，仿佛看见帝隐涨得通红的脸在剧烈抽搐着。

他在啜泣吗？

或是血腥令他又恐惧又兴奋？

檀香扭过头，匆匆离开了。她不忍叫醒这个做梦的年轻人。

哪怕荒诞，哪怕残忍，毕竟，那是一种激情，充满爱情冲动的激情！能驱使年轻人毁灭一切的激情！

不会再有这种疯狂行为的檀香，突然意识到自己的青春是个假象。她已经失去了年轻时的激情，是时候告诉自己梦该醒了……

后来，她恳求老和尚，让天歌在大殿落成的祭祀仪式上，作为祈雨使者，用歌声和舞蹈为汤谷召唤雨水。

用心良苦的檀香，希望借助即将来临的暴雨，让迷惑的人们相信，是天歌那被赋予了神力的歌声，感动了上苍，从而降下拯救大地万物的甘霖。

这样一来，天歌便能带着一份让多花儿承认的尊贵、神圣，进入她的家族。而且此举也能给天歌和帝隐创造重归于好的机会。因为大殿落成仪式的当天，城主未来的继承人帝隐，将为汤谷弹奏祈福消灾的乐曲。天歌身为呼唤雨水的使者，就会在帝隐的伴奏下，立于祭台之上跳舞、唱歌。这样，他们便有了传达情感的契机。

檀香细密的心思，其实都在老和尚掌握中——如今，他的功力越精深，就越能读懂他人隐秘的想法。他的默许成全了檀香，却彻底将自己的生命推向了这个秋天的尽头，就像檀香母亲预言的那样。

在祭祀仪式上，他看到一串红石头项链戴在天歌的脖颈上。最初看见此物，他的心稍稍颤抖了一下。他还记得，那串红石头项链，是当年他送给妻子的定情之物。可是，它怎么会在天歌那儿？

不过，他不愿多想。视而不见的本领，自从他当了龙池寺和尚后，就成了他的第二天性。此刻，他最关心的，倒是天歌脖颈上的银钥匙。

它怎么没挂在天歌的脖颈上？

天歌将银钥匙丢在荒丘上了。

为报复帝隐，她和玄一共浴爱河的那个时刻，她就把银钥匙取了下来，丢在草丛中——她再也不信成人世界里的规则了。

在不可遏制的肉体撞击过后，坐在草地上的玄一，向天歌坦白了自己曾打算害死帝隐的冲动。他把修复一新的焦尾琴还给帝隐时，在茶杯中下了砒霜，最后，又不忍心见帝隐真的死去，就故意把杯子打翻，制止了罪恶的冲动。

一夕间，玄一突然得到了朝思暮想的天歌，这让他极度眩晕起来。他不清楚事情是怎么发生的，以后该怎样面对师傅。他不知道

该怎么办！

此时，他对帝隐的嫉妒一扫而空。他的内心，并未因得到天歌而感到充实满足，反而空落落的让人发怵。一种从未有过的失落感，把心揪得生疼。一种负疚之情促使玄一将欲加害帝隐的真相告诉了天歌。

他乞求天歌，替帝隐原谅他。

那会儿，黎明的曙光，还在遥远的天体内孕育，小山丘的四周，洒满了碎银子似的星光。

天歌一语不发。她腾出一只手，将四周的杂草连根拔起，然后又随便丢弃。她似乎沉迷于这种机械的动作中了。

为避免伤害玄一真诚的忏悔，表面上，天歌对他的行为并不惊讶，也没有给予激烈的指责，可她的内心却掀起了风暴。此时，她才恍然大悟，帝隐之前那些无来由的气话，并非没有缘由。原来，他早就知道玄一要加害于他啊，因此他才会很在乎玄一留给她的情书。

思念的阳光，将夜的黑暗驱散；温暖的情感，又回到天歌的心中。此刻，她渴望起了帝隐的双臂……不，不要！帝隐在母亲绸帐内的身体，赫然出现在她的眼前，她吓坏了。一股穿心的刺痛，让她双眼噙满伤痛的泪。

玄一发现天歌在瑟瑟颤抖，就抖开自己的长袍，披在她身上。

一种茫然的失落，瞬间蔓延至天歌全身。她紧紧蜷缩在玄一温暖的怀里，哆嗦的嘴唇念叨着零碎的句子，声音轻微得像掠过草丛的风。

“我爱谁呢？谁能告诉我……我可以爱上你吗？在我最需要安慰的时候，却是你留在我的身边……怎么会是你？！”

她猛地坐起来，被自己的惊诧吓住了。

那句“怎么会是你？！”像是问玄一，更像是在追问迷惘中的自己。

接下来该怎么办？难道停留在原地，等着屈辱的潮水把自己淹没？！

这时，已被懊悔和委屈说服的天歌，开始厌恶刚才发生的事。她并不认为自己和玄一发生的行为是罪恶的，她之所以掩盖自己的慌张、恐惧，是因为她害怕爱上这个宁静而忧伤的人。

胆怯使她选择逃避。

她突然跳将起来，甩开玄一盖在她身上的长袍，语无伦次地喊道：

“一切都结束了……我们不能再见面了……就……就这样啦。我必须马上离开……”

她胡乱穿好衣服，告诉自己，必须赶在曙光在天边闪现时逃走。

不顾玄一苦苦挽留，她强行抽出身来，朝山坡下家的方向拼命跑去。夜风从山顶上刮下来，卷起漫天荒草，在天歌背后如海洋般翻滚。最终，滔天的浪潮淹没了玄一。

他呆立于长草之中，翘望天歌离去的慌乱身影。

他像一个被抛弃的孩子。

那颗欲哭无泪的心，像风筝一样被天歌带走了。

玄一又一次掉进孤独的圈套中。

他失魂地望着天歌逐渐消逝的背影。他不知道自己用这样的姿势站立了多久。把他从失落状态中撼醒的，是那一声声催得人心生疼的铃铛声。

正想有人把自己领回家的玄一，对这个熟悉的声音感激万分。温情脉脉的铃铛声，恰好给他提供了一个收容伤心的地方。

他是不可能再回龙池寺了。

那把上了锁的大门，不会为他这个破戒的人打开。

那时，黎明的曙光已漫过小山丘，玄一的眼光，碰到了被天歌丢弃在地的银钥匙。他捡起银钥匙，拍了拍沾在衣服上的草片，就像他牵着天歌哭声的尾巴，找到这个山头上来一样，也牵着萨满召唤他的铃声，把银钥匙一并带到了萨满那里。

当玄一走近停在山坡下的马车旁时，不间断的铃声，还在撕咬着他的耳膜，直到他掀开车帘，看见眼神阴郁的萨满时才停止。

玄一听见萨满这样命令他："把你找到的东西，拿给我吧。"

一页页的日历，翻得哗啦啦地响，一直翻到玄一十四岁那年，他向师傅提出要离开寺庙的那天。当时，须云和尚郑重地告诉了他一个秘密——终有一天，银钥匙会传给他掌管。银钥匙守护着一个千年宝藏。

玄一犹豫了。

当他的眼睛越过萨满的肩膀，不经意看见那只"梦境口袋"时，他的惊讶，就变得十足的夸张了。

"我认出你来了！你就是卖给我梦境的那个人，对吧？"

"既然你都知道了，我只好提醒你，别再返回龙池寺了。帝隐得知你和天歌的事后，会杀了你。"

"你怎么知道这些事？"玄一再一次万分惊讶。

"因为，一切都在我的计划中……包括你的生命，都是我越过漫长沙漠，送到这里来的。"萨满嘴角挂着一星飘零的笑。

当他将大铃铛举至玄一面前，近距离地再次摇响时，玄一的眼神迷惘了……一长串的往事碎片，在他脑海里旋转……他无意识地掏出怀里的银钥匙，递到萨满手上。

萨满摇响的铃铛，将迷途羔羊召唤回来的同时，也将一个意念暗示进了玄一头脑。

"从今往后，你不再是佛门中人了。你获得了爱的权利，你重生了。只要执着地去追求，你就能得到天歌的爱。"

萨满的话像水井一样深，稍不留意，玄一就掉了进去。

他怎么也想不到，当萨满和师傅决斗时，只因他此时的点头承诺，竟中了萨满暗示的圈套，从而没能出手援助师傅。眼看养育他近二十载的师傅在火中坐化时，他才猛然清醒过来。

清晨，须云和尚推开玄一的房门，晨曦照亮了一个躺在地上安睡的灵魂。那是中箭身亡的小偷。

善于洞察世事的须云和尚，亲自解除了魔力口袋的魔力。他吩咐手下弟子，把一张通往天国的车票，发给这个已经忏悔自己的罪过，却还是无法避免倒霉命运的灵魂。

当这个感激的灵魂在超度的诵经声中被送往天国的路上时，须云和尚却茫然伫立在绘有九尾锦鲤的屏风前。

他背着手，眯缝着双眼，在玄一流畅的笔法下，搜寻着自己究竟输在哪里了。徒弟的画技超过师傅，终究是件令人欣慰的事啊！

“但他太锋利啦……”

忍不住叹息的须云和尚，一语点出玄一画面上的命运裂痕。

一种比透明冰坠子里细小的针尖还纤微、繁多的痛楚，在须云和尚心里裂开了花——当他用一瓶琥珀色硫酸，加上一纸镇压邪气的经文，销毁掉那只不停蠕动的魔力口袋时，他听见了玄一倾诉在口袋里的对天歌充满欲望的呢喃。

星星一旦偏离轨道，就会变成流星，从闪闪银河坠落。

离开屏风，步出庭院的须云和尚，满怀思虑地立于晨曦之中——这将是他临终前，最后一次仰望长空。那片璀璨宏大的银河，在晨曦中渐渐隐去，清脆的风，犹如一条透明绸带，绕着山脉向天空的尽头延伸……

迟早，玄一会经历与萨满相同的命运，就像两张书页，严丝密合地贴在一起。

他为这两个他爱的人，拥有相同的悲哀而难过。

他们总是把自己原本拥有的，一而再地或忽视或丢弃，去追寻的，反而是些似是而非的东西。就像萨满，他不相信自己说出的宝藏真相。他太执迷不悟了啊！

其实，要让已不是幻觉的萨满相信他曾拥有的“侯人猗”歌声就是千年宝藏，那无异于刮起了一场飓风，大地上的一切都会被涤荡得干干净净。

老和尚何曾不知道这一层。可幸的是，这个宝物，在另一个人身上得到了延续……十七年前，须云和尚亲眼目睹了惊雷骤雨中诞生的天歌。那时，他由衷地感受到了一种非凡力量——因为她那不可思议的哭声，是伴随着天籁般的音乐旋律而来的。

当初，将银钥匙传承给幻觉的前任住持，的确用意深远啊！为了防备指定的守护者有一天动了窃取宝藏的邪念，才将一张充满假象的地图拿出来，目的是让守护者根据上面所示路线，去寻找宝藏的真谛——因为只有爱，才能唱出“侯人猗”歌声。

这也是龙池寺曾经香火鼎盛的原因。

幻觉那超脱尘凡的歌喉，为众生唱出祈福青春的绝响，才是龙池寺传承千年的宝藏啊！

寻寻觅觅中，萨满失去了自己天赋的歌喉。

也就在那时，他远离了一个守护者真正的品格。

帝隐杀了人后，致幻药的作用很快消失了。

那天的黄昏沉得发紧。

帝隐失魂落魄地走在街上，如同鬼魅，穿行在当街的马车道里，车轮扬起的尘土，呛得他捂着嘴使劲咳嗽。他拖着疲惫的身子，仿佛穿越千山万水才来到天歌家门前。他以一种令自己都吃惊的陌生嗓音，叫响紧闭的大门。

此刻，天歌坐在盛满鲜花的浴盆里沐浴。

她沉浸在梦幻般的回味中……她不知道自己是幸福的，还是茫然的……虽然，没完没了的洗浴，不是罪恶感使然，但她终究无法摆脱那种爱欲撞击后留在心上的巨大回响……玄一和帝隐的身影，轮番来到她的面前，她竟分不清哪是帝隐的嘴唇，哪是玄一的肉体了……

“快开门吧。我……我杀了他……”

话刚一出口，帝隐锤子一样下落的声音，就在易碎的地板上砸下一个洞。他听见室内的浴室方向，传来东西狠狠摔在地上的撞击声。慌乱中，天歌踩到一块滑溜溜的肥皂上了。

帝隐用“杀人了”的声音，终于将天歌从无休无止的想象中惊醒。

片刻的等待，就像漫长的煎熬，帝隐看见了前来开门的天歌。仍处在迷糊状态中的天歌，不断打量着陌生人似的帝隐，最后，她张了张嘴，把想说的话用口型表现了出来。

“谁？”

读懂了这句暗语的帝隐，期待天歌能报以深刻的同情，原谅他，原谅他的鲁莽。

“玄一他……他……死了……”

像大男孩一样的帝隐，说完后竟痛哭起来。他像躲避瘟疫一样，将肩上挎着的弓箭扔掉，然后将整张脸埋在天歌递过来的手掌中。

他尽情地亲吻这双手。

为了摆脱撕裂般的剧痛在心中造成的轰鸣，帝隐用牙齿轻轻咬着天歌的手腕和指尖，并用力嗅着她皮肤里散发出来的芳香。仿佛只有这样，才能缓解玄一中箭时那闷声倒下的巨响，在他心中激起的恐怖。

“我们结婚吧……”

伴随着一声无奈叹息，帝隐正式向天歌求婚了。

寂寥长街沐浴在日暮的昏黄光影中时，龙池寺敲响了例行的钟声。

当第六下钟声落定时，萨满的马车赶到了城门口。

他将一朵枯萎的芍药花让守城的士兵交给多花儿，并传上他的口信：次日大殿落成仪式开始前，务必关上城门，什么人也不能放进来。若不照做的话，汤谷会陷入极度的危险中。

当士兵询问他是何人，为何要让城主下令关闭城门时，他翕动着薄而冷的嘴唇，吐出一句话："你只要将这朵凋谢的花交给她，一切就解决了。"

他甩了一下马鞭，跳起来的马即刻拉动了车轮。

马车很快从士兵眼前消失了。

萨满之所以要这样做，是因为他就要和须云决一死战了。他不希望城外群起的盗贼，闯进城来扰乱他的计划。

那朵证明他身份的芍药花，是他在过去时空里——第一次和多花儿会面的芍药园里摘下的。由于年代久远，干燥的花朵，几乎一碰就碎。

它在辗转递到多花儿手中时，花瓣上的香味犹存。然而，多花儿对此惊讶的鼻息，只轻轻一触碰，花儿忽然化作一堆细碎粉末，随风飘逝了……

苍老钟声回荡在天空上时，天歌和帝隐同时陷入了深渊般的惆怅。

从冷凝滞重的钟声里，他俩分辨得出，这不是平日的玄一在敲，而是步入耄耋之年的老和尚在挥动沉重的敲钟槌。

那每一下，每一声，就像沙哑、凄厉的哭诉，从龙池寺钟楼上，穷追不舍地赶下山来，穿过街道，找到天歌家门口，对着帝隐和天歌两个落魄的人影，道尽人间哀伤。

“快进来说吧！”

天歌一把抓住帝隐，将他从门口拉进来，然后“砰”地关上大门，扣上锁头上的铰链。仿佛这样，才能阻止徘徊在空中的钟声飘进来。

天歌背靠在门上，双手堵住耳朵，她害怕听见悲鸣的钟声。她认为，这是专门惩罚他们两个罪人的。

“明天的庆典仪式一结束，祖母就会当众宣布我和她侄女的婚事。”一脸惶恐的帝隐，打算把最后的决定权安放在天歌手里。

“答应我，立刻结婚吧，天歌……”

天歌是用巫术形式，来宣布自己婚讯的。

仪式由天歌主持。

她把自己右手的食指割破，再将帝隐左手的食指用刀尖划开，然后将两人的鲜血合拢在一起，让各自的血液流进对方的体内。

四周的地板上，围绕着十九根火苗雀跃的烛光。

整个仪式过程，天歌沉默得像一尊大理石雕像。倒是帝隐，时不时流露出一丝惊慌。

俨然继承了檀香神秘气质的天歌，毫不含糊地处理着自己未来的命运，并让帝隐喝下一碗漂浮着焦黑灰烬的清水。

“只有这样，死人的怨灵，才不会附在你的弓箭上，不会引诱你去杀更多的人，最后再诱导你自杀。”

双手捧着精致、洁白瓷碗的帝隐，深情地凝视着天歌——在她星空一样深邃的目光里，帝隐看见了一条蜿蜒璀璨的银河。他知道，一旦涉进这条闪烁着星光的河流，灾难和幸福，会同时令他回不了头。

暴风雨即将登陆汤谷前，有一小股游荡的雨气，撬开了天歌紧

锁的门窗，潜进屋内，一个接一个地吹熄了地板上跳跃的烛火。

天歌当即以镇静的嗓音，向还处在恍惚中的帝隐下达简短命令：

“快喝下。”

在最后一根烛火熄灭前，帝隐一仰头，喝完了碗里的水，然后将瓷碗砸向地板。水花一样飞溅而起的碎片，在两人皮肤上擦出许多细小的伤口。

原本微弱的室内光线，被呜咽的夜风，一口气吹得更黑了。

14. 魂灵的预言

为了龙池寺大殿盛大的落成仪式，今晨，多花儿已将平日需两小时盘好的头发，昨夜临睡前就梳理好了。在女仆的帮助下，她系好了高挺衣领上美艳的红玛瑙纽扣，与此同时，她的决定——仪式上宣布家族继承人的心思，也一并扣进了衣领里。

今日，檀香也起了个大早，或者说，她又是一夜无眠。

在香料铺那顶令人迷恋的丝绸帐里，檀香备受情感折磨，她的双眼几乎是夜夜浸泡在泪水里。她尝试用一切办法回到小木屋，向天歌解释，可是，十二次的敲门中，十一次屋内反锁着。没有人应答她。

最后一次，当檀香转身离去时，天歌平淡的声音，终于从两扇不近人情的门缝里传出来。

“我和帝隐已经结婚了。祝福我们吧，妈妈……”

就在大殿举行落成仪式的当天，死神以须云和尚死去妻子的形象，出现在他的面前。

她胸前佩戴着须云年轻时送给她的定情信物——红石头项链。她的眼睛透着深邃的光，就像生前一样，此时，她以占卜惯用的口吻，替须云讲述了一个长久以来他都不敢正视的真相。

“我一直没将你是檀香父亲的身份告诉她，那是因为，我担心

她一旦得知真相，便会找你确认。追问过去，这无疑会要了你的命。为此，我等到现在，你的生命即将终结之时，方将真相告诉你。

“一直以来，我希望由你自己看出——她们俩，一个是你女儿，一个是你外孙女。可是，她们在你身边多年了，你却视而不见。虚伪啊，你真虚伪！多年来，你其实一直在欺骗自己。如今，你是该知道真相的时候啦。”

一旦得知天歌是自己的外孙女，须云和尚就觉得自己被某种东西牵绊住了。

在此之前，他以为自己能够坦然地面对死神，因为大殿已经竣工，他没有什么可牵挂了。他甚至感到欣慰，自己在行将就木之际，还悟出了宝藏真谛。他终于没有虚度此生啊！

“难道你不认为天籁之歌本身，就是一种完美财富吗？”他将自己参悟得来的宝藏真相，向自己的敌人说了出来，试图与当年的幻觉共享这个发现的快乐。令他难以想象的是，宝藏真谛一旦说出口，那一刻，纠缠了他一辈子的负罪感竟消失了。关于宝藏的命运，他有了自己宿命论的思考——没有人能盗走它。因为每个窥视它的人，最终，都会被它博大精深的智慧和情怀所折服，从而成为它忠诚的守护者。

其实，他依然了解萨满，就像了解当年的幻觉一样。尽管时光和磨难让他变成了铁石心肠，可那天晚上，他俯身闻芍药花香的那一刻，须云和尚就断定了萨满即将到来的命运：他会又一次掉进情感的罗网……

当老和尚知道天歌是他的外孙女后，就不想立刻跟着死神走了。他尽量和死神讨价还价，终于把自己的死期，延迟至仪式后的当晚。

一大早，热情的人们就赶往龙池寺，目睹这一罕见的盛大庆典。

临近中午时分，天歌精美绝伦的表演，将人们的情绪推向了高潮。在高于地面七尺的祭台上，她踩着帝隐弹奏的音乐，飞旋着优美的舞步，那时，暴风雨在云层里为她奏起了气势恢宏的交响乐。

人们以为，是天歌的求雨舞，以及她唱出的祷文感动了上苍，才送来了经年不闻的雷雨声。许多上了年纪的老人，竟匍匐在寺庙的台阶前，反复嘟囔着“真灵验啊！”。

沉浸在音乐中的天歌，和着雷电扬起的激情，陶醉在祈雨的神圣中。连日来的所有甜蜜与忧伤、痛苦与失落，都化作了洗涤灵魂的汗水，被她尽情地挥洒在祭台上。唯有如此，她才能洁净地与神沟通，获得神奇的力量。

“我看见了……看见了，萤火虫的光点在扑闪……”有个声音告诉她，那是广袤宇宙中，代表生命和爱的光点。

自此，天歌突然领悟到“侯人猗”歌声中的另一层深意。

这是萨满没能教给她的。

持续在高台上唱了一百零八遍祈雨祷文，旋转了整整两个时辰的天歌，感到炎热、疲累和昏眩组成的三条河流，齐齐地向她冲来……就在她双眼昏花时，她忽然看见玄一站在下方的人群中。

是他？怎么可能？

当天歌定睛寻找时，刚才看见的人影，又混杂在密密麻麻的人流中了，就跟从未出现过似的。无论天歌用视线怎样来回扫荡、筛选，都一无所获。

就在天歌颓然放弃时，那张明澈冷漠的脸孔，又一次出现了。

“宁静而忧伤的人，是你吗？如果真是你的魂灵，你听见我的呼唤了吗？”

在玄一亦真亦幻的影像前后出现三次后，祭台下所有的人，居然从天歌眼前“呼啦”一下，全部消失了。

晴朗燥热的上空，突然炸响一个惊人的霹雳。

天歌昏倒在祭台上。

虔诚期盼雨水的人们，此时，朝天仰起他们狂喜的头颅，振臂高呼："雨——雨——"

不知从何而来的遒劲秋风，铮铮作响地将压顶黑云整个儿搬了过来，扣在汤谷头上。转瞬间，四野笼罩在昏黑的怀抱里。

"天歌——"

见天歌猝然晕倒在祭台上，帝隐从铿锵的琴声中猛然抽出身来，呼喊着冲过去。与此同时，一伙马背上的匪徒，挥动着一根根会吹口哨的马鞭，驱赶着观看祭祀仪式的人群。

由于多花儿的疏忽，不设防的汤谷城门，放进了一帮杀人不眨眼的贼。他们显然是冲着传说中的宝藏而来。

为首的一个强盗，蛊惑众人，声称他们是来复仇的，因为天歌用她魔鬼的声音，在驿站的篝火夜，杀死了他们的首领。

当这伙狂徒用套羚羊的绳套圈住天歌时，怒吼的苍穹，顿时炸开一个大窟窿。磅礴的大雨里，响起了帝隐撕心裂肺的呼喊："不——天歌——"

被激怒的帝隐，抽出一支利箭，瞄准盗贼头目的坐骑猛射而去，眼看就要命中时，却被敏捷的匪首一刀挡下来。

被劫掠的天歌，横在大盗的马背上，对着帝隐呼喊："帝隐——我爱你——帝隐——"她拼命向帝隐伸出手，然而，冲上前来的帝隐，却被强盗刺伤了手臂，一个踉跄滚到马下。

此时，天歌完全失去了理智，不顾一切地在狂风骤雨中，撕裂着嗓子向帝隐呼喊。她要呼喊出心中的爱，她要将自己曾经的逃避和悔恨，应和着天地的震怒，统统倾倒出来。她要让帝隐知道，她有多么爱他，多么需要他！

她那蕴含着美丽哀愁的眼神，仿佛穿越天地间横流的风雨，穿越千年的传说和时光，与涂山氏——九尾狐的眼光重叠在一起。那是环绕在心爱人身上，依恋而又绝望的眼神。

捂着受伤的手臂，帝隐在纷乱的厮杀声中，退回到祭台下。他命人重新牵来战马，他一定要把天歌追回来。就在此时，多花儿出现了。她竟以坚决的态度，挺起胸膛，挡在帝隐就要驰骋的马蹄前。

“你不能去救她！你即将成为汤谷年轻的城主，你必须以臣民的安危为重。”

马蹄凌乱、慌张地在原地打转。帝隐用力拉扯着缰绳，以免伤害到这个镇定自若地立于高头大马下的老太太。

“她是我的妻子！我们已经结婚了。我爱她，我决不能失去她——”

弥漫着风雨的天空，似乎要将银河之水全部倾泻给人间。

白色的雨帘，挂在帝隐和祖母之间。他们彼此看不见对方的脸。

“今天，你无论如何都不能走！否则，你就不是我的孙子啦。你也永远继承不到我庞大的遗产和贵族头衔！”

“祖母，原谅我……”

焦急的帝隐一边恳求多花儿，一边不断地向天歌呼喊的方向望去。

“果然没有高贵血统啊……”

多花儿叹了一口气，闭上了她那锐利的眼睛。等她再次睁开时，眼角有了一道水流经过的痕迹。

忽然，帝隐让自己的马安静下来，他似乎听到多花儿耳语般的叹息：“……你不是我的亲孙子，是捡来的！”

被失望激怒的多花儿，对自己辛苦养大，却不听话的帝隐发起了脾气，就像当年对亲生儿子金泰一样。然而，气话一出口，多花儿就后悔了。

这句话无疑变成了双刃剑，先戳伤了她自己的心。

她伤心欲绝地喊道：“你走吧，快走吧！让我不要再看见你这

个逆子！就算我死了，你也不要来看我！”

一声轰烈的雷鸣，突然在他们头顶炸响。紧接着，更为暴怒的雨水，从天际扑向汤谷。

前来救援的士兵，此时，渐呈包围之势，围拢着亡命匪徒。见势不妙，匪首挥舞着手里的大刀，刀背上的铁环发出刺耳的嗡鸣。那响声在暗示，暂时放弃攻打寺庙，撤退到北面丘陵上。

一想到天歌还在这群盗贼的手里，帝隐就心急如焚。

他决意撕开眼前的迷雾。

他狠狠用马刺踢了一下胯下的坐骑，骏马像一支离弦的箭，朝盗匪们逃离的方向追去。

他把祖母的话，以及她伫立在雨里的凄惶身影，都风一般地丢在自己猎猎作响的披风后面……

一夜未归的玄一，似乎明白无误地向须云和尚宣告：作为一粒成熟种子的自由，他有权选择自己喜欢的土壤生存。

夹杂在熙熙攘攘的人群中，玄一依然陶醉在对天歌爱欲的无限想象中……当倾城的风雨肆虐天地时，玄一才骤然从梦中醒来。

他如一朵飞絮，悄无声息地落在一个匪徒身后的马背上，继而提起凝聚全部功力的右臂，朝土匪的脖子猛击过去。只一下，那人就闷声从马上滚了下来。

骑在马背上的玄一，用一块黑绸巾蒙上自己的脸，紧跟在盗贼们撤退的马蹄后，盘算着如何解救天歌。

昏厥过去的天歌，全然不知玄一一直在暗中护佑着她。

“天歌……你怎么样了？”

一种类似小动物低回婉转的呜咽声，唤醒了绑在帐篷内神思模糊的天歌。她抖动了一下挂满水珠的睫毛，疲惫地睁开湿润的眼睛，漠然地审视着眼前这个蒙着黑面罩，跟她低声说话的男子。

“天歌，你受伤了没有？我是来救你的。”男子激动的声音里，透出压抑不住的喜悦。

“你是谁？”

天歌警觉地瞪了他一眼，被绳索紧紧捆绑的身子，不禁颤抖了一下。

“是我。我带你离开这里！”

说毕，此人抽出盗贼独有的弯刀，利落地割断了捆绑住天歌手脚的绳索。

当粗绳被斩断，一节节脱落在地时，得以松绑的天歌，如同打开笼门的飞鸟，重新获得了飞翔的气力。她一反手，把对方的弯刀抽了过来，又一个漂亮的转身，就将寒光闪闪的刀锋，对准了为她松绑的蒙面男子。

“为什么要救我？”不要相信豺狼的道歉，是母亲讲的童话故事中的教诲。

她毫不留情地将滴着水珠的刀锋，直指对方的咽喉。连日来，她屡屡碰到人性中的怀疑、背叛，这些已使她不再相信任何人了。如果真有人来救她，她坚信，只有真爱她的人才会冒险前来。

“我……我是玄一。”

不可能！

当天歌听见对方的回答后，第一个反应就是不可能！

帝隐杀了他……他不可能活着！

帐篷外的暴雨呼啸着冲进来，天歌浑身被淋得透湿。冷雨使她皮肤起了一层疙瘩，拿刀的手臂，不由自主地哆嗦了一下……

天歌被抓以后，没能在她身上搜到银钥匙的大盗，反倒对她的惊世美貌产生了贪婪的觊觎之心。

毫无畏惧的天歌，竟用镇静的嘲笑吓唬对方：“宝藏不是你想

要就能要到的。它会让你的弟兄们，像穿在竹签上的鱼，被欲念点起的火焰烤干，最终一无所获！”

她傲然的态度，激起了大盗野兽般的狂怒。

“看我把你给杀了！”

当匪首挥舞着镶有铁环的大刀，从天歌脖子下方一刀横过时，淡然的表情，依然停留在天歌脸上。与此同时，一缕青丝，悄然从天歌肩头飘落。

紧接着，传来大盗钦佩的笑声。

他根本没让噬血的弯刀，舔到天歌的咽喉，只是切了一绺仍在滴水的发尖。

面对弯刀，天歌眼都不眨，这让大盗震撼。就像多年前，曾令她祖母多花儿震惊一样——天歌两岁时，当多花儿举起利刃削掉她的眉毛时，她张着的也是这样一双宁静的大眼睛。

匪首决定留下她。

理由是，她的美貌价值一座宝藏。

对天歌来说，她之所以毫不畏惧死亡，是因为她心里充满了爱——她坚信帝隐一定会前来救她。

可是，当眼前的蒙面男子自称是玄一时，她就被对方那双熟悉得令人心疼的眼睛给吓坏了。她差点失控地哭出来。

蛮横的风雨，此时终于歇息了一会儿。善感的天歌，却在清冷的雨意中惆怅起来。她呆立于玄一面前，从这个“起死回生”的人身上，她看见自己天真的信念就写在玄一眼里：只有深爱着的人，才会为此甘冒生命危险。

“难道……他就是那个深爱我的人？”

也就在那一瞬间，握在天歌手中的刀，“哐当”一声落在了地上。

与此同时，两个看守的土匪，从帐篷外跑进来。

处在惊诧、彷徨中的天歌，忽然听见帝隐在营外高声叫喊：“你们不是要银钥匙吗？我带来了！只要把天歌给我，我就做这个交换！”

爱情的花朵，当即在天歌脸上绽放。

她终于等到了帝隐的救援之手。

如果一眼能看穿人心的檀香在场，她准会说，天歌只是高兴自己得到了解脱——为逃避触摸玄一这份危险的恋情找到了借口。

“帝隐——”

天歌不顾一切地疯狂往外冲，并竭力回避那个宁静、忧伤的人的眼睛。

就在她奔向帐篷外时，玄一突然反绞她的双手，重新将刀锋横在她的腰际。

愕然不已的天歌，被迫停住了脚步。她以最最悲伤的目光，直直凝视着玄一，希望在他脸上寻找到合理的解释。

“让我把她押出去做交换吧。”天歌背后传来玄一的声音。

“你们去报告大哥，就说这条小毒蛇自己割断绳子打算溜走时给抓住了。”

把女人比作小毒蛇，是大漠上土匪们的黑话。玄一是从萨满卖给他的那些奇幻梦境中，掌握到这些不为人知的秘密的。

凌乱的马蹄不停地在水洼里打转，就像帝隐此刻焦急的心。一心前来营救天歌的他，根本没带什么银钥匙。

为此，他做好了准备——若与邪恶的盗贼们有一战的话，那必定是死战。

玄一押送着天歌，走到了土匪营寨外。

当天歌与帝隐四目相撞时，那一瞬间，仿佛漫天的雨花，都被

他们惊喜的眼光点亮了。

嫉妒，令玄一头顶几乎长出两根魔鬼的犄角。

他仿佛听到魔鬼的引诱：你应该借助土匪的力量，一劳永逸地将帝隐干掉，天歌就是你的了。

我可以这样做吗？

你不能那样做！另一个声音，坚决否定了这种荒唐想法。

玄一心里清楚，他不能让帝隐死在天歌眼前，那无异于要了天歌的命。

就在匪首即将拦住他们去路之际，玄一终于从嫉妒的罗网中挣脱出来。他把天歌丢给帝隐，毫不容情地命令天歌：“快，快走！”

然后，玄一慢慢转过身，冷冷地叉开腿，手举弯刀，一副舍我其谁的架势，面对着这帮强盗。

“弟兄们——”

大盗饶有兴趣地将目光，从呼啸而去的天歌那儿，收回到玄一身上。仿佛遇到对手一般，他兴致勃勃地向手下发话道：“我已经听见咱们刀磨牙的声音了。你们听见了吗？”

他把干燥粗裂的大手，按在腰间那把弯刀上，挤在嘴角边的坏笑，蕴藏着深不可测的阴险。他的狼兄狼弟们，同时抽出明晃晃的弯刀回应道：“我们都快等不及了呢。”

冲天的喊杀声，立刻响彻整个荒野。

一刀切断了自己生还的希望——玄一亲手把天歌送给了自己的情敌帝隐，而把死亡留给了自己。

“帝隐，我们不能就这样走！”当他们好不容易从溅血的狼窝侥幸逃出时，天歌突然提起缰绳，强行勒住向前猛冲的马，以坚如磐石的语气告诉帝隐。

“为什么？你疯了吗？他们立刻会追上来的！”

“不！不是不走，是还要带一个人走。我们不能丢下他！”

“谁？”

“玄一在里面。”

帝隐宁可相信天歌是由于惊吓所致的精神紧张，才说出玄一还活着的疯话。

“你说什么，天歌？看着我的眼睛！告诉我，你不是在开玩笑吧！”

横跨在马上的帝隐，激动地将天歌扳过来朝向自己，急切地在她脸上寻找肯定的答案。

“是他救的我……也是他留下来抵挡追兵，你才能在混乱中把我救出来。”

“他怎么可能还活着？”

“没时间解释了！”天歌斩钉截铁地打断他的提问。

在天歌坚定意志的影响下，帝隐当即掉转马头，朝来路一阵小跑，然后在一株千年古柏下，连人带马隐藏起来。

“你打算怎么救他？”

当帝隐谨慎地抛出这个棘手难题时，天歌展开了自信的微笑。几乎像一朵开在暗夜中的神秘之花。靠在她身后的帝隐，闻到甘甜醉人的花香在冷雨的夜气里弥漫……

被一只只凶残“野狼”包围的玄一，满耳听见的都是大刀碰撞时上下两副钢牙咬在一起的轰鸣。

一滴血，跳进了他的眼睛。

玄一忽然什么都看不见了。

他像一只掉进红色染缸里的蚂蚁，在红海里奋力向前游，却还是呛了水。眼看自己就要化作血水融化时，从天而降的歌声，将他

从死亡中拉起。

这是天歌的歌声。

借助风的流动，清亮的歌声如月光拂亮大地……那一刻，歌声在玄一漆黑惶恐的心里，擦亮了一星火光。

玄一将注意力集中在这温暖亲切的光亮上，不安的情绪像雪一样融化了。他跟着歌声的指引，终于能分辨出来自前方或后背向自己咬来的钢牙。

不使用眼睛的战斗，却更胜似睁开的双眼。

他避免了目睹对方残暴面孔上溅满的鲜血；他可以不在意自己的刀锋在人体上撕开一道道血淋淋的伤口；他能够躺进天歌流水一样的歌声长河，涤荡自己身体犯下的罪恶……最后，他摆脱了死亡施加给他的恐惧和惊慌，利用过人的轻功，重新投进了夜的怀抱。

天歌深情的歌唱中，包含着一个隐秘心愿：

她希望两个深爱她的人能够和解，因为她刚得知一个惊人秘密，帝隐和玄一是亲兄弟。

临上祭台的早晨，天歌在门口的台阶上，意外收到母亲留给她的一件包裹。包裹里有檀香为女儿精心熨烫的祭祀礼服，还有一串红石头项链，那是檀香占卜时用的卜具，祈雨时天歌要佩挂在胸前，这是母亲通过梦境传达给檀香的。好久没从冥府回家的母亲衰老多了，她似乎为一件重要事情而来。聊天中，母亲叮嘱她，祈雨的当日，一定要让天歌戴上那串红石头项链。

在包裹里，天歌还发现母亲留给了她一封信，信中竟意外提到帝隐和玄一的身世。檀香曾答应须云和尚不将他们亲兄弟的身份公开。然而，在天歌阅读的这封信里，檀香却打破了承诺。檀香之所以要将秘密告诉天歌，是想化解她和女儿之间爆发的无声战争。

母亲信中说的话，证实了天歌一直以来的迷惑。每一次，她在帝隐的脸上，仿佛看见了玄一清澈的眼神；而在玄一转身离去的背影中，又发现了帝隐坚实的脊背。强烈的预感曾多次提醒她：他们两人如此相像，难道不是亲兄弟？

“……如果你真的爱他们，就设法阻止他们相互残杀吧！”

信的末尾，天歌读到母亲写下的一句警告性预言。

通常，在事情万分紧急时，檀香才使用这种肯定的语气。天歌猜想，这一定是红石头事先向母亲展示的预兆。

天歌此时深感后悔，她认为是自己的过错引发了两兄弟的嫉妒。她把母亲的警告，视作一个弥补过错的机会。

她一定要让两兄弟和解！

今夜，她不仅要用自己神奇的歌声救玄一，还要用那首蕴藏着两兄弟身世之谜的曲子，去帮助血缘相连的帝隐和玄一，在体味亲情的召唤中，忘却仇恨和嫉妒。

手握银钥匙的萨满，似乎把握十足——“侯人猗”的绝响，注定会在今夜出现。

在芍药园“会见”须云之前，他曾固执地认为，只有“侯人猗”歌声，才能转动银钥匙，开启神秘宝藏。然而，须云在负罪感的支配下，竟当即否认了自己的观点，甚至以一句反问暗示他：“难道天籁之歌本身，不是一种完美的财富？”

像吐掉葡萄籽一样，萨满以最不屑的神情，将他的劝阻遗弃在地。

这不过是一种暗示人心的把戏。这也是他惯用的魔术手法。

他宁可怀疑老和尚的动机，也不怀疑玄一的眼睛。宝藏就在月光塔，那间神奇的房间内。

几天前，玄一被师傅派去打扫月光塔。临行前，老和尚将一件叮嘱，极其郑重地塞进玄一空荡荡的大袖子里。

玄一灌满长风的袖筒，像两只白色鸽子在不停地扑扇翅膀，他

心中反复回荡着师傅临行前的警告："除了宝塔最顶端第七层塔内的小房间外，其余的塔层和房间，你都可以打扫。"

当他走到宝塔第七层，被老和尚事先禁止不能打开的房间时，袖筒里沙哑的回音，反而变成了好奇的诱惑。

"那你最后还是打开了，对吧？"萨满摇晃着加入"念力"的铃铛，套出了玄一内心的真话。

那天，玄一还是违背了师傅的叮嘱，私自打开了不被允许进入的房间。

心如明镜的老和尚，几乎不用盘问就知道玄一打破了禁忌。因为在他脱下的鞋子里，有几瓣金色的花瓣粘在袜子上。

这是无忧树上的花瓣。

只有那间净室的墙壁上，才绘有这种永远在盛开的花卉。

无忧树被传是圣树，当年，释迦牟尼在树下圆寂时，满树璀璨的金色花瓣，宛如光芒四射的华盖。

当玄一扯下纠结着蛛网的门锁推门进去时，却惊异地发现，室内竟是不可思议的洁净，仿佛尘埃和岁月，从未光临过此地。

十八个紫檀木制成的佛龛里，供着十八尊摆出各式舞蹈动作的菩萨。香炉里的烟灰不燃，却升起沁心的袅袅香气。正面墙上，绘有一幅光彩夺目的壁画，画中央的无忧树，喷吐着金花。

他虔诚地脱下鞋子，踩在冰凉的地板上，轻轻走进去。

然而，他的错误在于，用手指触碰了那幅美好诱人的壁画。

刹那间，花瓣纷纷从树上飘落，宛如一场无声大雪，把玄一整个儿埋了起来，然而，花瓣还在持续、无声地落下……

玄一逃了出来。

匆忙中，他把粘有金色花瓣的袜子，直接伸进了鞋子里。

今夜，萨满终于可以踌躇满志地朝着目标前进了，因为他从玄一那儿，知晓了藏宝地点。

走在空旷无人的大街上，萨满忽然被一种异样的哭声给绊了一跤。

待他站定后举目四望，才发现悲切的哭声，是从檀香店铺里那扇橘红色的窗户里传出来的。萨满好奇地注视着窗户里的灯光。是什么东西，会让这个出售爱情的美丽女人发出如此恸彻肺腑的悲音？

他做了一个错误决定——他走进了这间发出女人哭声的房子，并将自己的野心和目的暂时搁置在散发着香味的架子上。

和他相处过一段时间的檀香，有一回，一语点破他的宿命：“女人，才是你致命的敌人。”不管萨满怎样用暴躁的脾气，或是一声不吭的横眉冷对，来向檀香或其他人表明自己从不相信感情，可是，末了，他总是被感情，或者是一切欺骗同情心的事物，给绊住脚步。

这次也不例外。

为他开门的，是一个窈窕、美丽的陌生老太太。

萨满感到诧异。

“我是檀香……”

当一个亲切、颤抖的声音从老太太打褶的颈子里发出来时，萨满怎么也不敢相信，眼前这个白发垂至腰际的老太太，就是从前那个一笑起来能令所有男人为之倾倒，而渴望获得她爱情的女人。

然而，事实就是如此。

她老了，却不能说不美丽。

她的美，不再张扬地开放，而是呈内敛的优雅。

被萨满重重疑问包围的檀香，在对方开口询问前，先给出了解释：

“为了天歌，我放弃了永不凋谢的美丽。”

她向萨满澄清，从前，自己烧掉紫檀木做的小匣子，销毁真实年龄的传说，只不过是迷惑多花儿的一个假象。真正使她不老的原因，是她对爱的希冀，对爱拥有的那种永不衰竭的态度，使她成功地留住了青春。

“忘掉那些能勾起你对金泰幻想的男人吧！从虚幻的爱情中走出来，该认真想想什么是对自己最重要的。”

最近一次疲惫的打盹中，她梦见了母亲。

自从天歌窥见母亲与帝隐的秘密后，命运的烙印就刻在了檀香脸上。她与天歌之间，出现了一条唯有彩虹方能跨越的深壑。

自那以后，檀香就陷入了失眠的深渊。眼见女儿心力交瘁，檀香的母亲不住地叹息……死人是无法帮助活人的。

萨满被檀香奇异的叙述提起了兴致。他仔细端详着眼前这个用优雅姿势拨亮灯芯的老太太，难道她就是之前那个能激起男人无穷爱情的檀香？

这太不可思议了！

怀旧的潮水漫过温暖的小木屋，萨满想起了和这个美丽女人共浴爱河的那些美妙时光。可是，这一切将永远不复存在。

檀香戏剧性的变化，引起了他对自己命运的感伤。

走进这间房子时，他只是把自己的重要目的暂时搁在摆满香料的架子上。但很快，他就陷进往事的潮汐里了。

檀香深沉苍老的面容，令他想起了多花儿。

在萨满的记忆中，一直以来，他所爱的人和恨的人，都是当年的模样，仿佛时光把河流凝固成了冰，年轻和仇恨同时并存。

倘若一旦意识到，过去的朋友、情人或者仇人，此时都顶着一头风雨飘摇的白发，举着老年人悲悯的眼神，发出缓慢、尖细的嗓音时，复仇的快感与激情，看上去，反倒像一个荒诞滑稽的笑话。

对自己目标的怀疑，把他变成河底一簇痴想的水草。他无法不随着水流的波动，任意飘摇。

然而，当萨满将自己柔弱的一面呈现给檀香时，檀香已在摆放香料的架子上，调换了萨满搁在那儿的银钥匙。

当骏马驮着天歌和帝隐，旋风般来到城门口时，马儿却因箭伤和疲惫，突然仆倒在地，再也站不起来了。

帝隐只好拉着天歌，向城门跑去。

“算了吧，帝隐。我们现在不能进城！”

听着身后追赶而来的喊杀声，天歌说出了自己的担忧。

“我们不能让城门打开。”她满腹忧虑地解释道，“一旦强盗们跟随着涌进城内，城中的百姓又要遭殃了。”

“那能怎么办？！反正我不能让你再从我身边失去！你对我比什么都重要。”

面对帝隐固执专横的爱，天歌若是小女孩的话，会满心欢喜地接受。可是，当她经历了情感迷惘与激愤出走后，尤其是她诅咒的歌声令美丽汤谷突然消失这种剧痛打击后，她变了。她从未像现在这样深深地爱着汤谷，在为汤谷祈雨的祭台上，在与上天沟通的歌舞中，一种被称作使命的东西，来到了她的心中。因此，她坚定地对帝隐说：

“你比我更重要，因为你是汤谷未来的城主。”

听到天歌以责任感来劝说自己，帝隐忽然发出悲哀的自嘲：“为了你，我已经放弃了这一切！已经回不去了，我跟祖母彻底闹翻了……”帝隐眼中的感伤，像雨雾一样笼罩着天歌。

“跟我私奔吧，天歌……”

这个语调，在十七年前，一个丰熟的夜里曾出现过。当时，檀香守候在荒草连天的龙池寺废墟上，耳边萦绕着郊外狼群的嗥叫，心中期盼着恋人快快到来。

…………

“我不能跟你走，”天歌深情地说，“尽管，我愿意为你而死……”

隐隐之中，帝隐已感到自己不是多花儿家族的继承人，但没想到，天歌依然将爱的誓言放在自己掌心。帝隐的心颤抖了。

他将天歌揽进怀中，那是一次又深又长的吻，令天歌浑身战栗，几乎要昏厥过去。仿佛下一秒，两人就要生离死别似的，彼此泪流满面地长吻着对方。

立于城门下的天歌和帝隐，如同两棵相拥在一起的树，任何风吹雨打，似乎都撼动不了他们的爱情——然而，一丝命定的敲门声，不期而至地突然蹦到天歌脑海中。醒悟的灵光，霎时传遍她的全身。

当小木屋的屋檐被流言打湿时，老和尚力排众议无效后，不胜唏嘘地向檀香解释，天歌具有与生俱来的双重情感——魔性和神性。

当年，她嫉妒的歌声，招来了汤谷有史以来的大洪水——小红豆那还没来得及长草芽儿的坟，被冲得无影无踪。

她曾任性地恨过汤谷，汤谷的美丽景色竟一夕之间，消失得踪影全无。

她曾对帝隐的背叛，报以毁灭性的歌声诅咒。帝隐真的“死”在自己的怀抱里……突然，天歌恐惧地捂住泪流满面的脸。

她挣脱帝隐的怀抱，独自冲进大雨中。

“上天啊！我不要魔性，也不要神性！”她高声呼喊着，向天空威胁般地举起双手，“我只要做回我自己！像普通人一样，无论爱恨，都由自己做主！”

一股奔腾的洪流，推动着承载天歌使命的孤舟，在宿命的漩涡里打转……雨水？泪水？一冷一热混合的水流，沿着她朝天仰起的脸颊，灌进敞开的衣领里。恍惚间，她听到未来的那个自己，在故事结束时，来到绿洲汤谷的尽头，在一片苍茫的天际间，发出徘徊不去的缭绕余音——“爱是美丽的，却又是那样的痛苦。”

此时，他们被追上来的强盗，堵死在紧闭的城门下了。

没有选择余地的，倒是玄一。

突出重围后，他截获了一匹强盗快马，也赶到了城门口。眼看自己心爱的人在死亡面前与情敌十指相扣，紧紧拥吻在一起，玄一又一次陷入痛苦的抉择中——救，还是不救？

与此同时，檀香的香料铺里，走出一个眼神比雨夜还凄清、寂寥的人。

从怀旧泥潭挣扎出来后，萨满让檀香为自己接下来的命运卜卦。

卦象上出现了胜利的迹象。

但发出的却是一丝萤火虫般的光线，在黎明前的大气中起起伏伏。

“真他妈的浑蛋！看来，这回要把命给搏出去了。”

萨满愤愤丢下一句粗话，将宽大的黑边帽扣在头上，然后，门也没关地走了出去。

城外孤山上，那座流光溢彩的月光塔，就像一颗硕大的夜明珠，诱惑着萨满——今夜，他已按捺不住一睹宝藏真容的心情了，虽然免不了要与须云进行一场注定生死的决斗。

“你的一生，是一条充满冒险的不归路！”在他赶赴孤山的路上，萨满回想起失去青春容颜的檀香，在他拉开门步下台阶时，悲戚如风的话从屋里追出来，撞上他的后背。

当时，他摇晃了一下，但他依然没有回头。

他默不作声地压低帽檐，径自快步离去。

要去孤山月光塔，须路经紧闭的城门。

飞跃上城楼的他，目睹了汇聚在城外的群匪正包围着天歌和帝隐。

令他感到意外的是，此时，某处，有人正从袖子里倒出一种深褐色爬虫。黑压压一大片，犹如绝望的阴影，以铺天盖地之势掩埋过强盗的头顶。更为可怕的是，还有不计其数的虫子，从那人的袖子里，源源不绝地爬出来。

惊恐的嚎叫，失魂落魄的冲撞，以及相互践踏的呼喊声此起彼伏。四野里，横流着雨夜血腥的叹息。

被吓坏的天歌和帝隐终于敢挪动双脚时，才留意到落在匪徒身上的爬虫，其实是雨后出动的黄褐色飞蚁。

只有萨满能看出个中奥秘——倚在城门口清风亭栏杆上的玄一，悄悄做了法术，解了天歌和帝隐被困之危。他把下雨天孕育出的飞蚂蚁，用法术幻化成毒虫，让强盗们被自己的绝望和恐惧吓乱阵脚。

玄一的法术之所以能制服人，就在于他利用了人心的错觉与假象。

喃喃低语中，萨满不自觉流露出难言的惆怅。

从玄一精深的法力变化中，唯有他能感受到，这个天才美少年心中正燃烧着冲天大火，他要么烧毁掉自己，要么毁掉情敌帝隐。

但愿今晚他不是自己的敌人。

插着翅膀的黄褐色小飞蚁，飞到须云和尚那里去了。它们落在他纹丝不动的肩头上，或钻进他清爽的袖筒里，或爬进他苍老的耳根后。

雨夜，加重了这些小生物在短暂生命里的忙碌。

等待在月光塔下的须云和尚，不急不躁地使用着从死神那儿讨价还价得来的一小段时光。

他举着一把橘红色油伞，伫立在淅淅沥沥的雨中。

老和尚之所以选择一把鲜亮的伞，完全出自于对自己满意的奖赏。他终于完成了夙愿——在废墟上，一座比当年大火中烧毁的还要宏伟壮观的大殿拔地而起。此外，他还翻修了厅堂和别舍，并将玄一的画摆放其间——他希望每个前来寺庙借宿的人，能在次日清晨看见头天还未开放的兰花，已在夜间悄悄吐出了芬芳，幽香缭绕在整个铺满晨光的房间。

“玄一的画技，的确是炉火纯青啊！”那会儿，他正往崭新的门楣上题写“兰若室”三个字，并不时向旁人称赞玄一非凡的绘画天赋。

当越来越多的飞蚁聚集在老和尚伞下避雨时，这些抖动着透明翅膀的小东西，把萨满到来的消息告诉了他。

而这场被注定的决斗，被萨满刀子一样尖锐的话语一下子给挑破了。

“你以为建成大殿，就赎清了过去的罪孽吗？”他翘起下巴，嘲笑地斜视着须云，“你知道吗，大殿是靠我的钱才得以动工！是我让檀香替我捐给寺庙的。知道我为什么要这样做吗？目的就是为了今天，能站在此处羞辱你！”

老和尚沉默不语，手中压低的油纸伞，仿佛是为了抵挡对方盛气凌人的刀锋。

“快走开吧！我知道宝藏就在里面。”

萨满用眼睛示意须云背后的月光塔。

“如果你出手阻拦的话，我会要你加倍偿还当年你欠下的一切！知道吗？输掉的人会因此赔上性命，但那人绝对不是我。”

檀香的占卜，事先给了他胜出的肯定答复。

此刻，萨满一挥手，平地立时掀起一股长着尖牙的怪风。旋转的急风，像水中电鳗一样扭摆着前行，所到之处，枯枝、落花及人的衣履，都留下兽类撕扯的印痕。

须云和尚胸前的僧袍，被利刃一样的风划破成一道道的伤口。然而，他却异常平静，仅用手中一把精巧的油纸伞，就将怪风的牙齿敲掉了。

见此情景，心中恼怒的萨满，忽然嫌聚集在低空的飞蚁多事，他猛地吸了一口带着火星子的烟头，然后丢在地上。明晃晃的水

洼，即刻像油一样被迅速点燃。浮在水面上的火柱，烧死了半空中纷飞的昆虫，火势很快蔓延至须云和尚脚旁，舔着他湿重的衣摆。

当焦煳的味道浓烈时，老和尚将油伞高举过头，嘴唇轻微翕动了一下。

他念的咒语，或许乌云听见了。

一场骤雨倾盆而下，扑灭了他和萨满之间烧起的一条火链。

“你不是说，要把当年从我这儿拿走的东西还给我吗？现在为何还要横在我面前？”

萨满气急败坏，像疯狼一样对着须云怒吼。

“还给你的是我的忏悔；站在这里，则是我的责任。”

须云和尚一边说，一边收起雨伞，把它搁在路边一块石头上，然后才正式摆开迎战架势：“作为宝藏的守护者，我必须坚持到生命终结之时。”

“好哇——那我就成全你！”

话音刚落，萨满把自己的全部功力都运送到手掌中，然后朝须云和尚的方向推去。霎时，一条青色巨龙从他掌中咆哮而出，向须云和尚扑去。

“没用的！你出多大的力气，我都能释放出同等的功力抵消你。”老和尚也将双掌平举在胸前，一条金龙从掌心喷出，“因为，我们是一面镜子的两面。要想打败我，只能一起消亡。”

两条巨龙咬在一起，纠缠不休。

孤山上的草木瑟瑟发抖，狂风在山林里横冲直撞，一路撕扯、摔打，充耳可闻的皆是树枝噼啪折断的声音，以及石头滚下山坡的巨响。

一白一黑两件长袍在风中翻飞。他们不断释放出强大的能量，虽然各自都深感体力不支，但谁也不肯先歇手。

须云和尚话中的意思，萨满是完全理解的。

他所说镜子的两面，其实是指他们各自练的法术——“隐藏人心之术”和“释放人心之术”。若这一对法术碰在一起，便会相互抵消功力。

巨大的光团如同耀眼的太阳，在两人之间升起，那是他们释放各自生命能量吐出的精华。光团照亮了他们身后的月光塔，象牙般光滑的塔身泛着透明的光泽。

此刻，须云和尚仍想说服萨满放弃这种无谓的牺牲。

“快放手吧！如果你只想打败我的话，我可以告诉你，死神已经来找过我啦。”

然而，促使萨满抽回双手的，却是另一件事。

须云和尚再次提醒他，银钥匙无法打开宝藏，就算攻破他的阻拦都是徒劳的。

“那么，如今，只能靠天歌的歌声，来打开宝藏的秘密喽？”

虽然这句是问话，却不需要任何人回答。

早已将天真与信仰弃之如履的萨满，摇响了手中的大铃铛。夜空下，另一处不远的地方，传来了一串串清脆、空远的回应声……

帮帝隐和天歌解了群匪之围后，藏身于清风亭的玄一，听见了铃声的召唤。他已习惯将自己那只小铃铛随身携带。

当他正欲悄悄离去时，天歌意外地发现了他。

“玄一！”

如同吞下断肠草的人正迷糊地走向冥府的不归路，猛然一个从背后追上来的急切声音，叫住了飘忽的魂魄，迫使他回过头来——那正是天歌，在玄一心中放大了数倍的声音。

就在帝隐万分惊诧于玄一“复活”时，玄一却淡漠地表示：“我看……没有解释的必要。”

聚集在城楼附近的小飞蚁，犹如一张移动的棕褐色大网，笼罩

着血气横流的雨夜，也笼罩着黯然神伤的三个年轻人。

尽管天歌热切期待着，但玄一还是冰冷地拒绝澄清真相。

他不打算帮帝隐摆脱误杀的错误。

他要让帝隐心中留下永远的阴影！

难道我要告诉他与天歌一起度过的那个荒山之夜吗？！难道我要说出天歌曾把哭泣的脸庞，埋在自己发烫的胸口上吗？！

“你已经杀死了过去那个‘我’，现在，站在你眼前的这个人，是我一直渴望做的自己。”玄一对帝隐冷冷地说道，“这也意味着，我终于可以和你公平决斗了！我和你之间，一切才刚刚开始。我知道自己需要什么！”

虽然玄一是对帝隐说话，却递给天歌一个温柔无比的眼神，仿佛在说：我相信你不会忘记，那个洒满星光的荒丘，你和我之间，那激情洋溢的时刻。你的爱，终于打破了束缚我的牢笼……

或许，正是因为对爱恨自由的渴望，才使玄一甘愿听从萨满的控制。在爱欲洒满荒丘的那个夜晚，他就背叛了龙池寺，年复一年，灌输给他的信仰；也背叛了老和尚彻夜守候他归来的窗前那盏孤灯。

当萨满的铃声再次穿越夜空而来时，玄一举起右手的袖子，擦去了天歌脸上惊讶的泪水，抑或是雨水的东西。

就是这样一个优美的，却令人神伤的告别姿势，使天歌的心震颤了，也使帝隐陷入更深的尴尬——该感谢玄一的救命之恩，还是再次杀死他？

清冷的夜雨，带来丝丝透彻的战栗，天歌听见玄一继续用悲凉的嗓音说：

“现在的我，相信爱与奇迹，也相信，假如再给帝隐一次机会，他还是会杀了我。不是吗？”

他把目光转向帝隐。

倒退的时光，像指间的流沙，在两人目光交换中飞逝——离开檀香大床的那天夜晚，后悔、沮丧的帝隐，彻夜徘徊在天歌家门口。直到天边的晨曦漫过那片稀薄的弯月亮时，他才远远看见一个少女仓皇朝家跑来的身影。

退隐于屋角阴影里的帝隐，揪心地发现，那个神色慌张的少女就是天歌。她凌乱的黑发，散落的眼神，已经写下另一个人的影子。

她属于别人了。

此刻，帝隐仿佛又一次遭遇情感重创。当他听出玄一近乎轻蔑的语气时，也毫不犹豫地回答：

“是的，我一定会再次杀了你。”

一道来自遥远天外的闪电，瞬间照亮了他们，也照亮了他们身后巍峨的城门，以及耸立在孤山上的月光塔。

牵着乌云中裂开的一线月光，在铃声的指引下，玄一出现在月光塔。透过玄一呆滞的神情，老和尚看出，此刻，玄一正受到萨满的控制。

当老和尚泪光闪烁的双眼，与玄一迟钝的目光相撞时，须云和尚就心酸地意识到，萨满是利用自己的爱徒来对付自己。

就在今日一大早，他还痴痴地念叨着玄一。

盥洗的时候，他意外地闻到有东西烧煳的味道，从厨房里传来。起初，他以为是那些笨手笨脚的僧侣把晨饭做煳了，禁不住想到，若是玄一在的话，就不会出现这种情况。

老和尚悲伤的目光，像蜡烛一样，一点点融化在水盆里。他忘却了时间，心里默默想念着玄一。

后来，他发现厨灶是冷的。

那么，烧焦的味道，又是从哪里来的呢？

祭坛之上，死神以檀香母亲的样子，帮他解开了迷惑。

“你闻到的，是当年把一切化作废墟的大火的味道。它从大殿地基里冒出来啦。今天晚上，你将死于大火中。”

宿命的旋律，从老和尚的心底，再次清脆无比地旋转上来。

“对不起了，师傅……”玄一从喉结里发出的颤抖嗓音，令老和尚痛苦地闭上双眼。玄一每向他靠近一步，孤山上覆盖的林木，就发出一声凄厉的哀嚎。随着他脚步的临近，整片林木的落叶，如同秋雨“萧萧”而下……释放体内能量的玄一，双臂张开，于半空中聚拢的落叶，像千万只被注入生命的蝴蝶，将一个苍老、孤独的老人，团团环绕。

“蝶”在风中飞舞，翅膀震动出狂乱的嗡鸣，恰似玄一那一声声的低怨：为什么？为什么当初要从寒冷的大雪中将我收留？我本不该身着袈裟，本不该遭受失去自由与爱的生活！假若一切可以重来，宁可让大雪将我覆盖，也不要知道，如今我的痛苦，都是因为你一时的慈悲……

像羔羊一样迷失的玄一，被萨满用铃声召唤回来后，就在萨满断断续续的记忆碎片中，拼贴出了一幅过去时光的剪影：

一轮东方式的黄月亮上，飞过一行洁白的丹顶鹤。萨满牵着一头母羊，母羊驮着一对婴儿，踏上了穿越沙漠的漫长之旅。一路上，铃声叮当，他们来到了传说中的绿洲汤谷。一双神秘的手，又将婴儿搁置于雪夜下，静悄悄的龙池寺……

玄一立于丈外的地方，向须云和尚诉说着自己已知的身世。

虽然他还不清楚孪生子中，除他之外的另一个手足是谁，但他却完全臣服于大铃铛散发出的“温情念力”了。

萨满再次摇响大铃铛。那一声又一声，如同鬼魂的索命曲，催促着犹豫中的玄一出手。

无法控制自己的玄一，最后一次对须云和尚说：“师傅，对不起了……”话音刚落，恍如彩蝶纷飞的落叶，立时具备了坚硬、锋利的杀伤力。如刃的叶片，直指须云和尚血肉之躯。

“你无须向我道歉，让我自己步入生命的最后阶段吧。”为了避免徒儿来结束自己的性命，须云和尚劈倒一株枯死的杨柳，然后坐在上面。

一团火焰，当即呼啸升起，直冲夜空里，那条星光伤逝的银河。

强大的火势，霎时冲散了，朝须云和尚直击而来的“群蝶”。随即，一场宏大、无声的落叶雨，从天而降。

老和尚在大火中圆寂了。

须云和尚之所以要这么做，并不是害怕武功敌不过玄一，而是不愿让玄一后悔。善于洞察纷纭世事的老和尚，选择了涅槃形式来撼动内心麻木的玄一。

大火熊熊燃烧了起来，伴随玄一的则是剧烈的头痛。他跪在地上，双手抱头，口里发出粗重和尖细两种奇异的嗓音。他叫喊着，像患了癫狂病一样痛苦地折磨自己。

一同前来的天歌和帝隐，骇然于眼前的一幕。

他们怎么也不明白，为何玄一不去帮助自己的师傅对付萨满，而是跪在大火面前，张着枯井般绝望、苦涩的双眼，胡乱抓着、喊着，好像要扯掉紧紧缠绕在身上的巨蟒。

当天歌看见躁狂的玄一终于夺眶而出的眼泪时，方感悟到生离死别之际亲人间相互告别的心疼，也明白了玄一无法用言语表达的痛苦。她走上前，用女人天生的温柔和同情，为玄一擦净泪水弄污的脸庞，并费力地扳开玄一几乎要撕裂自己耳朵的手指，因为他正竭力抵制试图吞噬掉他意志力的铃声。

“救救我吧，孩子……”

玄一仿佛听见，那一次，师傅被幻想中的大火逼至墙角时，向他展露出的孤苦无助的呼唤。

一种爱的觉醒，迫使玄一拼命向火中的那个身影呐喊——

“救救我吧，师傅……”

萨满此时却在一旁得意地大笑。

“爱，带来的只能是伤害！”

当他高声咆哮时，往昔的一幕幕，如芍药花般狂野、绚烂地，在他凄风冷雨的内心忘我地绽放。

风向转变了。温和的东南风，忽然被狂暴的西北风取代。

荒野里泛起彻骨的寒意。

帝隐悄悄拉满弓，对准疯子般狂笑的萨满。

萨满浑身抽搐着，呈现出混乱的呓语状态。他不像在享受复仇的快感，倒像是为死去的亲人哭昏了头。

天歌为他扭曲变形的模样感到难过。虽然她不相信萨满所做的一定与邪恶有关，可当玄一为了抵抗令人着魔的铃声，而把耳朵都撕开了口子时，眼前的萨满，在天歌眼里，就变得邪恶无比了。

与此同时，萨满觉察到，一支疾恶如仇的利箭，正对准了他。

为了止住笑，他连打了几个嗝，并擦去眼角里流出来的东西——那种不能被称作泪水的苦涩液体。

忽然间，他竟呈现出无法掩盖的老态，就像赤水河边那株上了年纪的柿子树，浑身布满了苍老的疤痕。

他朝帝隐摆了摆手，异常疲惫地叹了口气。

“我确实为他感到难过……可是，只要他不死，我就无法忘掉过去的仇恨。无法回到最初我们师兄弟之间的爱里去。”

仿佛现在他可以好好来爱这个战败的仇人了。他摘下头上的帽子，露出已经开始花白的两鬓，并将揉皱的宽边黑帽丢进燃烧的火焰里。同时，口中喃喃念叨着，唯有他跟须云能够领悟的那句禅机。

“……空里来，觉里去……”

这也是须云和尚为纪念师弟幻觉写在大殿柱子上的一条偈语。理解此中真谛的人已走了一个，可另一个人，仍被欲念蒙着双眼。命运女神似乎并不着急为他解开。

然而，帝隐却等不及。他的愤怒像沸腾的水一样烫手。

萨满失控的笑声令他不寒而栗——在他看来，眼前这个苍郁的男人，不再是阴雨天徘徊于十字路口的萨满，而是一个残忍的疯子。

当萨满提起脚，打算绕过燃烧的火堆，向月光塔走去时，帝隐再次举起弓箭，对准了萨满如山崖一样嶙峋的脊背。

路旁的荆棘，钩住了萨满的裤脚，迫使他停下来。

“你想怎么样？”

转过身来的萨满，正撞上对他举起弓箭的帝隐。

檀香曾总是笑话萨满把眼睛长在背上了。

“你怎么不回头，就知道我来了？！”檀香惊喜的声音，每次都让萨满暗自高兴。仿佛跳动的阳光，又照在了他的身上——青春，并不是想象中那么飞快地离他而去啊。

可如今，他背上的眼睛，对白了头的檀香视而不见。就在刚才，他摔门离去时，就再也没有回头看檀香。

在颤巍巍的烛光下，檀香拿起剪刀，绞碎了从天花板上垂挂而下的丝绸彩帐，也绞碎了他头也不回离去后，依然残留在西墙上的那道修长孤僻的影子——他很少送礼物给她，离开时也没留下任何纪念品。剩下的，唯有墙上那道剪影。

被萨满犀利的目光逮个正着，帝隐一时竟慌乱起来。

萨满泰然自若的气势，以及突如其来的提问，都让他不知所措。自己原本打算替须云和尚主持公道的理由，此时不知跑到哪儿去了。

“你以为，凭你就能阻止我吗？！”

几天前的一个夜里，从噩梦中醒来的萨满，曾用同样的口气，对自己大声咆哮。那是他内心的两个灵魂，争吵时弄出来的动静。那激动的情绪，甚至把他从睡梦中喊醒过来。

梦中那个神情忧郁的魂灵，坐在车夫的座位上，值得信赖地驾驶着马车。另一个则坐在车厢里，神经质地用宽边帽子，不时按住抖动一下的膝盖，并高声指责前面赶车的：“哪怕……哪怕只看一眼，我也要把宝藏打开来！瞧瞧那个千年秘密到底是什么样的。难道我们不是一直在为这个目标努力吗？”

车夫的自制力，最终屈服于主人的权威中了。

渴望破解宝藏秘密的萨满，再次摇响了“念力铃铛”。

天歌惊愕地看见，帝隐竟将箭头转向了玄一。

帝隐着魔了。

此刻，帝隐拥有的那只小铃铛，就挂在旧仓库那个丢弃了多年的摇篮上。当小铃铛与萨满的母铃铛产生共鸣时，这只小铜铃，就抖落掉浑身覆盖的灰尘，发出欢快的回响。

莫名的铃声，令坐在家中的多花儿吃惊地跳将起来。她吩咐下人，四处寻找铃声的源头。家里顿时忙碌一片。

从帝隐谜一般陌生的表情上，天歌惊骇地觉察到，萨满引起混乱的目的，是希望两兄弟在此相互残杀！

早在一个小时前，檀香就预见了天歌的结局——她张开双臂，挡住了帝隐的箭镞。利箭撕裂了她的心，鲜血在她胸前如蓓蕾般绽放……

当时，被迷雾堵住心智的帝隐，什么也听不见、看不到，满耳里，唯有萨满不可一世的声音在命令他：“为什么不放箭？！你还愣着干什么！把玄一干掉，天歌就是你的了！”

然而，帝隐只是拉满弓，将箭平举——这全因为天歌意外出现在他的视线内。

为了控制帝隐，萨满把铃铛摇得更响了。

听到这强大的召唤，旧仓库里的小铃铛发出急切的回声。这声响迫不及待地挣脱摇篮的束缚，冲出库房大门，撞上正循声而来的多花儿。

她还没来得及将这奇怪的小铃铛抓住，这声音就溜掉了——它径自赶往孤山上的月光塔，然后一头扎进帝隐被掏空的心窝窝里。

像被人猛击了一拳，帝隐身子一摇晃，那支利箭就在震动间，如脱缰的野马射向了目标。

15. 祭台上的芍药花

“天歌就要死啦！”檀香惊悚地盯着红石头卜出的卦象。

她披散着头发，甚至没有注意到，自己竟穿着睡衣就跑到大街上了。她惊慌失措地敲开多花儿的府邸，将这个悲痛万分的消息告诉她。

“她可是你的亲孙女啊——”

虽然檀香用充满爱情的哭声一度牵绊住萨满的脚步，并从他那儿成功地换下银钥匙，但对接下来的注定悲剧，她却无能为力。

卦象显示，最凶险的时刻到了。因此，檀香不得不来见自己恨了一辈子的仇人——多花儿。

她原本的骄傲消失了。她把自己湿漉漉的脸埋在臂弯里，不雅观地哭起来。如果不是为了天歌，她会认为，这是自己人生中最大的耻辱。

在清冷、空洞的客厅里，当她向失眠已久的多花儿说出天歌的亲生父亲是金泰时，她们同时听到，响遏行云的“侯人猗”歌声穿云裂谷而来。

被紧迫命运催促的天歌，赶在帝隐旋转的箭头就要钻进她肌肤前，唱出了帝隐和玄一是一对孪生兄弟的事实。

“帝隐——醒醒吧！他可是你的亲兄弟啊……”

最后一个“啊”字的尾音还挂在天歌嘴角时，利器就干脆地切断了天歌的歌声，尾音变成一连串断线的珠子，滚落进湿润的草丛中。

天歌往后退了两步，朝玄一怀里仰倒下去……面对帝隐的箭镞，天歌终于发出了，萨满一直希冀的“侯人猗”歌声——为了两个她深爱的人，天歌把谱写着他们身世之谜的曲子，当作了自己生命中最后的绝唱。

那超绝尘寰的美妙歌声，令天地为之动容。

月光塔忽然亮了，象牙色的塔身，散发出晶莹皎洁的光辉。

无数金色花瓣，从第七层塔上的六面窗户里喷吐而出，如盛大的冬月飞雪，铺天盖地……

此时，檀香仍在多花儿的府邸。她把自己所有的骄傲和积怨都抛之脑后，坐在多花儿床前，向她倾诉自己一直以来为报复她而故意隐瞒的真相——天歌延续了她的血脉，是她的亲孙女。

“但她现在就要死啦……”

“为什么以前你不告诉我?!为什么要这样折磨我?!”大呼小叫的多花儿，全然不顾自己几乎衰竭的心脏已不能承受如此惨痛的打击。

而在最初，看见檀香那似乎一夜间愁白的头，她的心里就充满了狂笑：“檀香啊，檀香，你也终有老去的一天！看来，老天爷是公平的。”然而，当她得知天歌是她的亲孙女时，她骄傲的笑声，最后却变成一句只有她自己才能听到的低语：“我要和死神做个交易。”

她即刻命令制作棺木的人，给她量身定做一口棺材。

“不能让天歌死！谁也不能带走她！”

她决绝的态度，仿佛在向死神发号施令。

为了能在半路上将死神拦住，当晚，她就躺进了冰冷的棺材。她要以自己最大、最顽强的努力，去阻止死神带走她的亲孙女——天歌。

“终于苏醒啦……沉睡了千年的秘密，你终于出世了……”

沉浸在心愿达成喜悦中的萨满，竟像孩子一样，举着怯怯的眼神，目睹着月光塔出现的奇迹。

他摊开双手，接住从天飘落的金色花瓣。

此时的他，根本听不见另一边传来的悲伤。

托着天歌的身躯，玄一跪了下来，一遍又一遍，痛苦地呼唤着天歌的名字，仿佛他正在和死神较劲。他不能眼睁睁看着天歌眼中的光亮一点点黯淡下去……天歌的歌声，渐渐变成一片薄雾，淡远而缥缈。

悲痛欲绝的帝隐，抛开弓箭，扑到天歌身上。他看见天歌正张着一双出奇黑亮的眼睛，仰望深邃的夜空。帝隐朝她目光的方向看去，那里是漫天冷寂的星光。

过往时光的相册，快速在帝隐脑海中翻开。在天歌离家出走的那天，自己曾答应檀香会好好照顾天歌，并发誓用自己的胸膛接住落下去的“流星”。

结果，流星陨落了——是他用箭射下来的。

他将耳朵贴近天歌翕动的嘴唇，听见她在念一个人的名字。

“她在说什么？”玄一近乎疯狂地向帝隐逼问。

“她在不停地喊——妈妈！”

帝隐说话时的表情，就像伫立在血染荒原上的将军，面对战争铁蹄下牺牲的心爱女人。“让我带她回家吧……”

他默默地从玄一手中接过天歌。在和玄一眼神交换的瞬间，他们同时看到彼此眼中闪动的泪光。

“有一件事，我现在没法向你解释。但请相信我，我是不会让天歌死的。”玄一向帝隐承诺，“黎明前，一切危险都会过去……”

“我会等你，”帝隐说，“因为我们是亲兄弟嘛。”

自小就伴随着玄一的孤独感，因了这句肯定的回答，竟奇迹般烟消云散了。豁然开朗的阳光重新回到玄一心房，他额头上出现了老和尚曾精心灌输给他的智慧之光。

小时候，他一直迷惑不解的是，每当夜晚，为何师傅走进任何一个房间，都能用光溜溜的额头点亮屋里的黑暗。当时，须云和尚用“太阳星”来解释这种现象，并预言：“你额头上，将来也会有‘太阳星’照耀。”

天歌挺起胸膛，毫不犹豫地阻挡帝隐箭镞的勇气，终于唤醒了玄一心中深沉广博的爱。苏醒的智慧如醍醐灌顶，使他获得了神奇力量。

他知道该怎样战胜萨满了。

躺在棺材里的多花儿，以为自己的虔诚和强硬，一定能说服死神，把天歌的灵魂留下，而带走她这个浮肿、衰老，却依然神采奕奕的灵魂。

当她费力地握着老是打滑的笔，在遗嘱上签下自己尊贵的名字时，洗练的目光，再次停留在檀香身上。

与其说她原谅了檀香，不如说她忽然感伤起了往事。

从檀香走进客厅起，她第一眼便看见对方散落在肩头的长发，出现了刺眼的白色。那会儿，多花儿表现出极度的惊讶与失望，脱口而出“天啊——”。

她替檀香消失的青春，惋惜起来。

过去，为争夺那只青春宝匣，她把即将分娩的檀香赶到龙池寺里生产。金泰莫名坠崖身亡，她认定是檀香动用了巫术报复她。至于那个身份可疑的孩子，她宁可相信她是拖着狐狸尾巴出世的，也不愿承认她是家族的血脉。从此，每当她拨响算盘，总要立下一个

如何在经济上挤垮檀香的计划。但在筹建大殿一事上，檀香突然冒出一笔巨额捐款却令她震惊。尽管经过详细调查，她依然猜不透这份蹊跷金额的出处。

躺进棺材里的多花儿，最后还是不放心地将檀香的手背翻过来。

在确定檀香依然有弹性的皮肤上确实出现了隐隐的老年斑，并不是画上去欺骗她的时候，多花儿才在遗嘱上签下了自己的名字。多年来，对檀香不老容颜的嫉妒，几乎成了多花儿一块永远都无法医治的心病。

“渴望拥有青春，是因为你还在期待爱情。”

当檀香把多花儿扶进停放在客厅中央的棺材里时，已经不是在挖苦她，而是充满了同情。难道她不是将金泰的爱珍藏在心灵深处，从而让自己容颜不老吗？她难道不是点亮窗前那盏孔雀灯，期盼萨满高大漆黑的身影，出现在门口的台阶上吗？

无数次，多花儿都会陷入这样的遐想：假如自己能够延缓衰老，留住美丽，那么，她就有希望等到幻觉回来的那一天，能让他看见自己为了留住爱情而依然没有改变的容颜。或许，他们的爱情，就像芍药园里的花，能有再次开放的机会？

然而，那朵芍药花——当年的幻觉在过去时空里摘下来的花朵，辗转传到多花儿掌心时，那一碰就粉碎了的干花，居然没让她看出爱情原本的模样！

当死神把这朵芍药花当作胸针别在胸前，出现在她客厅阴暗角落里，并宣称是来接多花儿离去时，恍然大悟的多花儿顿时明白了，那朵辗转而来的芍药花，是初恋情人给她传递的爱情信号。可她却永远错过了，错过了两人再次相见的时光。

无法挽回的心碎，成了多花儿离开人世的最终理由。

当生命最后一丝迹象从多花儿身上潮水般退去后，檀香展开了遗嘱。

多花儿这样写道：若我死后，帝隐不迎娶天歌为妻，将得不到任何财产继承权。

须云和尚在大火中圆寂时，有一个细节，甚至骗过了萨满鹰一样锐利的眼睛。

当时，玄一把自己抓得伤痕累累，以摆脱铃声对他的控制。在旁人耳里，他喊着别人听不懂的语言，而实际的情形是，他与涅槃中的老和尚在进行精神对话。

大火中，隐约出现一个人影——那是须云和尚肉身之外的灵魂。

就在肉体生命即将消亡之际，须云和尚运用“释放人心之术”，与玄一进行了一场精神性谈话，并用这种特殊方式传授了衣钵。

“……天籁之声，就是人人为之疯狂的宝藏啊。”完全领悟了此中真谛的须云和尚，把宝藏的秘密，传授给了新的守护者，“继续守护她，将是你神圣的使命。”

老和尚的声音渐行渐远，最后消失在遥远的星河里了……

在老和尚即将离去时，他还预言了天歌中箭的结局。他告诉玄一，唯一能令天歌脱离死亡的人是萨满。

对萨满的弱点，他了如指掌——宝藏就在眼前了，哪怕看上一眼，他都会把命豁出去，因为那是他期待了一生的时刻。

老和尚还告诉玄一，就算萨满登上宝塔第七层，进入了那个时光不老的房间，也不要阻止他。宝藏有她自己的主意——任何一个怀揣野心，企图拥有她的人，都会掉进她设下的陷阱。

果真如须云和尚所料。当萨满登上塔顶时，犯了和玄一当初同样的错误，他用手指触碰了壁画上那棵无忧树。

当萨满邪恶的手指触摸到壁画上金光灿灿的无忧树时，无忧树上的花瓣，转瞬间，不知飘落到何处去了。萨满看到的是一株裸露

着枝丫的树身。

虽然没出现金色花瓣，但萨满还是不相信须云所言："如果不是真正的守护者，谁也别想靠近宝藏。"

陶醉在胜利中的萨满，此刻眼前出现了幻象：脚下的地板，突然间松软如沼泽，泥沼中浮出的怪兽，伸出魔爪攫住他的靴子，使劲往下拽……惊愕中的他，失声喊叫起来。可是，他越是惊恐无助，越是深陷泥沼。无效的挣扎，使更多的烂泥涌进嘴中，令他呕吐不止。

这时，玄一向他伸出了救援之手。

但玄一提出了相救条件：只要萨满肯将生命能量传输给天歌，令她从昏迷中苏醒，他就同意替他打开神秘宝藏。

对玄一开出的条件，萨满睁着警觉的双眼，默默盯着他，迟迟不肯答复。

他心里非常清楚，这意味着什么——一旦消耗掉全部能量救天歌，他的生命，或许就仅剩一天了。

一天，可以做什么呢？能让他看一眼宝物的真面目？

萨满坠入了迷惘。

难道，他必须用这种不理智的热情，来爱这份命定的"礼物"？

见他犹豫不决，玄一将自己解救的手故意抽回。然而，也就在这同一时刻，萨满猛地扯住了玄一的衣角。

"我答应你的要求……这样可以了吧？"

玄一鼻子一酸，莫名地悲哀起来。

萨满对宝藏执着的痴迷态度令他肃然起敬。是什么样的力量，让他置一切于不顾，甚至是宝贵的生命？

玄一甚至要心软起来。

把萨满从“泥泞”中拉出来后，玄一从壁画左边第一个佛龛里取出一轴仿古画卷，递给惊魂未定的萨满。

“打开看看吧，或许，它能使你想起些什么。”

萨满勉强接过卷轴，心怀愤恨地对玄一怒目而视。谁料，在展开画卷后，他竟猛地打了一个冷战。某种柔情的东西，铺天盖地般挟裹着他，将他整个淹没了……也许，他为仅有一天的生命在感伤？也许，正因为仅有一天的生命，而使一切变得那样美好，美好得令人肝肠寸断！

那是一幅怀抱焦尾琴，脚步轻舞的美男子画像。画中落英缤纷——桃花抑或菲色云霞，轻盈地从长空缓缓落下，缭绕在抚琴歌唱的绝妙伊人身上。

画上落笔处每一道熟悉痕迹，都令萨满控制不住地怀念起往昔时光。那逝去的岁月，此刻，无遮无拦地来到了他的眼前……

古码头上，载着新娘多花儿的花船刚刚靠岸，幻觉就悲伤地弹起了《伤离别》。响遏行云的琴声，转瞬间招来了漫天菲色云霞。人们惊愕于这种异样的情景，纷纷仰视天空，一睹这非凡的浪漫奇观——没有人知道，那一刻，琴声铸就了多花儿婚姻的悲剧。泪水淹没了少女的心，也淹没了为她伤情的幻觉和尚。

唯有一个人，捕捉到了这一瞬间。

须云和尚暗中铺开画纸，记录下了这种易逝的东西——当时的他，还弄不清自己是爱着幻觉，还是在恨幻觉。

后来，玄一在藏经阁搜寻到了这幅画，并迷上了画中传达的不可言说的忧伤。有一次，他还专程跑到古码头上，去寻找漫天菲色云霞。

结果，他只能失落地站在柿子树下，任黄昏的斜阳，将他瘦小的影子拉进橘红色水里。因为他永远不可能知道，那纷飞缭绕的花瓣，表达了师傅失落纷乱的心绪……

此时，已脱离肉身束缚的须云和尚，在通往冥府的路上，依然毫不怀疑萨满最终的选择。“他会为宝藏放弃生命的。正如你所说的，他是一个天真、感性的人，是一个比我真诚、纯粹得多的人。”须云走在那个没有爱恨界限的冥界里，对前面领路的死神（他的亡妻）说出了这番肺腑之言。他终于认同了亡妻曾经的观点。

此时，在月光塔这间时光不老的净室内，须云和尚从前的师弟幻觉，通过眼前这幅画，回到了自己最初的灵魂上。玄一见他背靠墙壁慢慢蹲了下去，潮湿的眼眶里，汹涌着大海一样的潮汐。他的思绪似乎已经离开了，离开了这个挤满故人和愁情的时空……

“假若我和他从此无缘相见，假若有一天，我先他离开人世，那么就再也没有机会跟他道声对不起了。请将这幅画转交给他，他会明白其中不变的情谊……”

玄一终于完成了师傅的遗愿。

玄一转过身，面对绘有无忧树的壁画，双掌合十，默默追悼恩师须云和尚。

如果有一种法术，能超越师傅和萨满，那就是这间净室呈现的神奇。玄一终于领悟到，自己将“鲤鱼”“白狐”幻化成真的法术，原来是自行飘落花瓣的无忧树境界——每个人从中找到自己，就是寻找宝藏的意义。

玄一心中默默感激师傅，给他留下了一片可供人性栖息的蓝天。

“你的呼吸是梵音，身体是庙宇，两耳是晨钟与暮鼓，跳动的脉搏，是声声不息的木鱼，无处不是清净呢？”

恍惚间，有一个声音，从壁画金灿灿的树身里流出来，如行云流水般清澈……

在昏迷中那段模糊不清的时间里，天歌感觉到自己在匆匆写着爱情诗句。零碎的、断断续续的诗句，宛如溪水里圆润多彩的鹅卵石，她将手没入透明的溪水，捡起一颗水灵灵的石子，将它含在口中——冰润的触感，在她身上激起无限的灵感。

其实，她认为的爱情诗句，是把她带回家的帝隐，伏在她耳边一遍又一遍深情的呼唤。他希望昏迷中的天歌不要睡过去。

帝隐把她平放在床上。

就像搁下一件易碎的玻璃雕像，帝隐紧张的双臂，几乎因承受不了重压而折断。玄一曾嘱咐他，无论如何，黎明前，不能让天歌被困乏的梦境带走。他彻夜守护在天歌面前，不知疲倦地亲吻天歌，忍着内心的哽咽，在她耳边不断重复地呼唤她的名字，并用手轻轻触摸她胸口的血迹，恨不得拔下那支罪恶的箭矢，往自己胸口上捅。

烧开的水在锅里叫，檀香在屋里东冲西撞。

当她打开门，瞧见天歌仰躺在帝隐怀里的第一眼起，她响亮的哭声，就吓醒了整条街道的灯光。

但她很快从哭声中挣扎出来，手脚麻利地为天歌处理伤口。

神思恍惚的帝隐，茫然地坐在床边，顺从地接受檀香不时递给他的药粉及滚烫的毛巾。他甚至没去想这个忙碌的美丽老太太究竟是谁。

明黄的空气，窃窃的私语，以及独特的药香……这一切，展露在天歌眼前。她吃惊地发现自己躺在床上，母亲和帝隐在为自己忙碌。后来，她看见母亲钳去了她胸前那截箭尾。剧烈的痛感，像一对鹰的爪子，撕裂了她的心。她看见自己昏死过去。

玄一曾向帝隐承诺的奇迹，黎明之际实现了。

萨满传输的生命能量，终令天歌吐出一丝温暖的气息——心跳声重新回到了她的心脏。

天歌醒来了。

檀香取出那把银钥匙，让帝隐为天歌佩戴上。与此同时，一支

葬礼的哀乐经过她的窗前。呜呜吹过街道的风，在唱着一曲悲伤的葬歌——城主多花儿去世了。

之前，在昏迷状态中，天歌走进一个房间，见到了许多人。尽管有些脸孔是那样的陌生，包括她从未谋面的父亲。

引起天歌对这个年轻男子好感的，不是他高贵的、极具亲和力的微笑，而是他臂弯里托着的一只毛色纯粹的白狐。

“我可以摸一下它吗？”她似乎变成了一个旁观者，用七岁孩童的稚嫩嗓音，激动地问道。

“当然可以，因为你是我的女儿。”

当她从死亡之旅返回后，第一件事，就是向母亲求证自己的身世。当她知道窗外正在举行的葬礼，是祖母多花儿的，她的第一个反应，就是加入送葬的队伍中去，用动人的歌声，护送亲人步入死亡的宫殿。

“她在那里，依然会是一个受人尊敬的女王。”

天歌把鲜花朝天空抛撒而去，对着漫天飞舞的花瓣儿，诉说着自己对祖母迟来的爱戴。“爱，时而渺小得仅能穿过针孔，时而伟大得连接天空。”从母亲檀香的话语中，天歌知晓了祖母多花儿为了她的重生，情愿用自己的生命与死神交换。她不再怀有从前的仇恨，来面对这个她还没来得及相认就已匆匆离去的亲人。

濒危中，天歌来到那个迷梦般的房间，除了见到父亲外，在屋子的一角，还惊讶地看见了小红豆——她身着下葬那天穿的淡绿色裙子，浑身散发出桃子成熟时的芳香。天歌好奇地走近小红豆，并向她伸出手——在这个异域空间里，她希望与过去的情敌和解，但遭到对方冷冷拒绝。

“别碰我！一碰，你的名字就会登记在死亡簿上，再也回不去了。”

她的手像海星一样张开，一股森冷的风，将天歌猛地推出了这个迷梦般的房间。虽然她咬牙切齿，对天歌嚷嚷，但直觉告诉天歌，她是真诚的。

从迷梦般的房间出来后，天歌的灵魂就一直在凄迷的空间里徘徊。一种迫切的思念，把她的心都搅碎了。

最后，她终于找到一眼清溪。朵朵悲戚的白云，倒映在溪水里，她竟清晰地看见了玄一的脸！她像路途疲惫的旅人，俯下身，贪婪地吞下透明的流水，仿佛在吞咽一个人的灵魂。

是玄一吗？

惊讶，使天歌的眼睛逐渐睁大、放亮，她猛地一回头，瞧见一个飘忽的身影，雾一样消散在清灰的桃林里，水面上，漂来一朵鲜亮、清润的芍药花……

当黎明的曙光到来时，生命的热度回到了天歌身上。激动万分的帝隐忘情地吻着她，仿佛要将她的灵魂从躯壳内揪出来，以证明自己的爱情似的。

从暗黑梦境里爬出来的天歌，微微泛红的目光，越过帝隐的脊背，滑到萨满虚弱喘息的胸口上。

两个时辰前，立在房屋中央作法的萨满，双臂高举，托着头顶一圈光轮，将体内释放出的能量，源源不断地输给昏迷中的天歌。此时，他的体能已消耗殆尽，呈现出枯瘦、高耸的怪异模样，就像沙漠里一棵孤独的树，苍凉、无助。

疲惫不堪的萨满，忆起上古神话中一个追赶太阳的巨人故事。

原野上，出现了一个巨人，他迈开大步，朝火红的太阳追去。

当他赶到太阳住的地方——禺谷时，天空已笼罩在夕阳的余晖中，而他的生命，也只剩下最后一口力气了。

萨满觉得那个追太阳的人，就像现在的自己。

巨人腾空跳起，将手伸向他的追寻——那释放光明的辉煌里……结果，他倒下了，身体里的水分几乎枯竭。他俯下身，喝光了两条大河的水。

想着那个上古巨人的时候，萨满来到了檀香的厨房。他双手撑着水缸边沿，低下头，把脸埋在凉津津的水里，一口气喝光了整缸水。

窗外传来了葬礼上的悲鸣声。

他抬起湿漉漉的头颅，向窗外望去。

他耗尽自己所有能量，终令天歌复活。他发现自己的心竟异常平静，没有悲哀，也没有怨愤。虽然他知道，“隐藏人心之术”一旦释放出去，生命便像泄了气的球，从悬浮的空中干瘪落下。

从前，他曾不耐烦地拒绝一切温柔的东西，那是因为他害怕陷入爱里。

女人是你情感上致命的硬伤，檀香的话曾穿透他惯有的面具，触碰到他灵魂中真实的一面。

多花儿、檀香、天歌……当他最后一次重温这些名字时，他苦笑了。

他从地上摇晃着站起来，并不后悔把生命能量传给了天歌。他无法忘却在大漠上，天歌曾用信任的眼神，把他当作父亲来仰望。

此刻，萨满不得不佩服自己的敌人——须云。

尽管他们已生死两隔，须云还是赢了他。他用一幅画打动了他，或者说，打败了他。

不知为何，上古巨人的故事，又一次在他脑海里呈现出来。

……巨人太累了，还没跑到北方的大泽——瀚海，解除他的口渴时，巨人再次倒下了，永远都没有爬起来……他死了，变成一座大山。山的北面有一片桃林，那是临死时，他把手杖插在地上长出来的。

此刻，萨满的眼前，仿佛出现了一片绿叶蓁蓁，鲜果累累的桃林。

他走上街道。

一条犹如长龙的送葬队伍，在他面前庄重、缓慢地移动着。

没有人向他这边望过来，所有的人，都是一副想心事的模样，被哀乐牵引着，朝墓地的方向，肃静地走去。

喉咙里难忍的口渴，又在折磨他。

他终于看到，数个黑衣人抬着的棺木上，雕刻着一朵朵盛开的芍药花。工匠们在仓促中完工，反而获得了一种不经意的美——任花儿恣意、迷狂地，在死人身旁绽放。

帝隐走在队伍前面，手里高举着一杆飘扬的招魂幡。

挂在杆上的白幡，宛如一块白云，又像从白纸上裁下来的一片人影。人影用双手紧紧抓住竹竿，身子被风托起，不住地在空中翻飞。

多花儿终于得到休息了。

她一辈子都在拒绝坐在椅子里发呆，或是躺在床上痴想。她认为只有忙碌，才能使她克服肥胖，克服掉进爱情的海洋里，没有救生圈的绝望。

曾有一本书这样写道：休息，就是不批判地接受一切。

在自己的亲孙女天歌冰一样纯净的歌声护送下，她第一次心平气和地，接受了命运做出的安排。

在她的接受中，还包括自己过去一直不敢正视的爱情。

她终于敢向自己的爱情走去……这是一次使人心口发紧的会面。她走到木然呆立在檀香店铺门口，观看送葬队伍的萨满面前，以只有情人间才能体会到的亲密忧伤，向他建议：

“跟我走吧。你看上去比过去老多了……”

一路上，萨满跟随着人群，迈着同样飘忽、缓慢的步伐。

渐渐地，他完全融入到悲伤的气氛中了。

“你刚才叫我什么？”

“幻觉。”

“那是我的名字吗？”

“是的，你一直都是这个名字，从来没有改变过。”

他跟在扶着棺木前行的天歌后面，与只有他才能看得见的多花儿——一个亡魂，悄悄对话。

天际染上了火红的晚霞，太阳即将西沉。

依然放不下情感行李的萨满，在驶向目的地的列车上，为窗外的美景，终于耽误了最后的行程。

之前，他在一个小站上下车，去安慰一个哭泣中的美丽女人——仅仅为了交换彼此对人生永远道不尽的感伤；之后，他又在另一个站上耽搁了，那是因为一个少女曾对他流露出父亲般的信任与依恋。最后，为了参加初恋情人多花儿的葬礼，他停留在那里，然后列车开走了，他永远也乘不上车了……

沉重的棺木，被缓缓放进突击挖好的墓穴里。

这是孤山上，一处视野开阔，土质干爽的风水宝地。

如果多花儿衰竭的心脏还能像小鼓一样咚咚敲起来的话，她一定会感叹，檀香占卜已达到了多么精深的程度——那天深夜，她把檀香“胁持”来府邸，为她卜卦。当时卦象上显示，她这辈子都见不到她的恋人了，除非她死的那天。

此刻，夕阳恢宏的霞光笼罩着萨满，他的脸颊仿佛镀上了一层金光。

他立在那儿——多花儿的墓地旁，如同立着的一块金色石碑。

西方，那辽阔大地尽头，正燃烧着一只火球。在火红的天幕下，萨满隐约看见一个巨人的背影，向着太阳的余晖奔去……月光塔就耸立在墓地百米外的地方，可是，他已没有时间和生命，去看一眼自己的梦想了。

“我上当了吗？”

“被一个其实根本看不见的灵魂引诱？”

“或者是，被一首没有歌词的哀乐打动？”

他自嘲地将宽大的手掌搭在额头上，揉开凝神思考时紧锁的眉宇。

按照事先的承诺，天歌来到萨满面前。

这个眺望西沉落日的人，几乎变成了一座黄金雕像。他匍匐在地的长影子，一直延伸到多花儿的墓穴里。

天歌把脖颈上的银钥匙取下来，交到他手里，就像远古的人，把一粒种子，或者一个传说，作为交换一样。为了报答一个用生命救了她的人，她理应把他想得到的东西给他。

“你哭了……”

天歌看到，萨满脸颊上有一颗饱满的泪滴。

“我哭了吗？”

他惊诧地反问自己。不，不可能……他想。然而，他还是在凸起的颧骨上，发现了一滴水珠。

不是雨，也不会是汗水，那是什么呢？

他擦掉了它，没有给自己继续想下去的时间。他将目光从掌中耀眼的银钥匙上转向远处雄奇壮丽的夕阳里，并发出一声长长叹息。

“来不及了……”

仍然是烧心的口渴，他极希望尝一口水果甘甜的汁液。

谁也不确定，他是否已经领悟到须云和尚传达给他的那句话——“难道你不认为，最完美的财富，就是天籁般的歌声吗？”

天歌惊讶地发现，他把银钥匙重新挂在自己的脖子上，并用手指轻抚着她的长发。

一阵难舍的冲动，像夏日雷雨，将天歌淋得透湿。

“你要去哪儿？”天歌恋恋不舍地问道。

她感到萨满那颗心，正在一点点地离开他们活着的这个时空，就像一条没有拴在岸边的船，被水流推走了，越行越远，扯得岸上的人，只能用眼睛将它牵挂。

“看见了吗？在我手指的前方，有一片浓荫的桃林。”

他告诉天歌，然后向着血红的落日走去……

一曲《伤离别》腾空而起，那是帝隐拨响为他送别的铮铮琴弦。天歌以长着翅膀的歌声，追上前去，陪伴着他，走向西沉的夕阳最后的余晖中……

风往北吹，玄一闭目坐在朝南的房间里。

他在这间净室里等待萨满。

不再过问故事结局的须云和尚，已在涅槃的大火中，通过“释放人心之术”，将宝藏的秘密传承给了玄一。一切冲着宝藏而来的纷扰野心，终究无法破解事物的真相：宝藏竟藏在一首流传已久的动人歌谣里！

看来，兑现萨满的要求，已显得毫无意义。

等待，使玄一的心空下来。

如今的他，可以宁静地捧着师傅留下的素色陶杯，思考菊花和秋天的距离了。

是菊花开了，秋天才到的，还是秋到了，菊花才裂开她金色的蓓蕾？

等待期间，他目送着窗外蛋清一样透亮的晨曦，渐渐变成落日的辉煌——日月流光，已悄悄结束了萨满仅剩一天的生命。

是什么拖延了他的野心？

就在他思量萨满的同时，他想到了像亲人一样的须云和尚。

“人走了，没有改变的是杯中的茶香。”扑鼻而来的清香，在他心扉里扩散开去……怡然合上双眼的他，看见了过去的自己。

儿时，老和尚为了考验他，将撑小竹筏的篙子交给他，让他到开满荷花的池塘里，摘一簇新鲜的莲蓬回来。他睁着圆润的大眼睛，盯着森幽的池水，无法挪动半步——他怕水。后来，为了给天歌捡回落水的银钥匙，他跳进了落叶漂浮的池水里。高烧和草药的苦味，令他将这些潦草的回忆统统归咎于讨厌的寒水。

少年时，在玛珥湖畔，他把水桶摔破了。那次，他差点被师傅赶出寺庙，因为在神秘的湖水里，他看见了裸泳的天歌。之后，他的绘画中就出现了一个若隐若现的女子胴体。她那精灵般的眼睛，点亮了他灵魂深处那盏欲望之灯……

…………

夕阳下，传来龙池寺敲响的钟声。

独处月光塔第七层净室中的玄一，浅尝了素色陶杯中一口茶汤。水，第一次冲散了他心中躁动的欲望，就像大雨冲开淤塞的河道。

日暮的钟声，摇散了他的冷傲，也敲疼了他的思念——一种莫名的忧伤走上心头。他仿佛听见，一个已逝的人，从一个已逝的时空，送来声声铜铃叮当。

“再也看不见，那个眼神阴郁如雨的人了！”

独自言语的玄一，似乎已猜到萨满的结局。

“或许，他和师傅一样，都归于泥土，归于千年的沉默里了。”

他把杯子搁在明净的地板上，一滴水溢了出来。他用宽大的袖口，擦去了水渍，也永远擦去了对天歌潮湿的渴望。

这时，门被推开了。

玄一平静地抬起头。

多少年后，他还记得，那天，他等来的人不是萨满，而是出现在门口的天歌。

天歌告诉他，她爱他。

尾　声

大雨中，一个手持绿色长剑的诗人。

独坐在小木屋里的檀香，又见门外平整草地上，立着一枪五月里绽放的剑兰。她不禁回想起，二十年前，那如情人眼泪般湿润的雨幕。

她浮出了朦胧笑意。

她的眼角，已被时光写下深深的皱纹。

“三年了——”檀香发出轻轻的叹息。

自从天歌向玄一表白爱情后，这已是第三个被绿色打湿的雨季。

风摇开木窗，木窗里的檀香，犹如一枝守望的蒲公英——风把她的种子，带去了天涯。

那天黄昏，天歌的爱遭到了玄一的拒绝，自此，天歌就没有再来过，也再没有听过她的歌声。

每天，龙池寺遥遥的钟声都会准时敲响，玄一还是那样优雅地绘画，打扫庭院，并接管了师傅生前留下的芍药园。但是，有人看见，他总会在下雨天，突然从屋里跑出去——像是听见某人的召唤，又像是看见了一个熟识的人。最后，在屋外搜寻无果的他，慢慢踱回庭院，刚才那突然而起的冲动，似乎只是为了淋淋雨。

不再搬弄红石头替人卜卦的檀香，却清楚地知晓他无法忘却的人是谁。

那天，当夕阳一点点消逝时，所有的人，都用目光送别着渐行渐远的萨满。对于即将永远离去的萨满，天歌竟产生了怀念父亲般难舍的情感。

“他只是消失了。没有任何事实证明，他死了。因此，就只是消失，只是消失而已……”天歌湿润的嗓音，听起来更像在拼命安慰自己——曾经，她猜不透一条爱的谜语，她和帝隐之间，产生了种种令人痛苦的误解。如今，一切障碍都消失了，然而，她的心却向她宣告，他们已错过两颗心相互契合的时光。

她发现爱的谜底，就在自己的掌中——在感情线与生命线，两条永不相汇的河川之间。

终于，天歌将目光坚定地投向身后的月光塔，并做出一个惊人决定。

“现在，我可以爱你了吗？”

她手扶门框，站在玄一面前，说出了这句话。

“你不能碰它！”

当天歌径直走到绘有无忧树的壁画前时，玄一紧张的声音，从地上腾空跳起，犹如一把展开的折扇，“唰”的一声挡在天歌向画面探出的指尖前。

仿佛被人拍了一下肩膀，天歌回过头来。

她的目光触碰到玄一冷峻的眼神。那一瞬间，他与她默然对视。

难道，一场新的较量又开始了吗？一场爱与信仰的较量，还是两个灵魂彼此独立又彼此吸引的痛苦纠缠？

“时间是一条长河，你和我，都是河底的卵石……”

在那个灵魂发出叹息的荒丘之夜，玄一曾抓住歌声的尾巴，找到黑夜中哭泣的天歌。当时，她唱的就是这句歌词。

回忆，令他拨开了时间的深潭。

在潭底，如少女长发般柔软的水草中，玄一找到了两个圆润、巨大的白石头，如同女娲补天遗漏在河里的顽石，又像鸟巢里待孵的巨蛋。

一个男孩和一个女孩。

“我只是想知道……你能不能爱我，而不是为了宝藏？”

她轻轻地说，却热烈长久地等待着，等待玄一的回答。

无论在大火焚烧的寺庙长廊上，还是在夜露打湿的荒草丛中，过去无数次，天歌都无奈地这样问：“我可以爱你吗？可以吗？”

如今，她想听到玄一肯定的回答。

玄一平视着面前的天歌。在这个他曾狂热思念过，甚至想为她放弃一切的少女目光里，他看到了对方宛若霞光般的希冀。

然而，他拒绝了她。

“要知道，你是那长长的流水，而我永远都是不能随你远行的石头……”

一个男孩拒绝了一个女孩。

说这番话时，仿佛玄一面对的是一朵白云或一泓清澈的池水。

风，一口吹灭了天歌心中的火焰……她如同玻璃雕像，在玄一面前碎裂了。一块块锋利、透明的碎片，从灵魂的躯壳上开裂、剥落，然后堆积起一地的伤逝。

在两人均未说出口的告别中，天歌离去的脚步，竟没有片刻的停留和犹豫。

他们擦肩而过。

门虚掩着，玄一至今还记得，她从门口消失的背影。

那一去不返的身影，仿佛在向玄一告别：“从开始到结束，我只是路过了我的爱情。”

一天深夜，檀香突然醒了过来——她仿佛听到祈愿峰上传来动人的歌声。

她从床上坐起来，幽寂的月光洒在枕畔，颤动的光影，犹如溪水里的游鱼。她顺势滑下床，来到窗前，将探索的目光久久地投向窗外……

那是一年前的事了。白天的婚礼上，受到邀请的檀香，看见多花儿的侄女（遗产第二位继承人）盛装坐在大厅里，怀揣着那份不变的天真与激动，等待着她的婚礼——帝隐却迟迟不见出现。

后来，听人说，帝隐跟一个长得很像天歌的少女离开了。是否真有其人，他们又去了哪里，谁也无法证实。

关于宝藏有了新的传说——宝藏像泉水一样四处流浪，流过古老、苍劲的树，流过光滑、冰凉的鹅卵石，流过那一重重比山还孤寂的人心……

为什么黎明迟迟不来？为什么歌声渐渐消失了？是自己的心太过焦急，还是夜太漫长？

檀香找不到答案。

就在今夜，她只是渴望能再次听见那天籁般的歌声。

然而，疲惫却令她睡着了。

在梦里，檀香禁不住想道，天歌回家了。不是吗？怎么枫叶林里，传来“沙沙——沙沙”的脚步声？

或许，她又去了远方？

远方，会不会有一群洁白的水鸟，飞落波光粼粼的河面，梳理翅膀上轻盈的羽毛？

然后，大河里落进，一个传说中的太阳……